चेंजमेकर DM

झाँसी सक्सेस मॉडल की प्रेरक कहानियाँ

चेंजमेकर DM

झाँसी सक्सेस मॉडल की प्रेरक कहानियाँ

परिकल्पना एवं लेखन

महेश दत्त शर्मा

प्रकाशक

प्रभात प्रकाशन प्रा. लि.

4/19 आसफ अली रोड, नई दिल्ली–110002

फोन : 011–23289777 • हेल्पलाइन नं. : 7827007777

इ–मेल : prabhatbooks@gmail.com ❖ वेब ठिकाना : www.prabhatbooks.com

संस्करण

प्रथम, 2024

पेपरबैक मूल्य

तीन सौ पचास रुपए

मुद्रक

आर–टेक ऑफसेट प्रिंटर्स, दिल्ली

———————— ★ ————————

CHANGEMAKER DM
Jhansi Success Model ki Prerak Kahaniyan
by Shri Mahesh Dutt Sharma

Published by **PRABHAT PRAKASHAN PVT. LTD.**
4/19 Asaf Ali Road, New Delhi-110002

ISBN 978-93-5562-992-0

₹ 350.00 (PB)

यह पुस्तक क्यों

मैं विगत तीन दशकों से अधिक समय से दिल्ली में रह रहा हूँ और मेरे लेखन-जीवन को यहीं से परवाज मिली है, लेकिन जैसा कि मेरे पुराने पाठकों को ज्ञात है, मेरा गृहनगर झाँसी है, जहाँ रहकर मेरी शिक्षा-दीक्षा हुई। हाईस्कूल मैंने हाफिज सिद्दीकी नेशनल हायर सेकेंडरी स्कूल से वर्ष 1983 में किया; वर्ष 1985 में सरस्वती पाठशाला इंडस्ट्रियल इंटर कॉलेज (एसपीआई इंटर कॉलेज) से इंटर किया तथा बुंदेलखंड डिग्री कॉलेज से साल 1987 में स्नातक तथा साल 1989 में हिंदी में परास्नातक किया। झाँसी में रहकर ही मेरी लेखन और पत्रकारिता में रुचि विकसित हुई और 80 के दशक में मैंने यहाँ के लगभग सभी अखबारों, यथा : 'दैनिक जागरण', 'दैनिक भास्कर', 'दैनिक विश्व परिवार', 'लोकपथ' इत्यादि में खूब लिखा और वह खूब छपा। फिर 90 के दशक में मैं दिल्ली शिफ्ट हो गया, लेकिन झाँसी गृहनगर से लगातार जुड़ा रहा।

पिछले वर्ष 2023 वसंत में मेरा झाँसी आगमन हुआ। भोर को उठा तो 'दैनिक जागरण', जोकि सदा से मेरा प्रिय अखबार रहा है—जैसा कि 'भैयाजी' से मेरा प्रेम रहा है—में कई न्यूज स्टोरी में स्थानीय डीएम रविंद्र कुमार के कार्यों का उल्लेखनीय विवरण प्रकाशित हुआ था। मैंने कई दिन के अखबारों पर नजर डाली तो कुछ शीर्षकों ने मुझे बहुत प्रभावित किया, जैसे कि—

'विकास कार्यक्रमों में झाँसी फिर अव्वल : मंडल की पहली रैंक बरकरार', 'अनियमितता बरतने पर ग्राम प्रधान-सचिव से हुई धनराशि की वसूली', 'बिना माँ के बछड़े को डीएम ने गोद लिया', 'मनरेगा में गड़बड़ी पर 52,398 की वसूली', '24 घंटे में सपरार बाँध से पानी की सप्लाई शुरू नहीं हुई तो जिम्मेदार ज़ाएँगे जेल', 'बँगरा गोशाला में अनियमितता : ग्राम प्रधान और सचिव से 3,74,400 की वसूली', 'नगर

निगम, पंचायती राज एवं समाज कल्याण विभाग में सी श्रेणी की अधिक शिकायतें प्राप्त होने पर डीएम ने जताई नाराजगी', 'शिकायत के निस्तारण का फीडबैक असंतोषजनक : डीएम ने लगाई फटकार', 'सरकारी वन्य जीव भूमि पर कब्जा करने वालों की शामत' इत्यादि।

और मेरे भीतर का खोजी पत्रकार कुलबुलाने लगा।

मैंने अपने कुछ पुराने पत्रकार साथियों से जानकारी जुटाई और कलेक्ट्रेट में अपने कुछ संपर्कों से मुलाकात की कि क्या वाकई स्थानीय डीएम इतने डायनेमिक हैं? यहीं मेरी मुलाकात एक एनजीओ के कुछ लोगों से हुई, जो अपनी कुछ समस्याओं के समाधान के लिए डीएम से मिलने आए थे। उन्होंने भी डीएम की तारीफ करते हुए बताया कि वे सभी समस्याओं को ध्यान से सुनते हैं और उनका त्वरित व न्यायोचित समाधान भी करते हैं।

कुछ पत्रकार साथियों ने बताया कि 'डीएम ने अवैध खनन, अतिक्रमण, साफ-सफाई, महिला सशक्तीकरण, स्मार्ट सिटी डेवलपमेंट सहित झाँसी जिले के लिए बहुत काम किया है और लगभग डेढ़ साल में ही शहर की तसवीर बदलकर रख दी है। उनकी योजनाएँ गहन अनुसंधान के बाद पहले कागज पर उतरती हैं और फिर शीघ्र ही मूर्त रूप ले लेती हैं। काम में लापरवाही या अनुशासनहीनता के वे बिल्कुल खिलाफ हैं। जनहित और शासन के सब काम सख्ती से उन्हें तय समय पर चाहिए। डीएम की इस प्रेरक कार्यप्रणाली ने मुझे भी प्रभावित किया और शोध में उनके उल्लेखनीय कार्यों और कार्यप्रणाली की एक लंबी सूची बन गई और तभी मैंने इस पुस्तक को लिखने का फैसला किया। मुझे लगा कि उनकी यह कार्य-प्रतिभा, कुशल प्रशासनिक क्षमता और जनसेवा के प्रति समर्पित जुनून अन्य अधिकारियों तथा युवा-शक्ति के लिए भी मार्गदर्शक बन सकती है।

बस, फिर मैं इस पुस्तक के लेखन में जुट गया और करीब एक साल की मेहनत के बाद यह तैयार हुई। इस दौरान मैंने झाँसी जिले और आसपास घूम-घूमकर लोगों से बात करके सच्चाई का जायजा लिया और अनुभूत तथ्यों का विश्लेषण करके इसे पूर्णाकार दिया।

बाकी विस्तार-कार्य आप पुस्तक को पढ़कर समझ सकते हैं, जिसे भरसक औपन्यासिक रखा गया है, ताकि एक आम पाठक भी सहजता से इसका रसास्वादन कर सके।

मुझे स्वयं भी इस पुस्तक को लिखने में बहुत आनंद आया और एक विशेष

प्रकार की अवर्णनीय संतुष्टि प्राप्त हुई! शायद इसलिए कि मेरी स्वयं की बचपन की ढेर सारी यादें झाँसी से जुड़ी रही हैं। मैंने इसे एक शांत शहर से एक आधुनिक महानगर में बदलते हुए देखा है—जो भी हो।

आपका अभिनंदन और आभार।

—महेश दत्त शर्मा

पुस्तक परिचय

मुझे यह पुस्तक 'चेंजमेकर DM झाँसी सक्सेस मॉडल की प्रेरक कहानियाँ' प्रस्तुत करते हुए बहुत खुशी हो रही है, जो झाँसी को प्रगति और विकास के मॉडल में बदलने में जिला मजिस्ट्रेट रविंद्र कुमार और उनकी टीम की उल्लेखनीय यात्रा का वर्णन करती है। एक लेखक के रूप में मुझे डीएम रविंद्र कुमार के समर्पण, दूरदर्शिता और नेतृत्व को प्रत्यक्ष रूप से देखने का सौभाग्य मिला है, जिनके शासन के प्रति अभिनव दृष्टिकोण ने सार्वजनिक सेवा में एक नया मानक स्थापित किया है।

झाँसी के जिला मजिस्ट्रेट के रूप में डीएम रविंद्र कुमार का कार्यकाल नवाचार, समावेशिता और लोगों के कल्याण के प्रति गहरी प्रतिबद्धता द्वारा आबद्ध रहा। उनके नेतृत्व ने झाँसी में विकास की एक नई लहर को प्रेरित किया, जिसने इसे एक जीवंत और प्रगतिशील शहर में बदल दिया। इस पुस्तक के माध्यम से मेरा उद्देश्य डीएम रविंद्र कुमार और उनकी टीम की प्रमुख पहलों और उपलब्धियों को उजागर करना तथा झाँसी के लोगों के ज़ीवन पर उनके काम के प्रभाव को प्रदर्शित करना रहा है।

पुस्तक को कई अध्यायों में विभाजित किया गया है, प्रत्येक अध्याय डीएम रविंद्र कुमार के शासन के एक अलग पहलू पर केंद्रित है। कार्यालय में उनके शुरुआती दिनों से लेकर प्रौद्योगिकी के उनके अभिनव उपयोग तक, पर्यावरण संरक्षण पर उनके ध्यान से लेकर विरासत और पर्यटन को बढ़ावा देने के उनके प्रयासों तक, प्रत्येक अध्याय उन रणनीतियों और पहलों के बारे में विस्तृत जानकारी प्रदान करता है, जिन्होंने झाँसी को एक सफलता की कहानी बनाया है।

डीएम रविंद्र कुमार के कार्यकाल की प्रमुख विशेषताओं में से एक समावेशिता और सामुदायिक भागीदारी पर उनका जोर रहा। उन्होंने यह सुनिश्चित करने के लिए अथक प्रयास किया कि समाज के हर वर्ग को विकास प्रक्रिया में शामिल किया जाए और निर्णय लेने में उनकी आवाज सुनी जाए। इस समावेशी दृष्टिकोण ने न केवल शासन को अधिक

पारदर्शी और जवाबदेह बनाया, बल्कि झाँसी के लोगों को अपने विकास का स्वामित्व लेने के लिए भी सशक्त बनाया है।

डीएम रविंद्र कुमार के शासन का एक अन्य प्रमुख पहलू नवाचार और प्रौद्योगिकी पर उनका ध्यान रहा। उन्होंने शासन प्रक्रियाओं को सुव्यवस्थित करने, सेवा वितरण को बढ़ाने और प्रशासन की समग्र दक्षता में सुधार करने के लिए डिजिटल उपकरणों और प्लेटफॉर्मों का लाभ उठाया। उनकी इ-गवर्नेंस, ऑनलाइन शिकायत निवारण तंत्र और डिजिटल साक्षरता कार्यक्रमों जैसी पहलों ने सरकार और जनता के बीच की दूरी को पाटने में मदद की, जिससे शासन अधिक सुलभ और उत्तरदायी बन गया।

पर्यावरण संरक्षण डीएम रविंद्र कुमार की विशेष प्राथमिकता रही। उन्होंने झाँसी के प्राकृतिक संसाधनों की सुरक्षा और संरक्षण के उद्देश्य से कई कार्यक्रम और अभियान शुरू किए। वृक्षारोपण अभियान से लेकर अपशिष्ट प्रबंधन कार्यक्रमों तक, उनके प्रयासों ने न केवल झाँसी के निवासियों के जीवन की गुणवत्ता में सुधार किया, बल्कि शहर के लिए एक स्थायी भविष्य भी सुनिश्चित किया।

विरासत संरक्षण और पर्यटन संवर्धन डीएम रविंद्र कुमार के फोकस के अन्य क्षेत्र रहे। झाँसी इतिहास एवं संस्कृति से समृद्ध शहर है और उन्होंने इसकी सांस्कृतिक विरासत को दुनिया के सामने प्रदर्शित करने के लिए अथक प्रयास किया। हेरिटेज वॉक, ऐतिहासिक स्थलों का जीर्णोद्धार तथा स्थानीय कला और शिल्प को बढ़ावा देने जैसी पहलों ने झाँसी की सांस्कृतिक पहचान को पुनर्जीवित करने और दूर-दूर से पर्यटकों को आकर्षित करने में मदद की।

पुस्तक के परिशिष्ट 'झाँसी : इतिहास के झरोखे से वर्तमान आधुनिक शहर तक' में झाँसी शहर के इतिहास से वर्तमान तक का विवरण दिया गया है, जिससे यह पता चलता है कि आखिर किस प्रकार से शहर का एक आधुनिक महानगर में कायांतर किया गया है।

अंत में, 'चेंजमेकर DM झाँसी सक्सेस मॉडल की प्रेरक कहानियाँ' डीएम रविंद्र कुमार और उनकी टीम की दूरदर्शिता, नेतृत्व और समर्पण के लिए एक विनम्र शब्दांजलि है। यह झाँसी के लोगों के कल्याण के प्रति उनकी अटूट प्रतिबद्धता और सार्वजनिक सेवा में उत्कृष्टता की उनकी निरंतर खोज का एक प्रमाण है। मैं उन सहृदयों का परम आभारी हूँ, जिन्होंने इस पुस्तक के सृजन में अपना यथेष्ट योगदान दिया और मुझे आशा है कि यह पुस्तक सभी व्यक्तियों को अपने-अपने क्षेत्र में उत्कृष्टता के लिए प्रयास करने के लिए प्रेरणा के रूप में काम करेगी, साथ ही आईएएस की तैयारी कर रहे प्रतिभागियों का भी मागदर्शन करेगी।

—महेश दत्त शर्मा

अनुक्रम

यह पुस्तक क्यों *5*

पुस्तक परिचय *9*

1. प्रशासनिक यात्रा की शुरुआत 13
2. महिला सशक्तीकरण : स्वरोजगार के नए अवसर 22
3. बुंदेलखंड औद्योगिक विकास प्राधिकरण 31
4. झाँसी शहरी परिवर्तन के बहुमुखी आयाम 44
5. रविंद्र कुमार का नेतृत्व ब्लूप्रिंट 54
6. लोक सेवा में नवाचार 62
7. डेस्क से परे चुनौतियाँ 72
8. ओ.डी.ओ.पी. (वन डिस्ट्रिक वन प्रॉडक्ट : एक जिला एक उत्पाद) एवं निवेशक शिखर सम्मेलन 79
9. निष्पक्ष और शांतिपूर्ण मतदान : चुनौतियाँ और समाधान 89
10. भूमि अतिक्रमण : चुनौतियाँ और समाधान 104
11. झाँसी में जल जीवन मिशन : प्रगति की कहानी 113
12. जल संरक्षण : चुनौतियाँ एवं उपाय 126
13. झाँसी हवाई अड्डे की घुमावदार कहानी 133
14. संकट प्रबंधन के लिए डीएम का टूलबॉक्स 143
15. झाँसी में अवैध खनन एवं निवारक उपाय 159
16. झाँसी का सांस्कृतिक पुनर्जागरण : रविंद्र कुमार की एक पहल 169

17. शिकायत निवारण में अभिनवता 174
18. झाँसी डीएम से नेतृत्व की सीख 184
19. प्रशासनिक रणनीतियाँ 190
20. सार–संक्षेप : रविंद्र कुमार की स्थायी विरासत 213
परिशिष्ट : झाँसी—इतिहास के झरोखे से वर्तमान आधुनिक शहर तक *222*

1

प्रशासनिक यात्रा की शुरुआत

प्रशासनिक इतिहास में कुछ हस्तियाँ प्रगति की वास्तुकार, परिवर्तन की उत्प्रेरक और गतिशील शासन के प्रबंधक के रूप में उभरती हैं। इनमें से झाँसी के पूर्व जिला मजिस्ट्रेट, रविंद्र कुमार, परिवर्तनकारी नेतृत्व के प्रतीक के रूप में खड़े हैं। जैसे ही हम प्रस्तुत पुस्तक के पहले अध्याय में गहराई से उतरते हैं, हम एक प्रशासनिक यात्रा की शुरुआत के माध्यम से एक यात्रा पर निकलते हैं, जिसने झाँसी के विकासात्मक परिदृश्य की रूपरेखा को नया आकार दिया।

अक्तूबर 2021 में झाँसी आगमन पर सर्किट हाउस झाँसी में स्वागत

उल्लेखनीय प्रशासनिक गाथा की शुरुआत

इतिहास और सांस्कृतिक समृद्धि से भरपूर शहर, झाँसी में एक सर्द सर्दियों की शाम को सूरज क्षितिज से नीचे डूब गया। इसी पृष्ठभूमि में रविंद्र कुमार ने जिला

मजिस्ट्रेट का पदभार ग्रहण किया, जो एक उल्लेखनीय प्रशासनिक गाथा की शुरुआत थी। साल 2021 था और भारत के कई अन्य जिलों की तरह झाँसी भी बुनियादी ढाँचे की कमी से लेकर सामाजिक-आर्थिक असमानताओं तक की बहुमुखी चुनौतियों से जूझ रहा था।

सामने आने वाली गतिशील शासन रणनीतियों पर विचार करने से पहले, जहाज को चलाने वाले व्यक्ति को समझना आवश्यक है। प्रतिष्ठित भारतीय प्रशासनिक सेवा (आईएएस) के पूर्व छात्र रविंद्र कुमार अपने साथ प्रचुर अनुभव और नवप्रवर्तन की प्रवृत्ति लेकर आए। एक साधारण पृष्ठभूमि से आने वाले कुमार की यात्रा ने समावेशी विकास के लिए प्रयासरत देश के लाखों लोगों की आकांक्षाओं को प्रतिबिंबित किया।

रविंद्र कुमार 2011 बैच के आईएएस अधिकारी हैं। पूर्व में उन्होंने सिक्किम और उत्तर प्रदेश राज्य सरकार में उप-मंडल मजिस्ट्रेट (एसडीएम), अपर जिला मजिस्ट्रेट (एडीएम), मुख्य विकास अधिकारी (सीडीओ), जिला मजिस्ट्रेट (डीएम) और आयुक्त मनोरंजन कर सहित विभिन्न पदों पर काम किया है। वे केंद्रीय पेयजल और स्वच्छता मंत्री सुश्री उमा भारती के निजी सहायक भी रहे।

11 जुलाई, 2019 से 23 अक्तूबर, 2021 तक वे बुलंदशहर के अवर जिलाधिकारी रहे। 25 अक्तूबर, 2021 से 2 अक्तूबर, 2023 तक झाँसी के जिला मजिस्ट्रेट व कलेक्टर रहे। 3 अक्तूबर, 2023 से वर्तमान में वे बरेली के जिलाधिकारी हैं।

रविंद्र कुमार ने अलग-अलग रास्तों से दो बार माउंट एवरेस्ट की सफलतम चढ़ाई भी की है और अपनी पर्वतारोहण की यात्रा पर दो प्रेरक पुस्तकें भी लिखी हैं। अपने अनुकरणीय कार्यों के लिए कुमार को कई पुरस्कार और मान्यताएँ प्राप्त हुई हैं।

रविंद्र कुमार का जन्म बिहार के बेगूसराय जिले में एक किसान परिवार में वर्ष 1981 में हुआ। कुमार के प्रारंभिक वर्ष धैर्य और दृढ़ संकल्प के प्रमाण थे। अकादमिक रूप से उत्कृष्ट प्रदर्शन करते हुए उन्होंने समाज में सार्थक योगदान देने की सहज इच्छा से प्रेरित होकर प्रतिष्ठित सिविल सेवाओं में एक स्थान हासिल किया। उनकी प्रारंभिक पोस्टिंग ने जमीनी स्तर के विकास के प्रति प्रतिबद्धता को दरशाया, परिवर्तनकारी पहलों के लिए आधार तैयार किया, जो झाँसी में उनके कार्यकाल की विशेषता बनी।

वे बचपन से ही एक मेधावी छात्र रहे हैं। गाँव के एक ग्रामीण हिंदी माध्यम स्कूल में अपनी प्रारंभिक शिक्षा के साथ, कुमार ने 1999 में अपने पहले प्रयास में आईआईटी प्रवेश परीक्षा उत्तीर्ण की और फिर शिपिंग के क्षेत्र में लगभग एक दशक तक काम किया। अंत में, वे सिविल सेवा परीक्षा पास करने के बाद 2011 में भारतीय प्रशासनिक सेवा में शामिल हो गए।

पर्वतारोहण के अलावा, वे बंजी जंपिंग, फ्लाइंग फॉक्स, पैरा सेलिंग, स्कूबा डाइविंग, स्किन डाइविंग, घुड़सवारी, रिवर राफ्टिंग जैसे कई अन्य खेल और साहसिक गतिविधियों में शामिल रहे हैं। वे एक अच्छे तैराक और मैराथन धावक, 'कराटे में ब्लैक बेल्ट' भी रह चुके हैं। वे सामाजिक कल्याण के मोर्चे पर भी सक्रिय रहे हैं और गरीब तथा असहाय लोगों की मदद के लिए की गई कई पहलों में शामिल रहे हैं। वे एक प्रेरक वक्ता भी हैं और भारत के शीर्ष प्रशिक्षण संस्थानों जैसे मसूरी में आईएएस प्रशिक्षण अकादमी, फरीदाबाद में आईआरएस कस्टम प्रशिक्षण अकादमी और कई अन्य संस्थानों में प्रेरक व्याख्यान देते रहे हैं।

झाँसी दुर्ग का एक विहंगम दृश्य

झाँसी को समझना : चुनौतियों और अवसरों की एक पच्चीकारी

वीरांगना रानी लक्ष्मीबाई के पर्यायवाची शहर झाँसी ने वादों और दुर्दशा का विरोधाभास प्रस्तुत किया, जबकि इसके ऐतिहासिक महत्त्व ने दुनिया भर के पर्यटकों को आकर्षित किया, जिले को कई चुनौतियों का सामना करना पड़ा, जिसके लिए चतुर प्रशासनिक कौशल की आवश्यकता थी। आर्थिक प्रगति में बाधक अपर्याप्त बुनियादी ढाँचे से लेकर इसके भीतरी इलाकों में गूँजती सामाजिक असमानताओं तक, झाँसी को अपनी वास्तविक क्षमता को उजागर करने के लिए एक दूरदर्शी प्रशासक का इंतजार था।

जिले की जनसांख्यिकीय तसवीर से ग्रामीण कृषि समुदायों और रोजगार एवं शिक्षा के रास्ते तलाशने वाली उभरती शहरी आबादी का मिश्रण सामने आया। बढ़ती युवा आबादी, जो अकसर बेरोजगारी से जूझती है, ने नवोन्मेषी शासन की अनिवार्यता को रेखांकित किया, जो क्षमता और अवसर के बीच के अंतर को पाट सकता है।

सामाजिक सरोकार : बरुआसागर में गरीब बच्चों की सहायता

डेटा संचालित दृष्टिकोण : कैनवास का अनावरण

कुमार के प्रशासन का पहला आदेश झाँसी के सामाजिक-आर्थिक ताने-बाने का व्यापक मूल्यांकन करना था। साक्ष्य आधारित शासन के प्रति प्रतिबद्धता से लैस उन्होंने जिले की चुनौतियों की जटिलताओं को सुलझाने के लिए डेटा संचालित दृष्टिकोण शुरू किया। आँकड़ों ने एक ज्वलंत तसवीर पेश की—शिक्षा, स्वास्थ्य देखभाल और रोजगार के अवसरों में असमानताएँ स्पष्ट थीं, एक सूक्ष्म रणनीति की माँग थी, जो मूल कारणों को संबोधित करती हो।

साक्षरता दर, शिक्षा परिदृश्य को प्रतिबिंबित करने वाला एक महत्त्वपूर्ण पैरामीटर, 67 प्रतिशत थी, जो शिक्षा क्षेत्र में हस्तक्षेप की आवश्यकता को रेखांकित करती है। स्वास्थ्य सूचकांकों ने रोकथाम योग्य बीमारियों के बोझ का खुलासा किया, जिससे स्वास्थ्य देखभाल के बुनियादी ढाँचे का पुनर्मूल्यांकन हुआ। बेरोजगारी के आँकड़े, विशेषकर युवाओं के बीच, चिंताएँ बढ़ाने वाले थे और यह कि जिले की छिपी क्षमता को अनलॉक करने के लिए रणनीतिक हस्तक्षेप की आवश्यकता थी।

ब्लूप्रिंट तैयार करना : गतिशील शासन का अनावरण

प्रचुर मात्रा में डेटा के साथ, कुमार ने गतिशील शासन के लिए एक ब्लूप्रिंट तैयार करना शुरू किया—एक ऐसा मॉडल, जो झाँसी की अनूठी जरूरतों को पूरा करे और

इसे सतत विकास की ओर प्रेरित करे। यह ब्लूप्रिंट चार स्तंभों पर आधारित था : शिक्षा, स्वास्थ्य सेवा, रोजगार और बुनियादी ढाँचा। प्रत्येक स्तंभ को दूसरों के साथ तालमेल बिठाने के लिए सावधानीपूर्वक डिजाइन किया गया था, जिससे एक समग्र ढाँचा तैयार हो सके, जो पूरे जिले का उत्थान करेगा।

शिक्षा को सामाजिक प्रगति की आधारशिला के रूप में पहचानते हुए कुमार ने झाँसी में शिक्षा पारिस्थितिकी तंत्र को पुनर्जीवित करने की पहल की। 'ईच वन, टीच वन' अभियान ने साक्षरता को बढ़ावा देने में सामुदायिक भागीदारी जुटाई। जिले में कौशल विकास केंद्रों की स्थापना देखी गई, जिससे यह सुनिश्चित हुआ कि शिक्षा केवल अकादमिक उत्कृष्टता का साधन ही नहीं, बल्कि रोजगार का मार्ग भी है।

प्रौद्योगिकी-सक्षम शिक्षण प्लेटफॉर्मों में निवेश ने शहरी-ग्रामीण शिक्षा विभाजन को पाट दिया, जिससे यह सुनिश्चित हुआ कि दूर-दराज के क्षेत्रों में छात्रों को गुणवत्तापूर्ण शिक्षा मिल सके। 'डिजिटल दिशा' पहल ने स्कूलों को अत्याधुनिक तकनीक से सुसज्जित किया, जिससे नवाचार और डिजिटल साक्षरता की संस्कृति को बढ़ावा मिला। परिणाम ठोस थे—पहले वर्ष के भीतर साक्षरता दर में 15 प्रतिशत की वृद्धि ने झाँसी को अधिक प्रबुद्ध बनाने की दिशा में एक महत्त्वपूर्ण कदम उठाया।

जिला चिकित्सालय, झाँसी में सुविधाओं को लेकर मरीजों से बातचीत

स्वास्थ्य देखभाल : कल्याण का पोषण, समानता सुनिश्चित करना

स्वास्थ्य सेवा की कमी को सीधे संबोधित करते हुए कुमार ने 'स्वस्थ झाँसी' कार्यक्रम शुरू किया, जो एक व्यापक स्वास्थ्य सेवा पहल थी, जिसका उद्देश्य अंतिम मील तक पहुँचना था। कार्यक्रम में ग्रामीण क्षेत्रों में स्वास्थ्य और कल्याण केंद्रों की स्थापना, प्राथमिक स्वास्थ्य सेवाएँ प्रदान करना और निवारक देखभाल को बढ़ावा देना शामिल था।

निजी स्वास्थ्य सेवा प्रदाताओं के साथ सहयोग ने प्रशासन के प्रयासों को बढ़ाया, यह सुनिश्चित किया कि विशेष चिकित्सा सेवाएँ सभी के लिए सुलभ हों। मातृ एवं शिशु स्वास्थ्य, एक प्राथमिकता वाला क्षेत्र, में मातृ मृत्यु दर में 25 प्रतिशत की कमी और टीकाकरण कवरेज में 20 प्रतिशत की वृद्धि के साथ पर्याप्त सुधार देखा गया। 'हेल्थ ऑन व्हील्स', एक मोबाइल स्वास्थ्य सेवा इकाई, ने चिकित्सा सेवाओं को दूर-दराज के समुदायों के दरवाजे तक पहुँचाया, स्वास्थ्य देखभाल पहुँच में आने वाली बाधाओं को दूर किया।

जिला चिकित्सालय, झाँसी का औचक निरीक्षण

रोजगार : उद्यमिता को बढ़ावा देना

लाभकारी रोजगार की अनिवार्यता को पहचानते हुए कुमार ने आर्थिक गतिविधि और उद्यमशीलता को प्रोत्साहित करने की पहल की। 'उद्यम झाँसी' कार्यक्रम ने आत्मनिर्भरता की संस्कृति को बढ़ावा देते हुए, इच्छुक उद्यमियों को वित्तीय प्रोत्साहन और सलाह प्रदान की। सूक्ष्म उद्यमों के समूह उभरे, जिन्होंने न केवल व्यक्तिगत आजीविका में बल्कि जिले की समग्र आर्थिक जीवंतता में भी योगदान दिया।

स्थानीय आवश्यकताओं के अनुरूप कौशल विकास पहल ने यह सुनिश्चित किया कि युवा समकालीन नौकरी बाजारों के लिए अपेक्षित दक्षताओं से सुसज्जित हों। उद्योगों के साथ सहयोग से व्यावसायिक प्रशिक्षण केंद्रों की स्थापना हुई, जिससे कौशल विकास

को उद्योग की माँगों के साथ जोड़ा गया। परिणाम स्पष्ट थे—युवा बेरोजगारी दर में 30 प्रतिशत की कमी ने झाँसी के आर्थिक परिदृश्य में एक आदर्श बदलाव का संकेत दिया।

बुनियादी ढाँचा : प्रगति का मार्ग प्रशस्त करना

एक जिले का बुनियादी ढाँचा आर्थिक विकास और सामाजिक कल्याण के लिए आधारशिला के रूप में कार्य करता है। कुमार ने इसे पहचाना और झाँसी के बुनियादी ढाँचे को पुनर्जीवित करने के लिए एक महत्त्वाकांक्षी एजेंडा चलाया। सड़कों और कनेक्टिविटी को प्राथमिकता दी गई, 'सक्षम सड़क' पहल के साथ यह सुनिश्चित किया गया कि दूर-दराज के गाँव भी सड़कों से निर्बाध रूप से जुड़े हुए हों। कृषि उत्पादकता बढ़ाने के लिए सिंचाई परियोजनाएँ लागू की गईं, जिसका सीधा असर कृषि आबादी की आजीविका पर पड़ा।

'स्मार्ट झाँसी' परियोजना ने कनेक्टेड शहरी वातावरण बनाने, संसाधन उपयोग को अनुकूलित करने और नागरिक सेवाओं को बढ़ाने के लिए प्रौद्योगिकी का लाभ उठाया। औद्योगिक विकास को सुविधाजनक बनाने के लिए निर्बाध बिजली आपूर्ति सुनिश्चित करते हुए जिले के बिजली बुनियादी ढाँचे में व्यापक बदलाव किया गया। इस बुनियादी ढाँचे में हस्तक्षेप के परिणाम सामने आए—कृषि उत्पादकता में 40 प्रतिशत की वृद्धि और औद्योगिक उत्पादन में 25 प्रतिशत की वृद्धि ने झाँसी के आर्थिक परिदृश्य पर परिवर्तनकारी प्रभाव की गवाही दी।

तरंग प्रभाव : सामाजिक परिवर्तन का अनावरण

जैसे-जैसे गतिशील शासन मॉडल सामने आया, झाँसी में एक कायापलट हुआ, जो आँकड़ों से परे चला गया। कुमार की पहल का प्रभाव सामाजिक परिवर्तन के रूप में प्रकट हुआ—जिले के निवासियों की आकांक्षाओं और जीवन की गुणवत्ता में एक स्पष्ट परिवर्तन।

सामाजिक समरसता और समावेशिता

हाशिए पर रहने वाले समुदायों को सशक्त बनाना कुमार के प्रशासन का केंद्र बिंदु बन गया। दलित-पिछड़े समुदायों की जरूरतों को पूरा करने, मुख्यधारा में उनके एकीकरण को सुनिश्चित करने के लिए विशेष कार्यक्रम शुरू किए गए। लिंग-संवेदनशील नीतियों और जागरूकता अभियानों ने पारंपरिक मानदंडों को चुनौती दी, जिससे अधिक समावेशी और न्यायसंगत समाज को बढ़ावा मिला। दिव्यांगों को समर्थन देने के उद्देश्य से शुरू की गई 'संवेदना' पहल किसी को भी पीछे न छोड़ने की प्रतिबद्धता का उदाहरण बनी।

शहरी स्वच्छता अभियान हेतु कचरा गाड़ियों को हरी झंडी

तकनीकी सशक्तीकरण

शासन प्रक्रियाओं में प्रौद्योगिकी के समावेश से नागरिक जुड़ाव में एक आदर्श बदलाव आया। ऑनलाइन शिकायत निवारण तंत्र, इ-गवर्नेंस प्लेटफॉर्म और डिजिटल साक्षरता कार्यक्रमों ने नागरिकों को सशक्त बनाया, जिससे शासन अधिक पारदर्शी और सुलभ हो गया। 'टेक-फॉर-ऑल' पहल ने डिजिटल विभाजन को पाट दिया, जिससे यह सुनिश्चित हुआ कि प्रौद्योगिकी का लाभ समाज के हर वर्ग तक पहुँचे।

पर्यावरणीय स्थिरता

पर्यावरण संबंधी चिंताओं से भरे युग में, झाँसी ने कुमार के नेतृत्व में टिकाऊ प्रथाओं को अपनाया। वनीकरण अभियान, अपशिष्ट प्रबंधन पहल और नवीकरणीय ऊर्जा परियोजनाओं ने जिले के पर्यावरण कल्याण में योगदान दिया। 'हरित झाँसी' अभियान ने न केवल हरित आवरण को बढ़ाया, बल्कि निवासियों में पर्यावरण के प्रति जागरूकता की भावना भी पैदा की।

सीखे गए सबक और भविष्य के प्रक्षेप पथ

साक्ष्य आधारित शासन की प्रभावकारिता, सामुदायिक भागीदारी का महत्त्व और सदियों पुरानी चुनौतियों से निपटने में नवाचार की आवश्यकता परिवर्तनकारी नेतृत्व के लिए मार्गदर्शक सिद्धांतों के रूप में सामने आई।

झाँसी में रविंद्र कुमार के गतिशील शासन मॉडल की सफलता इसकी सीमाओं से परे गूँजती है, जिसने देश भर के प्रशासकों को पारंपरिक प्रतिमानों पर पुनर्विचार करने के लिए प्रेरित किया है। प्रमुख संकेतकों—शिक्षा, स्वास्थ्य सेवा, रोजगार और बुनियादी ढाँचे पर प्रभाव ने शासन के लिए एक एकीकृत और दूरदर्शी दृष्टिकोण की क्षमता को रेखांकित किया। झाँसी के परिवर्तन की कहानी एक प्रकाशस्तंभ के रूप में काम करती है, जो तेजी से विकसित हो रही दुनिया में शासन की जटिलताओं से जूझ रहे प्रशासनिक नेताओं के लिए मार्ग प्रशस्त करती है।

□

2

महिला सशक्तीकरण : स्वरोजगार के नए अवसर

झाँसी जनपद के ग्रामीण क्षेत्रों में स्वरोजगार के अवसर बढ़ाने हेतु जिलाधिकारी रविंद्र कुमार द्वारा अपने लगभग दो वर्षों के कार्यकाल में 1803 स्वयं सहायता समूहों का गठन किया गया, जिसमें 18,932 महिलाओं को सम्मिलित कर उन्हें स्वरोजगार के अवसर दिए गए।

प्रशासनिक सहयोग : स्वयं सहायता समूह स्टॉल—सरवन

जिलाधिकारी रविंद्र कुमार द्वारा इस बात पर बल दिया गया कि जो कच्चा माल स्थानीय स्तर पर उपलब्ध है, उसका प्रयोग करके नए-नए उत्पाद बनाए जाएँ। कृषि

आधारित अपशिष्ट जैसे गाय के गोबर, पत्तों के दोने, बाँस एवं अन्य जंगली अपशिष्ट द्वारा निर्मित उत्पादों को बढ़ावा दिया गया।

जिलाधिकारी ने स्थानीय स्तर पर उपलब्ध अपशिष्ट पदार्थों व कच्चे माल से बनाए गए नए-नए उत्पादों को बढ़ावा देने के लिए कौशल विकास प्रशिक्षण कराया और कच्चे माल की उपलब्धता हेतु स्वयं सहायता समूहों का समन्वय स्थानीय किसानों से कराया। इन उत्पादों को बढ़ावा देने हेतु समय-समय पर जनपद स्तर पर व जनपद के बाहर लगने वाली प्रदर्शनियों, तहसील दिवस, किसान गोष्ठियों आदि में स्वयं सहायता समूहों को स्टॉल लगवाकर उत्पाद बेचने हेतु प्रोत्साहित किया गया, जिससे एक तरफ न केवल लोगों और पर्यटकों को सस्ते दाम पर अच्छे सामान मिल गए, बल्कि स्वयं सहायता समूह की महिलाओं की आय भी बढ़ गई।

झाँसी की सामाजिक-आर्थिक चुनौतियाँ

प्रवास, गैर-उत्पादक कृषि भूमि, सिंचाई और पेयजल के लिए पानी की कमी, उच्च अकुशल श्रम, शराब का सेवन, जनजातीय स्वास्थ्य मुद्दे इत्यादि। इनसे निपटने के लिए प्रशासन द्वारा स्वयं सहायता समूहों के द्वारा रणनीतिक रूप से महिला सशक्तीकरण को औजार बनाया गया।

सॉफ्ट टॉयज के निर्माण में लगी एक स्वयं सहायता समूह की महिलाएँ

झाँसी में कार्यरत स्वयं सहायता समूह

यहाँ वर्तमान में 7,111 से अधिक स्वयं सहायता समूह कार्यरत हैं। इनसे लगभग 68,049 महिलाएँ लाभान्वित हो रही हैं। योजना का 65,000 परिवारों पर प्रभाव पड़ा है।

34,575 महिलाओं को प्रशिक्षण प्रदान किया गया है।

43,000 से अधिक महिला नवप्रवर्तक स्व-रोजगार में संलग्न हैं। इनका 19.14 करोड़ रुपए का मासिक कारोबार है। मासिक मुनाफा 18.26 करोड़ रुपए और वार्षिक लाभ 219.12 करोड़ रुपए है।

इससे न केवल महिलाओं में आत्मविश्वास बढ़ा है, बल्कि बेहतर आर्थिक स्थिति और वित्तीय स्थिरता से घरेलू हिंसा की घटनाओं पर भी अंकुश लगा है।

जिला प्रशासन का प्रोत्साहन

जिला प्रशासन अनेक तरीकों से स्वयं सहायता समूहों के उत्पादों को बढ़ावा देने के लिए प्रयत्न करता है, जिनमें प्रदर्शनियाँ लगाना, मेजे आयोजित करना, बड़ी सभाओं और तहसील दिवस से संबंधित कार्यक्रमों में स्टॉल लगाना, किसान गोष्ठियों का आयोजन करना तथा ब्लॉक ऑफिस परिसरों, किला परिसर, रानी महल आदि में स्वयं सहायता समूहों के स्थायी स्टॉल लगाना शामिल है।

बालिनी मिल्क प्रोड्यूसर कंपनी, झाँसी

अमूल की तर्ज पर प्रदेश सरकार ने बुंदेलखंड क्षेत्र में 'बालिनी' कार्यक्रम प्रारंभ किया। जिला प्रशासन के प्रयासों से झाँसी ने 7,200 महिलाओं की भागीदारी और 59,000 लीटर दुग्ध उत्पादन के साथ इस कार्यक्रम को सफल बनाया है।

प्रशासनिक सहयोग : स्वयं सहायता समूह स्टॉल—रक्सा

इसमें शामिल एसएचजी (स्वयं सहायता समूह) की संख्या : 305 है। महिलाओं की संख्या 7,200 है। एसएचजी की मासिक आय 8.85 करोड़ रुपए है। प्रत्येक महिला को प्रतिमाह 11,400 रुपए का लाभ होता है।

अपशिष्ट से धन

आमतौर पर लोग रद्दी कागज को कबाड़ीवाले को बेच देते हैं या जला देते हैं। 'नवसृजन' नाम के एसएचजी ने इस कचरे का उपयोग करने के बारे में सोचा। यह कबाड़ीवाले से 18 रुपए प्रति किलोग्राम की कीमत पर रद्दी कागज खरीदता है। एक किलोग्राम कागज से ये 100 रुपए का सजावट का सामान बनाते हैं।

इस प्रकार के एसएचजी की संख्या केवल एक है—नवसृजन।

इसमें शामिल महिलाओं की संख्या 11 है। एसएचजी की मासिक आय रुपए 50,000 है। प्रत्येक महिला रुपए 4,500 प्रतिमाह मुनाफा कमाती है।

कच्चे माल के रूप में 100 किलोग्राम अपशिष्ट कागज का उपयोग मासिक रूप से किया जाता है। ये अपना तैयार उत्पाद ऑनलाइन प्लेटफॉर्म और स्थानीय बाजार में बेचते हैं।

कालीन निर्माण

एसएचजी स्थानीय बाजार रानीपुर से 80 रुपए प्रति किलोग्राम की दर पर कच्चा माल खरीदते हैं। एक किलोग्राम कच्चा माल तीन कालीन बनाने के लिए पर्याप्त होता है। एक कालीन 100 रुपए प्रति किलोग्राम के हिसाब से बेचा जाता है।

प्रशासनिक सहयोग : स्वयं सहायता समूह स्टॉल—बँगरा-बँगरी

ऐसे एसएचजी की संख्या पाँच है। एसएचजी के नाम साधना, रोशनी, सितारा इत्यादि हैं। इनमें 41 महिलाएँ शामिल हैं। एसएचजी की मासिक आय रुपए 2,46,000 है। प्रत्येक महिला 3,600 रुपए प्रतिमाह का मुनाफा कमाती है।

कच्चे माल के रूप में 65 किलो फोल्ड कपड़े और नए रेशे का मासिक रूप से उपयोग किया जाता है। तैयार उत्पाद को स्थानीय बाजार, मेलों और प्रदर्शनियों में बेचा जाता है।

दोना-पत्तल

छेबला के पत्ते लघु वनोपज हैं, जो मनकुआँ ग्राम पंचायत क्षेत्र में बहुतायत में पाए जाते हैं। दाऊ बाबा एसएचजी को एनआरएलएम कार्यालय द्वारा बाउल (दोना) आउटफिट बनाने के लिए प्रशिक्षित किया गया था। एक महिला प्रतिदिन लगभग 200 दोनों का उत्पादन करती है। 60 रुपए में 100 दोने बिकते हैं। पत्तियाँ निःशुल्क उपलब्ध हैं, इसलिए इनपुट लागत लगभग शून्य है।

ऐसे एसएचजी की संख्या पाँच है। एसएचजी के नाम दाऊ बाबा स्वयं सहायता समूह इत्यादि हैं। इनसे जुड़ी महिलाओं की संख्या 29 है। एसएचजी की मासिक आय लगभग सवा लाख रुपए है। तैयार माल को स्थानीय बाजार, चाट विक्रेता आदि को बेचा जाता है।

कृषि एवं सहायक गतिविधियाँ

रासायनिक उर्वरक न केवल मिट्टी के लिए, बल्कि स्वास्थ्य के लिए भी हानिकारक होते हैं। दूसरी ओर, हम गोशालाओं में पड़े गोबर के ढेर देखते हैं, जो मच्छरों, मक्खियों और कीड़ों के प्रजनन का केंद्र बन जाते हैं। एसएचजी महिलाओं ने वर्मी-कंपोस्टिंग तकनीकों को अपनाकर इन मुद्दों से निपटने की पहल की। वे फसलों की उत्पादकता बढ़ाने और आजीविका कमाने के लिए जैविक उर्वरक का उत्पादन करती हैं।

महिलाएँ अपनी आय बढ़ाने के लिए गाय के गोबर से धूपबत्ती और दीपक भी बना रही हैं। मासिक 300 किलो गोबर का उपयोग किया जा रहा है।

ऐसे एसएचजी की संख्या लगभग 3,100 है। इनसे 17,000 से अधिक महिलाएँ जुड़ी हैं। एसएचजी की मासिक आय लगभग साढ़े नौ करोड़ रुपए है। इनसे जुड़ी प्रत्येक महिला 5,500 रुपए प्रतिमाह कमा लेती है।

सिलाई

सिलाई से जुड़े एसएचजी की संख्या 972 है। इनसे संबद्ध महिलाओं की संख्या 1925 है। एसएचजी की मासिक आय लगभग 86.26 लाख रुपए है। प्रत्येक महिला को

प्रतिमाह 4,500 रुपए का लाभ होता है। इसके लिए मुख्य रूप से मानव संसाधन की आवश्यकता होती है, जो ग्रामीण महिलाएँ हैं।

फुटकर दुकान

फुटकर दुकान चलाने वाले एसएचजी की संख्या 429 है। इनमें महिलाओं की संख्या भी 429 है। एसएचजी की मासिक आय 31.09 लाख रुपए है। प्रत्येक महिला को 7,248 रुपए प्रतिमाह की आमदनी होती है।

खाद्य पदार्थ : पापड़, दाल, अचार, मसाले

ऐसे एसएचजी की संख्या 19 है। एसएचजी के नाम जय माता दी, जय ठाकुर बाबा आदि हैं। संबद्ध महिलाओं की संख्या 10 है। एसएचजी की मासिक आय 65,580 रुपए है। प्रत्येक महिला को प्रतिमाह 6,535 रुपए की आमदनी होती है।

प्रेरक कहानियाँ

बंधक भूमि से लेकर दुकान की मालकिन तक

यह कहानी है झाँसी के बुखारा गाँव में रहने वाली रामकुँवर अहिरवार नाम की महिला की। उसे उसके परिवार सहित उसके ससुराल वालों ने त्याग दिया था। उनके परिवार को जीवित रहने के लिए जमींदार के पास जमीन गिरवी रखनी पड़ी। उनके पति अरविंद को नौकरी की तलाश में पलायन करना पड़ा। बच्चों को भरपेट खाना भी नहीं मिल पा रहा था।

तभी उसके जीवन में आशा की एक किरण का आगमन हुआ। तेलंगाना की एक टीम ने महिलाओं को एनआरएलएम योजना के बारे में शिक्षित करने और स्वरोजगार के लिए महिलाओं के स्वयं सहायता समूह बनाने के लिए उनके गाँव का दौरा किया। रामकुँवर भी स्वयं सहायता समूह भद्रकाली में शामिल हो गई। स्वयं सहायता समूह के सदस्यों ने प्रति सप्ताह 10 रुपए की बचत से शुरुआत की।

रामकुँवर ने शुरुआती तौर पर स्वयं सहायता समूह से 1000 रुपए ऋण से जुटाए और किराने की दुकान शुरू की। धीरे-धीरे इससे उसे रिटर्न मिलने लगा। इससे उसका आत्मविश्वास बढ़ा कि वह भी कुछ कर सकती है। फिर गरीबी और निराशा उसके घर से चली गई तथा समृद्धि और मुसकान ने प्रवेश किया। बाद में उसने स्वयं सहायता समूह के सीआईएफ फंड से 20,000 रुपए का ऋण लेकर अपनी दुकान का विस्तार किया। अब उसके बच्चे स्कूल जा रहे हैं। उसने अपना कर्ज चुका दिया है और अपनी जमीन वापस

पा ली है। उनके पति जमीन पर खेती कर रहे हैं और परिवार की आय में सहायता कर रहे हैं। वह अपने जीवन की बेहतरी के लिए पूरा श्रेय स्वयं सहायता समूह को देती है!

निराशा की भावना से लेकर सम्मान और आजीविका कमाने तक

जब भी हम किसी दिव्यांग व्यक्ति को देखते हैं तो हमें उसकी स्थिति पर दया आती है। यही कहानी जनक देवी की भी है, जो 90 फीसदी शारीरिक रूप से अक्षम है। वह अपने परिवार पर निर्भर थी। उसका पति उसे महत्त्व नहीं देता था। उसने 9वीं कक्षा तक पढ़ाई की थी। उसकी स्वयं की छवि बहुत कमजोर थी।

एक दिन उसने अपना जीवन बदलने का फैसला किया और पृथ्वीपुर गाँव में स्वयं सहायता समूह भरदा माई में शामिल हो गई। उसने स्वयं सहायता समूह की बैठकों में जाना शुरू किया और अन्य महिलाओं के साथ बातचीत करने लगी। उसे सरकारी योजनाओं और रोजगार के संभावित रास्तों के बारे में पता चला। इससे उसमें आत्मविश्वास आया और सिलाई सीखने का विचार मन में आया। उसने स्वयं सहायता समूह से ऋण लिया और एक सिलाई मशीन खरीदी। उसने अपना सिलाई का व्यवसाय शुरू किया।

बाद में उसने और कर्ज लेकर अपना कारोबार बढ़ाया और सिलाई का काम सिखाने लगी। अब उसकी स्वयं की छवि सकारात्मक हो गई है। उसके पति, परिवार और पूरा गाँव उसके दृढ़ संकल्प को सलाम करता है। वह अपने बच्चों को अंग्रेजी माध्यम के स्कूलों में भेज रही है। वह अपने व्यवसाय का विस्तार करने और अन्य ग्रामीण महिलाओं को उद्यमी बनने के लिए प्रेरित करने लगी है।

गृहिणी से उद्यमी तक

ग्राम टोडी अमलीवास की विनीता दीदी गरीबी का जीवन जी रही थी, क्योंकि उसके पति राम् सिंह की आय घर चलाने के लिए पर्याप्त नहीं थी। वह खुद भी घर के कामों में व्यस्त रहती थी। उसके पास अपनी बेटी की फीस भरने तक के पैसे नहीं थे।

स्वयं सहायता समूह श्रीराम के गठन से उसके जीवन में आशा की किरण जगी। वह अपने परिवार की गरीबी का समाधान ढूँढ़ने के लिए इसमें शामिल हुई। वह स्वयं सहायता समूह की बैठकों में भाग लेने लगी। एक दिन गुरसराय विकासखंड परिसर में कैंटीन खोलने का प्रस्ताव आया। उसने इस कैंटीन में अपनी रुचि दिखाई और स्वयं सहायता समूह से 30,000 रुपए का ऋण लिया।

आज वह अपने पति और सास के साथ मिलकर अपना कैंटीन बिजनेस चला रही है। वह रोजाना 300 से 500 रुपए का लाभ कमा रही है। वह अपनी बेटी को स्कूल भेज रही है। उसका जीवन बेहतर हो गया है।

उसका लक्ष्य अधिक-से-अधिक महिलाओं को स्वयं सहायता समूह में शामिल होने के लिए प्रोत्साहित करना है, ताकि महिलाओं को समाज में उचित सम्मान मिल सके।

जब सभी उँगलियाँ एक हो जाएँ

ऐसी ही एक कहानी बबीना के सिमरावारी गाँव में स्थित 'नवसृजन' नामक स्वयं सहायता समूह की है। यह स्वयं सहायता समूह बेकार कागजों से सुंदर घरेलू सजावट के सामान बनाने में संलग्न है। इसकी शुरुआत इसकी प्रमुख आकांक्षा ताम्रकार द्वारा की गई थी। आज इसके उत्पाद झाँसी जिले की अनूठी पहचान बन गए हैं। स्वयं सहायता समूह की महिलाएँ 4,500 रुपए प्रतिमाह कमा रही हैं। वे मेलों और हाटों में अपने उत्पाद बेच रही हैं। ये उत्पाद ऑनलाइन अमेजन और फ्लिपकार्ट पर भी उपलब्ध हैं।

ग्रामीण जीवन में बदलाव

ऐतिहासिक शहर झाँसी के आसपास के गाँवों में आज एक मौन क्रांति हो रही है। महिलाएँ, जो कभी अपने घरों की चारदीवारी तक सीमित रहती थीं, अब बाहर निकल रही हैं, अपनी आवाज उठा रही हैं और अपने जीवन की जिम्मेदारी सँभाल रही हैं। यह परिवर्तन संयोग से नहीं है, बल्कि महिलाओं को सशक्त बनाने और उनके समुदायों के उत्थान के लिए अथक प्रयास करने वाले विभिन्न स्वयं सहायता समूहों (एसएचजी) के अथक प्रयासों और स्थानीय प्रशासन—विशेष तौर पर डीएम रविंद्र कुमार के जुनून का परिणाम है।

ऐसा ही एक समूह है 'सखी सहेली', जिसका अर्थ है 'दोस्तों की दोस्त।' दृढ़ निश्चयी महिलाओं के एक समूह द्वारा स्थापित, 'सखी सहेली' का उद्देश्य महिलाओं को एक साथ आने, अपने अनुभव साझा करने और एक-दूसरे का समर्थन करने के लिए एक मंच प्रदान करना है। नियमित बैठकों और चर्चाओं के माध्यम से, 'सखी सहेली' के सदस्यों ने न केवल सिलाई, कढ़ाई और हस्तशिल्प जैसे मूल्यवान कौशल सीखे हैं, बल्कि अपने परिवारों और समुदायों में खुद को स्थापित करने का आत्मविश्वास भी हासिल किया है।

'सखी सहेली' की सदस्या सीता की कहानी लीजिए। एक समय डरपोक गृहिणी रही सीता अब समूह के माध्यम से हासिल किए गए कौशल की बदौलत अपना खुद का छोटा सिलाई व्यवसाय चलाती है। इससे न केवल उसके परिवार की आय में वृद्धि हुई है, बल्कि उसे अपने पति और ससुराल वालों का सम्मान और प्रशंसा भी मिली है।

एक अन्य प्रेरक समूह है 'शक्ति समूह'। विविध पृष्ठभूमि की महिलाओं को शामिल करते हुए 'शक्ति समूह' टिकाऊ कृषि प्रथाओं और जैविक खेती तकनीकों को बढ़ावा देने पर ध्यान केंद्रित करता है। प्रशिक्षण सत्रों और कार्यशालाओं के माध्यम से 'शक्ति समूह' के सदस्यों ने महँगे उर्वरकों और कीटनाशकों पर अपनी निर्भरता को कम करते हुए प्राकृतिक तरीकों का उपयोग करके फसलों की खेती करना सीखा है।

सदस्यों में से एक, राधा, एक किसान के रूप में अपने पति की अल्प आय से गुजारा करने के लिए संघर्ष करती थी। लेकिन शक्ति समूह में शामिल होने के बाद राधा ने जैविक तरीके से सब्जियाँ उगाना सीखा, जिससे न केवल उसके परिवार के लिए पौष्टिक भोजन की निरंतर आपूर्ति सुनिश्चित हुई, बल्कि उसे स्थानीय बाजार में अधिशेष बेचने में भी मदद मिली, जिससे उसकी वित्तीय स्थिति में काफी सुधार हुआ।

'महिला उद्योग' या 'महिला उद्यम' एक और समूह है, जो महिला जीवन पर महत्त्वपूर्ण प्रभाव डाल रहा है। उद्यमशील महिलाओं द्वारा स्थापित, 'महिला उद्योग' महिलाओं के नेतृत्व वाली उद्यमिता और लघु उद्योगों को बढ़ावा देने को समर्पित है। महिला उद्योग के सदस्यों ने डेयरी फार्मिंग, मधुमक्खी पालन और खाद्य प्रसंस्करण इकाइयों जैसे छोटे व्यवसाय स्थापित किए हैं, जिनसे उनके समुदायों में आर्थिक सशक्तीकरण का प्रभाव पैदा हुआ है।

इन स्वयं सहायता समूहों की सफलता की कहानियाँ केवल आय में सुधार के बारे में नहीं हैं; वे जीवन को बदलने के बारे में हैं। जो महिलाएँ कभी अपनी छाया तक ही सीमित थीं, वे अब न केवल आर्थिक रूप से, बल्कि सामाजिक और भावनात्मक रूप से भी चमक रही हैं। महिलाओं में आत्मविश्वास में वृद्धि स्पष्ट है, क्योंकि वे नेतृत्व की भूमिका निभाती हैं, निर्णय लेने की प्रक्रियाओं में भाग लेती हैं और पारंपरिक लैंगिक भूमिकाओं को चुनौती देती हैं।

इसके अलावा, इन समूहों ने घरेलू हिंसा की घटनाओं को रोकने में महत्त्वपूर्ण भूमिका निभाई है। महिलाओं को अपनी चिंताओं को व्यक्त करने और समर्थन माँगने के लिए एक मंच प्रदान करके, एसएचजी ने उन्हें दुर्व्यवहार के खिलाफ खड़े होने और जरूरत पड़ने पर मदद माँगने के लिए सशक्त बनाया है। इन समूहों द्वारा बढ़ावा दी गई एकजुटता और भाईचारे की भावना ने महिलाओं के लिए एक सुरक्षा संजाल तैयार किया है, जिससे यह सुनिश्चित हो गया है कि अब किसी को भी चुपचाप पीड़ित नहीं होना पड़ेगा।

□

3

बुंदेलखंड औद्योगिक विकास प्राधिकरण

जिला मजिस्ट्रेट रविंद्र कुमार के नेतृत्व में झाँसी के गतिशील शासन की कहानी में एक महत्त्वपूर्ण अध्याय सामने आता है—बुंदेलखंड औद्योगिक विकास प्राधिकरण (बीआईडीए-बीडा) में योगदान का। झाँसी में प्रगति के इस अध्याय में हम उन रणनीतिक पहलों को देखते हैं, जिन्होंने औद्योगिक विकास, आर्थिक सशक्तीकरण और जिले के आर्थिक परिदृश्य में परिवर्तनकारी बदलाव की नींव रखी।

बुंदेलखंड औद्योगिक विकास प्राधिकरण (बीडा)

झाँसी और व्यापक बुंदेलखंड क्षेत्र में औद्योगिक विकास को गति देने के लिए एक मजबूत ढाँचे की आवश्यकता को रविंद्र कुमार ने तीव्रता से पहचाना। 2020 में तेजी

से बदलते आर्थिक परिदृश्य की पृष्ठभूमि में, 'बीडा' की अवधारणा (स्थापना सितंबर 2023 में हुई) की गई। इस प्राधिकरण का जनादेश स्पष्ट था—झाँसी-बुंदेलखंड को एक औद्योगिक केंद्र के रूप में स्थापित करना, इसके रणनीतिक स्थान, कुशल कार्यबल और प्रशासन के सक्रिय समर्थन का लाभ उठाना।

उत्तर प्रदेश सरकार ने पिछड़े बुंदेलखंड क्षेत्र में औद्योगीकरण को गति देने के लिए नोएडा की तर्ज पर 'बुंदेलखंड औद्योगिक विकास प्राधिकरण' के गठन को सितंबर 2023 में मंजूरी दे दी। उत्तर प्रदेश के मुख्यमंत्री योगी आदित्यनाथ की अध्यक्षता में राज्य कैबिनेट की बैठक के दौरान यह निर्णय लिया गया।

दरअसल, बुंदेलखंड औद्योगिक विकास प्राधिकरण नोएडा की तर्ज पर होगा। नोएडा प्राधिकरण का गठन 1976 में टाउनशिप विकसित करने के लिए किया गया था। इसके द्वारा किए गए विकास कार्यों को ध्यान में रखते हुए अब योगी सरकार ने बुंदेलखंड को भी चमकाने के लिए यह कदम उठाया है। इसे मुख्यमंत्री औद्योगिक क्षेत्र विस्तार और नवीन औद्योगिक क्षेत्र प्रोत्साहन योजना के तहत शुरू किया जा रहा है।

47 साल बाद यह पहली बार है कि इस तरह का औद्योगिक विकास प्राधिकरण बनाया जा रहा है। परियोजना के पहले चरण में झाँसी के 33 राजस्व गाँवों की 35,000 एकड़ भूमि का अधिग्रहण करके एक औद्योगिक शहर स्थापित किया जा रहा है। जमीन की कीमत 6,312 करोड़ रुपए है। सरकार द्वारा बुंदेलखंड औद्योगिक विकास प्राधिकरण की स्थापना के लिए वित्तीय वर्ष 2022-23 में 5,000 करोड़ रुपए का प्रावधान किया गया और वर्ष 2023-24 में भी 5,000 करोड़ रुपए का प्रावधान किया गया है। मुख्यमंत्री औद्योगिक क्षेत्र विस्तार एवं नवीन औद्योगिक क्षेत्र प्रोत्साहन योजना के तहत लोन का प्रपत्र उपलब्ध कराया गया है।

बीडा योगी सरकार का एक महत्त्वपूर्ण कदम है। यह ऐतिहासिक निर्णय बुंदेलखंड के बहुआयामी विकास को गति देगा। झाँसी के आसपास के क्षेत्र का बड़े पैमाने पर विकास किया जाएगा। इसके जरिए कुल 14,000 हेक्टेयर जमीन पर औद्योगिक शहर विकसित करने की योजना है। यह औद्योगिक शहर झाँसी-ग्वालियर मार्ग पर प्रस्तावित है, जो राष्ट्रीय राजमार्ग के माध्यम से देश के प्रमुख शहरों से भी जुड़ा है। इसके अलावा, यह राष्ट्रीय राजमार्ग 27 से जालौन जिले से गुजरने वाले बुंदेलखंड एक्सप्रेसवे के माध्यम से राज्य के अन्य शहरों से अच्छी तरह से जुड़ा होगा।

विकास प्राधिकरण टाउनशिप सहित औद्योगिक प्रतिष्ठानों के लिए सभी आवश्यक सुविधाएँ उपलब्ध कराएगा। इसके बनने से क्षेत्र का समग्र विकास होगा और बड़े पैमाने पर रोजगार का सृजन होगा। इससे जहाँ आम जनता को रोजगार के अवसर मिलेंगे, वहीं क्षेत्र का विकास होगा, जिसका सीधा लाभ क्षेत्रवासियों को मिलेगा। यह कदम भी राज्य

के विकास में बहुत बड़ा योगदान देगा। इससे सरकार का एक ट्रिलियन इकोनॉमी बनने का संकल्प पूरा होगा।

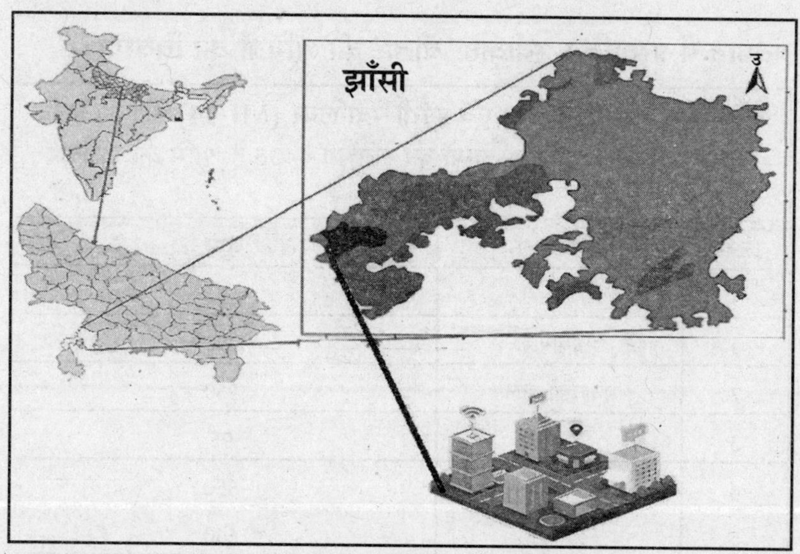

बुंदेलखंड औद्योगिक विकास प्राधिकरण के लिए झाँसी-ललितपुर और झाँसी-ग्वालियर रोड के आसपास जमीन चिह्नित कर ली गई है, जिस पर कैबिनेट की मुहर भी लग गई है। जनपद झाँसी प्रदेश के औद्योगिक रूप से पिछड़े इलाकों में से एक माना जाता है। इससे यहाँ रोजगार का भी अभाव रहता है। इस कमी को दूर करने के लिए जनपद में डिफेंस कॉरिडोर बनाया जा रहा है। अब यहाँ नोएडा (न्यू ओखला इंडस्ट्रियल डेवलपमेंट अथॉरिटी) की तर्ज पर बुंदेलखंड इंडस्ट्रियल डेवलपमेंट अथॉरिटी बनाने की कोशिशें शुरू कर दी गई हैं। झाँसी के लिए इस विजन प्लान को तैयार करने का उत्तरदायित्व जिलाधिकारी सहित यूपीसीडा को दिया गया है।

इस प्लान में झाँसी की आर्थिक गतिविधियों पर फोकस किया जाना है। विजन प्लान को बेहतर बनाने के लिए स्थानीय उद्यमियों से भी राय ली जा रही है। इसके साथ ही झाँसी के आसपास के जिलों में जो कारोबार संचालित हैं, उनसे संबंधित गतिविधियों को बढ़ावा देने के लिए भी झाँसी को केंद्र बनाया जा रहा है। इस कदम से उद्यमियों को एक बड़ा बाजार मिल सकेगा।

बीडा का निर्माण झाँसी की आर्थिक विकास रणनीति में एक आदर्श बदलाव को चिह्नित करेगा। इसका उद्देश्य न केवल निवेश को आकर्षित करना है, बल्कि उद्योगों को फलने-फूलने के लिए एक अनुकूल पारिस्थितिकी तंत्र का पोषण करना है, जिससे

रोजगार पैदा हो, नवाचार को बढ़ावा मिले और जिले के राजस्व में महत्त्वपूर्ण योगदान मिले।

वर्तमान में प्रस्तावित/स्वीकृत 'बीडा' की भूमियों का विवरण

झाँसी-शिवपुरी (NH-57) एवं झाँसी-ग्वालियर (NH-44) नेशनल हाईवे के मध्य में स्थित कुल 09 ग्रामों की लगभग 4435 हे. भूमि का ग्रामवार विवरण निम्नवत् हैं:—

क्र.सं.	ग्राम का नाम	बीडा हेतु उपलब्ध भूमि का क्षेत्रफल (हे.)
1	2	3
1	डोमागोर	250
2	मुनावली कलाँ	950
3	गेवरा	95
4	सिमरा	850
5	सारमऊ	640
6	कलौथरा	200
7	ढिकौली	170
8	कोटखोरा	440
9	अंबावाय	470
कुल योग		**4065 हे. (10045 एकड़)**

झाँसी-शिवपुरी नेशनल हाईवे (NH-57) के दक्षिण एवं झाँसी-ललितपुर नेशनल हाईवे (NH-44) के मध्य स्थित कुल 24 ग्रामों में लगभग 9850 हे. भूमि का ग्रामवार विवरण निम्नवत् है:—

क्र.सं.	ग्राम का नाम	बीडा हेतु उपलब्ध भूमि का क्षेत्रफल (हे.)
1	2	3
1	डगरधारा	1050
2	वमेर	300
3	बाजना	600

4	राजापुर	950
5	बछौनी	500
6	परासई	270
7	इमिलिया	400
8	अमरपुर	500
9	गागौनी	100
10	बदनपुर	300
11	बसाई	200
12	खैरा	400
13	वेदौरा	500
14	चमरौआ	700
15	खजराठा बुजर्ग	670
16	खजराहा खुर्द	200
17	मुरारी	600
18	किल्चवारा बुजर्ग	400
19	मठ	160
20	गुढ़ा	135
21	बरुआपुरा	600
22	रमपुरा	105
23	किल्चवारा खुर्द	100
24	डोंगरी	480
कुल क्षेत्रफल		**10220 हे. (25254 एकड़)**

बुंदेलखंड इंडस्ट्रियल डेवलपमेंट अथॉरिटी (बीडा) को विकसित किए जाने हेतु कुल 33 ग्रामों की भूमि का विवरण निम्नवत् है—

- कुल ग्रामों की संख्या—33
- कुल क्षेत्रफल—14285 हे. (35300 एकड़) = प्राइवेट भूमि : 11201 हे. + सरकारी भूमि : 3084 हे.
- समस्त ग्रामों की प्राइवेट भूमि एवं परिसंपत्तियों का औसत सर्किल रेट से

अनुमानित मूल्य—1650 करोड़ लगभग

- भूमि का सर्किल रेट का चार गुना एवं परिसंपत्तियों का अनुमानित मूल्यांकन—6312 करोड़ लगभग।

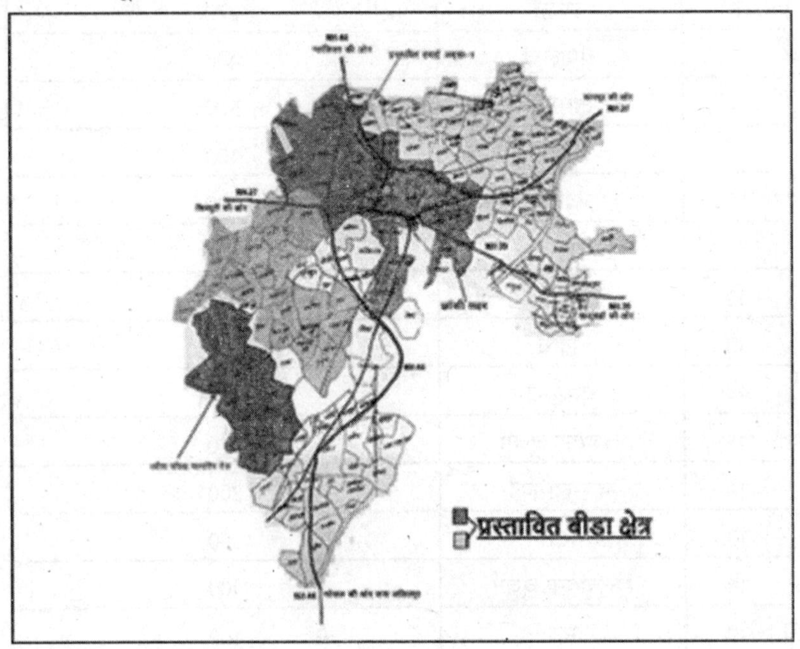

नोट :

1. राजस्व विभाग-1 के शासनादेश संख्या-578/एक-1-2023-1099/46/2023 दिनांक 17 जुलाई, 2017 के अनुसार सरकारी भूमि 3084 हे. और उस पर स्थित परिसंपत्ति का मूल्य सम्मिलित नहीं किया गया है। केवल प्राइवेट व्यक्तियों की भूमि के मूल्य को ही सम्मिलित किया गया है।

2. ग्राम में स्थित पहाड़ी एवं जलमग्न क्षेत्र तथा ग्राम की आबादी क्षेत्र से 100 मीटर की दूरी की भूमियों को छोड़कर अधिग्रहण प्रस्तावित किया गया है।

प्रस्तावित 'बीडा' की कनेक्टिविटी

रोड कनेक्टिविटी

बुंदेलखंड क्षेत्र के जनपद झाँसी में नॉर्थ-साउथ कोरीडोर है, जोकि श्रीनगर को कन्याकुमारी से जोड़ता है (एनएच-44) एवं ईस्ट-वेस्ट कॉरिडोर (एनएच-27) है, जोकि सिलचर से पोरबंदर को जोड़ता है। दोनों गलियारों के मध्य स्थित लगभग 13405

हेक्टेयर भूमि है। झाँसी-खजुराहो राष्ट्रीय राजमार्ग (एनएच-39) झाँसी को सीधे खजुराहो से जोड़ता है। आगरा, खजुराहो, दिल्ली, कानपुर, लखनऊ आदि शहरों तक सड़क मार्ग द्वारा आसानी से पहुँचा जा सकता है।

वीरांगना लक्ष्मीबाई झाँसी रेलवे स्टेशन

रेलवे कनेक्टिविटी

वीरांगना लक्ष्मीबाई झाँसी रेलवे स्टेशन, उत्तर प्रदेश के बुंदेलखंड क्षेत्र में झाँसी शहर में स्थित एक प्रमुख रेलवे जंक्शन है। भारतीय रेलवे के उत्तर मध्य रेलवे जोन में झाँसी का अपना एक मंडल है। यह दिल्ली-चेन्नई और दिल्ली-मुंबई लाइन पर स्थित है। हाल ही में झाँसी जंक्शन रेलवे स्टेशन की वैगन मरम्मत कार्यशाला में कुल 1.5 मेगावाट की सौर ऊर्जा परियोजना स्थापित करने की योजना पर काम चल रहा है। झाँसी जंक्शन भारत के कई औद्योगिक और महत्त्वपूर्ण शहरों जैसे—नई दिल्ली, कानपुर, लखनऊ, भोपाल, चेन्नई, बैंगलोर, हैदराबाद, मुंबई, कोलकाता, जम्मू, आगरा, भुवनेश्वर, अहमदाबाद, बाँदा, नागपुर आदि से सीधी ट्रेनों से जुड़ा हुआ है।

झाँसी जंक्शन में 4 ब्रॉडगेज मार्ग हैं : दिल्ली से मुंबई तक, दिल्ली से चेन्नई तक, झाँसी से कानपुर सेंट्रल तक, बीना से भोपाल तक, खजुराहो से मानिकपुर तक।

वायुमार्ग कनेक्टिविटी

झाँसी में नवीन हवाई अड्डा हेतु भूमि का चिह्नीकरण किया जा चुका है। झाँसी से ग्वालियर एयरपोर्ट 103 किलोमीटर, कानपुर एयरपोर्ट 200 किलोमीटर, लखनऊ एयरपोर्ट 315 किलोमीटर, भोपाल एयरपोर्ट 332 किलोमीटर व दिल्ली एयरपोर्ट 475 किलोमीटर दूर है।

संभावित उद्योग : आर्थिक विविधता के लिए एक ब्लूप्रिंट

'बीडा' के तत्त्वावधान में झाँसी में जिन उद्योगों को स्थान मिलेगा, उनका स्पेक्ट्रम विविध और रणनीतिक दोनों प्रकार का होगा। जैसे कि वेयरहाउस एवं लॉजिस्टिक उद्योग, सिलिका के उपयोग पर आधारित उद्योग, सिरेमिक उद्योग, सेमी कंडक्टर उद्योग, फूड प्रोसेसिंग उद्योग इत्यादि। साथ ही क्षेत्र की अद्वितीय शक्तियों को पहचानते हुए औद्योगिक ब्लूप्रिंट में ऐसे क्षेत्रों को शामिल किया जा रहा है, जो झाँसी की आर्थिक आकांक्षाओं और बुंदेलखंड के व्यापक विकास लक्ष्यों के अनुरूप हों।

क्षेत्रीय स्तर पर उपलब्ध कच्चा माल

जनपद झाँसी में कच्चे माल के रूप में खाद्य उत्पादन गेहूँ एवं कठिया गेहूँ का उत्पादन झाँसी के लगभग 1.56 लाख हेक्टेयर में होता है। मटर उत्पादन लगभग 0.44 हेक्टेयर क्षेत्रफल में। तिल लगभग 1.06 हेक्टेयर में, मूँगफली लगभग 0.22 हेक्टेयर में उगाई जाती है। इसके अलावा अदरक, हल्दी, विभिन्न प्रकार की दालें, राई/सरसों आदि के रूप में कच्चा माल प्रचुर मात्रा में उपलब्ध है। झाँसी तथा आसपास के जनपदों में नीबू, अमरूद, आँवला, बेल इत्यादि की प्रचुर मात्रा में उपलब्धता है।

पारीछा थर्मल पावर प्लांट का निरीक्षण

जनपद झाँसी में थर्मल पावर प्लांट पारीछा स्थित है, जिसमें से निकलने वाला फ्लाई ऐश, निःशुल्क उपलब्ध है तथा स्टोन क्रेशर की उपलब्धता के कारण डस्ट एवं गिट्टी आसानी से कच्चे माल के रूप में उपलब्ध है।

जनपद झाँसी में 12 क्वाट्र्ज भित्तियों का अध्ययन भी किया गया है, जिनमें लगभग

400 वर्ग किलोमीटर के क्षेत्र में सिलिका की मात्रा 95 से 97 प्रतिशत तक है। कच्चे माल के रूप में जनपद झाँसी में लगभग 12 पहाड़ियाँ भी उपलब्ध हैं।

मध्य प्रदेश के समीप होने और वहाँ के लॉगिंग विभाग से नीलामी से प्रचुर मात्रा में प्राप्त होने वाली लकड़ी उपलब्ध है।

मऊरानीपुर में धागे की 25 थोक आढ़तें हैं, जो व्यापक पैमाने पर पूरे भारत से बैकवर्ड तथा फॉरवर्ड लिंकेज रखती है।

रेलवे द्वारा नीलाम किए जाने वाले लोहे का स्क्रेप कच्चे माल के रूप में उपलब्ध है।

औषधीय पौधों जैसे तुलसी, एलोवेरा इत्यादि की भी उपलब्धता है। झाँसी जिले में लगभग 2800 एकड़ क्षेत्रफल में तुलसी की खेती की जाती है।

पानी की उपलब्धता

पहुज बाँध

यह बाँध प्रस्तावित क्षेत्र से लगभग 10 किलोमीटर की दूरी पर स्थित है। इसकी लंबाई 2040 मीटर और ऊँचाई 10.67 मीटर है। इस डैम में वर्ष भर जल संगृहीत रहता है।

डोंगरी बाँध

यह बाँध प्रस्तावित क्षेत्र से लगभग पाँच किलोमीटर की दूरी पर स्थित है। इसकी लंबाई 2760 मीटर और ऊँचाई 15.3 मीटर है। इस डैम से निकाली गई नहर द्वारा फसलों की सिंचाई की जाती है। इस डैम में भी वर्ष भर जल संगृहीत रहता है।

रेलवे डेम

यह बाँध प्रस्तावित क्षेत्र से लगभग सात किलोमीटर की दूरी पर स्थित है। यह बाँध पहुज नदी पर बनाया गया है। इस डैम में भी वर्ष भर जल संगृहीत रहता है।

सपरार डैम

यह बाँध प्रस्तावित क्षेत्र से लगभग तीन किलोमीटर की दूरी पर स्थित है। इसकी लंबाई 1800 मीटर और चौड़ाई 800 मीटर है। इस डैम में भी वर्ष भर जल संगृहीत रहता है।

भूमिगत जल

प्रस्तावित क्षेत्र में भूमिगत जल स्तर भी काफी ऊपर है। किसानों द्वारा 40 फीट गहरे कुओं के माध्यम से सिंचाई की जाती है। लगभग 90 फीट गहरी बोरिंग में पंपिंग सेट स्थापित करके फसलों की सिंचाई की जाती है।

ऊर्जा की उपलब्धता

पारीछा थर्मल पावर प्लांट

इस थर्मल पावर प्लांट में छह इकाइयों के माध्यम से 1140 मेगावाट विद्युत् का उत्पादन किया जाता है। यह प्लांट प्रस्तावित इंडस्ट्रीयल डेवलपमेंट अथॉरिटी से लगभग 30 किमी. दूर स्थित है, जिससे स्थापित औद्योगिक इकाइयों को विद्युत् सप्लाई निर्बाध रूप से की जा सकती है।

पारीछा थर्मल पावर प्लांट, पारीछा, झाँसी

पावर ग्रिड कॉरपोरेशन ऑफ इंडिया लिमिटेड

झाँसी जनपद में ट्रांसमिशन आपूर्ति हेतु 132/220 के.बी. के पाँच केंद्र संचालित हैं। आवश्यकता पड़ने पर इनके द्वारा स्थापित उद्योगों को विद्युत् आपूर्ति की जा सकती है।

उत्तर प्रदेश पावर कॉरपोरेशन लिमिटेड

झाँसी जनपद में विद्युत् सप्लाई हेतु 52 उपकेंद्रों का संचालन किया जाता है, जिनके द्वारा घरेलू एवं कृषि तथा उसके सहायक कार्यकलापों की आवश्यकता की पूर्ति की जाती है।

गैस ऊर्जा स्त्रोत

झाँसी जनपद से गेल कंपनी की गैस पाइपलाइन गुजरती है तथा कांडला-गोरखपुर गैस पाइपलाइन का कार्य प्रगति पर है।

सोलर एनर्जी

झाँसी जनपद के 'बीडा' से लगभग 90 किलोमीटर दूरी पर टुस्को कंपनी द्वारा 600 मेगावाट का सोलर एनर्जी पार्क स्थापित किया जा रहा है। प्रस्तावित 'बीडा' से लगभग 20 किलोमीटर दूरी पर निजी कंपनी फोर्थ पार्टनर द्वारा 100 मेगावाट का सोलर प्लांट स्थापित किया जा रहा है। इस क्षेत्र में उपलब्ध सोलर एनर्जी की संभावनाओं के दृष्टिगत ऊर्जा में आत्मनिर्भर बनाने हेतु इन्वेस्टर समिट के माध्यम से कंपनियाँ निवेश हेतु इच्छुक हैं।

भूमि आवंटन : एक अनुकूल व्यावसायिक माहौल को बढ़ावा देना

बीडा की रणनीति के केंद्र में औद्योगिक उद्देश्यों के लिए भूमि का कुशल और पारदर्शी आवंटन है। नौकरशाही बाधाओं को दूर करने और औद्योगीकरण की गति को तेज करने के लिए भूमि आवंटन प्रक्रिया को सुव्यवस्थित किया जा रहा है। एक एकल खिड़की निकासी तंत्र स्थापित किया जा रहा है, जिससे यह सुनिश्चित किया जाए कि संभावित निवेशकों को अपने उद्यम के लिए भूमि सुरक्षित करने में न्यूनतम लालफीताशाही का सामना करना पड़े।

कुमार के नेतृत्व में जिला प्रशासन ने औद्योगिक विकास के लिए अनुकूल भूमि पार्सल की पहचान की और उन्हें चिह्नित किया। परिवहन केंद्रों की निकटता, उपयोगिताओं की उपलब्धता और पर्यावरण मानकों के अनुपालन को ध्यान में रखते हुए ये पार्सल

रणनीतिक रूप से अनुकूल जगहों पर स्थित थे। भूमि की पहचान और आवंटन के लिए सकारात्मक दृष्टिकोण ने जिले के भीतर औद्योगिक गतिविधियों में वृद्धि के लिए मंच तैयार किया।

2023 के अंत तक 'बीडा' ने विभिन्न उद्योगों के लिए 40,000 एकड़ से अधिक भूमि सफलतापूर्वक अधिगृहीत कर ली है और भू-विकास का कार्य जारी है।

कृषि व्यवसाय और खाद्य प्रसंस्करण : खेत से खेत तक

कृषि व्यवसाय और खाद्य प्रसंस्करण पर ध्यान केंद्रित करते हुए झाँसी के कृषि परिदृश्य का उसकी पूरी क्षमता से दोहन किया जाना है। 'बीडा' की 'कृषि विकास' पहल किसानों को कृषि व्यवसाय मूल्य श्रृंखला में एकीकृत करने का प्रयास करेगी, जिससे उन्हें आधुनिक प्रसंस्करण सुविधाओं और बाजारों तक पहुँच प्रदान हो। अत्याधुनिक तकनीक से सुसज्जित खाद्य प्रसंस्करण इकाइयाँ जिले के आर्थिक विविधीकरण की आधारशिला बन सकती हैं। झाँसी के प्रसंस्कृत खाद्य उत्पादों को न केवल देश के भीतर बल्कि अंतरराष्ट्रीय बाजारों में भी तैयार बाजार मिलें, जिससे जिले के निर्यात राजस्व में योगदान हो, ऐसे प्रयास किए जाएँगे।

सस्टेनेबल झाँसी : चिरगाँव, झाँसी स्थित बायोगैस प्लांट

नवीकरणीय ऊर्जा : एक सतत भविष्य

स्थिरता की दिशा में वैश्विक प्रयासों के अनुरूप, 'बीडा' नवीकरणीय ऊर्जा क्षेत्र में सक्रिय रूप से निवेश को बढ़ावा देगा। सौर और पवन ऊर्जा परियोजनाओं की स्थापना के लिए जिले की प्रचुर धूप और पवन संसाधनों का लाभ उठाया जाना तय है। पहले तीन वर्षों के भीतर नवीकरणीय ऊर्जा क्षमता में उल्लेखनीय वृद्धि के साथ 'सस्टेनेबल झाँसी'

स्वच्छ ऊर्जा अपनाने के लिए एक मॉडल बनाया जाएगा।

नवीकरणीय ऊर्जा की ओर बदलाव से न केवल पर्यावरण संरक्षण में योगदान होगा, बल्कि झाँसी को हरित ऊर्जा क्षेत्र में अग्रणी के रूप में स्थापित किया जाएगा। नवीकरणीय ऊर्जा पहल से नौकरियाँ पैदा होंगी, निवेश आकर्षित होगा और पारंपरिक ऊर्जा स्रोतों पर जिले की निर्भरता कम होगी।

चुनौतियाँ और अनुकूल रणनीतियाँ : प्रगति की राह पर चलना

हालाँकि, 'बीडा' की पहल की सफलता ने एक गुलाबी तसवीर पेश की है, लेकिन यह चुनौतियों से रहित भी नहीं है। बेशक, रविंद्र कुमार के मार्गदर्शन में जिला प्रशासन ने औद्योगिक विकास की जटिलताओं से निपटने में लचीलेपन और अनुकूलन क्षमता का प्रदर्शन किया है।

बुनियादी ढाँचे की बाधाएँ

उद्योगों की तीव्र आमद से मौजूदा बुनियादी ढाँचे, विशेष रूप से परिवहन और उपयोगिताओं के लिए चुनौतियाँ खड़ी हो सकती हैं। समानांतर विकास की आवश्यकता को पहचानते हुए प्रशासन को परिवहन नेटवर्क के विस्तार और उन्नयन पर ध्यान केंद्रित करना चाहिए। औद्योगिक क्षेत्र की भावी बढ़ती माँगों को पूरा करने के लिए जल आपूर्ति, सीवेज और बिजली के बुनियादी ढाँचे में निवेश में तेजी लाई जानी चाहिए।

पर्यावरणीय स्थिरता

तेजी से औद्योगीकरण पर्यावरणीय स्थिरता पर नए सिरे से ध्यान केंद्रित करने के लिए प्रेरित कर सकता है। हालाँकि, बीडा ने टिकाऊ प्रथाओं को बढ़ावा देते हुए उद्योगों के लिए कड़े पर्यावरण अनुपालन मानदंड स्थापित किए हैं।

आगे की ओर देखना : गति बनाए रखना और ऊँचाइयों को छूना

वस्तुतः झाँसी में 'बीडा' और औद्योगिक विकास की क़हानी गतिशील शासन की परिवर्तनकारी शक्ति के प्रमाण के रूप में खड़ी होती है। रविंद्र कुमार के प्रशासन द्वारा रखी गई नींव ने झाँसी को बुंदेलखंड में आर्थिक प्रगति के प्रतीक के रूप में स्थापित किया है। सफलता के पैमाने—रोजगार सृजन, राजस्व वृद्धि और क्षेत्रीय विविधीकरण—औद्योगिक विकास के लिए एक दूरदर्शी दृष्टिकोण की प्रभावकारिता को रेखांकित करते हैं।

□

4

झाँसी शहरी परिवर्तन के बहुमुखी आयाम

भारत के हृदय स्थल में बसा झाँसी एक ऐसा शहर है, जो रानी लक्ष्मीबाई की वीरता से गूँजता है, वह प्रतिष्ठित रानी, जिसने भारतीय वीरता के इतिहास में अपना नाम दर्ज कराया। अपनी ऐतिहासिक अनुगूँज से परे, झाँसी समकालीन चुनौतियों की जटिलताओं से जूझता हुआ शहर रहा है। जैसे ही रविंद्र कुमार ने 2021 में जिला मजिस्ट्रेट का पद सँभाला, उन्हें न केवल एक समृद्ध विरासत प्रशासन के लिए मिली, बल्कि झाँसी को एक ऐसे भविष्य की ओर ले जाने की जिम्मेदारी भी मिली, जो प्रगति की अनिवार्यताओं को अपनाते हुए अपने अतीत का सम्मान करता हो।

झाँसी की विरासत : ऐतिहासिक किला

वास्तुकला विरासत : किले, महल और मंदिर

झाँसी का शहरी परिदृश्य वास्तुशिल्प रत्नों से सुशोभित है, जो बीते युग की कहानियाँ सुनाता है। इस ऐतिहासिक समूह के केंद्र में दुर्जेय झाँसी किला है, जो एक वास्तुशिल्प चमत्कार है और समय की कसौटी पर खरा उतरा है। 17वीं शताब्दी में राजा वीर सिंह जूदेव द्वारा निर्मित किला एक रणनीतिक सुविधाजनक बिंदु है, जो शहर के मनोरम दृश्य प्रस्तुत करता है।

किले के परिसर के भीतर रानी महल, रानी लक्ष्मीबाई का पूर्ववर्ती महल स्थित है। जीवंत भित्तिचित्रों और अलंकृत वास्तुकला से सुसज्जित, जटिल रूप से डिजाइन किया गया महल, शहर के शाही अतीत की एक मार्मिक याद दिलाता है। झाँसी का किला और रानी महल सामूहिक रूप से दुनिया भर से इतिहास के प्रति उत्साही, शोधकर्ताओं और पर्यटकों को आकर्षित करते हैं, जो शहर की सांस्कृतिक जीवंतता और पर्यटन क्षमता में योगदान करते हैं।

झाँसी असंख्य मंदिरों का भी घर है, जो इसकी धार्मिक और सांस्कृतिक विविधता को दरशाते हैं। गणेश मंदिर, काली मंदिर और सेंट जूड्स श्राइन सहित झाँसी के मंदिर, शहर के भीतर विभिन्न धर्मों के सह-अस्तित्व के प्रमाण के रूप में खड़े हैं। इन धार्मिक इमारतों का वास्तुशिल्प वैभव झाँसी की सांस्कृतिक पच्चीकारी में एक आध्यात्मिक आयाम जोड़ता है।

आर्थिक परिदृश्य : चुनौतियाँ और अवसर

ऐतिहासिक भव्यता के आवरण के नीचे, झाँसी को समकालीन चुनौतियों का सामना करना पड़ा, जिसके लिए रणनीतिक हस्तक्षेप की आवश्यकता थी। आर्थिक परिदृश्य पारंपरिक कृषि प्रथाओं और उभरती औद्योगिक आकांक्षाओं के मिश्रण को दरशाता है। रविंद्र कुमार ने इस द्वंद्व के भीतर अप्रयुक्त क्षमता को पहचाना, एक ऐसे भविष्य की कल्पना की, जहाँ शहर की विरासत और आर्थिक प्रगति सहक्रियात्मक रूप से मिल सकें।

कृषक समुदाय, जिसमें झाँसी की आबादी का एक महत्त्वपूर्ण हिस्सा शामिल है, को सिंचाई, बाजार पहुँच और फसल विविधीकरण से संबंधित चुनौतियों का सामना करना पड़ा। औद्योगिक क्षेत्र हालाँकि बढ़ रहा है, लेकिन यह बुनियादी ढाँचे की बाधाओं, कौशल अंतराल और पर्यावरणीय स्थिरता जैसे मुद्दों से जूझता रहा है। तब ऐसे में एक सूक्ष्म और समावेशी शासन मॉडल के लिए मंच तैयार किया गया, जो शहरी और ग्रामीण दोनों घटकों की अनूठी जरूरतों को संबोधित करता था।

रानी महल झाँसी में विश्व विरासत दिवस का आयोजन

विरासत संरक्षण के लिए पहल : अतीत का संरक्षण

रविंद्र कुमार के प्रशासन ने झाँसी की ऐतिहासिक संपत्तियों के आर्थिक और सांस्कृतिक महत्त्व को पहचानते हुए एक व्यापक विरासत संरक्षण पहल शुरू की। 'झाँसी हेरिटेज रिवाइवल प्रोजेक्ट' ने बहुआयामी दृष्टिकोण के माध्यम से शहर की वास्तुकला विरासत को संरक्षित और बढ़ावा देने का प्रयास किया।

इस पहल के तहत, झाँसी किले के जीर्णोद्धार और संरक्षण के प्रयास किए गए, जिससे यह सुनिश्चित हो गया कि इसकी भव्यता सिर्फ अतीत का अवशेष नहीं बल्कि झाँसी के धैर्य का एक जीवित प्रमाण है। रानी महल का भी नवीनीकरण किया गया, जिसमें इसकी संरचनात्मक अखंडता को बनाए रखने और इसकी कलात्मक भव्यता को पुनर्जीवित करने पर ध्यान दिया गया। संरक्षण के प्रयास प्रमुख स्थलों तक सीमित नहीं थे; जागरूकता पैदा करने और सामुदायिक भागीदारी बढ़ाने के लिए हेरिटेज वॉक निर्देशित पर्यटन और सांस्कृतिक उत्सव आयोजित किए गए।

पर्यटन प्रभाव : झाँसी की अपील में एक पुनर्जागरण

पर्यटन पर विरासत संरक्षण का प्रभाव स्पष्ट था। 2022 के अंत तक झाँसी में पर्यटकों की संख्या में 30 प्रतिशत की वृद्धि हुई, साथ ही शहर को एक सांस्कृतिक और ऐतिहासिक गंतव्य के रूप में प्रसिद्धि मिली। पर्यटन से उत्पन्न राजस्व एक मूल्यवान आर्थिक संसाधन बन गया, जो स्थानीय व्यवसायों, आतिथ्य सेवाओं और विभिन्न शिल्पकारों को प्रदान किया जाने लगा।

राज्य और राष्ट्रीय पर्यटन सर्किट में झाँसी को शामिल करने से इसकी दृश्यता में और वृद्धि हुई, जिससे विविध प्रकार के पर्यटक आकर्षित हुए। आर्थिक लहर का प्रभाव स्थानीय समुदायों तक बढ़ा, विशेष रूप से आतिथ्य और हस्तशिल्प क्षेत्रों में लगे लोगों पर। विरासत पर्यटन की सफलता ने न केवल झाँसी के अतीत का जश्न मनाया, बल्कि इसके आर्थिक पुनरुत्थान में भी महत्त्वपूर्ण योगदान दिया।

शहरी अवसंरचना : झाँसी शहर का गूगल मैप

शहरी अवसंरचना : चुनौतियों से निपटना

झाँसी शहर, कई अन्य शहरों की तरह शहरी बुनियादी ढाँचे की चुनौतियों से जूझता रहा है, जिसने इसके विकास पथ को बाधित किया। यातायात की भीड़, अपर्याप्त सार्वजनिक स्थान और अपर्याप्त अपशिष्ट प्रबंधन प्रणालियाँ उन मुद्दों में से थीं, जिन पर तत्काल ध्यान देने की आवश्यकता थी। आर्थिक जीवंतता को बढ़ावा देने में शहरी बुनियादी ढाँचे द्वारा निभाई गई अभिन्न भूमिका से परिचित, रविंद्र कुमार के प्रशासन ने इन चुनौतियों का समाधान करने के लिए परिवर्तनकारी परियोजनाएँ शुरू कीं।

यातायात प्रबंधन एवं परिवहन

यातायात की भीड़ को कम करने और समग्र गतिशीलता अनुभव को बढ़ाने के लिए 'स्मार्ट ट्रैफिक झाँसी' पहल शुरू की गई। बुद्धिमान यातायात प्रबंधन प्रणालियों की स्थापना, सड़क नेटवर्क का विस्तार और सार्वजनिक परिवहन सुविधाओं की शुरुआत एक निर्बाध शहरी गतिशीलता का अनुभव बनाने में महत्त्वपूर्ण बनीं। 'साइकिल झाँसी' कार्यक्रम ने पर्यावरण अनुकूल आवागमन विकल्पों को प्रोत्साहित किया, जिससे वाहन उत्सर्जन में कमी आई।

पर्यावरण अनुकूल परिवहन : झाँसी में इ-साइकिल केंद्र

इन पहलों का प्रभाव औसत आवागमन समय में 25 प्रतिशत की कमी और पहले वर्ष के भीतर यातायात से संबंधित दुर्घटनाओं में 20 प्रतिशत की कमी के रूप में परिलक्षित हुआ। बढ़ी हुई कनेक्टिविटी ने आर्थिक गतिविधियों को बढ़ावा देने में भी भूमिका निभाई, क्योंकि परिवहन की आसानी व्यवसाय वृद्धि के लिए उत्प्रेरक बन गई।

सार्वजनिक स्थान और मनोरंजन

शहरी जीवन की गुणवत्ता बढ़ाने में सार्वजनिक स्थानों के महत्त्व को पहचानते हुए प्रशासन ने 'झाँसी ग्रीन स्पेस' पहल शुरू की। निवासियों को अवकाश और मनोरंजन के लिए सुलभ और सौंदर्यपूर्ण रूप से मनभावन स्थान प्रदान करने के लिए पार्क, मनोरंजक क्षेत्र और हरित पट्टियाँ विकसित और पुनर्जीवित की गईं। इस पहल ने न केवल शहर की सौंदर्य अपील में योगदान दिया, बल्कि एक स्वस्थ और अधिक सक्रिय जीवन-शैली को भी बढ़ावा दिया।

डेटा से पता चला कि सार्वजनिक स्थान के उपयोग में 30 प्रतिशत की वृद्धि हुई है, जो समुदाय से सकारात्मक प्रतिक्रिया का संकेत देता है। सार्वजनिक स्थानों के पुनरुद्धार ने सामुदायिक निर्माण में भी भूमिका निभाई, क्योंकि विभिन्न पृष्ठभूमि के निवासी साझा मनोरंजक क्षेत्रों में एकत्रित हुए, जिससे सामाजिक एकजुटता की भावना को बढ़ावा मिला।

अपशिष्ट प्रबंधन और स्थिरता

अपशिष्ट प्रबंधन और पर्यावरणीय स्थिरता से संबंधित मुद्दों के समाधान के लिए 'स्वच्छ झाँसी, हरित झाँसी' अभियान शुरू किया गया। अपशिष्ट पृथक्करण पहल, सामुदायिक जागरूकता कार्यक्रम और अपशिष्ट से ऊर्जा परियोजनाओं की स्थापना इस अभियान के महत्त्वपूर्ण घटक थे। ऊर्जा-कुशल स्ट्रीट लाइटिंग और जल संरक्षण उपायों की शुरुआत के साथ, अपशिष्ट प्रबंधन की स्थिरता पर जोर दिया गया।

पर्यावरणीय स्थिरता पर प्रभाव उल्लेखनीय था—लैंडफिल में भेजे जाने वाले ठोस कचरे में 40 प्रतिशत की कमी, री-साइकलिंग के स्तर में 25 प्रतिशत की वृद्धि तथा हवा और पानी की गुणवत्ता में स्पष्ट सुधार। इन उपलब्धियों ने झाँसी को सतत शहरी विकास के लिए एक मॉडल के रूप में स्थापित किया।

छोटी नदियों के पुनर्जीवन के लिए आयोजित हुई कार्यशाला

समाज के जुड़ाव से ही संभव है जल संरक्षणः डीएम

देश भर के विषय विशेषज्ञों ने लिया भाग

झाँसी। जिलाधिकारी रविंद्र कुमार ने कहा है कि नदियों से हम अपने आपको दूर नहीं रख सकते। जल जीवन मिशन में नदियों से ही पानी को लिया जाता है। उन्होंने अपील की कि नदियों के साथ काम करने वाले लोग समाज को भी अपने साथ जोड़े। यह बात उन्होंने रविवार को परमार्थ समाज सेवी संस्थान की ओर से छोटी नदियों के पुनर्जीवन विषय पर आयोजित राष्ट्रीय विमर्श कार्यशाला के उद्घाटन सत्र को संबोधित करते हुए कही है।

उन्होंने कहा कि कार्यशालाएं बहुत होती हैं पर आपका ज्ञान तब तक सार्थक नहीं है जब तक उसे धरातल पर नहीं लाया जाता। रानी लक्ष्मी बाई कृषि विवि में आयोजित कार्यशाला को संबोधित करते हुए कुलपति ए के सिंह ने कहा 80 फीसदी गुणवत्ता युक्त पानी कृषि उपयोग में लाया जाता है। परमार्थ संस्था किसानों के साथ काम कर रही है, आगे से संस्था सीएसआरआई, कृषि विज्ञान केंद्र और रानी लक्ष्मी बाई कृषि विवि को साथ लेकर काम करे।

जल पुरुष राजेन्द्र सिंह ने गांवों में जलनीति बनाने पर जोर देते हुए कहा कि इससे हम देश में बाढ़ एवं सुखाड़ की विभीषिका को कम कर सकते हैं। उन्होंने बताया कि जल संरक्षण के काम में समाज का जुड़ाव जरूरी है।

जल पुरुष ने अपने ऑनलाइन संबोधन में कहा कि करौली एवं चंबल में उन्होंने 1500 डकैतों को पानी बचाने के काम में लगाने का काम किया है। उन्होंने कहा कि पानी इतना महत्वपूर्ण है कि जिस तरह बुखार को काम करने के लिए पानी की ही जरूरत होती है। उसी तरह मिट्टी की नमी के लिए बरसात की जरूरत होती है।

कार्यशाला को राष्ट्रीय मानवाधिकार आयोग के महासचिव व पूर्व अपर सचिव जल शक्ति मंत्रालय भरत लाल ने ऑनलाइन संबोधित करते हुए कहा कि जल संरक्षण केवल सरकारी कर्मचारियों, सामाजिक संस्थाओं या किसी व्यक्ति विशेष की नहीं बल्कि समाज की जिम्मेदारी है। उन्होंने कहा कि 1991 में कुओं को रिचार्ज करने के लिए सौराष्ट्र में एक पहल प्रारम्भ की गई थी जिसमें किसान स्वयं के लिए चेकडैम बना सकते थे। जल जीवन मिशन के तहत 50 प्रतिशत घरों में नल कनेक्शन होने से 36 हजार बच्चो की जान बच गई है। उन्होंने कहा कि हर घर नल योजना के माध्यम से हर साल 4 लाख लोगों की जान बचाई जा सकती है।

कार्यक्रम के उद्देश्य की जानकारी देते हुए परमार्थ संस्था के प्रमुख डॉ संजय सिंह ने कहा कि वर्तमान में भारत की 90 प्रतिशत नदियाँ विलुप्त होने की कगार पर है और बरसाती नालों में तब्दील हो गयी हैं। छोटी नदियों से मिलकर ही बड़ी नदियों का निर्माण हुआ है। इस कारण बड़ी नदियों का अस्तित्व भी संकट में है। इसलिए समय रहते छोटी नदियों को पुनर्जीवित करने के लिए देश भर में किये जा रहे प्रयासों को बढ़ावा देना आवश्यक है।

पद्मश्री बसंती देवी ने नदी के किनारे के समाज की महिलाओं की दुर्दशा बयां करते हुए बताया कि कैसे नदी किनारे की 5 महिलाओं ने आत्महत्या कर ली थी। उन्होंने महिलाओं का मंगल दल बनाकर उनके अधिकारों एवं पानी को संरक्षित करने का जिम्मा उठाया और कोसी नदी को पुनर्जीवित किया। उन्होंने कहा कि छोटे छोटे जल स्रोतों से पानी जंगल में पहुंचता है, इसलिए जंगल को बचाना है तो इन्हें भी बचाना होगा। उन्होंने नेपाल, भूटान एवं बंग्लादेश में वृक्षारोपण कर पानी को संरक्षित करने का काम किया है।

इस कार्यशाला में केन बेतवा लिंक परियोजना प्राधिकरण के मुख्य कार्यकारी प्रशांत कुमार दीक्षित, इतिहास संकलन राष्ट्रीय सह संगठन मंत्री संजय हर्ष मिश्र, चिपको आन्दोलन की सामाजिक कार्यकर्ता पद्मश्री बसंती देवी, पद्मश्री उमाशंकर पाण्डेय, प्रोफेसर राणा प्रताप सिंह डीन एवं पर्यावरण विज्ञान में प्रोफेसर बाबासाहेब भीमराव अंबेडकर केंद्रीय विश्वविद्यालय, लखनऊ एवं डॉ स्नेहल डोंडे, सहित कार्यशाला में देश भर के 10 से अधिक राज्यों के प्रतिनिधियों ने सहभागिता की, जिसमें प्रमुख रूप से हिमालयन रिवर बेसिन की अध्यक्ष डॉ इंदिरा खुराना, वर्चुअल रूप से जल पुरुष राजेंद्र सिंह एवं जनरल सेक्रेटरी राष्ट्रीय मानव अधिकार आयोग एवं पूर्व अपर सचिव जलशक्ति मंत्रालय भरत लाल, वरिष्ठ प्रशासनिक अधिकारी, वैज्ञानिक, जल सहेलियां एवं नदी घाटी संगठन के प्रतिनिधि उपस्थित रहे।

सामाजिक समावेशन और सशक्तीकरण

जबकि बुनियादी ढाँचा परियोजनाओं ने झाँसी के भौतिक परिदृश्य को बदल दिया, रविंद्र कुमार का प्रशासन सामाजिक समावेशन और सशक्तीकरण को बढ़ावा देने के लिए समान रूप से प्रतिबद्ध था। शहर के भीतर विविध जनसांख्यिकी

को पहचानते हुए कमियों को पाटने और सभी निवासियों के लिए एक समावेशी वातावरण बनाने की पहल की गई।

शिक्षा एवं कौशल विकास

'सक्षम शिक्षा' पहल का उद्देश्य वंचित बच्चों के लिए शैक्षिक अवसरों को बढ़ाना था। सरकारी स्कूलों में बुनियादी ढाँचे में सुधार, छात्रवृत्ति कार्यक्रमों और गैर-लाभकारी संगठनों के साथ साझेदारी ने आर्थिक रूप से वंचित समुदायों के बीच स्कूल नामांकन में 15 प्रतिशत की वृद्धि में योगदान दिया।

'कौशल झाँसी' के बैनर तले कौशल विकास कार्यक्रमों ने हाशिए की पृष्ठभूमि के युवाओं को लक्षित किया। उन्हें लाभकारी रोजगार के लिए आवश्यक कौशल से लैस करने के लिए व्यावसायिक प्रशिक्षण, कॅरियर परामर्श और प्रशिक्षुता के अवसर प्रदान किए। डेटा ने पहले दो वर्षों के भीतर प्रतिभागियों के बीच रोजगार दरों में 20 प्रतिशत की वृद्धि का संकेत दिया।

महिला सशक्तीकरण : सामाजिक समावेशन पहल की आधारशिला

महिला सशक्तीकरण

महिलाओं को सशक्त बनाना सामाजिक समावेशन पहल की आधारशिला बन गया। 'नारी शक्ति झाँसी' अभियान महिलाओं के लिए शिक्षा, रोजगार और उद्यमिता में अवसर बढ़ाने पर केंद्रित था। महिलाओं के लिए तैयार किए गए कौशल विकास कार्यक्रम, वित्तीय साक्षरता कार्यशालाएँ और महिलाओं के नेतृत्व वाली सहकारी समितियों की स्थापना ने आर्थिक स्वतंत्रता को बढ़ावा देने में महत्त्वपूर्ण भूमिका निभाई।

प्रभाव स्पष्ट था—कार्यबल में महिलाओं की भागीदारी में 25 प्रतिशत की वृद्धि

और महिलाओं के नेतृत्व वाले उद्यमों में 30 प्रतिशत की वृद्धि। सशक्तीकरण पहल से महिलाओं और बच्चों के लिए स्वास्थ्य और शिक्षा परिणामों सहित सामाजिक संकेतकों में भी ठोस सुधार हुए।

सामुदायिक व्यस्तता

सामुदायिक सहभागिता पहल ने निवासियों के बीच स्वामित्व और भागीदारी की भावना पैदा करने का प्रयास किया। 'झाँसी जन चेतना' कार्यक्रम में टाउन हॉल बैठकें, नागरिक प्रतिक्रिया सत्र और सहयोगात्मक निर्णय लेने वाले मंच शामिल थे। 'कम्युनिटी चैंपियंस' पहल ने उन स्थानीय नेताओं को मान्यता दी और उन्हें सशक्त बनाया, जिन्होंने सामुदायिक कल्याण को बढ़ावा देने में महत्त्वपूर्ण भूमिका निभाई।

सामुदायिक सहभागिता का प्रभाव शासन प्रक्रियाओं में नागरिक भागीदारी में 15 प्रतिशत की वृद्धि के रूप में परिलक्षित हुआ। सहयोगात्मक दृष्टिकोण ने अधिक संवेदनशील और जवाबदेह प्रशासन में योगदान दिया, जिससे यह सुनिश्चित हुआ कि नीतियाँ निवासियों की विविध आवश्यकताओं और आकांक्षाओं के अनुरूप थीं।

आर्थिक विविधीकरण : पारंपरिक प्रतिमानों से परे

जैसे-जैसे झाँसी मंडल के शहरी और ग्रामीण परिदृश्य में परिवर्तन आया, आर्थिक विविधीकरण प्रगति के प्रमुख चालक के रूप में उभरा। रविंद्र कुमार के प्रशासन ने पारंपरिक प्रतिमानों से आगे बढ़ने और स्थायी आर्थिक विकास को उत्प्रेरित करने की क्षमता वाले क्षेत्रों को अपनाने की आवश्यकता को पहचाना।

'इनोझाँसी' पहल : पार्कों में वाई-फाई सहित सोलर ट्री

सूचना प्रौद्योगिकी और नवाचार

बीडा की पहल की सफलता के आधार पर प्रशासन ने शहरी परिदृश्य के भीतर सूचना प्रौद्योगिकी और नवाचार संचालित उद्योगों पर अपना ध्यान केंद्रित किया। 'इनोझाँसी' पहल ने उद्योगों, अनुसंधान संस्थानों और स्टार्टअप के बीच सहयोग को बढ़ावा देते हुए एक नवाचार पारिस्थितिकी तंत्र बनाने की माँग की। नवोदित उद्यमियों के लिए एक पोषण वातावरण प्रदान करने के लिए ऊष्मायन केंद्र और प्रौद्योगिकी पार्क स्थापित किए गए।

स्थानीय अर्थव्यवस्था पर होने वाला प्रभाव स्पष्ट था—प्रौद्योगिकी संचालित स्टार्टअप की संख्या में 35 प्रतिशत की वृद्धि, अनुसंधान और विकास निवेश में 20 प्रतिशत की वृद्धि और पेटेंट फाइलिंग में स्पष्ट वृद्धि। प्रौद्योगिकी और नवाचार केंद्र के रूप में झाँसी मंडल के उद्भव ने इसके आर्थिक प्रोफाइल में एक नया आयाम जोड़ा, जिससे देश भर से प्रतिभा और निवेश आकर्षित हुए।

पर्यटन और आतिथ्य

विरासत पर्यटन पहल की सफलता के आधार पर प्रशासन ने झाँसी को एक बहुमुखी पर्यटन स्थल के रूप में बढ़ावा देने पर अपना ध्यान केंद्रित किया। 'एक्सप्लोर झाँसी' अभियान ने शहर के सांस्कृतिक त्योहारों, पाक विविधता और प्राकृतिक आकर्षणों को प्रदर्शित किया। आतिथ्य क्षेत्र के साथ सहयोग से बुटीक होटल, होमस्टे और अनुभवात्मक पर्यटन पेशकशों की स्थापना हुई।

डेटा ने पर्यटन संबंधी सेवाओं से उत्पन्न राजस्व में 25 प्रतिशत की वृद्धि को दरशाया है। एक समग्र पर्यटन स्थल के रूप में झाँसी की रणनीतिक स्थिति ने न केवल आर्थिक विविधीकरण में योगदान दिया, बल्कि आतिथ्य और पर्यटन क्षेत्रों में रोजगार सृजन में भी योगदान दिया।

हर्बल कृषि : तुलसी की खेती को बढ़ावा

कृषि व्यवसाय और खाद्य प्रसंस्करण

ग्रामीण अंदरूनी इलाकों में कृषि व्यवसाय और खाद्य प्रसंस्करण कृषि उत्पादकता बढ़ाने तथा स्थानीय किसानों को सशक्त बनाने की क्षमता वाले परिवर्तनकारी क्षेत्रों के रूप में उभरे हैं। 'हरित झाँसी' पहल ने एक जीवंत कृषि व्यवसाय पारिस्थितिकी तंत्र बनाने के लिए आधुनिक कृषि प्रथाओं, प्रौद्योगिकी अपनाने और बाजार संबंधों को एकीकृत किया।

कृषि उपज का मूल्य बढ़ाने के लिए उन्नत मशीनरी से सुसज्जित खाद्य प्रसंस्करण इकाइयाँ स्थापित की गईं। 'ब्रांड झाँसी' अभियान का उद्देश्य राष्ट्रीय और अंतरराष्ट्रीय बाजारों में स्थानीय रूप से उत्पादित कृषि उत्पादों को बढ़ावा देना था। आँकड़ों से पता चला कि कृषि व्यवसाय गतिविधियों में लगे किसानों की आय में 30 प्रतिशत की वृद्धि हुई है, जो अधिक लाभकारी और टिकाऊ कृषि मॉडल की ओर बदलाव का संकेत बना।

चुनौतियों में अनुकूलता

रविंद्र कुमार के गतिशील शासन के तहत झाँसी की परिवर्तनकारी यात्रा चुनौतियों से रहित नहीं थी। प्रशासन के लचीलेपन और समुदाय की सहयोगात्मक भावना ने बाधाओं पर काबू पाने और निरंतर प्रगति की दिशा में एक रास्ता तैयार करने में महत्त्वपूर्ण भूमिका निभाई।

जलवायु अनुकूलता

कई क्षेत्रों की तरह झाँसी को भी जलवायु परिवर्तन के प्रभावों का सामना करना पड़ा, जिनमें अनियमित मौसम पैटर्न और पानी की कमी शामिल थी। प्रशासन ने जल संरक्षण, वर्षा जल संचयन और टिकाऊ कृषि पद्धतियों पर ध्यान केंद्रित करते हुए 'जलसंकल्प' पहल की शुरुआत की। जलवायु अनुकूलता बढ़ाने के लिए वनीकरण अभियान और पर्यावरण संरक्षण उपायों को शहरी और ग्रामीण योजनाओं में एकीकृत किया गया।

जलवायु लचीलेपन का प्रभाव भू-जल स्तर में 20 प्रतिशत की वृद्धि, शहरी क्षेत्रों में पानी की खपत में 30 प्रतिशत की कमी और हरित आवरण में स्पष्ट सुधार से स्पष्ट हुआ। जलवायु-सचेत शासन के प्रति प्रशासन की प्रतिबद्धता ने झाँसी को पर्यावरणीय चुनौतियों के सामने सतत विकास के लिए एक रोल मॉडल के रूप में स्थापित किया।

आगे की ओर देखना : सतत प्रगति के लिए एक दृष्टिकोण

जिला मजिस्ट्रेट रविंद्र कुमार के नेतृत्व में झाँसी गतिशील शासन की परिवर्तनकारी शक्ति के प्रमाण के रूप में स्थापित हुआ। विरासत संरक्षण, शहरी बुनियादी ढाँचे के विकास, सामाजिक समावेशन और आर्थिक विविधीकरण के एकीकरण ने झाँसी को समग्र और टिकाऊ प्रगति के लिए एक मॉडल के रूप में स्थापित किया है।

□

5

रविंद्र कुमार का नेतृत्व ब्लूप्रिंट

झाँसी के परिवर्तन की गाथा में, जिला मजिस्ट्रेट रविंद्र कुमार का नेतृत्व कौशल उन मार्गदर्शक सिद्धांतों, रणनीतिक रूपरेखाओं और परिवर्तनकारी दृष्टिकोणों का खुलासा करता है, जिन्होंने उनके गतिशील शासन मॉडल को आकार दिया और झाँसी को निरंतर प्रगति के युग में आगे बढ़ाया।

रविंद्र कुमार की नेतृत्व शैली एक दूरदर्शी दृष्टिकोण द्वारा चिह्नित रही है, जो पारंपरिक प्रशासनिक प्रतिमानों से परे है। उनके नेतृत्व का ब्लूप्रिंट इस विश्वास पर आधारित है कि शासन केवल प्रणालियों के प्रबंधन के बारे में नहीं है, बल्कि एक ऐसे भविष्य की कल्पना और निर्माण के बारे में है, जहाँ हर नागरिक फल-फूल सके। ब्लूप्रिंट में झाँसी के परिदृश्य को परिभाषित करने वाली चुनौतियों और अवसरों की समग्र समझ शामिल है।

'जन चेतना' कार्यक्रम : रक्सा में जन चौपाल

जन-केंद्रित शासन

रविंद्र कुमार के ब्लूप्रिंट के मूल में यह मान्यता है कि शासन का कार्य मूल रूप से लोगों की सेवा करना है। उनकी नेतृत्व शैली पहुँच, जवाबदेही और समुदाय की जरूरतों को पूरा करने के लिए वास्तविक प्रतिबद्धता पर जोर देती रही है। उनके कार्यकाल में शुरू किया गया 'जन चेतना' कार्यक्रम, इस जन-केंद्रित दृष्टिकोण का उदाहरण है, जो नागरिक भागीदारी और सहयोगात्मक निर्णय लेने को बढ़ावा देता है।

डेटा शासन प्रक्रियाओं के साथ नागरिक संतुष्टि में 15 प्रतिशत की वृद्धि दरशाता है, जो लोगों की भलाई और आकांक्षाओं को प्राथमिकता देने वाली पहल की सफलता को दरशाता है। शिक्षा और स्वास्थ्य सेवा को सशक्त बनाने के लिए डिजाइन किए गए 'सक्षम शिक्षा' और 'स्वस्थ झाँसी' कार्यक्रम झाँसी के विविध समुदायों के सामाजिक-आर्थिक ताने-बाने की गहरी समझ के साथ तैयार किए गए थे।

समावेशी शासन

समावेशिता रविंद्र कुमार के नेतृत्व दर्शन की आधारशिला है। झाँसी के भीतर विविधता को पहचानते हुए उनके प्रशासन ने लगातार अंतराल को पाटने और यह सुनिश्चित करने की दिशा में काम किया कि प्रगति का लाभ समाज के हर तबके तक पहुँचे। क्रमश: महिला सशक्तीकरण और कौशल विकास पर ध्यान केंद्रित करने वाली 'नारी शक्ति झाँसी' और 'कौशल झाँसी' पहल, समावेशी विकास की प्रतिबद्धता को रेखांकित करती हैं।

जन चौपाल में महिलाओं की भागीदारी और तत्काल समाधान लक्ष्य

डेटा कौशल विकास कार्यक्रमों में हाशिए पर रहने वाले समुदायों की भागीदारी में 20 प्रतिशत की वृद्धि को दरशाता है, जो अधिक समावेशी आर्थिक परिदृश्य में योगदान देता है। एक ऐसे वातावरण को बढ़ावा देकर, जहाँ हर नागरिक मूल्यवान और सम्मिलित महसूस करता है, रविंद्र कुमार के नेतृत्व के खाके ने सामाजिक रूप से एकजुट और सामंजस्यपूर्ण झाँसी की नींव रखी।

सहयोगात्मक शासन

सहयोग रविंद्र कुमार के नेतृत्व ब्लूप्रिंट का एक प्रमुख स्तंभ है। वे मानते थे कि झाँसी के सामने आने वाली चुनौतियों के लिए ठोस प्रयासों की आवश्यकता है, जो नौकरशाही की सीमा से परे हों। 'कम्युनिटी चैंपियंस' पहल, जो स्थानीय नेताओं को पहचानती है और उन्हें सशक्त बनाती है, सहयोगात्मक शासन मॉडल का उदाहरण है। यह समुदाय की विशेषज्ञता और स्थानीय ज्ञान का उपयोग करता है, जिससे शहर की भलाई के लिए साझा जिम्मेदारी की भावना को बढ़ावा मिलता है।

स्थानीय चुनौतियों का समाधान करने के लिए समुदाय के नेतृत्व वाली पहलों में 15 प्रतिशत की वृद्धि के साथ सहयोगात्मक शासन के ठोस परिणाम मिले हैं। 'स्मार्ट ट्रैफिक झाँसी' की सफलता, जिसमें शहरी नियोजन विशेषज्ञों और प्रौद्योगिकी प्रदाताओं के साथ साझेदारी शामिल थी, जटिल शहरी मुद्दों को संबोधित करने में सहयोगी दृष्टिकोण की प्रभावकारिता का एक प्रमाण है।

रणनीतिक योजना : नेविगेट करने की जटिलता

रविंद्र कुमार का नेतृत्व ब्लूप्रिंट रणनीतिक योजना पर आधारित रहा, जिसने शासन की जटिलता को सटीकता के साथ सुलझाया। झाँसी की प्रगति के दीर्घकालिक प्रक्षेप पथ की कल्पना करने और संसाधनों को रणनीतिक लक्ष्यों के साथ संरेखित करने की क्षमता शहर की परिवर्तनकारी यात्रा में सहायक रही।

रविंद्र कुमार के नेतृत्व की एक पहचान डेटा संचालित निर्णय लेने पर जोर देने की रही। प्रत्येक नीति, पहल और कार्यक्रम प्रासंगिक डेटा के व्यापक विश्लेषण पर आधारित रहा। यह दृष्टिकोण सुनिश्चित करता है कि हस्तक्षेप—लक्षित, प्रभावशाली और समुदाय की उभरती जरूरतों के अनुरूप हों।

डेटा संचालित निर्णय प्रक्रिया 'स्किल झाँसी' की सफलता में स्पष्ट है, जहाँ कौशल विकास कार्यक्रम उद्योगों और स्थानीय कार्यबल की विशिष्ट आवश्यकताओं के अनुरूप बनाए गए। डेटा कुशल ने रोजगार में 25 प्रतिशत की वृद्धि दरशाई, जो बाजार की माँगों के साथ प्रशिक्षण कार्यक्रमों को संरेखित करने की प्रभावकारिता को दरशाता है।

दीर्घकालिक आर्थिक विविधीकरण

आर्थिक विविधीकरण रविंद्र कुमार की रणनीतिक योजना का एक प्रमुख पहलू रहा है। नवाचार और अनुसंधान को बढ़ावा देने के उद्देश्य से 'इनोझाँसी' पहल ने, झाँसी को तकनीकी प्रगति के केंद्र के रूप में स्थापित करने की उनकी प्रतिबद्धता को दरशाया। नवाचार की संस्कृति को बढ़ावा देकर, शहर ने न केवल निवेश आकर्षित किया, बल्कि तेजी से विकसित हो रहे वैश्विक परिदृश्य में दीर्घकालिक स्थिरता भी सुनिश्चित की।

आर्थिक विविधीकरण की सफलता—प्रौद्योगिकी संचालित स्टार्टअप की संख्या में अपेक्षित वृद्धि तथा अनुसंधान और विकास निवेश में वृद्धि से स्पष्ट हुआ। आर्थिक रणनीतियों को वैश्विक रुझानों के साथ जोड़कर, रविंद्र कुमार का नेतृत्व ब्लूप्रिंट झाँसी को ज्ञान और नवाचार केंद्र बनने की दिशा में आगे बढ़ाता रहा है।

अनुकूल शासन : चुनौतियों से निपटना

रविंद्र कुमार के नेतृत्व ब्लूप्रिंट की विशेषता अनुकूलनशीलता है—लचीलेपन के साथ चुनौतियों का सामना करने और शासन की गतिशील प्रकृति पर प्रतिक्रिया देने वाली रणनीति विकसित करने की क्षमता।

जलवायु अनुकूलता : फोकस में स्थिरता

जलवायु परिवर्तन दीर्घकालिक चुनौतियाँ पैदा करता है और रविंद्र कुमार के प्रशासन ने सक्रिय रूप से जलवायु लचीलेपन को शासन में एकीकृत किया। 'हरित झाँसी' और 'जलसंकल्प' पहल, पर्यावरणीय स्थिरता और जल संरक्षण को संबोधित करते हुए एक टिकाऊ और लचीले भविष्य के प्रति प्रतिबद्धता को प्रदर्शित करते हैं।

'स्किल झाँसी' पहल द्वारा स्थानीय अशक्त गुणियों को प्रोत्साहन

अनुकूल शासन भू-जल स्तर में 20 प्रतिशत की वृद्धि, शहरी क्षेत्रों में पानी की खपत में 30 प्रतिशत की कमी तथा हवा और पानी की गुणवत्ता में सुधार में परिलक्षित होता है। शासन के ताने-बाने में स्थिरता लाने के लिए 'बुनकर झाँसी' न केवल पर्यावरणीय चुनौतियों को कम कर रहा है, बल्कि खुद को सतत विकास में अग्रणी के रूप में भी स्थापित कर रहा है।

सतत सीखना : शासन का कौशल बढ़ाना

रविंद्र कुमार का 'नेतृत्व ब्लूप्रिंट' शासन के लिए निरंतर सीखने और कौशल बढ़ाने पर जोर देता रहा। 'स्किल झाँसी' पहल, स्थानीय कार्यबल पर इसके प्रभाव से परे, अनुकूल शासन के प्रति प्रतिबद्धता का प्रतीक बनी। यह सुनिश्चित करके कि स्थानीय कार्यबल उभरते औद्योगिक परिदृश्य के लिए आवश्यक कौशल से सुसज्जित है, प्रशासन नवाचार और अनुकूलनशीलता की संस्कृति को बढ़ावा देता रहा।

निरंतर सीखना 'इनोझाँसी' की सफलता में भी स्पष्ट है, जहाँ प्रशासन ने एक ऐसा पारिस्थितिकी तंत्र बनाया, जो चल रहे अनुसंधान और तकनीकी प्रगति को प्रोत्साहित करता है। तेजी से बदलती दुनिया में आगे रहने की शहर की क्षमता शासन प्रक्रियाओं को बेहतर बनाने के लिए नेतृत्व की प्रतिबद्धता का प्रमाण है।

रविंद्र कुमार के नेतृत्व ब्लूप्रिंट के केंद्र में हितधारक जुड़ाव के प्रति प्रतिबद्धता रही है—एक मान्यता है कि प्रगति एक सामूहिक प्रयास है, जिसमें नागरिकों, व्यवसायों और सामुदायिक नेताओं की सक्रिय भागीदारी की आवश्यकता होती है।

भविष्यवादी शहरी नियोजन

आर्थिक जीवंतता को बढ़ावा देने और जीवन की गुणवत्ता में सुधार करने में शहरी नियोजन की भूमिका को पहचानते हुए रविंद्र कुमार ने शहरी नियोजन के लिए भविष्यवादी दृष्टिकोण का समर्थन किया। उनके नेतृत्व में 'झाँसी ग्रीन स्पेस' पहल ने सार्वजनिक स्थानों को पुनर्जीवित किया, जिससे न केवल शहर की सौंदर्य अपील में बल्कि इसके निवासियों की भलाई में भी योगदान मिला।

भविष्य की शहरी योजना 'साइकिल झाँसी' की सफलता में भी स्पष्ट दिखी, एक कार्यक्रम जिसने पर्यावरण-अनुकूल आवागमन विकल्पों को बढ़ावा दिया। 'स्मार्ट ट्रैफिक झाँसी' के एक घटक, बुद्धिमान यातायात प्रबंधन प्रणालियों की स्थापना ने न केवल भीड़भाड़ को कम किया, बल्कि झाँसी को स्मार्ट शहरी गतिशीलता के लिए एक मॉडल के रूप में भी स्थापित किया।

स्मार्ट ट्रैफिक : इंटीग्रेटेड कमांड कंट्रोल सेंटर, झाँसी

नागरिक भागीदारी : 'जन चेतना' और उससे आगे

नागरिक भागीदारी के प्रतीक 'जन चेतना' कार्यक्रम ने न केवल समुदाय को सशक्त बनाया, बल्कि समावेशी शासन का एक मॉडल भी बनाया। इस पहल की सफलता, नागरिक संतुष्टि में 15 प्रतिशत की वृद्धि में परिलक्षित होती है, जो निर्णय लेने की प्रक्रियाओं में नागरिकों को शामिल करने की परिवर्तनकारी शक्ति का प्रमाण है।

'जन चेतना' से परे, 'शिक्षा संवाद' सत्र और 'सामुदायिक चैंपियंस' पहल झाँसी के लिए एक सामूहिक दृष्टिकोण के निर्माण की प्रतिबद्धता के उदाहरण हैं। शैक्षिक पारिस्थितिकी तंत्र में नागरिकों को शामिल करके और स्थानीय नेताओं को मान्यता देकर, प्रशासन निवासियों के बीच स्वामित्व और जिम्मेदारी की भावना को बढ़ावा देता रहा है।

उद्योग सहयोग : प्रगति के लिए साझेदारी

रविंद्र कुमार का नेतृत्व ब्लूप्रिंट आर्थिक प्रगति को आगे बढ़ाने में उद्योगों के सहयोग के महत्त्व को पहचानता है। 'बीडा' और 'इनोझाँसी' पहल की सफलता का श्रेय कुछ हद तक उद्योगों, शैक्षणिक संस्थानों और अनुसंधान संगठनों के साथ सहयोग को दिया जाता है। एक ऐसा वातावरण बनाकर, जहाँ उद्योग और स्टार्टअप फल-फूल सकें, झाँसी ऐसे निवेश और विशेषज्ञता को आकर्षित कर रही है, जो इसके आर्थिक विविधीकरण में योगदान करते हैं।

उद्योग सहयोग 'एक्सप्लोर झाँसी' अभियान की सफलता में भी स्पष्ट है, जहाँ आतिथ्य क्षेत्र के साथ साझेदारी ने शहर को एक बहुमुखी पर्यटन स्थल के रूप में स्थापित किया। विभिन्न क्षेत्रों के साथ जुड़कर, प्रशासन ने एक सहजीवी संबंध बनाया, जो झाँसी को टिकाऊ और समावेशी विकास की ओर ले जाता है।

हम किसी से कम नहीं, झाँसी में दिव्यांगों के बीच

जमीनी स्तर पर सशक्तीकरण : 'सामुदायिक चैंपियन'

'सामुदायिक चैंपियंस' पहल ने जमीनी स्तर पर सशक्तीकरण का प्रतिनिधित्व किया—एक मान्यता है कि स्थानीय नेता सामुदायिक कल्याण को बढ़ावा देने में महत्त्वपूर्ण भूमिका निभाते हैं। अपने पड़ोस में सक्रिय रूप से योगदान देने वाले व्यक्तियों को पहचानकर और सशक्त बनाकर प्रशासन ने प्रभावशाली लोगों का एक नेटवर्क बनाया, जिसने समुदाय और प्रशासन के बीच माध्यम के रूप में कार्य किया।

'सामुदायिक चैंपियंस' की सफलता शासन प्रक्रियाओं में नागरिक भागीदारी में आशातीत वृद्धि में परिलक्षित होती है। जमीनी स्तर के नेताओं को सशक्त बनाकर रविंद्र कुमार के प्रशासन ने न केवल विश्वास का निर्माण किया, बल्कि शासन का एक विकेंद्रीकृत मॉडल भी बनाया, जो विभिन्न इलाकों की अनूठी जरूरतों के प्रति उत्तरदायी बना।

प्रगति में विरासत : भविष्य को आकार देना

रविंद्र कुमार के 'नेतृत्व ब्लूप्रिंट' से यह स्पष्ट हो जाता है कि झाँसी की परिवर्तनकारी यात्रा केवल एक अध्याय भर नहीं है, बल्कि एक सतत कथा है। रविंद्र कुमार के

गतिशील शासन के तहत तैयार की गई विरासत वह है, जो बुनियादी ढाँचे के विकास, आर्थिक विकास और सामाजिक समावेशन से परे है—यह लचीलेपन, अनुकूलनशीलता और टिकाऊ भविष्य के लिए सामूहिक दृष्टि की विरासत है।

झाँसी की धरती पर मजबूती से रचा-बसा रविंद्र कुमार का 'नेतृत्व ब्लूप्रिंट' न केवल वर्तमान को आकार दे रहा है, बल्कि भविष्य की नींव भी रख रहा है, जहाँ शहर दूरदर्शी शासन, समावेशी प्रगति और चुनौतियों का सामना करने के लचीलेपन के प्रतीक के रूप में खड़ा है।

□

6

लोक सेवा में नवाचार

जिला मजिस्ट्रेट रविंद्र कुमार के गतिशील शासन के तहत झाँसी के पुनरुत्थान की परिवर्तनकारी कथा में, 'लोक सेवा में नवाचार' अध्याय औपन्यासिक दृष्टिकोण, तकनीकी एकीकरण और दूरदर्शी पहल की एक बुनावट को उजागर करता है, जिसने लोक सेवा की रूपरेखा को फिर से परिभाषित किया है। यह अध्याय नवीन रणनीतियों और डिजिटल हस्तक्षेपों पर प्रकाश डालता है, जो झाँसी के प्रशासन की पहचान बने, जो इसे समकालीन शासन में सबसे आगे रखते हैं।

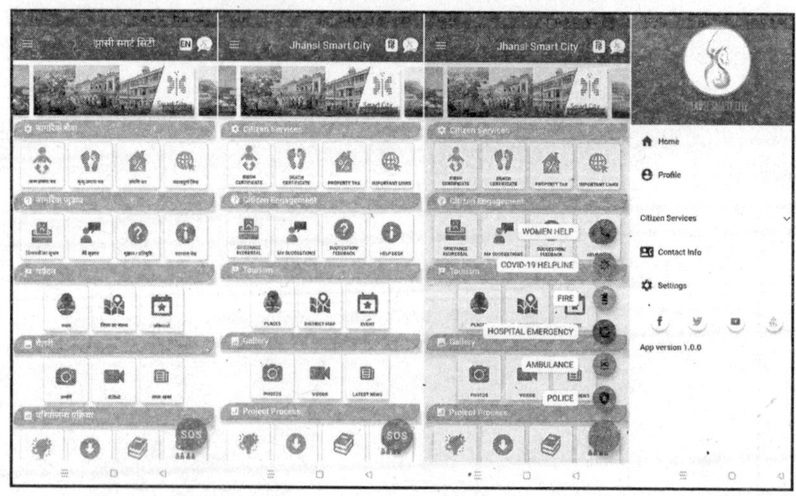

डिजिटल भुगतान–स्मार्ट नागरिक सेवा एप

तकनीकी एकीकरण : एक डिजिटल क्रांति

जैसे ही झाँसी ने डिजिटल युग को अपनाया, रविंद्र कुमार के प्रशासन ने एक डिजिटल क्रांति का नेतृत्व किया, जिसने पारंपरिक सार्वजनिक सेवा वितरण को बदल

दिया। प्रौद्योगिकी के एकीकरण ने न केवल प्रशासनिक प्रक्रियाओं को सुव्यवस्थित किया, बल्कि नागरिकों के लिए अभूतपूर्व पारदर्शिता, दक्षता और पहुँच भी सुनिश्चित की।

इ-गवर्नेंस प्लेटफॉर्म

इ-गवर्नेंस प्लेटफॉर्मों का क्रियान्वयन झाँसी के अधिक कुशल और नागरिक केंद्रित प्रशासन की यात्रा में एक महत्त्वपूर्ण मील का पत्थर साबित हुआ। भूमि रिकॉर्ड, जन्म प्रमाण पत्र और भवन परमिट जैसी आवश्यक सेवाओं के लिए ऑनलाइन पोर्टल ने आवेदन प्रक्रियाओं को सुव्यवस्थित किया, नौकरशाही, लालफीताशाही को कम किया और निवासियों के लिए पहुँच बढ़ाई।

डेटा आवश्यक दस्तावेजों को संसाधित करने में लगने वाले समय में कमी का संकेत देता है, जो सेवा वितरण में सुधार पर इ-गवर्नेंस प्लेटफॉर्मों के तत्काल प्रभाव को दरशाता है। नागरिक अब अधिक आसानी से प्रशासनिक प्रक्रियाओं का संचालन कर सकते हैं, जिससे सशक्तीकरण और दक्षता की भावना को बढ़ावा मिलता है।

डिजिटल भुगतान पहल

कैशलेस अर्थव्यवस्था की ओर राष्ट्रीय प्रयास के अनुरूप झाँसी के प्रशासन ने सार्वजनिक सेवाओं से संबंधित वित्तीय लेन-देन को सरल बनाने के लिए डिजिटल भुगतान पहल शुरू की। करों, शुल्कों और उपयोगिता बिलों के लिए डिजिटल भुगतान विकल्पों के एकीकरण ने न केवल नकद लेन-देन पर निर्भरता को कम किया, बल्कि भ्रष्टाचार के अवसरों को भी कम किया।

खनन प्रभावित गाँवों में बच्चों के लिए बनेगी डिजिटल लाइब्रेरी

ज़िला खनिज फाउण्डेशन न्यास से खनन क्षेत्र में टेहरका व बरथरी में लगेंगे हैण्डपम्प

चिकित्सा सुविधा बढ़ेगी, मोठ, बड़ागाँव, बबीना व गुरसराय में लगेंगी अल्ट्रासाउण्ड मशीन

झाँसी : बैठक की अध्यक्षता करते जिलाधिकारी, उपस्थित गरौठा विधायक व अन्य।

झाँसी : ज़िला खनिज फाउण्डेशन न्यास की शासी परिषद व प्रबन्धन समिति की बैठक में खनिज निधि का उपयोग खनन क्षेत्र से प्रभावित गाँवों में जनहित के कार्य कराने का निर्णय लिया गया।

विकास भवन सभागार में बैठक की अध्यक्षता करते हुए जिलाधिकारी रविन्द्र कुमार ने जनप्रतिनिधियों से जनता के हित के प्रस्ताव देने को कहा। बैठक में 48 घण्टों में कार्यदायी संस्थाओं को धनराशि उपलब्ध कराते हुए कार्य प्रारम्भ कराने को कहा। बैठक में खनिज निधि से जवाहर नवोदय विद्यालय बरुआसागर में कनिष्ठ बालक सदन तथा कनिष्ठ बालिका सदन में अलमारी और वाटर कूलर लगाने का निर्णय लिया गया। साथ ही खनन प्रभावित क्षेत्रों के 47 विद्यालयों में से 9 विद्यालयों में कक्ष उपलब्ध है, जहाँ पर खगोल विज्ञान प्रयोगशाला बनायी जाएगी। आरइएस और लोक निर्माण विभाग 32 विद्यालयों में कक्ष बनाएंगे। विधायक गरौठा जवाहर लाल चयन करने को कहा। स्वास्थ्य सेवाओं को और बेहतर करने को मोठ, बड़ागाँव, बबीना तथा गुरसराय के सामुदायिक चिकित्सालय में अल्ट्रासाउण्ड मशीन लगाए जाने की स्वीकृति दी गयी। साथ ही दो गाँव में डिजिटल लाइब्रेरी की स्थापना के निर्देश दिए, जिससे ग्रामीण क्षेत्र के

2022 के अंत तक डिजिटल भुगतान अपनाने में अपेक्षित वृद्धि हुई, जिससे राजस्व संग्रह में वृद्धि और वित्तीय पारदर्शिता में वृद्धि हुई। डिजिटल भुगतान पहल की सफलता ने न केवल वित्तीय लेन-देन को आधुनिक बनाया, बल्कि झाँसी को डिजिटल अर्थव्यवस्था को अपनाने के लिए एक मॉडल के रूप में स्थापित किया।

स्मार्ट नागरिक सेवा एप

स्मार्ट सिटीजन सर्विसेज एप की शुरुआत ने नागरिक-सरकारी बातचीत में एक आदर्श बदलाव को चिह्नित किया। यह अनुकूल मोबाइल एप्लिकेशन शिकायतों को दर्ज करने से लेकर स्थानीय घटनाओं और पहलों के बारे में जानकारी प्राप्त करने तक, सार्वजनिक सेवाओं की एक विस्तृत श्रृंखला तक पहुँचने के लिए वन स्टॉप समाधान के रूप में कार्य करता है।

उपयोग डेटा से संकेत मिलता है कि स्मार्ट सिटीजन सर्विसेज एप को 2022 के अंत तक आधी से अधिक शहरी आबादी द्वारा डाउनलोड किया गया। एप ने न केवल नागरिकों और प्रशासन के बीच निर्बाध संचार की सुविधा प्रदान की, बल्कि वास्तविक समय रिकार्ड करने के लिए एक मूल्यवान उपकरण के रूप में भी काम किया।

ऊष्मायन केंद्र

नवोदित उद्यमियों और नवप्रवर्तकों को पोषित करने, उन्हें उनके विचारों को व्यवहार्य व्यवसायों में बदलने के लिए आवश्यक बुनियादी ढाँचा, सलाह और संसाधन प्रदान करने के लिए इंक्यूबेशन केंद्र स्थापित किए गए थे। इन ऊष्मायन केंद्रों से उभरने वाली सफलता की कहानियाँ आर्थिक विकास के चालक के रूप में नवाचार की क्षमता को रेखांकित करती रही हैं।

घर तक पहुँच : मोबाइल वेटिरनरी यूनिट को हरी झंडी

आँकड़ों से संकेत मिलता है कि 'इनोझाँसी' पहल के तहत इनक्यूबेट किए गए स्टार्टअप की संख्या में 30 प्रतिशत की वृद्धि हुई। इनक्यूबेटेड उद्यमों ने प्रौद्योगिकी और स्वास्थ्य देखभाल से लेकर कृषि तक विभिन्न क्षेत्रों को फैलाया, शहर के आर्थिक विविधीकरण में योगदान दिया और इसे नवाचार के केंद्र के रूप में स्थापित किया।

अनुसंधान अनुदान और सहयोग

अनुसंधान और विकास को प्रोत्साहित करने के लिए 'इनोझाँसी' ने अनुसंधान अनुदान की शुरुआत की और स्थानीय अनुसंधान संस्थानों, विश्वविद्यालयों और उद्योगों के बीच सहयोग की सुविधा प्रदान की। इन पहलों का उद्देश्य ज्ञान-संचालित अर्थव्यवस्था को प्रोत्साहित करना और झाँसी को अत्याधुनिक अनुसंधान के केंद्र के रूप में स्थापित करना रहा है।

इसका प्रभाव शहर के भीतर अनुसंधान और विकास निवेश में वृद्धि से स्पष्ट है। शिक्षा जगत् और उद्योगों के बीच सहयोगात्मक परियोजनाओं से प्रौद्योगिकी में प्रगति हुई, जिससे एक नवाचार केंद्र के रूप में शहर की प्रतिष्ठा में योगदान हुआ।

प्रौद्योगिकी स्थल

नवाचार पारिस्थितिकी तंत्र को मजबूत करने के एक रणनीतिक कदम में, अनुसंधान संस्थानों, स्टार्टअप और स्थापित कंपनियों को उनके प्रयासों में सहयोग करने और एकजुट करने के लिए एक भौतिक स्थान प्रदान करने हेतु प्रौद्योगिकी स्थल स्थापित किए गए। नवाचार के इन केंद्रों ने न केवल ज्ञान के आदान-प्रदान की सुविधा प्रदान की, बल्कि देश भर से प्रतिभा और निवेश को भी आकर्षित किया।

2022 के अंत तक, झाँसी ने इन प्रौद्योगिकी स्थलों के भीतर काम करने वाली कंपनियों की संख्या में अपेक्षित वृद्धि का दावा किया। इन केंद्रों की सफलता ने शिक्षा और उद्योग के बीच एक सहजीवी संबंध बनाने तथा एक गतिशील नवाचार पारिस्थितिकी तंत्र को बढ़ावा देने में महत्त्वपूर्ण भूमिका निभाई।

'जलसंकल्प' : जल संरक्षण

पानी की कमी की चुनौतियों का समाधान करते हुए 'जलसंकल्प' पहल का उद्देश्य वर्षा जल संचयन, टिकाऊ कृषि पद्धतियों और सामुदायिक भागीदारी के माध्यम से जल संरक्षण को बढ़ावा देना रहा। प्रशासन ने जल-कुशल प्रौद्योगिकियों को लागू करने और जिम्मेदार जल उपयोग के प्रति जागरूकता बढ़ाने के लिए स्थानीय समुदायों के साथ सहयोग किया।

जल है तो जीवन और बिना जल के जीवन की कल्पना भी नहीं की जा सकतीः डीएम

इस दृष्टि से यह एक महत्वपूर्ण अभियान

जनसंदेश टाइम्स/ झांसी

जिलाधिकारी रविंद्र कुमार ने कहा कि उत्तर प्रदेश एक कृषि प्रधान व्यवस्था का प्रदेश है। यहां पर आजीविका का मुख्य स्रोत कृषि और कृषि से सम्बन्धित क्षेत्र है। मौके पर ग्रामीणों को अटल भूजल योजना के बारे में जागरूक करते हुए कहा कि

अटल भूजल योजना केंद्र सरकार द्वारा संचालित महत्वाकांक्षी योजना है। इसका मुख्य उद्देश्य गिरते भू-जल की समस्या को कम करके भू-जल स्तर को बढ़ाना है।

जिलाधिकारी ने कहा कि प्रधानमंत्री नरेन्द्र मोदी ने दो वर्ष पूर्व ह्यकैच द रेनह्ण कार्यक्रम प्रारम्भ किया था। इस योजना के अन्तर्गत भूजल संरक्षण के सम्बन्ध में जनजागरूकता के उद्देश्य से जनपद में लगातार अमृत सरोवर का निर्माण कार्य कराया जा रहा है। यह जनपद व क्षेत्र के लिए अत्यन्त महत्वपूर्ण है। उन्होंने कहा कि प्रत्येक नागरिक को पेयजल और भूगर्भ जल की सुरक्षा के प्रति जागरूक करने में

सभी अपना योगदान दें।जिलाधिकारी ने विकासखंड मऊरानीपुर के ग्राम बुखारा में अटल भूजल योजना अंतर्गत निमार्णाधीन अमृत सरोवर का निरीक्षण करते हुए कहा कि जल संरक्षण की परम्परागत पद्धतियों को पुनर्जीवित करते हुए अधिक से अधिक लोगों को जागरूक करने का लक्ष्य निर्धारित रखते हुए कार्य किया जाए। उन्होंने कहा कि जीवन के प्रत्येक क्षेत्र में भूजल की मांग में अप्रत्याशित वृद्धि हो रही है। अनियन्त्रित और अविवेकपूर्ण दोहन तथा पुनर्भरण के अभाव में इसकी उपलब्धता तथा गुणवत्ता में कमी आ रही है। इसके प्रति प्रत्येक क्षेत्रवासी को जागरूक करने की आवश्यकता है।उन्हें बताया जाना चाहिए कि अगर हम कहीं से जल ले रहे हैं तो उसकी भरपाई होनी चाहिए। जैसे यदि किसी बैंक एकाउण्ट से केवल पैसा निकाला जाए और जमा न किया जाए तो एक समय आयेगा कि एकाउण्ट खाली हो जाएगा। यही स्थिति भूगर्भ जल के सम्बन्ध में है। जिलाधिकारी रविंद्र कुमार ने कहा कि उत्तर प्रदेश में भूगर्भीय जल प्रबन्धन और विनियमन अधिनियम-2019 प्रख्यापित किया गया है। इसमें प्रधानमंत्री जी द्वारा दी गयी थीम ह्यकैच द रेन को आगे बढ़ाने का कार्यक्रम प्रदेश में शुरू किया गया है। इसे केवल झांसी सहित 10 जनपदों तक सीमित न रखकर पूरे प्रदेश में लागू किया गया। विशेषकर वर्षा का जो जल बह जाता है, उसकी एक-एक बूंद के संरक्षण के लिए रेन वॉटर हॉर्वेस्टिंग की कार्यवाही को आगे बढ़ाया गया है।देश की आजादी के अमृत महोत्सव वर्ष में जनपद के ग्रामीण क्षेत्रों में 175 तालाबों का अमृत सरोवर के रूप में निर्माण करने की कार्यवाही चल रही है। नगरीय क्षेत्रों को भी इसके साथ जोड़ने का कार्य हो रहा है। आज इनके सकारात्मक परिणाम हमारे सामने हैं। जिलाधिकारी ने अमृत सरोवर का निरीक्षण करते हुए कहा कि जल है तो जीवन है और बिना जल के जीवन की कल्पना भी नहीं की जा सकती।

इस दृष्टि से यह एक महत्वपूर्ण कार्य है। इसीलिए उक्त कार्य को वर्षा काल से पूर्व ही पूर्ण कर लिया जाना सुनिश्चित करें तभी वर्षा की प्रत्येक बूंद के संरक्षण का प्रयास करेंगे तो काफी बड़े पैमाने पर खारे पानी की समस्या का समाधान भी एक समय सीमा में करने में सफलता प्राप्त होगी। निरीक्षण के दौरान उन्होंने सरोवर के चारों तरफ वृहद वृक्षारोपण किए जाने तथा पाथवे बनाए जाने के भी निर्देश दिए उन्होंने बताया कि क्षेत्र में इस तालाब से जहां जलस्तर में वृद्धि होगी वही पर्यावरण में भी सुधार होगा।

2022 के अंत तक, इस पहल के परिणामस्वरूप भू-जल पुनर्भरण में 25 प्रतिशत की वृद्धि हुई और कृषि क्षेत्र में पानी की खपत में 20 प्रतिशत की कमी आई। 'जलसंकल्प' ने उदाहरण दिया कि जल संरक्षण के लिए नवीन दृष्टिकोण कैसे सकारात्मक पर्यावरणीय परिणाम दे सकते हैं।

ऑनलाइन सर्वेक्षण और मतदान

विशिष्ट पहलों और सेवाओं पर वास्तविक समय पर प्रतिक्रिया इकट्ठी करने के लिए विभिन्न डिजिटल प्लेटफॉर्मों के माध्यम से ऑनलाइन सर्वेक्षण आयोजित किए जाते रहे। प्रशासन ने आबादी के विभिन्न वर्गों तक पहुँचने के लिए सोशल मीडिया, स्मार्ट सिटीजन सर्विसेज एप और आधिकारिक वेबसाइट का लाभ उठाया।

इन सर्वेक्षणों के आँकड़ों से विभिन्न सेवाओं में संतुष्टि में 25 प्रतिशत की वृद्धि के साथ सार्वजनिक सेवाओं में पुनरावृत्तीय सुधार की जानकारी मिली। नागरिक प्रतिक्रिया तंत्र ने न केवल जवाबदेही सुनिश्चित की, बल्कि प्रशासन में विश्वास और जवाबदेही की भावना भी पैदा की।

पर्यावरणीय स्थिरता पहल

रविंद्र कुमार के शासन के तहत सार्वजनिक सेवा में नवाचार पर्यावरणीय स्थिरता पहलों तक विस्तारित हुआ, जिसका उद्देश्य पारिस्थितिक संरक्षण के साथ आर्थिक विकास को संतुलित करना था।

'हरित झाँसी' अभियान वृक्षारोपण, हरित गलियारों और सौंदर्यीकरण परियोजनाओं के माध्यम से सार्वजनिक स्थानों को पुनर्जीवित करने पर केंद्रित रहा। इस पहल ने न केवल शहर की सौंदर्य अपील को बढ़ाया, बल्कि वायु गुणवत्ता, जैव विविधता संरक्षण और सामुदायिक कल्याण में सुधार में भी योगदान दिया।

डेटा ने हरित आवरण में 20 प्रतिशत की वृद्धि और वायु गुणवत्ता मापदंडों में उल्लेखनीय सुधार का संकेत दिया। 'ग्रीन झाँसी' सतत शहरी विकास के लिए प्रशासन की प्रतिबद्धता का प्रतीक बन गई और इसे पर्यावरण के प्रति जागरूक नागरिकों से व्यापक समर्थन मिला।

अपशिष्ट प्रबंधन : घर-घर जाकर कचरे का संग्रहण

अपशिष्ट प्रबंधन नवाचार

अपशिष्ट प्रबंधन की चुनौतियों का समाधान करने के लिए प्रशासन ने स्मार्ट अपशिष्ट डिब्बे, सामुदायिक खाद और अपशिष्ट पृथक्करण पर जागरूकता अभियान जैसे नवीन समाधान पेश किए। इन पहलों का उद्देश्य टिकाऊ प्रथाओं में सामुदायिक भागीदारी को बढ़ावा देते हुए कचरे के पर्यावरणीय प्रभाव को कम करना रहा है।

डेटा ने लैंडफिल में भेजे जाने वाले कचरे की मात्रा में 30 प्रतिशत की कमी और अपशिष्ट प्रबंधन पहल में सामुदायिक भागीदारी में 25 प्रतिशत की वृद्धि का संकेत दिया।

अपशिष्ट प्रबंधन नवाचारों की सफलता ने स्वच्छ और अधिक टिकाऊ झाँसी के प्रति प्रशासन की प्रतिबद्धता को रेखांकित किया।

कलेक्ट्रेट परिसर में बहुउद्देशीय भवन का निर्माण

कलेक्ट्रेट झाँसी में एक छोटा सा सभागार था, जिसमें लगभग 60-70 व्यक्तियों की बैठक हो सकती थी, परंतु कोविड-19 के समय उसको कोविड कंट्रोल रूम बनाया गया था, इसलिए जिलाधिकारी स्तर पर समस्त बैठकों हेतु विकास भवन स्थित सभागार जाना पड़ता था। इसलिए जिलाधिकारी रविंद्र कुमार द्वारा कलेक्ट्रेट परिसर में अत्याधुनिक सुविधाओं को समाहित करते हुए, सुरक्षा मानकों के अनुरूप एक बहुउद्देशीय भवन, जिसमें एक वातानुकूलित सभागार, अत्याधुनिक ऑडियो-वीडियो सुविधाएँ, फर्नीचर, प्रोजेक्टर एवं अन्य समस्त तकनीकी साधनों के साथ-साथ प्रतीक्षा के लिए एक कॉरिडोर, वरिष्ठ अधिकारी के लिए कार्यालय कक्ष, शौचालय एवं पेंट्री आदि बनाए जाने की योजना बनाई गई।

इस बहुउद्देशीय भवन निर्माण में कई बाधाएँ थीं, पहली समस्या यह थी कि इस भवन हेतु भूमि और निर्माण हेतु व्यय होने वाली धनराशि की व्यवस्था कहाँ से की जाए? सर्वप्रथम भवन हेतु उपयुक्त जगह की तलाश की गई तो एन.आई.सी. बिल्डिंग के पीछे एक छोटी सी जगह दिखाई दी, जिसकी पैमाइश कराने पर पाया गया कि इसमें 100 × 60 फीट का एक हॉल और उसके बगल में थोड़ा सा और स्थान उपलब्ध है, जिसमें प्रतीक्षा कक्ष बनाया जा सकता है। जिसमें बहुत पुराने जीर्ण-शीर्ण अवस्था में कुछ छोटे-छोटे कमरे थे, उन कमरों में से कुछ सही कमरों में चतुर्थ श्रेणी कर्मचारी रहते थे एवं उसके बगल में पुराना शस्त्रागार था।

अब यहाँ पर यह दूसरी समस्या; पुराना असलहे का भंडार, इसे कहाँ स्थानांतरित किया जाए और इस प्रक्रिया में लगने वाला समय। पुराने शस्त्रागार को तोड़ने के लिए शासन से अनुमति हेतु कई बार पत्राचार एवं नीलामी आदि की इस प्रक्रिया में कुछ महीने का समय लग गया।

उक्त बहुउद्देशीय भवन में भूतल पर लगभग 100 × 60 फीट का एक हॉल, जिसमें लगभग 350-400 व्यक्ति एक समय में बैठ सकते हैं और उसके बगल में प्रतीक्षा के लिए एक कॉरिडोर, वरिष्ठ अधिकारी के लिए कार्यालय कक्ष, शौचालय एवं पेंट्री हेतु भवन निर्माण के लिए लोक निर्माण विभाग द्वारा लगभग चार करोड़ रुपए का प्राक्कलन बनाया गया, जिसमें होने वाले व्यय हेतु जिलाधिकारी द्वारा स्वयं उपाध्यक्ष, झाँसी विकास प्राधिकरण से कई बार वार्त्ता करके फंड की व्यवस्था झाँसी विकास प्राधिकरण से की गई।

इसी दौरान जिलाधिकारी रविंद्र कुमार द्वारा राजस्व अभिलेखागार का दौरा किया गया। जिसके दौरान उन्हें यह महसूस हुआ कि अत्यधिक दस्तावेज और वर्तमान अभिलेखागार में कम जगह होने के कारण एक नए अभिलेखागार की जरूरत है, इसलिए यह तय हुआ कि भूतल पर सभागार के बदले राजस्व अभिलेखों को सुरक्षित रखने हेतु एक आधुनिक स्मार्ट रिकॉर्ड रूम बनाना ठीक रहेगा, जिसमें होने वाले व्यय की व्यवस्था झाँसी स्मार्ट सिटी लिमिटेड से हो जाएगी तथा सभागार प्रथम तल पर होगा, जिसमें होने वाले व्यय की व्यवस्था पूर्व में ही झाँसी विकास प्राधिकरण से हो चुकी है।

दोनों तलों का संशोधित प्राक्कलन बनाया गया। यह प्रोजेक्ट जिलाधिकारी का बहुत ही पसंदीदा प्रोजेक्ट था, जिसके लिए उन्होंने स्वयं व्यक्तिगत रूप से प्रारंभिक डिजाइन में कई बार बदलाव किए और जब भवन निर्माण के समस्त मानकों के अनुसार पसंदीदा डिजाइन तैयार हो गया, तब निर्माण का कार्य जुलाई 2022 में इनके द्वारा शिलान्यास करने के साथ तेजी से शुरू हुआ।

11 जुलाई, 2022 : जिलाधिकारी रविंद्र कुमार द्वारा कलेक्ट्रेट परिसर, झाँसी में बहुउद्देशीय भवन निर्माण कार्य का शिलान्यास

बहुउद्देशीय भवन के प्रथम तल पर बन रहे सभागार के लिए फर्नीचर, एयर कंडीशनर, साउंड सिस्टम, प्रोजेक्टर, फॉल्स सीलिंग आदि की व्यवस्था के लिए फंड की जरूरत थी, जिसके लिए झाँसी डेवलपमेंट अथॉरिटी से पहले ही बहुत मुश्किल से चार करोड़ रुपए मिल पाए थे, अब जिलाधिकारी रविंद्र कुमार ने इसके लिए फंड के

कुछ अन्य स्रोत तलाशने शुरू किए, तब जाकर पता लगा कि प्रशासनिक सुधार और लोक शिकायत विभाग, कार्मिक मंत्रालय, लोक शिकायत और पेंशन, भारत सरकार से भी कुछ फंड मिलता है, जिसके लिए कुछ महीने प्रयास करने पर 1.55 करोड़ रुपए के फंड की व्यवस्था हो गई, जिसके बाद उन्होंने इसके लिए विशेष रुचि लेकर हॉल में प्रयुक्त होने वाले समस्त फर्नीचर को उच्च गुणवत्तायुक्त सागवान की लकड़ी से बनाने के आदेश दिए। दरवाजों एवं खिड़कियों के डिजाइन एवं स्थान, प्रोजेक्टर लगाने की जगह, प्रतीक्षा कक्ष का डिजाइन आदि में भी उन्होंने बखूबी भूमिका निभाई।

इसके बाद यह बात भी आई कि अभिलेखागार में दस्तावेज रखने हेतु अलमारियों (फर्नीचर) के लिए फंड की आवश्यकता है तो झाँसी मंडलायुक्त महोदय से अनुरोध करने पर वह फंड देने को तैयार हो गए और यह भी कहा कि इसको स्मार्ट रेवेन्यू रिकॉर्ड रूम बनाया जाए, जिसमें सारे दस्तावेज का डिजिटल रिकॉर्ड हो।

जैसे-जैसे बिल्डिंग का निर्माण आगे बढ़ रहा था, वैसे-वैसे जिलाधिकारी रविंद्र कुमार उसको कलेक्ट्रेट से आते-जाते देखते और जब भवन निर्माण लगभग पूरा होने वाला था, तब उन्होंने योजना बनाई कि माननीय मुख्यमंत्रीजी से अनुरोध करके इसका उद्घाटन कराया जाएगा, क्योंकि पूरे प्रदेश के अधिकांश कलेक्ट्रेट में विद्यमान सभागार में केवल यह सर्वोत्तम एवं अत्याधुनिक सुविधाओं से सुसज्जित सभागार होगा, परंतु अचानक सितंबर 2023 में उनका स्थानांतरण हो जाने के कारण इस बहुउद्देशीय भवन का अंतिम रूप से फिनिशिंग का कार्य और उद्घाटन का कार्य उनके समय में संभव नहीं हो सका, जो उनके जाने के बाद ही हो पाया। लेकिन आज भी उस बिल्डिंग की गुणवत्ता और आउटलुक देखकर उन्हें आत्म तृप्ति महसूस होती है।

आज उस बहुउद्देशीय भवन का निर्माण कार्य पूरा हो चुका है और उसका उद्घाटन माननीय मुख्यमंत्रीजी के कर-कमलों द्वारा डिजिटल माध्यम से किया जा चुका है तथा उसका उपयोग भी बखूबी हो रहा है, जिसके कुछ चित्र नीचे दिए जा रहे हैं।

कलेक्ट्रेट परिसर में अत्याधुनिक सुविधाओं से सुसज्जित बहुउद्देशीय भवन एवं सभागार

चुनौतियाँ और सीखे गए सबक

हालाँकि, लोक सेवा वितरण में नवीन प्रगति पर्याप्त रही है, लेकिन यह यात्रा चुनौतियों से रहित नहीं रही। जनसंख्या के कुछ वर्गों में डिजिटल साक्षरता अंतराल के कारण प्रौद्योगिकी के एकीकरण को प्रारंभिक प्रतिरोध का सामना करना पड़ा। इसे संबोधित करने के लिए, प्रशासन ने डिजिटल साक्षरता अभियान शुरू किया और आवश्यक डिजिटल कौशल प्रदान करने के लिए स्थानीय शैक्षणिक संस्थानों के साथ सहयोग किया।

नवाचार के क्षेत्र में, पर्यावरणीय स्थिरता के साथ आर्थिक विकास को संतुलित करने के लिए नीतियों और प्रथाओं में निरंतर सुधार की आवश्यकता होती है। प्रशासन ने तेजी से विकसित हो रहे तकनीकी परिदृश्य की जटिलताओं और उभरती चुनौतियों से निपटना सीखा।

नवाचार द्वारा आकार दिया गया भविष्य

इस अध्याय से यह स्पष्ट हो जाता है कि रविंद्र कुमार के गतिशील शासन के तहत झाँसी की प्रगति भविष्य को अपनाने की प्रतिबद्धता की विशेषता बनी। नवीन दृष्टिकोण, तकनीकी एकीकरण और नागरिक-केंद्रित पहल ने न केवल झाँसी को डिजिटल युग में आगे बढ़ाया, बल्कि एक ऐसे भविष्य की नींव भी रखी, जहाँ नवाचार एक प्रेरक शक्ति बन गया।

□

7

डेस्क से परे चुनौतियाँ

जिला मजिस्ट्रेट रविंद्र कुमार के नेतृत्व में झाँसी के कायापलट में लचीलेपन, दृढ़ संकल्प और प्रगति की निरंतर खोज की एक दिलचस्प और सम्मोहक कहानी उजागर होती है। यह अध्याय नौकरशाही के दायरे से बाहर निकलकर प्रशासन के सामने आने वाली बहुमुखी चुनौतियों पर प्रकाश डालता है और पता लगाता है कि कैसे नवोन्मेषी समाधानों और सहयोगात्मक प्रयासों ने प्रतिकूल परिस्थितियों पर काबू पाने का मार्ग प्रशस्त किया।

जटिल शहरी वास्तविकताएँ : बुनियादी ढाँचे की चुनौतियाँ

जैसे ही झाँसी ने एक उभरते शहरी केंद्र के रूप में अपनी पहचान बनाई, वैसे ही शहरीकरण से जुड़ी चुनौतियाँ तेजी से स्पष्ट हो गईं। बढ़ती आबादी की माँगों को टिकाऊ और समावेशी शहरी विकास की आवश्यकता के साथ संतुलित करना प्रशासन के लिए चुनौतियों का एक बहुमुखी समूह प्रस्तुत करता है।

सुगम गतिशीलता : इंटीग्रेटेड कमांड कंट्रोल सेंटर का निर्माण

यातायात प्रबंधन : 'स्मार्ट ट्रैफिक झाँसी'

वाहनों के आवागमन और शहरी भीड़भाड़ में वृद्धि के कारण सुगम गतिशीलता सुनिश्चित करने और पर्यावरणीय प्रभाव को कम करने के लिए नवीन समाधानों की आवश्यकता थी। रविंद्र कुमार के गतिशील शासन के तहत क्रियान्वित 'स्मार्ट ट्रैफिक झाँसी' पहल ने बुद्धिमान यातायात प्रबंधन प्रणाली, सिग्नल अनुकूलन और ई-साइकिल चलाने जैसे पर्यावरण-अनुकूल आवागमन विकल्पों को बढ़ावा दिया।

डेटा ने यातायात की भीड़ में 30 प्रतिशत की कमी और पर्यावरण-अनुकूल आवागमन विकल्पों को अपनाने में 25 प्रतिशत की वृद्धि का संकेत दिया। 'स्मार्ट ट्रैफिक झाँसी' ने न केवल तात्कालिक चुनौतियों का समाधान किया, बल्कि शहर को टिकाऊ शहरी गतिशीलता के लिए एक मॉडल के रूप में स्थापित किया, जो जटिल शहरी वास्तविकताओं से निपटने के लिए प्रशासन की प्रतिबद्धता को प्रदर्शित करता है।

आवास और बुनियादी ढाँचा : शहरी चुनौती

झाँसी में आसपास के कस्बों से अवसरों की तलाश में लोगों की आमद ने आवास और बुनियादी ढाँचे पर भारी दबाव डाला। प्रशासन ने किफायती और टिकाऊ आवास प्रदान करने के महत्त्व को पहचानते हुए, 'नगर निर्माण' परियोजना शुरू की। इस महत्त्वाकांक्षी प्रयास का उद्देश्य एकीकृत शहरी स्थान बनाना है, जो न केवल आवासीय आवश्यकताओं को संबोधित करता है, बल्कि आवश्यक सुविधाओं तक पहुँच भी सुनिश्चित करता है।

वृद्धावस्था केंद्र में सहायता

2022 के अंत तक 'नगर निर्माण' परियोजना के परिणामस्वरूप किफायती आवास इकाइयों में सुस्पष्ट वृद्धि हुई। इस पहल की सफलता ने शहरी चुनौतियों को कम करने और झाँसी के निवासियों के लिए उच्च गुणवत्ता वाला जीवन प्रदान करने के लिए प्रशासन की प्रतिबद्धता को उजागर किया।

सामाजिक-आर्थिक असमानताएँ : विभाजन को पाटना

झाँसी के सामने आने वाली महत्त्वपूर्ण चुनौतियों में से एक सामाजिक-आर्थिक असमानताओं का अस्तित्व था, जो रविंद्र कुमार के प्रशासन द्वारा परिकल्पित समावेशी विकास में बाधा थी। इन विभाजनों को पाटने के लिए लक्षित हस्तक्षेप और हाशिए पर रहने वाले समुदायों के उत्थान के लिए प्रतिबद्धता की आवश्यकता थी।

कौशल असमानताएँ : 'कौशल झाँसी'

आर्थिक असमानता को कायम रखने वाली कौशल असमानताओं को देखते हुए प्रशासन ने 'स्किल झाँसी' पहल शुरू की। इस कार्यक्रम का उद्देश्य विभिन्न समुदायों की आवश्यकताओं के अनुरूप उन्हें कौशल विकास के अवसर प्रदान करके रोजगार क्षमता को बढ़ाना था। इसका प्रभाव कौशल विकास कार्यक्रमों में हाशिए पर रहने वाले समुदायों की भागीदारी में 25 प्रतिशत की वृद्धि के साथ दिखाई देने लगा।

'स्किल झाँसी' ने न केवल तत्काल कौशल कमियों को संबोधित किया, बल्कि एक अधिक समावेशी आर्थिक परिदृश्य में भी योगदान दिया। उभरते नौकरी बाजार के लिए आवश्यक कौशल के साथ व्यक्तियों को सशक्त बनाकर, प्रशासन ने सामाजिक-आर्थिक असमानताओं को पाटने में एक महत्त्वपूर्ण कदम उठाया।

शैक्षिक असमानता : 'शिक्षा संवाद'

सामाजिक गतिशीलता के उत्प्रेरक के रूप में शिक्षा के महत्त्व को पहचानते हुए, 'सक्षम शिक्षा' कार्यक्रम ने 'शिक्षा संवाद' सत्र की शुरुआत की। इन इंटरैक्टिव मंचों ने माता-पिता, शिक्षकों और समुदाय के सदस्यों के बीच संवाद की सुविधा प्रदान की, शिक्षा प्रणाली के सामने आने वाली चुनौतियों का समाधान किया और सहयोगात्मक समाधानों को बढ़ावा दिया।

'शिक्षा संवाद' की सफलता अभिभावक-शिक्षक सहयोग में 20 प्रतिशत की वृद्धि और शैक्षिक असमानताओं में कमी के रूप में परिलक्षित हुई। शैक्षिक समानता के प्रति प्रशासन की प्रतिबद्धता सामाजिक-आर्थिक विभाजनों पर काबू पाने में एक प्रेरक शक्ति बन गई।

लक्ष्मीबाई सेवा संस्था, बरुआसागर में बच्चों के बीच रहकर प्रोत्साहन

महिला सशक्तीकरण : 'नारी शक्ति झाँसी'

महिलाओं को सशक्त बनाना और लैंगिक असमानताओं को दूर करना प्रशासन के सामाजिक समावेशन एजेंडे के अभिन्न अंग थे। 'नारी शक्ति झाँसी' पहल आर्थिक अवसरों को बढ़ाने, कौशल विकास कार्यक्रम प्रदान करने और कार्यबल में महिलाओं की भागीदारी के लिए अनुकूल माहौल बनाने पर केंद्रित है।

2022 के अंत तक, कार्यबल में महिलाओं की भागीदारी में 25 प्रतिशत की वृद्धि और महिला नेतृत्व वाले उद्यमों में 30 प्रतिशत की वृद्धि हुई। 'नारी शक्ति झाँसी' ने न केवल लैंगिक असमानताओं को संबोधित किया, बल्कि एक समावेशी और सशक्त समाज को बढ़ावा देने के व्यापक लक्ष्य में भी योगदान दिया।

जलवायु चुनौतियों से निपटना

वैश्विक स्तर पर कई क्षेत्रों की तरह, झाँसी को भी जलवायु परिवर्तन और पर्यावरणीय गिरावट से उत्पन्न चुनौतियों का सामना करना पड़ा। प्रशासन ने पर्यावरणीय प्रबंधन की तात्कालिकता को स्वीकार करते हुए पारिस्थितिक संरक्षण के साथ शहरी विकास को संतुलित करने के लिए पहल शुरू की।

सतत वृक्षारोपण अभियान : जलवायु चुनौतियों के प्रति सक्रिय प्रतिक्रिया

'हरित झाँसी' अभियान, हरित आवरण को बढ़ाने और सार्वजनिक स्थानों को पुनर्जीवित करने पर केंद्रित था, जो जलवायु चुनौतियों के प्रति एक सक्रिय प्रतिक्रिया थी। प्रशासन ने जलवायु परिवर्तन को कम करने, वायु गुणवत्ता में सुधार और शहरी लचीलेपन को बढ़ाने में पेड़ों की भूमिका को मान्यता दी।

इसके साथ ही, 'जलसंकल्प' पहल ने वर्षा जल संचयन और टिकाऊ कृषि प्रथाओं के माध्यम से जिम्मेदार जल उपयोग को बढ़ावा देकर पानी की कमी को संबोधित किया। 2022 के अंत तक, इस पहल से भू-जल पुनर्भरण में 25 प्रतिशत की वृद्धि हुई और कृषि क्षेत्र में पानी की खपत में 20 प्रतिशत की कमी आई।

इन पहलों की सफलता ने झाँसी को जलवायु चुनौतियों के प्रति लचीली और टिकाऊ प्रथाओं के लिए प्रतिबद्ध शहर के रूप में स्थापित किया है। पर्यावरणीय अनिवार्यताओं के प्रति प्रशासन के सक्रिय दृष्टिकोण ने एक दूरगामी सोच का प्रदर्शन किया, जो तात्कालिक चिंताओं से परे था।

अपशिष्ट प्रबंधन ने शहरी क्षेत्रों में एक महत्त्वपूर्ण पर्यावरणीय चुनौती प्रस्तुत की। प्रशासन ने अपशिष्ट प्रबंधन में नवाचारों के साथ प्रतिक्रिया व्यक्त की, जिसका लक्ष्य एक चक्रीय अर्थव्यवस्था की ओर परिवर्तन करना था। स्मार्ट कचरा डिब्बे, सामुदायिक खाद और कचरा पृथक्करण पर जागरूकता अभियान शहरी कचरे के पर्यावरणीय प्रभाव को कम करने में सहायक बने।

डेटा ने लैंडफिल-बाउंड कचरे में 30 प्रतिशत की कमी और अपशिष्ट प्रबंधन पहल में सामुदायिक भागीदारी में 25 प्रतिशत की वृद्धि का संकेत दिया। अपशिष्ट प्रबंधन में सफलता ने पर्यावरणीय स्थिरता के प्रति प्रशासन की प्रतिबद्धता को प्रदर्शित किया।

सहयोगात्मक शासन : उद्योग भागीदारी

सहयोगात्मक शासन, रविंद्र कुमार के नेतृत्व की आधारशिला के रूप में बाहरी चुनौतियों से निपटने में सहायक बन गया। 'इनोझाँसी' पहल के तहत उद्योगों, शैक्षणिक संस्थानों और अनुसंधान संगठनों के साथ साझेदारी ने शहर के लिए एक सामूहिक दृष्टिकोण के निर्माण के लिए प्रशासन की प्रतिबद्धता का उदाहरण दिया।

उद्योग सहयोग की सफलता झाँसी के आर्थिक विविधीकरण में परिलक्षित हुई, 'इनोझाँसी' पहल के तहत स्टार्टअप की संख्या में वृद्धि हुई। इस सहयोगात्मक शासन मॉडल ने न केवल विश्वास को बढ़ावा दिया, बल्कि झाँसी को एक ऐसे शहर के रूप में स्थापित किया, जो स्थानीय प्रगति के लिए बाहरी विशेषज्ञता का उपयोग कर सकता है।

मातृ-शिशु कल्याण : तहसील दिवस पर आँगनवाड़ी कार्यकर्ता द्वारा लगाए स्टॉल पर पोषक आहार का निरीक्षण

अनुकूल शासन ढाँचा

झाँसी के सामने आने वाली चुनौतियों ने एक अनुकूल शासन ढाँचे के महत्त्व को रेखांकित किया। नीतियों को दोहराने, मातृ-शिशु कल्याण सहित सभी हितधारकों को शामिल करने और सहयोगी समाधानों को बढ़ावा देने की प्रशासन की क्षमता ने शासन के प्रति प्रतिबद्धता प्रदर्शित की, जो गतिशील और विकसित परिदृश्य को गतिमान कर सकती है।

झाँसी के सामने आने वाली चुनौतियों से उसके समुदाय के लचीलेपन का पता चला। समुदाय के नेतृत्व वाली परियोजनाओं ने स्थानीय चुनौतियों से निपटने में सक्रिय रूप से योगदान करने के लिए निवासियों की क्षमता को प्रदर्शित किया। प्रशासन ने सामुदायिक लचीलेपन के महत्त्व को पहचाना और सकारात्मक परिवर्तन के उत्प्रेरक के रूप में स्थानीय नेताओं को सशक्त बनाना जारी रखा।

समुदाय संचालित पहलों की सफलता स्थानीय चुनौतियों का समाधान करने वाली समुदाय आधारित परियोजनाओं में 20 प्रतिशत की वृद्धि में परिलक्षित हुई। सामुदायिक लचीलेपन के प्रति प्रशासन की प्रतिबद्धता शहर के लोकाचार का एक अभिन्न अंग बन गई।

डेस्क के बाहर आने वाली चुनौतियों ने प्रगति की परस्पर जुड़ी प्रकृति पर प्रकाश डाला। आर्थिक विकास, सामाजिक समावेशन, पर्यावरणीय स्थिरता और शासन अनुकूलनशीलता अलग-अलग प्रयास नहीं थे, बल्कि झाँसी की यात्रा के ताने-बाने में बुने हुए धागे थे। प्रशासन के समग्र दृष्टिकोण ने, इन आयामों में चुनौतियों का समाधान करते हुए एक ऐसी दृष्टि प्रदर्शित की, जिसने विकास के विभिन्न पहलुओं के बीच सहजीवी संबंध को मान्यता दी।

यह स्पष्ट हो जाता है कि झाँसी की कहानी बाधाओं से नहीं, बल्कि उसके प्रशासन और समुदाय के लचीलेपन, अनुकूलनशीलता और दृढ़ संकल्प से परिभाषित होती है। चुनौतियों का सामना करना पड़ा, जो हालाँकि, विकट थीं; लेकिन इन्होंने नवीन समाधानों, सहयोगात्मक प्रयासों और प्रगति के लिए नए सिरे से प्रतिबद्धता के लिए उत्प्रेरक के रूप में कार्य किया।

□

8

ओ.डी.ओ.पी. (वन डिस्ट्रिक वन प्रॉडक्ट : एक जिला एक उत्पाद) एवं निवेशक शिखर सम्मेलन

जिला मजिस्ट्रेट रविंद्र कुमार के दूरदर्शी नेतृत्व में झाँसी के परिवर्तन की निरंतर विकसित हुई कहानी में यह अध्याय आर्थिक पुनरुत्थान और रणनीतिक निवेश की कहानी के रूप में सामने आता है। इस दौरान झाँसी में ओ.डी.ओ.पी. के तहत सॉफ्ट टॉयज और वस्त्र निर्माण उद्योग में बहुत काम हुआ, साथ ही इन्वेस्टर्स समिट भी आहूत की गई, जो झाँसी के आर्थिक विविधीकरण की आधारशिला बन गए।

जनपद में इन्वेस्टर्स फ्रेंडली माहौल, इन्वेस्टर बुंदेलखंड में उद्योग स्थापित करने हेतु आगे आए : जिलाधिकारी

झाँसी (वीपीएन टाइम्स)। जिलाधिकारी रविंद्र कुमार ने विकास भवन सभागार में जिलास्तरीय उद्योग बन्धु समिति की बैठक में अध्यक्षता करते हुये कहा कि जनपद में इन्वेस्टर्स फ्रेंडली माहौल का अधिक से अधिक उद्यमी लाभ उठाना सुनिश्चित करें। नए उद्योग स्थापित करने वाले उद्यमियों को नई उद्योग नीति के तहत शासन द्वारा संचालित लाभकारी योजनाओं की अथवा छूट संबंधित जानकारी मुहैया कराना सुनिश्चित किया जाए ताकि अधिक से अधिक उद्यमी क्षेत्र की ओर आकर्षित हों।

जिलाधिकारी ने बैंकर्स को अपनी कार्य प्रणाली में सुधार लाए जाने के निर्देश दिए ताकि उद्योग स्थापित करने हेतु फ्रेंडली माहौल तैयार किया जा सके। उन्होंने उपस्थित बैंकर्स से कहा की नए उद्यमियों को योजनाओं से लाभान्वित करते हुए उद्योग सर्जन कराना सुनिश्चित करें। उद्योगपतियों का बुंदेलखंड में स्वागत हो और समस्त विभागीय अधिकारी उनके आवेदनों का समय से निस्तारण करना सुनिश्चित करें। जिलाधिकारी ने कहा कि मुख्यमंत्री की प्राथमिकता बुन्देलखण्ड के चहुंमुखी विकास पर केन्द्रित है। इसी को

दृष्टिगत रखते हुए नई पर्यटन नीति और उद्योग नीति को तैयार किया गया है जिसके माध्यम से बुंदेलखंड क्षेत्र का आर्थिक और सामाजिक विकास हो। जिलाधिकारी ने सूक्ष्म, लघु एवं मध्यम उद्यम प्रोत्साहन नीति-2022 की जानकारी देते हुए बताया कि इस नीति के रोजगार सृजन में प्रतिवर्ष 15 प्रतिशत की वृद्धि होगी और औद्योगिक विकास के माध्यम से क्षेत्रीय आर्थिक एवं सामाजिक संतुलन भी बेहतर होगा। जिलाधिकारी ने स्टैण्ड अप इण्डिया योजना की समीक्षा करते हुये कहा कि यह योजना सीधे बैंकों द्वारा संचालित की जाती है। उन्होंने कहा कि अनुसूचित जाति, अनुसूचित जनजाति की महिला उद्यमियों को योजना का अधिक से अधिक लाभ हो। बैठक में जिलाधिकारी ने एमएसएमई वार्षिक क्रेडिट प्लान के क्रम में ऋण समीक्षा करते हुए निर्देश दिए कि विभागों के आपसी समन्वय और संवाद की कमी होने के कारण इच्छुक उद्यमी योजनाओं का लाभ नहीं ले पा रहे हैं। इसे कमी को तत्काल दूर किया जाए। उन्होंने कहा कि एमएसएमई सेक्टर में 788.00 करोड़ का लक्ष्य के सापेक्ष अब तक 9357 लाभार्थियों को 34940.4 लाख योजना अंतर्गत वितरण किया गया है। समस्त एमएसएमई इकाइयों जो कि 10 घनमीटर प्रतिदिन से कम जलदोहन करती है उन्हें अनापत्ति प्रमाण-पत्र नहीं देना है परन्तु पंजीकरण कराना अनिवार्य है। बिजौली से भगवंतपुरा बिजौली संपर्क मार्ग, धारा-143 तथा संशोधित धारा- 80 के अंतर्गत तहसीलों में परगनाधिकारी न्यायालयों में लंबित प्रकरणों की समीक्षा, नगर निगम द्वारा औद्योगिक इकाइयों को जारी किए गए प्रॉपर्टी टैक्स/हाउस टैक्स देयता पत्र के संबंध में, उद्यम सारथी ऐप के व्यापक प्रचार-प्रसार, सौर ऊर्जा से संबंधित उद्यम हेतु विचार विमर्श आदि बिंदुओं पर भी विस्तृत चर्चा की। जिला स्तरीय उद्योग बंधु समिति की बैठक में विशेष रूप से मेयर रामतीर्थ सिंघल उपस्थित रहे। उन्होंने उद्योगपतियों की समस्याओं को सुना और समय से समस्याओं का निस्तारण विभागीय अधिकारियों द्वारा किए जाने के निर्देश दिए। इस मौके पर वरिष्ठ पुलिस अधीक्षक राजेश एस, मुख्य विकास अधिकारी जुनैद अहमद, एसडीएम सदर सुश्री निधि बंसल, उपायुक्त उद्योग मनीष चौधरी, एलडीएम अजय शर्मा, लघु उद्योग भारती प्रभारी अरुण कुमार बंसल, प्रदीप तिवारी, ओपी गुप्ता, राजेश शर्मा सहित अन्य उद्यमी तथा विभिन्न विभागों के अधिकारी उपस्थित रहे।

ओ.डी.ओ.पी. : आर्थिक विकास के लिए एक उत्प्रेरक

एक जिला एक उत्पाद (ओ.डी.ओ.पी.) स्वदेशी उत्पादों को बढ़ावा देने, स्थानीय रोजगार के अवसर पैदा करने और आर्थिक विकास को बढ़ावा देने के उद्‌देश्य से एक आदर्श परिवर्तनकारी रणनीति के रूप में उभरा। रविंद्र कुमार के प्रशासन द्वारा अपनाई गई ओ.डी.ओ.पी. पहल ने अपने जिले से एक अद्वितीय उत्पाद की पहचान करने और उसे बढ़ावा देने, अपनी पारंपरिक शक्तियों का लाभ उठाने और सतत विकास को बढ़ावा देने की पहल की।

झाँसी अपने सॉफ्ट टॉयज के लिए जाना जाता है। इसी को ध्यान में रखकर सॉफ्ट टॉयज (टेडी बियर) को झाँसी जनपद का वन डिस्ट्रिक्ट वन प्रोडक्ट घोषित किया गया है। अधिकांश खिलौने दीनदयाल नगर में बनते हैं। खिलौने बनने के बाद बची चीजों से बच्चों के जूते और अन्य छोटे सामान बनते हैं।

समृद्ध सांस्कृतिक विरासत और शिल्प कौशल के इतिहास के साथ, झाँसी ने सॉफ्ट टॉयज को अपने ओ.डी.ओ.पी. के रूप में पहचाना। यह रणनीतिक विकल्प केवल आर्थिक विविधीकरण के बारे में नहीं था, बल्कि कुशल कारीगरों और क्षेत्र के सांस्कृतिक ताने-बाने के लिए एक सम्मान भी थी।

सॉफ्ट टॉयज विनिर्माण : कलात्मकता और विरासत को पुनर्जीवित करना

मुलायम खिलौने, जिन्हें अकसर क्रेजी खेल के रूप में देखा जाता है, झाँसी में पारंपरिक कलात्मकता के पुनरुद्धार के लिए कैनवास बन गए। प्रशासन ने, स्थानीय कारीगरों और उद्योग विशेषज्ञों के सहयोग से, सॉफ्ट टॉय निर्माण को परिष्कार के एक नए स्तर तक बढ़ाने की यात्रा शुरू की।

ओ.डी.ओ.पी. अर्बन हाट

'कलासृजन' पहल, ओ.डी.ओ.पी. छत्र के तहत एक प्रमुख कार्यक्रम है, जिसका उद्देश्य स्थानीय कारीगरों को प्रशिक्षण, डिजाइन सहायता और बाजार अनुभव प्रदान करके सशक्त बनाना है। कारीगरों, जिनमें से कई सदियों पुराने शिल्प का अभ्यास कर रहे थे, को अपने कौशल को प्रदर्शित करने, उन्हें समकालीन स्वाद के अनुसार ढालने और व्यापक बाजार से जुड़ने के लिए एक मंच मिला।

2022 के अंत तक, 'कलासृजन' ने भाग लेने वाले कारीगरों की आय में 35 प्रतिशत की वृद्धि की, जो पारंपरिक शिल्प कौशल को पुनर्जीवित करने में कार्यक्रम की सफलता को रेखांकित करता है। इस पहल ने न केवल आर्थिक सशक्तीकरण में योगदान दिया, बल्कि झाँसी की सांस्कृतिक विरासत को संरक्षित करने और बढ़ावा देने में भी महत्त्वपूर्ण भूमिका निभाई।

ओ.डी.ओ.पी. ढाँचे के तहत सॉफ्ट टॉय निर्माण की सफलता के लिए स्थायी बाजार संबंध बनाना महत्त्वपूर्ण था। 'उद्यमी झाँसी' कार्यक्रम स्थानीय कारीगरों और निर्माताओं को राष्ट्रीय एवं अंतरराष्ट्रीय बाजारों से जोड़ने पर केंद्रित है। झाँसी के सॉफ्ट खिलौनों को वैश्विक खरीदारों के सामने प्रदर्शित करने के लिए व्यापार मेलों, प्रदर्शनियों और डिजिटल प्लेटफॉर्मों का उपयोग किया गया।

ओ.डी.ओ.पी. के तहत सॉफ्ट टॉय का चयन और प्रोत्साहन

डेटा ने झाँसी से सॉफ्ट टॉय के निर्यात में 40 प्रतिशत की वृद्धि का संकेत दिया, जिससे शहर वैश्विक बाजार में एक महत्त्वपूर्ण खिलाड़ी के रूप में स्थापित हो गया। 'उद्यमी झाँसी' आर्थिक विकास के लिए उत्प्रेरक बन गई, जिससे कारीगरों को बड़े बाजारों तक पहुँच मिली और गुणवत्तापूर्ण सॉफ्ट खिलौनों के केंद्र के रूप में शहर की प्रतिष्ठा में वृद्धि हुई।

सॉफ्ट टॉय निर्माण में प्रौद्योगिकी का एकीकरण झाँसी की ओ.डी.ओ.पी. रणनीति का एक प्रमुख पहलू बना। 'इनोझाँसी' पहल के तहत, प्रशासन ने इंटरैक्टिव सुविधाओं और टिकाऊ विनिर्माण प्रथाओं के साथ स्मार्ट खिलौने जैसे नवाचारों को पेश करने के लिए प्रौद्योगिकी विशेषज्ञों और शैक्षणिक संस्थानों के साथ सहयोग किया।

तकनीकी हस्तक्षेप से सॉफ्ट टॉय निर्माण प्रक्रियाओं की दक्षता में 30 प्रतिशत की वृद्धि हुई। 'इनोझाँसी' ने न केवल वैश्विक बाजार में झाँसी के सॉफ्ट खिलौनों की प्रतिस्पर्धात्मकता को बढ़ाया, बल्कि शहर को नवीन और टिकाऊ विनिर्माण प्रथाओं के केंद्र के रूप में भी स्थापित किया।

रानीपुर कपड़ा उद्योग को जीवनदान

झाँसी की मऊरानीपुर तहसील में रानीपुर के कपड़ा उद्योग को भी जिला प्रशासन के प्रयासों से एक जिला, एक उत्पाद (ओ.डी.ओ.पी.) योजना में शामिल किए जाने से इस मरणासन्न उद्योग को जैसे संजीवनी मिल गई।

झाँसी जिले की मऊरानीपुर तहसील का रानीपुर कस्बा वह इलाका है, जहाँ घर-घर में हैंडलूम और पावरलूम का काम किया जाता है। यहाँ लूम मशीनों की आवाजें हर घर से आती सुनाई देती हैं। बहुत सारे परिवारों की तीन से चार पीढ़ियाँ आज भी इस काम में लगी हैं और बहुत से लोग इस काम में 1990 के बाद आई जबरदस्त गिरावट के कारण काम बंद कर या तो दूसरे काम-धंधों में लग गए या फिर इस क्षेत्र से अन्य क्षेत्रों में काम तलाश कर पलायन कर गए। इसके बावजूद आज भी लगभग 4000 से अधिक परिवार कपड़ा बनाने के काम में लगे हैं।

इस संबंध में जानकारी देते हुए झाँसी के उद्योग उपायुक्त मनीष चौधरी ने बताया कि झाँसी जिले से ओ.डी.ओ.पी. योजना में कपड़े को भी शामिल कर लिया गया है। ओ.डी.ओ.पी. योजना में आने से मऊ और रानीपुर तथा इसके आसपास के इलाके में फैले कपड़ा उद्योग को काफी फायदा होना तय है, जो अब नजर भी आने लगा है।

बाजार क्षेत्र में रानीपुर का कपड़ा अपने निश्चित डिजाइन और क्वालिटी के लिए अलग पहचान रखता है। ओ.डी.ओ.पी. के तहत इस क्षेत्र में रेंडरिंग प्लांट लगाकर टेरीकॉट कपड़े का काम फिर से शुरू किया गया है। बुनकरों की परेशानियों और उनकी

संभावनाओं के आधार पर कपड़ा उद्योग को फिर से स्थापित करने का हर संभव प्रयास किया जा रहा है।

ओ.डी.ओ.पी. योजना के चार भाग हैं। पहले भाग 'ट्रेनिंग और टूलकिट' के तहत वर्तमान बुनकरों के अलावा नए लोगों को प्रशिक्षण और टूलकिट मुहैया कराकर इस काम को विस्तार दिया जाएगा। इसके तहत युवाओं, महिलाओं और पुरुषों को इस काम को करने के लिए तैयार किया जाएगा। साथ ही, इनके काम में मदद के लिए निःशुल्क टूलकिट भी प्रदान की जाएगी। टूलकिट में 20 हजार रुपए तक का सामान राज्यस्तरीय समिति की अनुशंसा पर सरकार द्वारा बुनकरों को मुहैया कराया जाएगा। इसमें जकाट दिया जाएगा या लूम—यह सरकार तय करेगी। जकाट एक डिजाइन डालने की मशीन होती है, जिसकी मदद से हैंडलूम में तैयार होने वाले कपड़े पर डिजाइन तैयार किए जा सकते हैं, जिससे सूती कपड़े पर थ्री डाइमेंशनल चित्र बनाए जा सकते हैं।

इसी योजना का दूसरा हिस्सा ओ.डी.ओ.पी. मार्जिन मनी ऋण योजना है। इसके तहत ट्रेडिंग, सर्विस या इंडस्ट्री सभी शामिल हैं। इसमें 25 प्रतिशत की सब्सिडी दी जाती है और सीलिंग सीमा बीस लाख है। प्रोजेक्ट कितना भी बड़ा हो सकता है।

तीसरी योजना ओ.डी.ओ.पी. कॉमन फेसिलिटी सेंटर (सीएफसी) की है, जिसके तहत क्षेत्र की समस्या, अवसर, ताकत और खतरों के बारे में पूरी रिपोर्ट तैयार की जाती है। सभी जिलों में सीएफसी तैयार किए जा रहे हैं। सीएफसी में 90 प्रतिशत खर्च सरकार और दस प्रतिशत बुनकरों का होगा। सीएफसी में आधुनिक मशीनरी उपलब्ध रहेंगी, जिनका उपयोग बुनकर कर सकेंगे।

चौथी योजना विपणन विकास सहायता योजना की है। इसके तहत बुनकर यदि कहीं मेले में माल बेचने जाएँगे तो वहाँ माल ले जाने के लिए ट्रेन का भाड़ा और वहाँ स्टॉल का किराया दिया जाता है।

साथ ही कपड़ा कारोबार के ओ.डी.ओ.पी. के सह-उत्पाद बनने से बुनकरों के लिए बैंकों से ऋण लेना आसान हो गया है। डेढ़ करोड़ के ऋण पर उन्हें 20 लाख रुपए की सब्सिडी मिलेगी, जबकि डेढ़ करोड़ से कम के कर्ज पर 25 फीसदी सब्सिडी का लाभ मिलेगा।

कपड़ा कारोबार के सह-उत्पाद बनने का लाभ सामान्य कपड़ा कारोबारियों को भी मिलेगा। कपड़ों के विक्रेता, उत्पादकों को भी ओ.डी.ओ.पी. का लाभ मिलेगा। कपड़ों की दुकान संचालक से लेकर मॉल संचालक तक इस योजना के दायरे में आएँगे। यहाँ तक कि धागा बेचने व बनाने वालों समेत कपड़ों से जुड़ा कोई भी कारोबार करने वाले इस योजना का लाभ हासिल कर सकेंगे।

रानीपुर कपड़ा उद्योग को पुनर्जीवन देने के मकसद से प्रशासन यहाँ मूलभूत सुविधाओं को स्थापित करने की तैयारी में है। उद्योग विभाग के उपायुक्त मनीष चौधरी के अनुसार, बुनकरों की समस्या को लेकर डायग्नोस्टिक स्टडी रिपोर्ट तैयार हो रही है। इस दौरान, जो समस्याएँ और सुझाव निकलकर सामने आएँगे, उनके आधार पर प्रस्ताव तैयार किया जाएगा।

कभी झाँसी के रानीपुर के हैंडलूम कपड़ों की पूरे देश में माँग हुआ करती थी और लगभग बीस हजार लोग इस काम से जुड़े थे। बाद में सुविधाओं के अभाव में यह काम सिमटता गया और बड़ी संख्या में लोग इस काम को छोड़कर पलायन कर गए। इस समय जनपद में लगभग चार हजार बुनकर बचे हैं, जो इस काम में लगे हैं, लेकिन ज्यादातर की आर्थिक स्थिति ठीक नहीं है। सरकार की तैयारी है कि इन बुनकरों की समस्याओं को समझकर क्षेत्र में मूलभूत संरचनाओं और सुविधाओं को उपलब्ध कराकर इन्हें बढ़ावा दिया जाए। इस काम के लिए उद्योग विभाग एक डायग्नोस्टिक स्टडी रिपोर्ट तैयार कर रहा है।

बुनकरों की मुख्य माँग कैलेंडरिंग प्लांट, साइजिंग प्लांट, डिजाइन बैंक और रॉ मटेरियल बैंक को लेकर है। बुनकरों का कहना है कि ये चार सुविधाएँ उन्हें उपलब्ध हो जाएँ तो क्षेत्र में कपड़ा उद्योग को वे फिर से खड़ा कर देंगे। उद्योग विभाग की तैयारी है कि स्थानीय जरूरतों के मुताबिक स्पेशल पर्पज व्हिकल का गठन किया जाएगा, जिसके संचालन में मुख्य भूमिका बुनकरों की होगी।

निवेशक शिखर सम्मेलन, झाँसी की अध्यक्षता

निवेशक शिखर सम्मेलन : झाँसी की क्षमता का प्रदर्शन

ओ.डी.ओ.पी. रणनीति के प्रभाव को और बढ़ाने के लिए जिलाधिकारी रविंद्र कुमार द्वारा उत्तर प्रदेश ग्लोबल इन्वेस्टर्स समिट के तहत झाँसी में जनवरी 2023 में इसका आयोजन किया गया। समिट का आयोजन जिला प्रशासन और बुंदेलखंड चेंबर ऑफ कॉमर्स द्वारा किया गया। इस समिट में 146 कंपनियों ने अनुबंध पर हस्ताक्षर किए और लगभग एक लाख करोड़ रुपए के निवेश का मार्ग खोला। इनमें से 126 अनुबंधों को सरकार द्वारा मंजूरी दे दी गई, जिनका मूल्य 65 हजार करोड़ रुपए से ऊपर का है।

सबसे अधिक निवेश सौर ऊर्जा के क्षेत्र में आया। सौर और अक्षय ऊर्जा के क्षेत्र में 45 हजार करोड़ से अधिक का निवेश प्राप्त हुआ। इसके साथ ही 21 निवेशक ऐसे रहे, जिन्होंने झाँसी में निवेश करने में रुचि दिखाई। रियल एस्टेट, पर्यटन, फूड प्रोसेसिंग, रक्षा क्षेत्र जैसे 15 क्षेत्रों में लोग इन्वेस्ट कर चुके हैं। बुंदेलखंड चेंबर ऑफ कॉमर्स द्वारा भी 300 करोड़ रुपए का निवेश किया गया। उपायुक्त उद्योग मनीष चौधरी के अनुसार, सभी निवेशकों को पूरा सहयोग दिया जाएगा। हर निवेशक की समस्या को व्यक्तिगत रूप से सुना जाएगा। सभी समस्याओं का समाधान भी जल्द-से-जल्द करने की कोशिश की जाएगी। इन सभी निवेशों से 52 हजार 538 युवाओं को रोजगार मिलने के आसार हैं।

एमएसएमई विकास आधारित राष्ट्रीय कार्यशाला-औद्योगिक प्रदर्शनी, झाँसी में सम्मान

बुंदेलखंड में बड़ी संख्या में हो रहा निवेश यह साफ तौर पर दरशाता है कि उत्तर प्रदेश विकास के पथ पर अग्रसर है। लगातार सुधरती कानून व्यवस्था और भ्रष्टाचार पर जीरो टॉलरेंस की वजह से निवेशकों का विश्वास बढ़ रहा है। इस वजह से वे उत्तर प्रदेश तथा बुंदेलखंड की तरफ आकर्षित हो रहे हैं।

शिखर सम्मेलन में स्थानीय उद्यमियों के साथ-साथ देश भर से निवेशकों ने भाग लिया। पिछले शासनकाल में उपेक्षित और अविकसित रहे जिले को 1.11 लाख करोड़ रुपए के 146 से अधिक प्रस्ताव प्राप्त हुए हैं, जिनमें से लगभग 65,000 करोड़ रुपए के निवेश के लिए समझौता ज्ञापन पर हस्ताक्षर किए गए। इनमें से ऊर्जा के क्षेत्र में अधिकतम 50,000 करोड़ रुपए पर हस्ताक्षर किए गए। इसके अलावा, प्राप्त निवेश के मामले में झाँसी जिला प्रदेश के सभी जिलों में शीर्ष पर रहा।

यह शिखर सम्मेलन अपनी तरह का पहला आयोजन था, जो निवेशकों, उद्योग जगत् के नेताओं और नीति-निर्माताओं को अवसर तलाशने, साझेदारी बनाने और झाँसी के आर्थिक पुनरुत्थान में योगदान देने के लिए एक साथ लाया। निवेशक शिखर सम्मेलन में राष्ट्रीय और अंतरराष्ट्रीय दोनों प्रकार के निवेशकों की मजबूत भागीदारी देखी गई। प्रमुख उद्योग खिलाड़ियों, उद्यम पूँजीपतियों और बहुराष्ट्रीय निगमों के प्रतिनिधियों ने इस कार्यक्रम में भाग लिया। शिखर सम्मेलन ने एक विनिर्माण केंद्र के रूप में झाँसी की क्षमता को प्रदर्शित करने और क्षेत्रीय सीमाओं से परे सहयोग को बढ़ावा देने के लिए एक मंच के रूप में कार्य किया। शिखर सम्मेलन ने न केवल निवेश को आकर्षित किया, बल्कि झाँसी को वैश्विक निवेश मानचित्र पर भी स्थापित किया।

निवेशक शिखर सम्मेलन में स्वागत

समझौता ज्ञापन (एमओयू) : ठोस प्रतिबद्धताएँ

निवेशक शिखर सम्मेलन के निर्णायक परिणामों में से एक प्रशासन और विभिन्न निवेशकों के बीच समझौता ज्ञापन (एमओयू) पर हस्ताक्षर करना था। इन एमओयू में रोजगार सृजन, प्रौद्योगिकी हस्तांतरण और टिकाऊ प्रथाओं के लिए विशिष्ट लक्ष्यों को

रेखांकित करते हुए, झाँसी के रियल एस्टेट, पर्यटन, फूड प्रोसेसिंग, रक्षा क्षेत्रों में निवेश करने की प्रतिबद्धताओं को रेखांकित किया गया।

प्रभाव आकलन : आर्थिक विकास और सामाजिक प्रगति

सॉफ्ट टॉयज में ओ.डी.ओ.पी. रणनीति के कार्यान्वयन से ठोस परिणाम मिलने लगे हैं, जो झाँसी के आर्थिक परिदृश्य और सामाजिक ताने-बाने में गूँज रहे हैं। ओ.डी.ओ.पी. पहल का आर्थिक प्रभाव झाँसी के सकल घरेलू उत्पाद (जीडीपी) में बढ़े योगदान में परिलक्षित हुआ है। इस आर्थिक उछाल ने न केवल धन सृजित किया, बल्कि रोजगार भी पैदा किया और समग्र जीवन स्तर में सुधार किया।

नौकरी के अवसरों में वृद्धि से न केवल बेरोजगारी कम हुई, बल्कि कौशल विकास और आर्थिक सशक्तीकरण के लिए एक मंच भी मिला। आर्थिक संकेतकों से परे, ओ.डी.ओ.पी. पहल ने स्थानीय कारीगरों को सशक्त बनाकर और समावेशन को बढ़ावा देकर सामाजिक प्रगति में योगदान दिया।

चुनौतियाँ और सीख : भविष्य के लिए एक रोडमैप

जबकि सॉफ्ट टॉयज और कपड़ों के निर्माण में ओ.डी.ओ.पी. पहल ने उल्लेखनीय सफलता दिखाई, लेकिन इसमें कुछ चुनौतियाँ भी शामिल थीं। प्रशासन ने पारदर्शिता और निरंतर सुधार के प्रति अपनी प्रतिबद्धता में, इन चुनौतियों का समाधान करने और पहल की स्थिरता को बढ़ाने की आवश्यकता को पहचाना।

एमएसएमई औद्योगिक प्रदर्शनी, झाँसी का आयोजन

विनिर्माण प्रक्रियाओं में प्रौद्योगिकी के एकीकरण के लिए कौशल पहल पर निरंतर ध्यान केंद्रित करना आवश्यक हो गया। प्रशासन ने यह सुनिश्चित करने के लिए शैक्षणिक संस्थानों और प्रौद्योगिकी विशेषज्ञों के साथ सहयोग किया कि स्थानीय कार्यबल अत्याधुनिक प्रौद्योगिकियों को सँभालने में कुशल रहे।

जैसे-जैसे विनिर्माण क्षेत्रों का विस्तार हुआ, प्रशासन पर्यावरणीय स्थिरता के लिए प्रतिबद्ध रहा। प्रशासन पर्यावरण-अनुकूल विनिर्माण प्रक्रियाओं को बढ़ाने और उद्योगों के पारिस्थितिक पदचिह्न को कम करने के लिए पर्यावरण विशेषज्ञों और उद्योग भागीदारों के साथ जुड़ा हुआ है।

भविष्य के प्रक्षेप पथ

झाँसी में ओ.डी.ओ.पी. के तहत सॉफ्ट टॉयज, रानीपुर कपड़ा उद्योग तथा निवेशक शिखर सम्मेलन ने रविंद्र कुमार के गतिशील शासन के तहत शहर की यात्रा में एक महत्त्वपूर्ण क्षण को चिह्नित किया। आर्थिक विविधीकरण, निवेश के प्रवाह और रोजगार के अवसरों के सृजन में ओ.डी.ओ.पी. रणनीति की सफलता प्रशासन की रणनीतिक दृष्टि और सहयोगात्मक दृष्टिकोण का प्रमाण बन गई।

जैसे-जैसे झाँसी का आर्थिक परिदृश्य विकसित हो रहा है, ओ.डी.ओ.पी. पहल की विरासत भविष्य के प्रक्षेप पथ के लिए मार्गदर्शक प्रकाश के रूप में कार्य कर रही है। प्रशासन, अनुकूलनशीलता और निरंतर सुधार की आवश्यकता को पहचानते हुए, एक ऐसे वातावरण को बढ़ावा देने के लिए प्रतिबद्ध है, जो नवाचार को बढ़ावा दे, स्थानीय समुदायों को सशक्त बनाए और झाँसी को टिकाऊ और समावेशी आर्थिक विकास के लिए एक मॉडल के रूप में स्थापित करे।

□

9

निष्पक्ष और शांतिपूर्ण मतदान : चुनौतियाँ और समाधान

झाँसी के गतिशील परिदृश्य में, जिला मजिस्ट्रेट रविंद्र कुमार के कुशल नेतृत्व में शासन को झाँसी में स्वतंत्र, निष्पक्ष और शांतिपूर्ण मतदान के लिए व्यवस्था करने में बहुधा अनेक चुनौतियों का सामना करना पड़ा, जिनका निराकरण भी बड़े विवेकपूर्ण ढंग से किया गया। भारत के हृदय में बसे एक संपन्न शहर झाँसी ने उत्साहपूर्वक लोकतांत्रिक भावना को अपनाया है। चुनावी प्रक्रिया, लोकतांत्रिक शासन की आधारशिला, झाँसी की समृद्ध सांस्कृतिक विरासत और विविध आबादी की पृष्ठभूमि में सामने आई। रविंद्र कुमार के नेतृत्व में प्रशासन ने चुनाव कराने के महत्त्व को पहचाना, जो न केवल लोकतंत्र के सिद्धांतों का पालन करता है, बल्कि स्वतंत्र, निष्पक्ष और शांतिपूर्ण मतदान के लिए शहर की प्रतिबद्धता को भी दरशाता है।

मतदान में जनभागीदारी बढ़ाने हेतु मुहिम

चुनावी जनसांख्यिकी : विविध और समावेशी

झाँसी की चुनावी जनसांख्यिकी शहर की जीवंत विविधता को प्रतिबिंबित करती है। शहरी और ग्रामीण निर्वाचन क्षेत्रों के मिश्रण के साथ, प्रशासन को विभिन्न समुदायों की अनूठी जरूरतों और अपेक्षाओं को संबोधित करने की चुनौती का सामना करना पड़ा। जनसांख्यिकीय पेचीदगियों को देखते हुए चुनाव प्रबंधन के लिए एक अनुरूप दृष्टिकोण की आवश्यकता थी, जो प्रत्येक नागरिक की आकांक्षाओं को समायोजित कर सके।

2021 के अंत तक, झाँसी में मतदाता पंजीकरण में उल्लेखनीय वृद्धि देखी गई, जो समावेशी भागीदारी को बढ़ावा देने के उद्देश्य से जागरूकता अभियानों और पहलों की सफलता को रेखांकित करती है। एक समावेशी और विविध लोकतांत्रिक प्रक्रिया के प्रति प्रशासन की प्रतिबद्धता ने एक ऐसे चुनावी परिदृश्य की नींव रखी, जो शहर की समृद्ध छवि को प्रतिबिंबित करता है।

झाँसी का राजनीतिक परिदृश्य विचारधाराओं और संबद्धताओं की एक पच्चीकारी प्रस्तुत करता है। प्रशासन ने तटस्थता बनाए रखते हुए सभी राजनीतिक दलों के लिए समान अवसर सुनिश्चित करने की चुनौती का सामना किया। 'पॉलिटिकल कनेक्ट' जैसी पहल ने प्रशासन और राजनीतिक हितधारकों के बीच संचार की सुविधा प्रदान की, जिससे पारदर्शिता और सहयोग का माहौल तैयार हुआ।

डेटा ने चुनाव अवधि के दौरान चुनावी कदाचार और विवादों में 25 प्रतिशत की कमी का संकेत दिया, जो लोकतांत्रिक प्रक्रिया की अखंडता को बनाए रखने के उद्देश्य से उपायों की सफलता को दरशाता है। झाँसी के राजनीतिक परिदृश्य के बहुलवाद से निपटने के लिए प्रशासन की प्रतिबद्धता लोकतांत्रिक मूल्यों को बनाए रखने के प्रति उसके समर्पण का प्रमाण बन गई।

चुनाव प्रबंधन में चुनौतियाँ

झाँसी जैसे गतिशील शहर में चुनाव कराने में बहुआयामी चुनौतियाँ सामने आती रही हैं, जिसके लिए सावधानीपूर्वक योजना, अनुकूलनशीलता तथा स्वतंत्र और निष्पक्ष मतदान के लोकतांत्रिक सिद्धांतों को बनाए रखने की प्रतिबद्धता की आवश्यकता थी।

चुनावी प्रक्रिया के सुचारु कामकाज को सुनिश्चित करने के लिए मजबूत लॉजिस्टिक्स और बुनियादी ढाँचे की माँग की गई। 'वोट-निर्माण' पहल मतदान केंद्रों, परिवहन और संचार प्रणालियों सहित चुनाव संबंधित बुनियादी ढाँचे को बढ़ाने पर केंद्रित है। इसका उद्देश्य एक ऐसा वातावरण बनाना था, जहाँ प्रत्येक नागरिक बिना किसी बाधा के अपने मताधिकार का प्रयोग कर सके।

2021 के अंत तक चुनाव के दौरान साजो-सामान संबंधी व्यवस्थाओं के साथ मतदाताओं की संतुष्टि में वृद्धि में योगदान दिया। इस पहल ने न केवल तात्कालिक चुनौतियों का समाधान किया, बल्कि झाँसी को एक ऐसे शहर के रूप में स्थापित किया, जो लोकतांत्रिक भागीदारी के लिए बुनियादी ढाँचे में लगातार सुधार करने के लिए प्रतिबद्ध है।

मतदाता जागरूकता

स्वतंत्र और निष्पक्ष चुनाव का एक महत्त्वपूर्ण पहलू जागरूक मतदाता है। 'मतदाता जागरूकता' अभियान ने नागरिकों को मतदान के महत्त्व, चुनावी प्रक्रिया और उनकी

जिला निर्वाचन अधिकारी ने दिए शस्त्र व्यवसायियों की दुकानों के भौतिक सत्यापन के निर्देश

1 वर्ष में जिन-जिन व्यक्तियों को शस्त्र विक्रेताओं द्वारा कारतूस बेचे गए हैं उनकी देनी होगी जानकारी

झाँसी, दैनिक जनहित दर्शन

जिलाधिकारी।

जिला निर्वाचन अधिकारी, जिलाधिकारी रविंद्र कुमार ने जनपद में होने वाले नगर निकाय सामान्य निर्वाचन-2023 को सुचिता, पारदर्शी और शांतिपूर्ण ढंग से संपन्न कराए जाने के दृष्टिगत जनपद के पंजीकृत शस्त्र व्यवसायियों की दुकानों के भौतिक सत्यापन कराए जाने के साथ ही जनपद के समस्त शस्त्र व्यवसायियों की दुकानों की संयुक्त जांच आख्या 19 अप्रैल 2023 तक प्रेषित किए जाने के निर्देश दिए। जिला निर्वाचन अधिकारी, जिलाधिकारी रविंद्र कुमार ने नगरीय निकाय सामान्य निर्वाचन -2023 की प्रक्रिया गतिमान है के दृष्टिगत जनपद के समस्त पंजीकृत शास्त्र व्यवसायियों की दुकानों की भौतिक सत्यापन कराए जाने के निर्देश देते हुए एक टीम का गठन किया। इसमें सुश्री निधि बंसल उप जिलाधिकारी झांसी, शशि भूषण अपर नगर मजिस्ट्रेट प्रथम, सुश्री श्वेता साहू उप जिलाधिकारी टहरौली, राजेश कुमार राय क्षेत्राधिकारी नगर, श्रीमती प्रज्ञा पाठक क्षेत्राधिकारी सदर, श्रीमती श्वेता तिवारी क्षेत्राधिकारी मऊरानीपुर शामिल हैं।

जिला निर्वाचन अधिकारी ने कहा कि किसी भी दशा में अवैध शस्त्रों को लेकर निर्वाचन को दूषित नहीं होने दिया जाएगा। उन्होंने जनपद की पंजीकृत दुकानों का भौतिक सत्यापन करते हुए समय विशेष रूप से इस बात का भी ध्यान रखा जाए कि पिछले 01 वर्ष में जिन जिन व्यक्तियों को शस्त्र विक्रेताओं द्वारा कारतूस बेचे गए हैं, उनके पास विधिक रुप से शस्त्र है अथवा नही ? के बारे में गहन छानबीन कर ली जाए क्योंकि विधिक रूप से शस्त्र लाइसेंस नही होने पर कारतूसों के दुरुपयोग की संभावना प्रबल रहती है और ऐसी स्थिति में कारतूसों का दुरुपयोग अवैध शास्त्रों में करके अभी हाल ही मे जनपद प्रयागराज में हुई घटना की पुनरावृति से इनकार नहीं किया जा सकता।

उन्होंने कहा कि शस्त्र व्यवसायियों की दुकानों के भौतिक सत्यापन के दौरान यदि किसी शस्त्र/ कारतूस का विक्रय उस व्यक्ति को किया गया हो, जिनके पास वैध शस्त्र लाइसेंस ना हो या जिनका शस्त्र लाइसेंस पूर्व में निरस्त कर दिया गया हो तो संबंधित के विरुद्ध आयुष नियमावली 2016 में सुसंगत नियमों प्रावधानों के तहत कार्यवाही करना सुनिश्चित किया जाए। जिला निर्वाचन अधिकारी ने निर्देश दिए कि इसके अतिरिक्त

- 8 उच्च अधिकारियों की टीम गठित, संयुक्त जांच आख्या 19 अप्रैल तक मांगी
- **भौतिक सत्यापन में गड़बड़ी पर कार्यवाही सुनिश्चित की जाए**

संबंधित शस्त्र व्यवसायी से इस आशय का प्रमाण पत्र भी प्राप्त कर लिया जाए कि उनके द्वारा विधिक लाइसेंस धारी को ही कारतूसों का वितरण किया गया है तथा किसी भी अन्य व्यक्ति को शस्त्र कारतूस का अवैधानिक रूप से वितरण नहीं किया गया। उन्होंने कहा कि प्रभावी अनुपालन सुनिश्चित करते हुए संयुक्त जांच आख्या 19 अप्रैल तक अनिवार्य रूप से उपलब्ध कराई जाए।

जिला निर्वाचन अधिकारी, जिलाधिकारी ने स्पष्ट रूप से निर्देश दिए कि नगर निकाय सामान्य निर्वाचन-2023 को सकुशल संपन्न कराया जाना प्रशासन की प्रथम प्राथमिकता है। उन्होंने कहा की समस्त थानावार जारी शस्त्र लाइसेंस के अंतर्गत स्वीकृत शस्त्रों को जमा कराया जाना सुनिश्चित किया जाए। उन्होंने बैंक और अन्य प्रतिष्ठानों में लगे सुरक्षा गार्डों के शस्त्रों को आवश्यकता अनुसार जमा कराए जाने में छूट दिए जाने के भी निर्देश दिए।

पसंद के प्रभाव के बारे में शिक्षित करने का प्रयास किया। कार्यशालाओं, सामुदायिक सहभागिताओं और डिजिटल प्लेटफॉर्मों के माध्यम से, प्रशासन का लक्ष्य मतदाता साक्षरता को बढ़ाना और सक्रिय भागीदारी को प्रोत्साहित करना रहा।

आँकड़ों से पता चलता है कि जागरूकता अभियान द्वारा लक्षित क्षेत्रों में मतदान प्रतिशत में वृद्धि हुई। 'मतदान जागरूकता' ने न केवल नागरिकों को ज्ञान के साथ सशक्त बनाया, बल्कि सक्रिय और सूचित मतदाताओं को बढ़ावा देकर लोकतांत्रिक लोकाचार में भी योगदान दिया।

सुरक्षा चुनौतियाँ : 'सुरक्षा संकल्प'

शांतिपूर्ण मतदान प्रक्रिया सुनिश्चित करने के लिए चुनाव के दौरान कानून एवं व्यवस्था बनाए रखना अनिवार्य था। 'सुरक्षा संकल्प' पहल एक सुरक्षित वातावरण बनाने के लिए कानून प्रवर्तन एजेंसियों, सामुदायिक नेताओं और नागरिकों के बीच सहयोग पर केंद्रित है। प्रशासन ने सुरक्षा चुनौतियों से निपटने के लिए निगरानी प्रौद्योगिकी और त्वरित प्रतिक्रिया टीमों सहित उन्नत सुरक्षा उपाय तैनात किए।

'सुरक्षा संकल्प' ने सक्रिय सुरक्षा उपायों की सफलता को उजागर करते हुए चुनाव संबंधी हादसों में अपेक्षित कमी लाने में योगदान दिया। इस पहल ने न केवल लोकतांत्रिक प्रक्रिया की अखंडता को सुरक्षित किया, बल्कि नागरिकों में उनके मतदान अनुभव की सुरक्षा के संबंध में विश्वास भी पैदा किया।

चुनावी दुष्प्रचार : 'सत्यमेव जयते'

गलत सूचना और चुनावी दुष्प्रचार के बढ़ने से स्वतंत्र और निष्पक्ष चुनावों के लिए एक महत्त्वपूर्ण चुनौती उत्पन्न हुई। 'सत्यमेव जयते' (सच्चाई की हमेशा जीत) पहल तथ्य-जाँच, जन-जागरूकता अभियान और सोशल मीडिया प्लेटफॉर्मों के साथ सहयोग के माध्यम से दुष्प्रचार से निपटने पर केंद्रित रही। इसका उद्‌देश्य यह सुनिश्चित करना था कि नागरिकों को सटीक जानकारी मिले और वे भ्रामक आख्यानों से प्रभावित न हों।

डेटा ने चुनाव अवधि के दौरान गलत सूचना के प्रसार में कमी का संकेत दिया। 'सत्यमेव जयते' ने न केवल लोकतांत्रिक प्रक्रिया को बाहरी प्रभाव से बचाया, बल्कि चुनावी चर्चा में सच्चाई और पारदर्शिता की संस्कृति को भी बढ़ावा दिया।

सुव्यवस्थित मतदान प्रतिबद्धता : चाक-चौबंद प्रबंध

नवोन्वेषी समाधान : प्रौद्योगिकी और सामुदायिक सहभागिता का उपयोग

चुनौतियों का सामना करते हुए, रविंद्र कुमार के नेतृत्व में प्रशासन ने नवीन समाधानों को अपनाया, जिनमें चुनावी प्रक्रिया की दक्षता और अखंडता को बढ़ाने के लिए प्रौद्योगिकी और सामुदायिक भागीदारी का उपयोग किया गया।

चुनावों में इ-गवर्नेंस

चुनावी प्रक्रिया में इ-गवर्नेंस का एकीकरण झाँसी के नवाचार के दृष्टिकोण की एक पहचान बन गया। इ-गवर्नेंस ने मतदाता पंजीकरण, मतदान केंद्र स्थान और चुनाव परिणाम सहित चुनाव संबंधी जानकारी को केंद्रीकृत किया। नागरिक एक अनुकूल इंटरफेस के माध्यम से इस जानकारी तक पहुँच सकते हैं, जिससे भौतिक दस्तावेजों पर निर्भरता कम हुई और पहुँच बढ़ गई। इस पहल ने न केवल चुनावी प्रक्रिया को सुव्यवस्थित किया, बल्कि झाँसी को चुनावों में इ-गवर्नेंस में सबसे आगे एक शहर के रूप में स्थापित किया।

निगरानी

चुनावी प्रक्रिया की वास्तविक समय पर निगरानी पारदर्शिता और जवाबदेही सुनिश्चित करने का एक महत्त्वपूर्ण घटक बन गई। 'निगरानी' पहल ने मतदान केंद्रों और चुनाव संबंधी गतिविधियों पर नजर रखने के लिए सीसीटीवी कैमरे, ड्रोन निगरानी और

मोबाइल एप्लिकेशन जैसी तकनीक का उपयोग किया। इस वास्तविक समय की निगरानी से किसी भी अनियमितता या सुरक्षा चिंताओं पर त्वरित प्रतिक्रिया की अनुमति मिलती है।

डेटा ने 'निगरानी' प्लेटफॉर्म के माध्यम से रिपोर्ट की गई घटनाओं पर प्रतिक्रिया समय में कमी का संकेत दिया, जो चुनावी प्रक्रिया की अखंडता को बनाए रखने में इसकी प्रभावशीलता को दरशाता है। इस पहल ने न केवल सुरक्षा बढ़ाई, बल्कि लोकतांत्रिक अभ्यास की पारदर्शिता में विश्वास पैदा करने में भी योगदान दिया।

जिला निर्वाचन अधिकारी ने जनपद के आमजन से की अपील, 20 फरवरी को अपना वोट अवश्य डालें

- यह दिन अवकाश का दिन होने के साथ साथ पवित्र दिन (हॉली-डे) भी है इसलिए सभी लोग इस पर्व को मनाने बूथों पर अवश्य जाएं

- युवा दादा-दादी, मां-पिताजी को अवश्य साथ ले जाएं

- बच्चे भी अपनी मम्मी-पापा को वोट देने के लिए प्रेरित करें, उन्हें मतदान के लिये बूथ तक अवश्य लाएं

झांसी (दै0 दर्शन पोस्ट)। जिला निर्वाचन अधिकारी/ जिलाधिकारी ने कहा कि ऐसे मतदेय स्थल जहां पिछले चुनाव में 50 प्रतिशत से भी कम मतदान हुआ है, उन मतदान स्थल के वार्डों एवं ग्रामों में जाकर लोगों को मतदान अधिक से अधिक करने के लिए प्रेरित कर करें। उन्होंने कहा कि आपको वोट किसी को देना है दीजिए लेकिन वोट देने जरूर जाइए। निर्वाचन आयोग ने बहुत बड़ी व्यवस्था की है इसमें सबकी भागीदारी होनी चाहिए। यदि मताधिकार के लिए नहीं जाते तो यह सही नहीं है। उन्होंने मतदाताओं से अपील करते हुए कहा कि आप अपने वार्ड एवं ग्राम वार्ड में शतप्रतिशत मतदान अवश्य करें ताकि आप जनपद में सबसे अधिक प्रतिशत मतदान करने वाले बन सके। भारत निर्वाचन आयोग द्वारा मतदान केंद्रों पर सभी प्रकार की सुविधाएं उपलब्ध होंगी।

उन्होंने कहा कि सबकी इच्छा यह होनी चाहिए कि सभी मतदाता अपने मताधिकार का प्रयोग अवश्य करें, ऐसा नहीं है धीरे-धीरे मतदाता जागरूकता कार्यक्रम जिला प्रशासन के साथ ही विभिन्न संगठनों द्वारा जनपद में चलाया जा रहा है, इसके अतिरिक्त ऐसे मतदान केंद्र जहां वोटिंग प्रतिशत कम है वहां विशेष रूप से अभियान संचालित किए जा रहे हैं। उन्होंने जनपद के मतदाताओं से कहा कि आपका भी दायित्व बनता है आप सभी अन्य लोगों को भी इस पावन पर्व को मनाएं जाने के लिए प्रेरित करें और उन्हें मतदान के लिये बूथ पर पहुंचने की अपील करें। जिला निर्वाचन अधिकारी/ जिलाधिकारी रविंद्र कुमार ने कहा कि मतदाता सूची में नाम देखना है तो वोटर हेल्पलाइन एप अपने मोबाइल में डाउनलोड कर आप उसमें सारी जानकारी प्राप्त कर सकते हैं। मतदान का समय सुबह 7 बजे से शाम 6 बजे तक मतदान होगा। उन्होंने कहा कि इस देश के लोकतंत्र को बनाए रखना है। मुझे उम्मीद है कि आप सभी लोग वोट देने अवश्य बूथ पर जाएंगे।

जिला निर्वाचन अधिकारी/ जिलाधिकारी ने कहा कि 20 फरवरी को मतदान अवश्य करें। उन्होंने कहा कि हमारे बीएलओ वोटर पर्ची अति शीघ्र बांटना शुरू करेंगे,' अपनी पर्ची लेकर जाएं और वोट दें। युवा मतदाता जिन्हें अभी तक पहचान पत्र नहीं मिला है उन्हें जल्द ही पोस्टमैन उनके घर पर पहचान पत्र पहुंचा रही है। उन्होंने कहा कि प्रथम चरण का चुनाव 10 फरवरी को हो गया है। उससे भी ज्यादा उत्साह से आप लोग भी वोट करें। इसे पर्व के रूप में बनाएं और अपना वोट जरूर देने जाए।

जिला निर्वाचन अधिकारी/ जिलाधिकारी ने बताया कि जहां जहां पर मतदान प्रतिशत कम रहा है, चाहे ग्राम हो या शहर, वहां मतदाताओं को मतदान करने के लिए प्रेरित कर रहे हैं। अपने मताधिकार को समझे। उन्होंने कहा कि मतदान संबंधी कोई परेशानी होती है तो वोटर हेल्पलाइन एप लोड कर मतदाता सूची, क्रम संख्या, बूथ संख्या प्राप्त कर सकते हैं। उन्होंने कहा कि 1950 टोल फ्री नंबर शिकायत करने के लिए संचालित है, उसमें आप शिकायत दर्ज करा सकते हैं। 20 फरवरी को होने वाले मतदान दिवस को एक पर्व के रूप में मनाए। जिला निर्वाचन अधिकारी ने बताया कि 20 फरवरी को होने वाले मतदान का समय बढ़ा दिया गया है लोकतंत्र के नाम अपना बहुमूल्य वोट दें। आप अपने घर से निकले अच्छे लोकतंत्र के लिए सारे कार्य छोड़ कर निकले वोट देने के लिए। अपना वोट देने के बाद ही कोई कार्य करें। आप अपने आसपास और पड़ोस के मतदाताओं को साथ लेकर जाएं एवं अपने मनपसंद प्रत्याशी को वोट दें। उन्होंने कहा कि मैं छोटे-छोटे बच्चों से भी अपील करूंगा कि आप अपने माता - पिता को वोट देने के लिए प्रेरित करें।

नागरिक सहभागिता : 'मतदान महोत्सव'

'मतदान महोत्सव' पहल का उद्देश्य चुनावी प्रक्रिया को लोकतंत्र के उत्सव में बदलना है। सामुदायिक कार्यक्रमों, सांस्कृतिक कार्यक्रमों और इंटरैक्टिव सत्रों के माध्यम से, नागरिकों को चुनावी प्रक्रिया में सक्रिय रूप से भाग लेने के लिए प्रोत्साहित किया गया। इस पहल का उद्देश्य मतदान के इर्द-गिर्द एक सकारात्मक और समावेशी माहौल बनाना था, जो इसे नागरिक कर्तव्य से आगे बढ़ाकर एक सामूहिक उत्सव में बदल दे।

'मतदान महोत्सव' का प्रभाव उन क्षेत्रों में मतदाता में 20 प्रतिशत की वृद्धि में स्पष्ट था, जहाँ पहल लागू की गई थी। लोकतंत्र के उत्सव ने न केवल नागरिक भागीदारी को बढ़ाया, बल्कि चुनावी प्रक्रिया के आसपास समुदाय की भावना के निर्माण में भी योगदान दिया।

निर्वाचन कार्यों का विवरण

विधानसभा निर्वाचक नामावलियों का पुनरीक्षण एवं मतदाता जागरूकता कार्यक्रमों का आयोजन

रविंद्र कुमार, जोकि जिलाधिकारी के साथ-साथ जिला निर्वाचन अधिकारी भी थे, के कुशल निर्देशन में विधानसभा निर्वाचक नामावलियों का विशेष संक्षिप्त पुनरीक्षण संबंधी कार्य भारत निर्वाचन आयोग एवं मुख्य निर्वाचन अधिकारी के निर्देशानुसार कुशलतापूर्वक संपन्न कराया गया, जिसमें सभी उप जिलाधिकरियों/निर्वाचक रजिस्ट्रीकरण अधिकारियों के साथ निरंतर बैठकें कर फोटोयुक्त निर्वाचक नामावलियों को तैयार कराए जाने हेतु बूथ स्तरीय अधिकारियों को घर-घर भेजकर मृतक, स्थानांतरित एवं डुप्लीकेट मतदाताओ को चिह्नित करते हुए उनका अपमार्जन कराया गया।

सुव्यवस्थित मतदान के लिए बैठक और पूर्वाभ्यास

भारत निर्वाचन आयोग के निर्देशों के क्रम में रविंद्र कुमार द्वारा स्वीप योजना के अंतर्गत मतदाता जागरूकता कार्यक्रमों के आयोजीन हेतु अपर जिलाधिकारी स्तर के

अधिकारी को नोडल अधिकारी नामित करते हुए विधानसभावार/तहसीलवार बृहद रूप में मतदाता जागरूकता कार्यक्रमों का आयोजन कराया गया। जिसके परिणामस्वरूप जनपद में 44,285 नए नाम सम्मिलित किए गए तथा 17,161 मृतक/स्थानांतरित मतदाताओं के नाम हटाए गए।

विधानसभा सामान्य निर्वाचन-2022

जिला निर्वाचन अधिकारी रविंद्र कुमार द्वारा विधानसभा सामान्य निर्वाचन-2022 को स्वतंत्र, निष्पक्ष एवं शांतिपूर्वक संपन्न कराए जाने हेतु निम्नवत् कार्य अमल में लाए गए—

- निर्वाचन कार्यों को समय एवं पारदर्शी तरीके से संपादित कराए जाने हेतु नोडल प्रभारी/सहायक नोडल प्रभारी नामित कर उन्हें अलग-अलग दायित्व सौंप निरंतर समीक्षा करते हुए मतदान संबंधी तैयारियाँ समय से पूर्ण कराई गईं।
- जनपद में मतदान को स्वतंत्र, निष्पक्ष एवं शांतिपूर्वक ढंग से संपन्न कराने हेतु विधानसभा निर्वाचन क्षेत्रवार सुपर जोनल मजिस्ट्रेट, जोनल मजिस्ट्रेट एवं सेक्टर मजिस्टेट्र नियुक्त कर मतदान से दो माह पूर्व मतदान स्थलों का समय-समय पर निरंतर दौरा कर मतदान स्थलों के पहुँच मार्ग, बूथ पर शौचालय/रैंप/बिजली/पेयजल/छाया एवं फर्नीचर आदि की उपलब्धता की जाँच कराते हुए बूथ पर सभी व्यवस्थाएँ सुनिश्चित कराई गईं, ताकि मतदान दिवस में मतदान पार्टियों/मतदाताओं को किसी प्रकार की असुविधा न हो।

पोल्ड ईवीएम स्ट्रॉन्ग रूम स्थल की कड़ी सुरक्षा व्यवस्था कर निरीक्षण

लोकसभा निर्वाचन-2019 में नियुक्त की गई टीमों में लोकल कार्मिकों की तैनाती नहीं की गई

- जिला निर्वाचन अधिकारी रविंद्र कुमार द्वारा अधिसूचना जारी होते ही उड़नदस्ते/स्थैतिक निगरानी एवं वीडियो निगरानी टीमों की तैनाती के तहत। नियुक्त की गई टीमों में विधानसभा क्षेत्र के अंतर्गत कार्यरत अधिकारी/कर्मचारियों को लगाया गया, ताकि उन्हें अपनी शिफ्ट के अनुसार समय पर पहुँचने में असुविधा न हो। रविंद्र कुमार द्वारा इसका विशेष ध्यान रखा गया और निरंतर समीक्षा करते हुए जनपद के विधानसभा निर्वाचन क्षेत्रों में अवैध नकदी/शराब की धरपकड़/जब्ती कराई गई।
- स्थैतिक निगरानी के साथ-साथ उड़नदस्ते भी लगाए गए। विधानसभा क्षेत्र के स्थानीय निवासियों को फोटो/विडियोग्राफर के तौर पर लगाया गया, ताकि वे पूर्ण समय व मन से अपने कार्यों को अंजाम दे सकें एवं उनको रात्रि के दौरान आने-जाने में किसी प्रकार की असुविधा उत्पन्न न हो। जिला निर्वाचन अधिकारी रविंद्र कुमार द्वारा इसका विशेष ध्यान रखा गया।

मतगणना पूर्व मतगणना स्थल के बाहर सुरक्षा पूर्वाभ्यास

पूर्व निर्वाचन में चैकपोस्ट पर कैमरे नहीं लगाए गए

- जिला निर्वाचन अधिकारी रविंद्र कुमार द्वारा अधिसूचना जारी होने के उपरांत जनपद में चिह्नित किए गए स्थानों पर चैकपोस्ट स्थापित कर सीसीटीवी कैमरे

लगाए गए, ताकि निगरानी व सुरक्षा-व्यवस्था बनी रहे।

- अधिसूचना के दौरान आदर्श आचार संहिता का उल्लंघन न हो, इसको दृष्टिगत रखते हुए जिला निर्वाचन अधिकारी रविंद्र कुमार द्वारा एमसीएमसी टीमों का गठन किया गया, जिनके द्वारा निर्वाचन क्षेत्रों में 24×7 दिन निगरानी रखी गई। जनपद में आदर्श आचार संहिता का उल्लंघन न हो, इसके लिए जिलाधिकारी द्वारा निरंतर समीक्षा की जाती रही। नतीजतन आचार संहिता के उल्लंघन का कोई भी मामला जनपद में सामने नहीं आया।

गूगल शीट का निर्माण—एक नया प्रयोग

- रविंद्र कुमार द्वारा विधानसभा निर्वाचन के कार्यों को गति प्रदान करने के उद्देश्य से एक गूगल शीट का निर्माण कराया गया, जिसमें सभी उपजिलाधिकारी/समस्त पुलिस क्षेत्राधिकारी, समस्त थानाध्यक्ष व सभी अपर जिलाधिकारी एवं अपर पुलिस अधीक्षक को जोड़ा गया। इसमें दैनिक रूप से 107/116, गुंडा एक्ट, शस्त्र जब्तीकरण आदि का दैनिक डेटा संकलित करते हुए दैनिक वर्चुअल मीटिंग के माध्यम से बैठकें आयोजित कर समीक्षा की जाती थी।

छोटे समूहों में प्रशिक्षण

- रविंद्र कुमार द्वारा मतदान प्रक्रिया के सरलीकरण के उद्देश्य से मतदान कार्मिकों की ट्रेनिंग 50-50 व्यक्तियों के छोटे-छोटे ग्रुप में कराई गई, जिसमें उन्हें वन-टू-वन निर्वाचन प्रक्रिया से अवगत कराया गया।

मतदाताओं को 'एसएमएस' संदेश भेजने का नव प्रयोग

- रविंद्र कुमार द्वारा जनपद में मतदान का प्रतिशत बढ़ाए जाने हेतु एक अनोखा प्रयोग करते हुए जनपद के संपूर्ण 15,11,525 मतदाताओं को एक साथ मैसेज भिजवाकर मतदान करने हेतु प्रेरित किया गया, जिसके कारण जनपद में मतदान के प्रतिशत में उल्लेखनीय बढ़ोतरी हुई। पूर्व में कभी ऐसा नहीं किया गया था।

मतगणना के लिए बसों/वाहनों की उचित व्यवस्था

- रविंद्र कुमार द्वारा विधानसभा सामान्य निर्वाचन-2022 के मतगणना स्थल विशिष्ट मंडी स्थल, भोजला, झाँसी में मतदान पार्टियों के आवागमन हेतु आने/जाने वाले भारी वाहनों की बैरीकेटिंग कराते हुए विधानसभावार बसों

को अलग-अलग खड़ा किया गया और बड़ी-बड़ी होर्डिंग के माध्यम से सूचक चिह्न लगाए गए, जिससे मतदान पार्टियों को अपनी निर्धारित बस में बैठने में किसी प्रकार की असुविधा का सामना नहीं करना पड़ा। इसी प्रकार मतदान पार्टियों की वापसी के समय विधानसभावार बैरीकेटिंग कर बनाए गए ब्लॉक में बसें खड़ी कराते हुए मतदान पार्टियों की वापसी कराई गई, यह अनोखा प्रयोग बहुत ही सराहनीय रहा। पूर्व में कभी ऐसा नहीं किया गया था।

मतगणना—पारदर्शिता बेहद ज़रूरी : मतगणना अभिकर्ता के सामने गणना करते मतगणनाकर्मी

- पूर्व निर्वाचनों में मतगणना प्रबंध के अंतर्गत एक साथ सभी अधिकारी/कर्मचारी/उम्मीदवार/मतगणना एजेंट मतगणना पंडालों में जाते रहे, इसमें बदलाव किया गया।
- मतगणना स्थल विशिष्ट मंडी स्थल, भोजला काफी व्यापक होने के कारण रविंद्र कुमार द्वारा गेट नंबर-1 से अधिकारियों/कर्मचारियों का विधानसभा क्षेत्र के अनुसार मतगणना पंडाल तक बैरीकेटिंग कराते हुए मार्ग तैयार कराए गए, ताकि जिस विधानसभा क्षेत्र में अधिकारियों/कर्मचारियों को पहुँचना था, वे कहीं अनावश्यक न भटकें और सीधे अपने मतगणना पंडाल में पहुँचें।
- रविंद्र कुमार द्वारा गेट नंबर-2 से उम्मीदवारों एवं मतगणना एजेंटों के लिए विधानसभा क्षेत्र के मतगणना पंडाल तक बैरीकेटिंग कराते हुए मार्ग तैयार

कराए गए, ताकि जिस विधानसभा क्षेत्र में उम्मीदवारों एवं मतगणना एजेंटों को पहुँचना था, वे अनावश्यक न भटकें और सीधे अपने मतगणना पंडाल में पहुँचे।

- रविंद्र कुमार द्वारा चारों विधानसभा निर्वाचन क्षेत्रों के मतगणना पंडालों हेतु मतगणना परिसर में अलग-अलग बैरियर/सेक्टर स्थापित कराए गए और प्रत्येक बैरियर पर एक मजिस्ट्रेट एवं पर्याप्त पुलिस सुरक्षाकार्मिकों की तैनाती की गई, जिसके कारण मतगणना के दौरान कोई भी उम्मीदवार एवं मतगणना एजेंट अनावश्यक रूप से इधर-उधर नहीं जा सके और मतगणना निष्पक्ष एवं शांतिपूर्वक ढंग से संपन्न हो सके।

मतगणना के दौरान पैनी व्यक्तिगत नजर

पूर्व निर्वाचनों में हिंसा आदि के संबंध में

- रविंद्र कुमार द्वारा विधानसभा सामान्य निर्वाचन-2022 में मतदान को संपूर्ण जनपद में स्वतंत्र, निष्पक्ष एवं शांतिपूर्वक संपन्न कराया गया, जबकि पूर्व निर्वाचनों में छिटपुट हिंसाएँ होती रही हैं।
- रविंद्र कुमार द्वारा झाँसी-जालौन-ललितपुर क्षेत्रों में निर्वाचन-2022 में रिटर्निंग ऑफिसर रहते हुए निर्वाचन क्षेत्रों की मतदाता सूचियों का अद्यतनीकरण कराया गया और संपूर्ण निर्वाचन क्षेत्र (तीनों जनपदों) में स्वतंत्र व निष्पक्ष मतदान और मतगणना कार्य शांतिपूर्वक संपन्न कराया गया।

- रविंद्र कुमार द्वारा इलाहाबाद-झाँसी खंड स्नातक निर्वाचन क्षेत्र में सहायक निर्वाचक रजिस्ट्रीकरण अधिकारी के रूप में क्षेत्र में पारदर्शिता के साथ मतदाता सूची को तैयार कराया गया तथा निर्वाचन क्षेत्र की मतगणना जनपद झाँसी में संपन्न कराए जाने हेतु बुंदेलखंड डिग्री कॉलेज के कोठारी हॉल के अंदर एवं बाहर बृहद रूप से बैरीकेटिंग कराते हुए रिटर्निंग ऑफिसर/आयुक्त, झाँसी मंडल, झाँसी के साथ दो दिन चले मतगणना कार्य को निष्पक्ष एवं शांतिपूर्ण ढंग से संपन्न कराया गया।

चुनाव के बाद का आकलन

जैसे-जैसे चुनावी हलचल शांत हुई, चुनाव के बाद के आकलन ने झाँसी में स्वतंत्र, निष्पक्ष और शांतिपूर्ण मतदान सुनिश्चित करने में प्रशासन के प्रयासों की सफलता की जानकारी प्रदान की। चुनाव के बाद किए गए मतदाता संतुष्टि सर्वेक्षण में मतदाताओं के बीच 90 प्रतिशत संतुष्टि दर का पता चला। सर्वेक्षण में लॉजिस्टिक्स, सुरक्षा, सूचना पहुँच और समग्र मतदान अनुभव जैसे पहलुओं को शामिल किया गया। उच्च संतुष्टि दर लोकतांत्रिक भागीदारी के लिए अनुकूल माहौल बनाने में प्रशासन की पहल की सफलता को दरशाती है।

सफल चुनावों के प्रमुख संकेतकों में से एक प्रतिनिधित्व की समावेशिता है। चुनाव परिणामों ने बहुलवाद और समावेशिता के प्रति प्रशासन की प्रतिबद्धता के अनुरूप, सभी राजनीतिक क्षेत्रों में अधिक विविध प्रतिनिधित्व को प्रतिबिंबित किया। विविध आवाजों को एक मंच प्रदान करने में चुनावी प्रक्रिया की सफलता झाँसी में लोकतांत्रिक मूल्यों को कायम रखने का एक प्रमाण बन गई।

स्वस्थ लोकतंत्र के लिए जरूरी है कि सभी मतदान करें

- कम मतदान वाले बूथ पर आयोजित होगें मतदाता जागरूकता कार्यक्रम

- मतदाताओं को चौपाल आयोजित कर वोट की ताकत की दी जाएगी जानकारी

- कम मतदान वाले बूथों को किया गया चिन्हितए होंगे जागरूकता कार्यक्रम

झांसी (दै० दर्शन पोस्ट)। जिलाधिकारी/ जिला निर्वाचन अधिकारी रविंद्र कुमार ने निर्देशित किया है कि विगत विधानसभा चुनाव 2017 व लोकसभा चुनाव 2019 में कम मतदान प्रतिशत वाले मतदान केन्द्रों को चिन्हित करते हुए बूथों पर विशेष रुप से मतदाता जागरूकता अभियान चलाया जाए, जिससे मतदान प्रतिशत बढ़ाया जा सके।

उन्होंने यह भी निर्देश दिए कि मतदान केंद्र पर किस कारण कम मतदान हुआ इसका कारण ज्ञात करते हुए समस्या दूर कर लोगों को मतदान करने के लिये जागरूक किया जाए। इसके लिए सभी विधानसभा से कम मतदान वाले बूथों को चिन्हित करते हुए वहां पर चौपाल, चुनावी पाठशाला आयोजित कर बीएलओ, आंगनबाड़ी सहायिका, आशा, सुपरवाइजर, शिक्षक व शिक्षामित्र मतदाताओं को 20 फरवरी

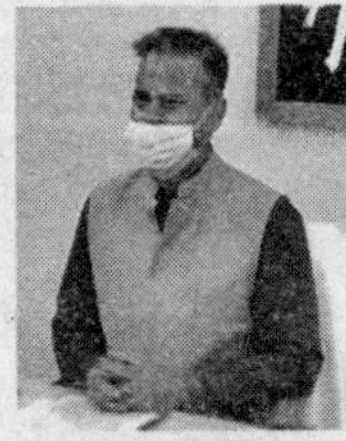

को मतदान करने के लिये जागरूक करें। जिला निर्वाचन अधिकारी ने कहा कि कम मतदान वाले बूथ पर चुनावी पाठशाला आयोजित कर मतदाताओं को जागरूक किया जाए। स्वीप कोआर्डिनेटर लोगों को लोकतंत्र के महापर्व के महत्व को समझाते हुए बताएं कि संविधान ने हमें वोट देने का अधिकार प्रदान किया है, हम इस अधिकार का सम्मान करें और अपनी जिम्मेदारी व अपना कर्तव्य निभाते हुए 20 फरवरी को मतदान जरुर करें। स्वयं मतदान करें तथा अपने परिवार और आसपास के लोगों को भी मतदान करने के लिए जागरूक व प्रेरित करें। जिससे मतदान प्रतिशत बढ़े तथा मजबूत लोकतंत्र का गठन हो।

उन्होंने कहा कि प्रत्येक मतदाता को अपने पसंद का उम्मीदवार बिना किसी लालच भेदभाव के चुनने का अधिकार हैए इसलिए भारत निर्वाचन आयोग द्वारा दिए गए अधिकार का सभी को उपयोग अवश्य करना चाहिए। जिला निर्वाचन अधिकारी ने आम जनमानस से अपील करते हुए कहा कि प्रदेश और देश के विकास के लिए आप अपने मताधिकार का प्रयोग बिना किसी दबाव और प्रलोभन के अवश्य करें।

चुनाव से परे नागरिक सहभागिता

चुनावी प्रक्रिया की सफलता मतदान के दिन से आगे बढ़ी, जिससे नागरिक सहभागिता में वृद्धि हुई। 'मतदान जागृति' और 'मतदान महोत्सव' पहल का स्थायी प्रभाव पड़ा, चुनाव के बाद सामुदायिक गतिविधियों में नागरिक भागीदारी में उल्लेखनीय वृद्धि हुई। नागरिक जिम्मेदारी की भावना को बढ़ावा देने में प्रशासन के प्रयास ने चुनावों से परे जाकर एक सक्रिय और संलग्न नागरिक वर्ग बनाने में योगदान दिया।

सीखना और विकसित होती रणनीतियाँ

झाँसी में चुनाव कराने की चुनौतियाँ और सफलताएँ प्रशासन के लिए सीखने की एक भट्ठी बन गई। लोकतंत्र के उभरते परिदृश्य ने स्वतंत्र, निष्पक्ष और शांतिपूर्ण मतदान की पवित्रता को बनाए रखने के लिए रणनीतियों की निरंतर समीक्षा और परिशोधन की माँग की।

चुनावी प्रक्रिया से मिली सीख की प्रतिक्रिया के रूप में मतदाता सशक्तीकरण पहल शुरू की गई। यह कार्यक्रम मतदाताओं, चुनाव पर्यवेक्षकों और हितधारकों से मिले फीडबैक के आधार पर निरंतर सुधार पर केंद्रित था। इसका उद्देश्य एक पुनरावृत्तीय ढाँचा तैयार करना था, जो लोकतांत्रिक प्रक्रिया की उभरती जरूरतों के अनुकूल हो सके।

सुरक्षा बल को समुचित दिशा-निर्देश

लोकतांत्रिक भविष्य को आकार देने में युवाओं की महत्त्वपूर्ण भूमिका को पहचानते हुए प्रशासन ने युवा मतदान पहल शुरू की। इस कार्यक्रम का उद्‌देश्य शैक्षिक कार्यक्रमों, इंटरैक्टिव प्लेटफॉर्मों और परामर्श पहलों के माध्यम से युवा नागरिकों को शामिल करना था। इसका मुख्य लक्ष्य युवाओं में नागरिक जिम्मेदारी और लोकतांत्रिक प्रक्रिया में सक्रिय भागीदारी की भावना पैदा करना था।

सामुदायिक पुलिसिंग

'सुरक्षा संकल्प' पहल की सफलता के आधार पर प्रशासन ने 'सहानुभूति' कार्यक्रम के तहत अपने सामुदायिक पुलिसिंग प्रयासों का विस्तार किया। यह पहल कानून प्रवर्तन और समुदायों के बीच सहयोगात्मक संबंध को बढ़ावा देने, कानून और व्यवस्था बनाए रखने के लिए आपसी समझ और साझा जिम्मेदारी पर जोर देने पर केंद्रित थी।

निष्कर्ष के तौर पर, झाँसी में स्वतंत्र, निष्पक्ष और शांतिपूर्ण मतदान रविंद्र कुमार के नेतृत्व में प्रशासन के लचीलेपन, अनुकूलनशीलता और प्रतिबद्धता के प्रमाण के रूप में सामने आता है। लोकतांत्रिक प्रक्रिया से उत्पन्न चुनौतियाँ नवाचार, सामुदायिक सहभागिता और लोकतांत्रिक मूल्यों को कायम रखने के अवसर बन गई। स्वतंत्र, निष्पक्ष और शांतिपूर्ण मतदान आयोजित करने में सफलता झाँसी की एक ऐसे शहर के रूप में निरंतर यात्रा के लिए मार्ग तैयार करती है, जो अपने लोकतांत्रिक आदर्शों को सँजोता है और अपने नागरिकों के सशक्तीकरण के लिए समर्पित रहता है।

□

10

भूमि अतिक्रमण : चुनौतियाँ और समाधान

झाँसी में प्रगति और विकास के लक्ष्य से प्रेरित, जिला मजिस्ट्रेट रविंद्र कुमार के गतिशील नेतृत्व में प्रशासन को एक महत्त्वपूर्ण चुनौती का सामना करना पड़ा—भूमि अतिक्रमण और अवैध कब्जों का उन्मूलन।

कई बढ़ते शहरी केंद्रों की तरह, झाँसी भी भूमि अतिक्रमण की व्यापक समस्या से जूझता रहा है। सार्वजनिक भूमि पर अनियमित कब्जों ने नियोजित शहरी विकास में बाधा डालने से लेकर बुनियादी ढाँचा परियोजनाओं को प्रभावित करने तक, बहुआयामी चुनौतियाँ पैदा कीं। रविंद्र कुमार ने एक टिकाऊ और सुनियोजित शहर बनाने के लिए इस मुद्दे को व्यापक रूप से संबोधित करने की आवश्यकता को पहचाना।

रजिस्ट्रार कार्यालय में लिखा जा रहा था धोखे का करार, डीएम ने बचाई लाखों की जमीन

डीएम के अचानक पहुँचने पर मूल कागज लेकर आरोपी हो गए थे फरार

झाँसी : निरक्षर महिला किसान को अँधेरे में रखकर सब रजिस्ट्रार कार्यालय में होने जा रहे धोखे के करार को जिलाधिकारी ने रुकवा दिया। पड़ताल करने पर महिला न जमीन की कीमत बता सकी और न सौदे की रकम को लेकर कोई जानकारी दे सकी। भेद खुलते ही धोखाधड़ी का खेल रचने वाला क्रेता कागजात लेकर रफूचक्कर हो गया। मामला मुस्तरा गाँव की महिला किसान का था, जिसका बैनामा सदर सब रजिस्ट्रार कार्यालय में हो रहा था, लेकिन अब यह प्रकरण पुलिस में पहुँच गया है और जिलाधिकारी के आदेश पर आरोपियों के विरुद्ध धोखाधड़ी का मुकदमा दर्ज कर लिया गया है।

थाना नवाबाद में ग्राम मुस्तरा निवासी सुरजी पत्नी बाबूलाल ने रिपोर्ट दर्ज कराते हुए बताया कि वह हरिजन जाति की वृद्ध महिला है। वह निरक्षर है और पढ़ना-लिखना नहीं जानती। गाँव मुस्तरा में उसकी लगभग 7.5 बीघा खेती की भूमि है। उसे अपनी पुत्री की शादी करना है, जिसको लेकर रुपए की जरूरत थी। परिजनों की सहमति पर उसने डेढ़ बीघा जमीन बेचनी चाही। जमीन खरीदने के लिए इलाइट कॉलोनी निवासी रीतेश यादव आया और सौदा तय कर लिया। कहने लगा कि तुम्हारी जमीन को मैं अपने आदमी यानी मौठ के ग्राम

झाँसी : थाने पहुँचे पीड़ित दम्पति।

अमरौख निवासी भगीरथ के नाम कर खरीदूँगा, जो हरिजन जाति का है, जिससे जिलाधिकारी की अनुमति की जरूरत नहीं पड़ेगी। पहले एक विक्रय करार रजिस्ट्रार ऑफिस में कराएंगे। इस पर वह तैयार हो गयी। 5 जनवरी 23 को रीतेश यादव अपने रिश्तेदार ललितपुर के नेहरू नगर, डोरिया मन्दिर के पीछे निवासी रोहणेन्द्र सिंह के साथ उसको रजिस्ट्रार कार्यालय ले गया। अधिवक्ता एसके बादल ने लिखा-पढ़ी करायी। उसके पति भी पढ़े-लिखे नहीं हैं, जिसका फायदा उठाते हुए एसके बादल, रीतेश यादव की राह पर उसकी पूरी जमीन बेचने के करार पर उसके पति की गवाही डाल दी। इसके बाद कहा कि उनको अभी 5 लाख रुपए का बैंक चेक दे रहे हैं, बाकी रुपए रजिस्ट्री कराते समय दे देंगे। वह लोग इनकी बातों में आ गए और षड्यन्त्र में फँस गए। अधिवक्ता ने कई कागज में अँगूठे लगवाए और रजिस्ट्रार के सामने पेश किया। इसी दौरान जिलाधिकारी रविन्द्र कुमार निरीक्षण करने के लिए आ गए। दस्तावेज के सम्बन्ध में उन्होंने पूछताछ की तो उसने बताया कि वह रीतेश के एक आदमी भगीरथ के नाम जमीन का करार कर रही है। इतना सुनते ही रीतेश यादव, रोहणेन्द्र सिंह, अधिवक्ता एसके

किसान को नोटिस जारी करके आरोपियों ने करार कराने को धमकाया, मुकदमा दर्ज

बादल मूल कागज लेकर भाग गए। इसके बाद 15 जुलाई को एक नोटिस रीतेश यादव व भगीरथ ने उसको भिजवाया। साथ ही धमकाया कि यदि जमीन उसके नाम नहीं की तो जान से मार देंगे। जाति सूचक शब्दों से अपमानित किया। आरोपियों ने डेढ़ बीघा की जमीन का सौदा तय कर पूरी जमीन अपने नाम कराने का प्रयास किया। सही समय पर जिलाधिकारी नहीं आते तो वह बर्बाद हो जाती। पुलिस ने रीतेश यादव, रोहणेन्द्र सिंह, अधिवक्ता एसके बादल व भगीरथ के विरुद्ध सम्बन्धित धाराओं के तहत मुकदमा दर्ज कर लिया।

दायरा और पैमाना : चुनौती को समझना

प्रशासन द्वारा किए गए व्यापक सर्वेक्षण से चुनौती की भयावहता स्पष्ट हो गई। 2022 के आरंभ तक, यह अनुमान लगाया गया था कि झाँसी मंडल में लगभग 15 प्रतिशत सार्वजनिक भूमि पर अतिक्रमण हो रखा था, जिसमें अनधिकृत निर्माण से लेकर अनौपचारिक बस्तियाँ तक शामिल थे। अतिक्रमण ने सड़कों, पार्कों और नामित हरित स्थानों जैसे महत्त्वपूर्ण क्षेत्रों पर प्रतिकूल प्रभाव डाला।

भूमि अतिक्रमण को संबोधित करने के लिए कानूनी ढाँचे की सूक्ष्म समझ और संपत्ति के अधिकारों को बनाए रखने की प्रतिबद्धता की आवश्यकता है। रविंद्र कुमार के मार्गदर्शन में प्रशासन भूमि स्वामित्व, किराएदारी और सार्वजनिक स्थानों से जुड़ी कानूनी जटिलताओं से जूझ पड़ा। इस मुद्दे पर विवेकपूर्ण और वैध दृष्टिकोण सुनिश्चित करने के लिए कानूनी विशेषज्ञों और सुव्यवस्थित प्रक्रियाओं के साथ सहयोग शुरू किया गया।

सामाजिक गतिशीलता : समुदायों पर प्रभाव

भूमि अतिक्रमण अकसर सामाजिक गतिशीलता से जुड़ा होता है, जो कमजोर समुदायों को प्रभावित करता है तथा आवास और आजीविका के मुद्दों को बढ़ा देता है। प्रशासन ने एक मानवीय दृष्टिकोण की आवश्यकता को पहचाना, जो प्रभावित लोगों के लिए सहानुभूति के साथ नियमों के प्रवर्तन को संतुलित करता है। 'निवारण' जैसी पहल ने वैकल्पिक आवास समाधान और पुनर्वास कार्यक्रम प्रदान करके सामाजिक प्रभाव को संबोधित करने की माँग की।

अवैध कब्जों पर कड़ी कार्यवाही न करने पर 2 लेखपाल निलंबित

- डीएम ने निलम्बन के आदेश के साथ ही दिये विभागीय कार्यवाही के निर्देश
- अधिकारी शिकायतों को गंभीरता से लें, एक कान से सुन दूसरे से निकालने की प्रवृति को छोड़ें
- संपूर्ण समाधान दिवस के मौके पर अवैध कब्जों से संबंधित अधिक शिकायतें प्राप्त होने पर नाराजगी
- सभी का निस्तारण मौके पर जाकर संवेदनशील होकर किए जाने के लिए निर्देश
- पेशेवर, दबंग कब्जाधारियों के विरुद्ध एफआईआर दर्ज करते हुए गैंगस्टर की कार्यवाही करना सुनिश्चित करें
- खेत में पराली जलाए जाने पर राजस्व विभाग एवं कृषि विभाग के अधिकारियों व कर्मचारियों की होगी जवाबदेही तय

झाँसी में भूमि अतिक्रमण उन्मूलन की प्रक्रिया चुनौतियों से भरी थी, जिसके लिए रणनीतिक और सहयोगात्मक दृष्टिकोण की आवश्यकता थी। रविंद्र कुमार के प्रशासन को कानूनी जटिलताओं से लेकर अतिक्रमणकारियों के प्रतिरोध तक की बाधाओं का सामना करना पड़ा।

कानूनी बाधाएँ

भूमि अतिक्रमण की कानूनी पेचीदगियों के लिए एक केंद्रित पहल की आवश्यकता थी और इन बाधाओं को दूर करने के लिए न्यायपूर्ण पहल शुरू की गई। इस पहल का उद्देश्य कानूनी कारखाई में तेजी लाना, दस्तावेजीकरण प्रक्रियाओं को सुव्यवस्थित करना और भूमि अतिक्रमण से संबंधित मामलों को सँभालने में कानूनी प्रणाली की दक्षता को बढ़ाना था।

2022 के अंत तक, 'न्याय संकल्प' ने भूमि अतिक्रमण से संबंधित कानूनी मामलों को हल करने में लगने वाले औसत समय में 30 प्रतिशत की कमी लाने में योगदान दिया, जो कानूनी बाधाओं पर काबू पाने में इस पहल की सफलता को दरशाता है।

सामुदायिक प्रतिरोध

भूमि अतिक्रमण को मिटाने के लिए अकसर प्रभावित समुदायों के विरोध का सामना करना पड़ता है। सामुदायिक चिंताओं को दूर करने के लिए पहले से ही मौजूद एक पहल 'सहानुभूति' का विस्तार किया गया। प्रशासन बातचीत में लगा रहा, नियोजित विकास के लिए अतिक्रमण को खत्म करने की आवश्यकता बताई और पुनर्वास प्रयासों में सामुदायिक भागीदारी की माँग की।

2022 के अंत तक 'सहानुभूति' के कारण सामुदायिक प्रतिरोध की घटनाओं में 25 प्रतिशत की कमी आई, जो समझ और सहयोग को बढ़ावा देने में सामुदायिक भागीदारी पहल की सफलता का संकेत देता है।

राजनीतिक हस्तक्षेप

भूमि अतिक्रमण उन्मूलन प्रयासों की सफलता सुनिश्चित करने के लिए राजनीतिक गतिशीलता को नियंत्रित करना आवश्यक था। 'पॉलिटिकल कनेक्ट' पहल, जिसे शुरू में चुनावों के दौरान शुरू किया गया था, को राजनीतिक हितधारकों के साथ सहयोग को बढ़ावा देने के लिए फिर से शुरू किया गया। प्रशासन ने भूमि संबंधी मामलों को राजनीतीकरण से मुक्त करने के महत्त्व के बारे में बताया और नियमों को लागू करने के लिए द्विदलीय समर्थन माँगा।

डेटा ने भूमि संबंधी निर्णयों में राजनीतिक हस्तक्षेप के मामलों में 20 प्रतिशत की कमी का संकेत दिया, जो उन्मूलन प्रक्रिया की सफलता को बनाए रखने में 'पॉलिटिकल कनेक्ट' की सफलता को उजागर करता है।

झाँसी | झांसी, 07 जनवरी 2023 | 03

जिलाधिकारी ने किया उपनिबंधक कार्यालय का औचक निरीक्षण, 7 दलालों को भेजा जेल

जिलाधिकारी के निरीक्षण के दौरान पकड़े गए 09 व्यक्तियों की नगर मजिस्ट्रेट ने की जांच, 02 विटनेस पाए गए, जो निर्दोष हैं। शेष के विरुद्ध की कार्यवाही

रजिस्ट्री की औचक जांच कर दिए एसीएम को मौके पर निरीक्षण करने के निर्देश, गड़बड़ी पाए जाने पर होगी कार्यवाही

उप निबंधक कार्यालय सदर द्वितीय के औचक निरीक्षण पर साफ सफाई की व्यवस्था को और बेहतर किए जाने के निर्देश

कार्यालय में आने वाले क्रेता- विक्रेता सहित अन्य कोविड-19 की गाइडलाइन का पालन करना सुनिश्चित करें

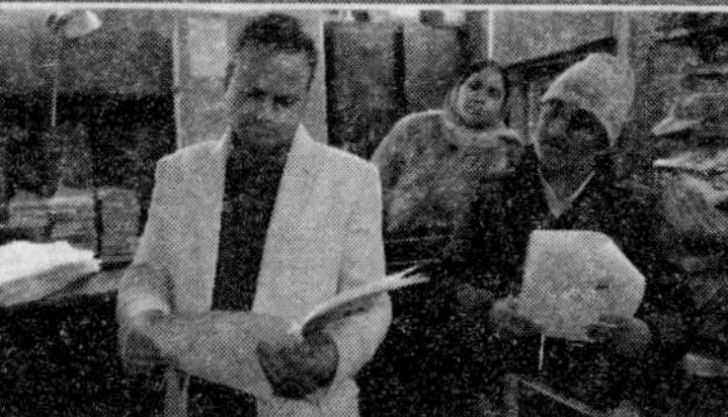

झांसी, दैनिक दर्शन बोर्ड। जिलाधिकारी रविन्द्र कुमार द्वारा उप निबन्धक कार्यालय, सदर द्वितीय, झांसी का औचक निरीक्षण किया गया। जिलाधिकारी ने औचक निरीक्षण करते हुए कहा कि माननीय मुख्यमंत्री जी की सर्वोच्च प्राथमिकता है कि समस्त अधिकारी और कर्मचारी कार्यालय में समय से उपस्थित होकर जन समस्याओं को सुने और उनका समय से निस्तारण करना सुनिश्चित करें।

उन्होंने कार्यालय अधीक्षक को भी ताकीद करते हुए कहा कि समय-समय पर कर्मचारियों की समय से उपस्थिति की जांच करें और विलंब से आने वाले कर्मचारियों के विरुद्ध कार्यवाही करना सुनिश्चित करें।

उप निबंधक कार्यालय सदर द्वितीय का औचक निरीक्षण करते हुए जिलाधिकारी ने ताकीद करते हुए कहा कि किसी भी प्रकार से कार्यालय की शुचिता के साथ खिलवाड़ बर्दाश्त नहीं किया जाएगा। कार्यालय में दलालों के प्रवेश पर सख्त कार्यवाही करना सुनिश्चित किया जाए। भविष्य में यदि औचक निरीक्षण के दौरान दलालों द्वारा कार्य संपादित होता पाया जाता है तो इस प्रकार के कृत्य पर संबंधित के विरुद्ध कड़ी कार्यवाही की जाएगी।

जिलाधिकारी रविंद्र कुमार ने निरीक्षण के दौरान उप निबंधक से अब तक हुई रजिस्ट्री के सम्बन्ध में जानकारी ली एवं कार्यालय में उपलब्ध विक्रय अभिलेखों की रेंडमली जांच की। कार्यालय निरीक्षण के दौरान उन्होंने की गई रजिस्ट्री में विक्रय विलेख में अंकित क्रेता-विक्रेता एवं गवाहनों से भी वार्ता की। कार्यालय निरीक्षण के दौरान जिलाधिकारी ने एक विक्रय अभिलेख, जो कि खेतिहर भूमि से सम्बन्धित था, के सम्बन्ध में अपर उप जिलाधिकारी अतुल कुमार को निर्देश दिए गए कि वे उक्त भूमि का मौके पर जाकर निरीक्षण कर भूमि के खेतीहर होने/आबादी होने की गंभीरता से जांच करें तथा स्टाम्प ड्यूटी की गणना किस प्रकार की गई है आदि विभिन्न बिन्दुओं के सम्बन्ध में जांच करते हुए कार्रवाई करना सुनिश्चित करें।

जिलाधिकारी रविंद्र कुमार ने कार्यालय के निरीक्षण के दौरान नगर मजिस्ट्रेट को निर्देश दिए कि कार्यालय में उपस्थित समस्त व्यक्तियों से वार्ता करते हुए रजिस्ट्री हेतु आये विक्रेता, क्रेता एवं गवाहनों को छोड़कर अन्य बाहरी व्यक्तियों की जांच की जाए एवं यदि उक्त बाहरी व्यक्तियों द्वारा कार्य की शुचिता को दूषित करने का कार्य किया जा रहा हो, तो ऐसे दलाल व्यक्तियों पर कड़ी कार्यवाही की जाए।

नगर मजिस्ट्रेट अंकुर श्रीवास्तव द्वारा जांच के दौरान 09 दलाल पाए गए। सभी की विस्तृत जांच की गई। जांच दौरान पकड़े गए 09 व्यक्तियों में 02 व्यक्ति विटनेस के रूप में पाए गए जो निर्दोष हैं शेष अन्य 07 व्यक्तियों के विरुद्ध कार्यवाही करते हुए उन्हें जेल भेजा गया।

निरीक्षण के समय नगर मजिस्ट्रेट अंकुर श्रीवास्तव, अपर उप जिलाधिकारी अतुल कुमार, तहसीलदार खनिज घनश्याम आदि उपस्थित रहे।

संसाधन आवंटन

भूमि अतिक्रमण के प्रभावी उन्मूलन के लिए इष्टतम संसाधन आवंटन की आवश्यकता है। 'समृद्धि संकल्प' पहल अतिक्रमण चुनौतियों का समाधान करने के लिए जनशक्ति से लेकर तकनीकी उपकरणों तक संसाधनों को कुशलतापूर्वक प्रसारित करने पर केंद्रित है। प्रशासन ने यह सुनिश्चित करने के लिए शहरी नियोजन विशेषज्ञों के साथ सहयोग किया कि संसाधनों को सबसे अधिक प्रभाव वाले क्षेत्रों की ओर निर्देशित किया जाए।

नवोन्मेषी समाधान

रविंद्र कुमार के प्रशासन ने भूमि अतिक्रमण उन्मूलन की दक्षता और सटीकता को बढ़ाने के लिए नवीन समाधानों का लाभ उठाया। प्रौद्योगिकी और डेटा संचालित दृष्टिकोणों का एकीकरण अतिक्रमणों की पहचान करने, प्रगति की निगरानी करने और जवाबदेही सुनिश्चित करने में सहायक बन गया।

एक और अभिनव पहल की गई। अकसर यह होता था कि अतिक्रमण मुक्त कराई गई जमीन को यूँ ही छोड़ दिया जाता था, जिससे उस पर फिर से अतिक्रमण हो जाता था। इससे बचने के लिए अतिक्रमण मुक्त जमीन पर या तो तालाब खुदवा दिया गया अथवा उस पर वृक्षारोपण करवा दिया गया, ताकि फिर से उस पर अतिक्रमण को रोका जा सके। यह पहल वास्तव में काम कर गई।

भू-स्थानिक मानचित्रण

'भूमिदृष्टि' पहल ने अतिक्रमणों की पहचान और निगरानी के लिए भू-स्थानिक मानचित्रण की शुरुआत की। प्रशासन ने एक व्यापक मानचित्रण प्रणाली विकसित करने के लिए प्रौद्योगिकी विशेषज्ञों के साथ सहयोग किया, जिससे भूमि उपयोग की वास्तविक समय पर निगरानी की सुविधा मिली। इस पहल की सफलता ने न केवल उन्मूलन प्रक्रिया को सुव्यवस्थित किया, बल्कि शहरी नियोजन और विकास के लिए मूल्यवान डेटा भी प्रदान किया।

नागरिक भागीदारी

उन्मूलन प्रक्रिया में नागरिकों को शामिल करना एक प्रमुख रणनीति बन गई। 'निवारण साथी' पहल ने नागरिकों को डिजिटल प्लेटफॉर्म के माध्यम से अतिक्रमण की रिपोर्ट करने के लिए प्रोत्साहित किया। नागरिक भागीदारी ने भूमि अतिक्रमण उन्मूलन के लिए एक सहयोगात्मक दृष्टिकोण बनाने में इस पहल की सफलता को दरशाया। नागरिक भागीदारी ने न केवल अतिक्रमणों की पहचान करने की दक्षता में वृद्धि की, बल्कि सार्वजनिक स्थानों के लिए साझा जिम्मेदारी की भावना को भी बढ़ावा दिया।

स्थानिक विश्लेषण पहल ने शहरी नियोजन पर भूमि अतिक्रमण के प्रभाव का आकलन करने के लिए डेटा एनालिटिक्स को नियोजित किया। पैटर्न और रुझानों का विश्लेषण करके प्रशासन संसाधन आवंटन, पुनर्वास प्रयासों और दीर्घकालिक शहरी विकास रणनीतियों पर उचित निर्णय ले सका।

पुनर्वास और सतत शहरी नियोजन

उन्मूलन के प्रयास केवल अतिक्रमण हटाने तक ही सीमित नहीं थे; उन्होंने पुनर्वास और टिकाऊ शहरी नियोजन को भी शामिल किया। रविंद्र कुमार के प्रशासन ने भूमि अतिक्रमण के सामाजिक-आर्थिक प्रभाव को संबोधित करने और यह सुनिश्चित करने की आवश्यकता को पहचाना कि साफ किए गए स्थानों को समुदाय के लाभ के लिए पुनः उपयोग किया जाए।

'संकल्प' पहल भूमि अतिक्रमण हटाने से प्रभावित लोगों के लिए वैकल्पिक आवास समाधान प्रदान करने पर केंद्रित है। प्रशासन ने पुनर्वास कार्यक्रम बनाने के लिए आवास विकास प्राधिकरणों और गैर-सरकारी संगठनों के साथ सहयोग किया, जिससे विस्थापित परिवारों को नई रहने की व्यवस्था में एक सम्मानजनक परिवर्तन की पेशकश की गई।

स्थायी और सुनियोजित शहरी विकास के लिए शहर के दृष्टिकोण के अनुरूप, साफ किए गए स्थानों को स्मार्ट बुनियादी ढाँचा परियोजनाओं, पार्कों और हरित स्थानों के लिए पुन: उपयोग किया गया। सार्वजनिक स्थानों को बनाए रखने और भूमि-उपयोग नियमों का पालन करने के महत्त्व के बारे में जागरूकता पैदा करना भूमि अतिक्रमण को खत्म करने का एक महत्त्वपूर्ण पहलू बना।

भूमि की उपलब्धता एवं उपयोगिता

उन्मूलन प्रयासों से योजनाबद्ध विकास के लिए सार्वजनिक भूमि की उपलब्धता में उल्लेखनीय वृद्धि हुई। 2023 के मध्य तक, साफ स्थानों की उपलब्धता में उल्लेखनीय वृद्धि हुई, जिससे रणनीतिक शहरी नियोजन और बुनियादी ढाँचा परियोजनाओं के लिए अवसर प्राप्त हुए। साफ स्थानों के उपयोग ने झाँसी के समग्र शहरी सौंदर्यशास्त्र और कार्यक्षमता में सुधार में योगदान दिया।

'निवारण' के तहत पुनर्वास कार्यक्रमों का स्थायी सामाजिक प्रभाव पड़ा। भूमि अतिक्रमण हटाने से प्रभावित परिवारों ने रहने की स्थिति, बुनियादी सुविधाओं तक पहुँच और सामुदायिक भागीदारी के अवसरों में सुधार का अनुभव किया। पुनर्वास पहल की सफलता ने उन्मूलन प्रयासों के सामाजिक परिणामों को कम करने के लिए प्रशासन की प्रतिबद्धता को उजागर किया।

अवैध अतिक्रमण से संबंधित सूचना

प्रारूप-1

माह - जनवरी, 2022 से अब तक

क्र. सं.	विभाग/तहसील	कितनी भूमि पर अवैध कब्जा हटाया गया (क्षेत्रफल हेक्टेयर में)	भूमि का मूल्य अनुमानित बाजारू मूल्य (रु. में)	अवैध भूमि में बने कितने अवैध भवनों को ध्वस्त किया गया (संख्या)	ध्वस्त किए गए भवनों का अनुमानित मूल्य (रु. में)	भूमि या भवन ध्वस्तीकरण के संबंध में दर्ज कराई गई प्रथम सूचना रिपोर्ट की संख्या
1	2	3	4	5	6	7
1	नगर निगम झाँसी	5.859	115843000	9	3500000	1
2	झाँसी विकास प्राधिकरण	11.223	1234530000	0	0	1
	योग -	**17.082**	**1350373000**	**9**	**3500000**	**2**
3	तहसील सदर	46.723	317941550	2	2200000	10
4	तहसील मौंठ	20.57	9335493	4	4000000	10
5	तहसील मऊरानीपुर	25.122	23468600	7	566690	2
6	तहसील गरौठा	31.287	54105740	0	0	12
7	तहसील टहरौली	6.022	7226400	0	0	4
	तहसील योग	**129.724**	**412077783**	**13**	**6766690**	**38**
	कुल योग	**146.806**	**1762450783**	**22**	**10266690**	**40**

आर्थिक निहितार्थ : निवेश को बढ़ावा देना

भूमि अतिक्रमण उन्मूलन के माध्यम से बनाई गई साफ जगहें निवेश और आर्थिक गतिविधियों के लिए आकर्षक बन गईं। 2023 के मध्य तक, झाँसी ने बुनियादी ढाँचे और वाणिज्यिक परियोजनाओं में निजी निवेश में 30 प्रतिशत की वृद्धि का अनुभव किया, जिसने रणनीतिक भूमि उपयोग के माध्यम से अनलॉक की गई आर्थिक क्षमता को दरशाया।

विविध पहलों की सफलता ने भूमि अतिक्रमण से संबंधित चुनौतियों से निपटने में प्रशासन की दक्षता को रेखांकित किया। कानूनी प्रक्रियाओं को सुव्यवस्थित करने, पहचान में सटीकता बढ़ाने और नागरिक भागीदारी को बढ़ावा देने से शासन दक्षता में सुधार देखा गया। भूमि अतिक्रमण से उत्पन्न चुनौतियाँ नवीन समाधान अपनाने, कानूनी अनुपालन सुनिश्चित करने और सामुदायिक भागीदारी को बढ़ावा देने के अवसर बन गईं।

अवैध अतिक्रमण से संबंधित सूचना

प्रारूप-2

माह – अप्रैल, 2022 से अब तक

क्र. सं.	विभाग/तहसील	कितनी भूमि पर अवैध कब्जा हटाया गया (क्षेत्रफल हेक्टेयर में)	भूमि का मूल्य अनुमानित बाजारू मूल्य (रु. में)	अवैध भूमि में बने कितने अवैध भवनों को ध्वस्त किया गया (संख्या)	ध्वस्त किए गए भवनों का अनुमानित मूल्य (रु. में)	भूमि या भवन ध्वस्तीकरण के संबंध में दर्ज कराई गई प्रथम सूचना रिपोर्ट की संख्या
1	2	3	4	5	6	7
1	नगर निगम झाँसी	1.303	25843000	5	2000000	1
2	झाँसी विकास प्राधिकरण	11.223	1234530000	0	0	1
	योग -	**12.526**	**1260373000**	**5**	**2000000**	**2**
3	तहसील सदर	41.119	301041550	2	2200000	10
4	तहसील मोंठ	7.775	4384726	4	4000000	10
5	तहसील मऊरानीपुर	14.235	16981600	2	16690	1
6	तहसील गरौठा	22.321	16922920	0	0	10
7	तहसील टहरौली	4.332	5198400	0	0	2
	तहसील योग	**89.782**	**344529196**	**8**	**6216690**	**33**
	कुल योग	**102.308**	**1604902196**	**13**	**8216690**	**35**

भूमि अतिक्रमण : सफलता की कहानियाँ

(1) तालाब भूमि से अतिक्रमण हटाना

तहसील मोठ में अभिलेखों में हेराफेरी एवं गलत प्रविष्टियों के विरुद्ध की गई कारवाई का विवरण निम्नवत् है—

- माननीय न्यायालय उपजिलाधिकारी मोठ के 1426 फसली आदेश दिनांक 15.10.2018 के अनुसार मौजा मोठ की खतौनी सन् 1418-1423 फसली

के खाता संख्या-513 के गाटा संख्या-662 रकबा 0.575 हेक्टेयर श्रेणी-6-1 तालाब का नाम निरस्त कर सुनीत कुमार पुत्र गौरीशंकर का नाम दर्ज किया गया है।

- न्यायालय उपजिलाधिकारी मोठ के वाद संख्या-टी. 201906370202686 आदेश दिनांक 17.03.2022 के अनुसार मौजा मोठ की खतौनी वर्ष 1424-29 फसली के खाता संख्या-642 के गाटा संख्या-662 रकबा 0.575 हेक्टेयर पर सुनीत कुमार पुत्र गौरीशंकर निवासी मोठ के स्थान पर पूर्व की भाँति 'तालाब' का नाम श्रेणी-6-1 के रूप में दर्ज किया गया।
- मौके पर तालाब की खुदाई कराते हुए तालाब को प्राचीन समय के मूल स्वरूप में लाया गया है। तालाब की भूमि सुरक्षित/अतिक्रमणरहित है।

अवैध अतिक्रमण से संबंधित सूचना

प्रारूप-3

वर्तमान समय में की गई कार्यवाही (दिनांक 19.06.2022 से 25.06.2022 तक

क्र. सं.	विभाग/तहसील	कितनी भूमि पर अवैध कब्जा हटाया गया (क्षेत्रफल हेक्टेयर में)	भूमि का मूल्य अनुमानित बाजारू मूल्य (रु. में)	अवैध भूमि में बने कितने अवैध भवनों को ध्वस्त किया गया (संख्या)	ध्वस्त किए गए भवनों का अनुमानित मूल्य (रु. में)	भूमि या भवन ध्वस्तीकरण के संबंध में दर्ज कराई गई प्रथम सूचना रिपोर्ट की संख्या
1	2	3	4	5	6	7
1	नगर निगम झाँसी	0.332	5843000	1	500000	0
2	झाँसी विकास प्राधिकरण	1.528	168080000	0	0	0
	योग -	**1.86**	**173923000**	**1**	**500000**	**0**
3	तहसील सदर	7.702	156677600	0	0	2
4	तहसील मौंठ	0.306	1243750	0	0	1
5	तहसील मऊरानीपुर	0.966	2173000	0	0	1
6	तहसील गरौठा	3.927	3023790	0	0	5
7	तहसील टहरौली	1.553	1863600	0	0	0
	तहसील योग	**14.454**	**164981740**	**0**	**0**	**9**
	कुल योग	**16.314**	**338904740**	**1**	**500000**	**9**

(2) अवैध दुकानों को ढहाना

तहसील मोठ में बंध के रूप में दर्ज भूमि से हटाए गए अवैध कब्जों की कारखाई निम्न प्रकार है—

आईजीआरएस पोर्टल पर शिकायत संख्या-18166200041774 दिनांक 06.07.2022 को प्राप्त हुई, जिसमें नगर पंचायत की सीमांतर्गत आराजी व खाता संख्या-657 बंध पर से अवैध कब्जा हटाए जाने के क्रम में राजस्व निरीक्षक व लेखपाल की

संयुक्त जाँच आख्या दिनांक 03.09.2020 व तहसीलदार मोठ की आख्या दिनांक 04.09.2020 के क्रम में दिनांक 24.09.2020 को अधिशासी अधिकारी नगर पंचायत मोठ द्वारा श्री अनुरुद्ध कुमार व श्री बृजेंद्र कुमार पुत्रगण स्व. श्री टीकाराम निवासी मुहल्ला अखाड़ापुरा, कस्बा मोठ को अभिलेखों में बंद के रूप में दर्ज भूमि संख्या–657 पर अवैध दुकानें निर्मित की गईं, जिसको हटाए जाने हेतु नगर पंचायत मोठ द्वारा अपने कार्यालय से दिनांक 24.09.2020 को नोटिस जारी कर एक सप्ताह में बंध की भूमि पर निर्मित दुकानों से अवैध अतिक्रमण हटाने हेतु निर्देशित किया गया। नोटिस प्राप्त होते श्री अनुरुद्ध कुमार व श्री बृजेंद्र कुमार पुत्रगण स्व. श्री टीकाराम द्वारा संयुक्त रूप से माननीय उच्च न्यायालय इलाहाबाद में रिट संख्या–15939/2020 में योजित कर दी, जिसमें दिनांक 07.10.2020 को माननीय उच्च न्यायालय इलाहाबाद द्वारा पारित आदेश में नगर पंचायत मोठ को निर्देश दिए गए कि याचीगण द्वारा प्रस्तुत प्रार्थना का छह सप्ताह में निस्तारण किया जाए।

- याचीगण द्वारा दिनांक 20.10.2020 को नगर पंचायत मोठ कार्यालय में प्रार्थना पत्र प्रस्तुत किया गया, जिसमें याचीगण द्वारा नीलामी की फर्द लॉट की छायाप्रति लगाकर यह अवगत कराया कि यह भूमि नीलामी प्रक्रिया के माध्यम से प्राप्त हुई थी। नगर पंचायत कार्यालय द्वारा फर्द लॉट की छायाप्रति का सत्यापन तहसील मोठ से कराया गया, जिसमें तहसील मोंठ से प्राप्त आख्या दिनांक 29.04.2022 में यह स्पष्ट किया कि बंध की गाटा संख्या–657 रकबा 0.077 हेक्टेयर, जोकि श्रेणी 6–2 बंध के रूप में दर्ज कागजात है, जो आकृषक सामान्य उपयोगिता की भूमि रही है। ऐसी भूमि का आवंटन/नीलाम करने से संबंधित कोई प्रस्ताव पारित करने का अधिकार भूमि प्रबंधक समिति को नहीं है।
- तत्पश्चात् याचीगण द्वारा प्रस्तुत प्रार्थना पत्र में संलग्न अभिलेखों एवं तहसील मोठ से प्राप्त आख्या का अवलोकन कर दिनांक 04.05.2022 को माननीय उच्च न्यायालय के आदेश के क्रम में बंध की भूमि पर निर्मित अवैध दुकानों से कब्जा हटाए जाने हेतु स्पष्ट आदेश पारित कर याचीगण को तत्काल कब्जा हटाए जाने के निर्देश दिए गए, परंतु याचीगण द्वारा दिनांक 16.05.2022 तक अवैध रूप से निर्मित दुकानें नहीं हटाई गईं। याचीगण द्वारा उक्त आदेश का अनुपालन न करने पर नगर पंचायत मोठ के अनुरोध पर नामित मजिस्ट्रेट, राजस्व टीम एवं पुलिस सहयोग के साथ दिनांक 17.05.2022 को याचीगणों की दुकान संख्या–03 व 05 से अवैध अतिक्रमण हटाकर भूमि अतिक्रमण–मुक्त करा दी गई।

□

11

झाँसी में जल जीवन मिशन : प्रगति की कहानी

झाँसी के शुष्क परिदृश्य में, पानी हमेशा एक बहुमूल्य संसाधन रहा है, जो जीविका, कृषि और आर्थिक विकास के लिए आवश्यक है। झाँसी में जल जीवन मिशन इस कहानी को उजागर करता है कि कैसे जिला मजिस्ट्रेट रविंद्र कुमार का गतिशील शासन झाँसी में जल परिदृश्य को बदलने के लिए उत्प्रेरक बन गया। जल जीवन मिशन में समाहित यह यात्रा नवाचार, सामुदायिक जुड़ाव और टिकाऊ जल प्रबंधन की कहानी दिखाती है।

बुंदेलखंड में सूखे से निपटना गंभीर चुनौती रही है

झाँसी में जल संकट की चुनौतियाँ

बुंदेलखंड क्षेत्र में स्थित झाँसी को अपनी अर्ध-शुष्क जलवायु और सीमित जल संसाधनों के कारण पानी की कमी की समस्याओं का सामना करना पड़ता रहा है। जल

जीवन मिशन से पहले के युग में, शहर अविश्वसनीय जल आपूर्ति से जूझता था, खासकर ग्रामीण और उप-शहरी क्षेत्रों में। चुनौती बहुआयामी थी, जिसमें पानी की गुणवत्ता, वितरण और न्यायसंगत पहुँच के मुद्दे शामिल थे।

जल वितरण असमान था, शहरी क्षेत्रों को ग्रामीण और उप-शहरी क्षेत्रों की तुलना में अधिक विश्वसनीय जल आपूर्ति प्राप्त हुई। इस असमानता ने कृषि पद्धतियों, स्वच्छता और समग्र सामुदायिक कल्याण के लिए चुनौतियाँ पैदा कीं।

प्रदूषण और शुद्धीकरण के बुनियादी ढाँचे की कमी सहित जल गुणवत्ता के मुद्दों ने समुदायों के स्वास्थ्य को खतरे में डाल दिया। जलजनित बीमारियाँ प्रचलित थीं, जो कमजोर आबादी को प्रभावित कर रही थीं, विशेषकर स्वच्छ पानी तक सीमित पहुँच वाले क्षेत्रों में।

झाँसी में जल जीवन मिशन का शुभारंभ

जल जीवन मिशन, भारत सरकार की एक प्रमुख पहल है, जिसका लक्ष्य 2024 तक हर घर में पाइप से पानी की आपूर्ति प्रदान करना है। रविंद्र कुमार ने, झाँसी की प्रगति के लिए जल सुरक्षा के महत्त्व को पहचानते हुए, मिशन को पूरे दिल से अपनाया, इसे गतिशील बनाने के अपने दृष्टिकोण के साथ जोड़ा।

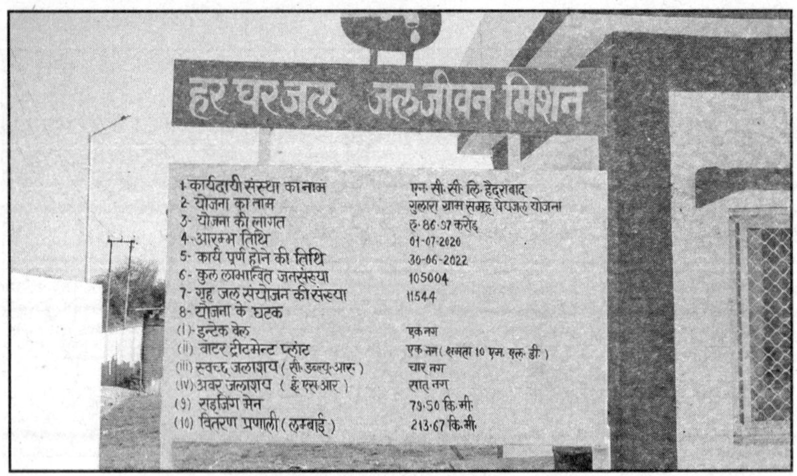

गुलारा जल शोधन संयंत्र

जल जीवन मिशन के अंतर्गत निर्माणाधीन पेयजल परियोजनाएँ

उत्तर प्रदेश राज्य के प्रमुख क्षेत्र बुंदेलखंड का अधिकांश भाग पठारी होने के कारण ग्रामीण क्षेत्रों में पेयजल की समस्या सदैव व्याप्त रहती है। ग्रीष्मकाल में भूमिगत जलस्तर

अत्यधिक नीचे चले जाने एवं हैंडपंप सूख जाने के कारण आम जनमानस को पेयजल की विकराल समस्या का सामना करना पड़ता है।

ग्रामीण क्षेत्रों में पेयजल की समस्या का स्थायी निदान करने हेतु उत्तर प्रदेश शासन द्वारा भारत सरकार की महत्त्वपूर्ण योजना जल जीवन मिशन के अंतर्गत प्रत्येक परिवार को पाइप लाइन द्वारा शुद्ध पेयजल मुहैया कराने हेतु 'हर घर नल जल' की सर्वप्रथम पहल बुंदेलखंड क्षेत्र में की गई है, जिसके अंतर्गत राज्य पेयजल एवं स्वच्छता मिशन, लखनऊ द्वारा जनपद झाँसी में 10 नग ग्राम समूह पेयजल योजनाओं के प्राक्कलन तैयार किए गए, जिनमें जनपद के आठ विकासखंडों के कुल 613 राजस्व ग्रामों की 11,51,912 जनसंख्या को शुद्ध पेयजल से लाभान्वित किया जाना प्रस्तावित था। शासन से स्वीकृति प्राप्त होने के उपरांत उक्त योजनाओं को धरातल पर लाने हेतु भूमि अधिग्रहण, विभिन्न विभागों जैसे लोक निर्माण विभाग, सिंचाई विभाग, रेलवे विभाग, वन विभाग, रक्षा विभाग, भारतीय राष्ट्रीय राजमार्ग प्राधिकरण आदि से अनापत्ति प्राप्त करने हेतु शासन/प्रशासन स्तर से काररवाई प्रारंभ की गई। जिला स्तर पर योजनाओं की प्रगति की समीक्षा व प्रभावी अनुश्रवण हेतु अपर जिलाधिकारी, नमामि गंगे एवं ग्रामीण जलापूर्ति विभाग की नियुक्ति तथा उत्तर प्रदेश जल निगम (ग्रामीण) को कार्यदायी संस्था नामित किया गया तथा साथ ही निर्माण कार्यों की उच्च गुणवत्ता सुनिश्चित करने हेतु टी.पी.आई., पी.एम.सी. के साथ-साथ राज्य पेयजल एवं स्वच्छता मिशन द्वारा जनपद स्तर पर सहायक अभियंताओं एवं कनिष्ठ अभियंताओं की नियुक्ति की गई।

योजना के निर्माण कार्यों को तीव्र गति से ससमय पूर्ण करने हेतु सबसे महत्त्वपूर्ण एवं कठिन लक्ष्य विभिन्न विभागों से अनापत्ति प्राप्त करने का था, जिसके लिए प्रत्येक माह मुख्य सचिव, उत्तर प्रदेश शासन द्वारा समस्त विभागों के साथ वीडियो कॉन्फ्रेंसिंग के माध्यम से बैठक आयोजित की गई तथा मुख्य रूप से प्रमुख सचिव, उत्तर प्रदेश शासन द्वारा प्रत्येक सप्ताह वीडियो कॉन्फ्रेंसिंग के माध्यम से समीक्षा करते हुए विभिन्न विभागों से अनापत्ति प्राप्त कराने संबंधी काररवाई के साथ योजनाओं की प्रगति के संबंध में समीक्षा की गई। इसके साथ-साथ जिला स्तर पर जिला पेयजल एवं स्वच्छता मिशन की मासिक बैठक जिलाधिकारी रविंद्र कुमार की अध्यक्षता में आयोजित की गई। इन बैठकों में संबंधित समस्त विभागों के विभागाध्यक्षों के साथ समन्वय स्थापित करते हुए अनापत्ति निर्गत करने की तीव्र काररवाई की गई।

भूमि अधिग्रहण की काररवाई पूर्ण होते ही योजनाओं के घटकों ने अपना जमीनी आकार लेना शुरू किया। सर्वप्रथम माननीय मुख्यमंत्री उत्तर प्रदेश सरकार योगी आदित्यनाथ द्वारा जनपद की बुढपुरा ग्राम समूह पेयजल योजना के मुख्य घटक वाटर ट्रीटमेंट प्लांट का भूमि पूजन स्वयं किया गया।

विभिन्न मार्गों के समानांतर व रोड को क्रॉस करते हुए पाइप लाइन बिछाने हेतु सर्वप्रथम लोक निर्माण विभाग द्वारा विभिन्न शर्तों के साथ जिला स्तर से अनापत्ति निर्गत की गई तथा पाइपलाइन बिछाने का कार्य भी तीव्र गति से प्रारंभ हो सका। अन्य विभागों की अनापत्ति उनके मुख्यालय स्तर से निर्गत की जानी थी, जिसके लिए प्रस्ताव तैयार कर विभागों की संस्तुति प्राप्त करते हुए उनके मुख्यालयों को प्रेषित की गई एवं शासन स्तर से प्रमुख सचिव, नमामि गंगे एवं ग्रामीण जलापूर्ति उत्तर प्रदेश शासन लखनऊ की अध्यक्षता में आयोजित साप्ताहिक बैठकों में उक्त की स्थिति के संबंध में समीक्षा की गई।

डीएम द्वारा गुलारा जल शोधन संयंत्र का निरीक्षण

कार्य प्रारंभ होने के उपरांत जिलाधिकारी रविंद्र कुमार द्वारा समय-समय पर प्रत्येक योजना का निरीक्षण स्वयं करते हुए दैनिक स्तर पर प्रगति समीक्षा की गई। साथ-ही-साथ योजनांतर्गत कराए जा रहे कार्यों की वास्तविक स्थिति का भौतिक सत्यापन कराने हेतु टीमें भी गठित की गईं, जिनमें संबंधित तहसील के उपजिलाधिकारियों को टीम का नोडल व अन्य प्रशासनिक अधिकारियों को टीम का सदस्य नामित करते हुए योजनाओं की वास्तविक प्रगति का अवलोकन किया गया। विभिन्न ग्रामों में पाइपलाइन बिछाने के दौरान स्थानीय लोगों द्वारा व्यवधान उत्पन्न किए गए, जिसके लिए उक्त प्रकरणों पर जिलाधिकारी रविंद्र कुमार द्वारा स्वयं से संज्ञान लेते हुए पुलिस प्रशासन की मदद से समस्त प्रकार के अवरोधों का निराकरण शीर्ष प्राथमिकता पर कराया गया। समय के साथ-साथ योजनाओं के घटकों के कार्य गति पकड़ते रहे एवं योजनाएँ कमीशनिंग प्रारंभ करने की स्थिति में आ गईं। दिन-प्रतिदिन योजनाओं में सम्मिलित ग्रामों में पेयजल आपूर्ति प्रारंभ हुई।

झाँसी जनपद में पेयजल योजनाएँ

झाँसी जनपद में निर्माणाधीन दस ग्राम समूह पेयजल योजना का विवरण निम्नानुसार है—

निर्माणाधीन गुलारा जल शोधन संयंत्र

1. गुलारा ग्राम समूह पेयजल योजना

उक्त योजना के माध्यम से जनपद के विकासखंड चिरगाँव के 42 राजस्व ग्रामों में 11,437 नग गृह संयोजन के माध्यम से 67,035 व्यक्तियों को लाभान्वित किया जाना प्रस्तावित है। योजना का जलस्रोत बेतवा नदी पर निर्मित पारीछा बाँध है। योजना के अंतर्गत 1 नग इंटेकवेल, 10 एम.एल.डी. क्षमता का वाटर ट्रीटमेंट प्लांट, 7 नग उच्च जलाशय, 4 नग स्वच्छ जलाशय, 81 किलोमीटर राइजिंगमेन व 213 किलोमीटर वितरण प्रणाली आदि के कार्य प्रस्तावित थे, जोकि पूर्ण करा लिये गए हैं। योजना के समस्त ग्रामों में पेयजल आपूर्ति प्रारंभ कर दी गई है।

2. बचावली ग्राम समूह पेयजल योजना

उक्त योजना के माध्यम से जनपद के विकासखंड बड़ागाँव के 37 राजस्व ग्रामों में 11,549 नग गृह संयोजन के माध्यम से 65,429 व्यक्तियों को लाभान्वित किया जाना प्रस्तावित है। योजना का जलस्रोत बेतवा नदी पर निर्मित पारीछा बाँध है। योजना के अंतर्गत 1 नग इंटेकवेल, 14 एम.एल.डी. क्षमता का वाटर ट्रीटमेंट प्लांट, 7 नग उच्च

जलाशय, 4 नग स्वच्छ जलाशय, 61 किलोमीटर राइजिंगमेन व 201 किलोमीटर वितरण प्रणाली आदि के कार्य प्रस्तावित थे, जोकि पूर्ण करा लिये गए हैं। योजना के 32 ग्रामों में पेयजल आपूर्ति प्रारंभ कर दी गई है।

निर्माणाधीन तिलैथा पेयजल योजना

3. तिलैथा ग्राम समूह पेयजल योजना

उक्त योजना के माध्यम से जनपद के विकासखंड बड़ागाँव एवं चिरगाँव के 25 राजस्व ग्रामों में 6,725 नग गृह संयोजन के माध्यम से 40,895 लोगों को लाभान्वित किया जाना प्रस्तावित है। योजना का जलस्त्रोत बेतवा नदी पर निर्मित पारीछा बाँध है। योजना के अंतर्गत 1 नग इंटेकवेल, 8 एम.एल.डी. क्षमता का वाटर ट्रीटमेंट प्लांट, 5 नग उच्च जलाशय, 4 नग स्वच्छ जलाशय, 36 किलोमीटर राइजिंगमेन व 199 किलोमीटर वितरण प्रणाली आदि के कार्य प्रस्तावित थे, जोकि पूर्ण करा लिये गए हैं। योजना के समस्त ग्रामों में पेयजल आपूर्ति प्रारंभ कर दी गई है।

4. बुढपुरा ग्राम समूह पेयजल योजना

उक्त योजना के माध्यम से जनपद के विकासखंड बबीना के 59 राजस्व ग्रामों में 26,650 नग गृह संयोजन के माध्यम से 15,0969 व्यक्तियों को लाभान्वित किया

जाना प्रस्तावित है। योजना का जलस्रोत बेतवा नदी पर निर्मित माताटीला बाँध है। योजना के अंतर्गत 1 नग इंटेकवेल, 28 एम.एल.डी. क्षमता का वाटर ट्रीटमेंट प्लांट, 14 नग उच्च जलाशय, 8 नग स्वच्छ जलाशय, 160 किलोमीटर राइजिंगमेन व 647 किलोमीटर वितरण प्रणाली आदि के कार्य प्रस्तावित थे, जोकि पूर्ण करा लिये गए हैं। योजना के 56 ग्रामों में पेयजल आपूर्ति प्रारंभ कर दी गई है।

5. इमलौटा ग्राम समूह पेयजल योजना

उक्त योजना के माध्यम से जनपद के विकासखंड गुरसराय एवं मऊरानीपुर के 87 राजस्व ग्रामों में 32,259 नग गृह संयोजन के माध्यम से 1,81,613 लोगों को लाभान्वित किया जाना प्रस्तावित है। योजना का जलस्रोत लहचूरा बाँध है। योजना के अंतर्गत 1 नग इंटेकवेल, 28 एम.एल.डी. क्षमता का वाटर ट्रीटमेंट प्लांट, 13 नग उच्च जलाशय, 8 नग स्वच्छ जलाशय, 116 किलोमीटर राइजिंगमेन व 654 किलोमीटर वितरण प्रणाली आदि के कार्य प्रस्तावित हैं, जिनका कार्य प्रगति पर है।

6. बरथरी ग्राम समूह पेयजल योजना

उक्त योजना के माध्यम से जनपद के विकासखंड मोठ के 106 राजस्व ग्रामों में 27,423 नग गृह संयोजन के माध्यम से 1,70,460 व्यक्तियों को लाभान्वित किया जाना प्रस्तावित है। योजना का जलस्रोत बेतवा नदी पर निर्माणाधीन एरच बाँध है। योजना के अंतर्गत 1 नग इंटेकवेल, 28 एम.एल.डी. क्षमता का वाटर ट्रीटमेंट प्लांट, 15 नग उच्च जलाशय, 11 नग स्वच्छ जलाशय, 112 किलोमीटर राइजिंगमेन व 598 किलोमीटर वितरण प्रणाली आदि के कार्य प्रस्तावित हैं, जिनका कार्य प्रगति पर है।

डीएम द्वारा टेहरका पेयजल योजना का निरीक्षण और सुझाव

7. टेहरका ग्राम समूह पेयजल योजना

उक्त योजना के माध्यम से जनपद के विकासखंड बामौर के 93 राजस्व ग्रामों में 27,437 नग गृह संयोजन के माध्यम से 1,49,147 लोगों को लाभान्वित किया जाना प्रस्तावित है। योजना का जलस्रोत बेतवा नदी पर निर्माणाधीन एरच बाँध है। योजना के अंतर्गत 1 नग इंटेकवेल, 23 एम.एल.डी. क्षमता का वाटर ट्रीटमेंट प्लांट, 12 नग उच्च जलाशय, 9 नग स्वच्छ जलाशय, 81 किलोमीटर राइजिंगमेन व 641 किलोमीटर वितरण प्रणाली आदि के कार्य प्रस्तावित हैं, जिनका कार्य प्रगति पर है।

8. कुरैछा ग्राम समूह पेयजल योजना

उक्त योजना के माध्यम से जनपद के विकासखंड बँगरा के 74 राजस्व ग्रामों में 29,406 नग गृह संयोजन के माध्यम से 1,59,981 लोगों को लाभान्वित किया जाना प्रस्तावित है। योजना का जलस्रोत सपरार बाँध है। योजना के अंतर्गत 1 नग इंटेकवेल, 25 एम.एल.डी. क्षमता का वाटर ट्रीटमेंट प्लांट, 14 नग उच्च जलाशय, 11 नग स्वच्छ जलाशय, 155 किलोमीटर राइजिंगमेन व 541 किलोमीटर वितरण प्रणाली आदि के कार्य प्रस्तावित थे, जोकि पूर्ण करा लिये गए हैं। योजना में सम्मिलित 74 ग्रामों में से 56 ग्रामों में पेयजल आपूर्ति प्रारंभ कर दी गई है।

पुरवा पेयजल योजना का निरीक्षण

9. पुरवा ग्राम समूह पेयजल योजना

उक्त योजना के माध्यम से जनपद के विकासखंड मऊरानीपुर के 32 राजस्व ग्रामों में 12,762 नग गृह संयोजन के माध्यम से 79,123 लोगों को लाभान्वित किया जाना

प्रस्तावित है। योजना का जलस्रोत पहाड़ी बाँध है। योजना के अंतर्गत 1 नग इंटेकवेल, 13 एम.एल.डी. क्षमता का वाटर ट्रीटमेंट प्लांट, 6 नग उच्च जलाशय, 3 नग स्वच्छ जलाशय, 51 किलोमीटर राइजिंगमेन व 218 किलोमीटर वितरण प्रणाली आदि के कार्य प्रस्तावित थे, जोकि पूर्ण करा लिए गये हैं। योजना के समस्त ग्रामों में पेयजल आपूर्ति प्रारंभ कर दी गई है।

10. बड़वार ग्राम समूह पेयजल योजना

उक्त योजना के माध्यम से जनपद के विकासखंड गुरसराय एवं चिरगाँव के 58 राजस्व ग्रामों में 15,848 नग गृह संयोजन के माध्यम से 87,260 व्यक्तियों को लाभान्वित किया जाना प्रस्तावित है। योजना का जलस्रोत बड़वार झील है। योजना के अंतर्गत 1 नग इंटेकवेल, 14 एम.एल.डी. क्षमता का वाटर ट्रीटमेंट प्लांट, 9 नग उच्च जलाशय, 5 नग स्वच्छ जलाशय, 83 किलोमीटर राइजिंगमेन व 342 किलोमीटर वितरण प्रणाली आदि के कार्य प्रस्तावित थे, जोकि पूर्ण करा लिये गए हैं। योजना में सम्मिलित 58 ग्रामों में से 57 ग्रामों में पेयजल आपूर्ति प्रारंभ कर दी गई है।

कुरेछा पेयजल योजना का निरीक्षण

ग्रामों में प्रारंभ की गई जलापूर्ति की गुणवत्ता सुनिश्चित करने हेतु प्रत्येक जल शोधन संयंत्र परिसर में आवश्यक समस्त उपकरणों से युक्त जल परीक्षण प्रयोगशाला स्थापित की गई है, जिसमें प्रतिदिन प्राप्त हो रहे कच्चे जल व शोधित जल के जल नमूनों का निर्धारित मानकों पर परीक्षण किया जाता है एवं उचित गुणवत्ता प्राप्त होने के उपरांत ही शुद्ध पेयजल की ग्रामीणों तक आपूर्ति की जाती है। इसके अतिरिक्त प्रत्येक ग्राम पंचायत

में जल की गुणवत्ता जाँच करने हेतु प्रत्येक ग्राम पंचायत स्तर पर 5–5 महिलाओं की टीम को एफ.टी.के. (फील्ड टेस्ट किट) उपलब्ध कराते हुए एफ.टी.के. के माध्यम से जल की गुणवत्ता जाँच हेतु राज्य पेयजल एवं स्वच्छता मिशन द्वारा चयनित एजेंसी द्वारा प्रशिक्षित किया गया है, जिससे ग्राम में प्राप्त हो रहे जल की शुद्धता की जाँच ग्राम स्तर पर भी की जा सके, ताकि ग्राम में आपूर्ति हो रहे शुद्ध जल के प्रति ग्रामवासियों को किसी प्रकार का संदेह उत्पन्न न हो।

दूरदर्शी नेतृत्व : 'जलसंकल्प'

प्रशासन ने समुदाय को मिशन के पीछे एकजुट करने के लिए 'जलसंकल्प' पहल शुरू की। नागरिकों के बीच स्वामित्व और जिम्मेदारी की भावना पैदा करने के लिए जन-जागरूकता अभियान, टाउन हॉल बैठकें और सहयोगात्मक चर्चाएँ आयोजित की गईं।

बुनियादी ढाँचा विकास : 'नल से जल'

'नल से जल' पहल मजबूत जल आपूर्ति बुनियादी ढाँचे के निर्माण पर केंद्रित है। प्रशासन ने एक व्यापक जल आपूर्ति नेटवर्क तैयार करने के लिए इंजीनियरिंग विशेषज्ञों, शहरी योजनाकारों और जल प्रबंधन विशेषज्ञों के साथ सहयोग किया। 2023 के अंत तक, 'नल से जल' के कारण शहरी और ग्रामीण क्षेत्रों में पाइप से पानी की आपूर्ति की कवरेज में 40 प्रतिशत का सुधार हुआ।

सीएम योगी को गुलारा पेयजल योजना पर ब्रीफिंग

वितरण को अनुकूलित करने, रिसाव की पहचान करने और जल संसाधनों के विवेकपूर्ण उपयोग को सुनिश्चित करने के लिए स्मार्ट मीटरिंग, वास्तविक समय निगरानी प्रणाली और डेटा एनालिटिक्स को जल आपूर्ति नेटवर्क में एकीकृत किया गया।

जल संरक्षण में समुदायों को शामिल करने के महत्त्व को पहचानते हुए, जल जन संपर्क पहल शुरू की गई। प्रशासन ने जल-बचत प्रथाओं, वर्षा जल संचयन और समुदाय-स्तरीय जल प्रबंधन परियोजनाओं को लागू करने के लिए स्थानीय नेताओं, गैर-सरकारी संगठनों और समुदाय आधारित संगठनों के साथ मिलकर काम किया।

जल संरक्षण पहल ने भू-जल की कमी के महत्त्वपूर्ण मुद्दे को संबोधित किया। प्राकृतिक जल स्तर को बढ़ाने के लिए वर्षा जल संचयन संरचनाएँ, चेक बाँध और भू-जल पुनर्भरण परियोजनाएँ लागू की गईं।

जल गुणवत्ता संवर्धन

हर घर के लिए स्वच्छ और पीने योग्य पानी सुनिश्चित करना झाँसी में जल जीवन मिशन का मुख्य फोकस है। जल स्वच्छता पहल में जल गुणवत्ता परीक्षण, शुद्धीकरण संयंत्र स्थापना तथा स्वच्छता और शुद्धता पर सामुदायिक जागरूकता कार्यक्रम शामिल किए गए।

झाँसी में जल जीवन मिशन को लागू करना चुनौतियों से खाली नहीं था। रविंद्र कुमार के नेतृत्व में प्रशासन को साजो-सामान संबंधी बाधाओं से लेकर सामुदायिक प्रतिरोध तक की बाधाओं का सामना करना पड़ा।

लॉजिस्टिक चुनौतियों पर काबू पाने के लिए नवीन दृष्टिकोण से काम लिया गया। दूर-दराज और दुर्गम क्षेत्रों में पानी की आपूर्ति पहुँचाने में आने वाली बाधाओं का आकलन और समाधान करने के लिए पहलें शुरू की गईं। सीमित बुनियादी ढाँचे वाले क्षेत्रों तक पहुँचने के लिए मोबाइल जल आपूर्ति इकाइयाँ, समुदाय-संचालित जल वितरण बिंदु और विकेंद्रीकृत जल शुद्धीकरण प्रणाली लागू की गई।

सामुदायिक प्रतिरोध

प्रतिरोध पर काबू पाने में समुदायों को शामिल करना और चिंताओं को दूर करना सर्वोपरि था। सहानुभूति पहल का विस्तार संवाद, जागरूकता कार्यक्रमों और सहयोगात्मक निर्णय लेने के माध्यम से सामुदायिक प्रतिरोध को संबोधित करने के लिए किया गया।

प्रभाव आकलन

झाँसी में जल जीवन मिशन का प्रभाव मात्रात्मक मेट्रिक्स के माध्यम से स्पष्ट है, जो जल आपूर्ति, गुणवत्ता और सामुदायिक भागीदारी में प्रगति को उजागर करता है। 'नल से जल' पहल से पाइप जलापूर्ति की कवरेज में 40 प्रतिशत सुधार हुआ, जिससे शहरी और ग्रामीण क्षेत्रों में अधिक विश्वसनीय और न्यायसंगत वितरण सुनिश्चित हुआ। 'जल स्वच्छता' पहल ने जल गुणवत्ता संकेतकों में सुधार, जलजनित रोगों की व्यापकता को कम करने और समग्र सामुदायिक स्वास्थ्य को बढ़ाने में योगदान दिया।

निर्माणाधीन बचावली पेयजल योजना का गहन निरीक्षण

'जलसंचय' पहल के परिणामस्वरूप लक्षित क्षेत्रों में भू-जल स्तर में सुधार हुआ, जिससे भू-जल की कमी का खतरा कम हो गया। 'जल-जनसंपर्क' पहल से समुदाय के नेतृत्व वाली जल संरक्षण पहल में वृद्धि हुई, जिससे नागरिकों में स्वामित्व और जिम्मेदारी की भावना पैदा हुई। जल बरबादी रोकने की पहल ने जल आपूर्ति नेटवर्क की दक्षता को अनुकूलित करते हुए पानी की बरबादी और रिसाव में कमी लाने में योगदान दिया।

जल सुरक्षा को कायम रखना

झाँसी में जल जीवन मिशन रविंद्र कुमार के गतिशील शासन के तहत कल्पना की

गई भविष्य की संभावनाओं के लिए मंच तैयार करता है। झाँसी में जल जीवन मिशन गतिशील शासन की परिवर्तनकारी शक्ति के प्रमाण के रूप में कार्य करता है, जहाँ नवीन समाधान, सामुदायिक जुड़ाव और टिकाऊ प्रथाएँ झाँसी के लोगों के लिए बेहतर और जल–प्रचुर भविष्य को सुरक्षित करने के लिए एकजुट होती हैं।

□

12

जल संरक्षण : चुनौतियाँ एवं उपाय

झाँसी शहर जल संरक्षण से संबंधित जटिल चुनौतियों से जूझता रहा है। जिला मजिस्ट्रेट रविंद्र कुमार के गतिशील शासन के तहत, यह अध्याय उन जटिलताओं, पहलों और नवीन समाधानों की पड़ताल करता है, जिन्होंने जल संबंधी दुविधाओं को संबोधित किया और उन्हें प्रगति के अवसरों में बदल दिया।

झाँसी का जल परिदृश्य

बुंदेलखंड क्षेत्र में बसे झाँसी को जल संसाधनों से संबंधित चुनौतियों के एक अनूठे समूह का सामना करना पड़ा। अर्धशुष्क जलवायु अनियमित वर्षा पैटर्न के साथ मिलकर पानी की कमी के मुद्दों को बार-बार जन्म देती है, जिससे शहरी और ग्रामीण दोनों आबादी प्रभावित होती रही हैं। झाँसी के जल परिदृश्य ने ऐसी दुविधाएँ प्रस्तुत कीं जिनके लिए एक स्थायी और न्यायसंगत जल भविष्य सुनिश्चित करने के लिए रणनीतिक हस्तक्षेप की आवश्यकता थी।

सूखे का खतरा : गंभीर समस्या

भू-जल की कमी : एक मँडराता खतरा

कृषि और घरेलू उद्देश्यों के लिए भू-जल पर अत्यधिक निर्भरता के कारण जल स्तर में लगातार गिरावट आ रही है। दशक के अंत तक, झाँसी में भू-जल की कमी की चिंताजनक दर देखी गई, जिससे किसानों की आजीविका और क्षेत्र की समग्र जल सुरक्षा को खतरा पैदा हो गया। झाँसी में जल वितरण असमान था, शहरी क्षेत्रों को ग्रामीण और उप-शहरी क्षेत्रों की तुलना में अधिक विश्वसनीय जल-आपूर्ति प्राप्त होती थी। इस असमानता ने कृषि पद्धतियों, स्वच्छता और समुदायों की समग्र भलाई के लिए चुनौतियाँ पैदा कीं।

साथ ही झाँसी में पानी की गुणवत्ता ने स्वास्थ्य संबंधी गंभीर चिंताएँ पैदा कीं। संदूषण, अपर्याप्त शुद्धीकरण बुनियादी ढाँचे और जलजनित बीमारियों की व्यापकता ने शहर के निवासियों के स्वास्थ्य और कल्याण के लिए सीधा खतरा पैदा किया।

बुढपुरा पेयजल योजना भी और जल संरक्षण भी

जनपद झाँसी में जल संरक्षण

भारतवर्ष प्राचीनकाल से ही एक समृद्ध एवं विकसित सभ्यता का वाहक रहा है, जहाँ प्राचीनकाल से ही सभ्यता के विकास के हर आयाम की झलकियाँ मौजूद हैं। भारत के दिल उत्तर प्रदेश का एक अत्यंत महत्त्वपूर्ण भू-भाग बुंदेलखंड है, जिसकी छवि वर्तमान में एक जल अभावग्रस्त, परंतु विकास की असीम संभावनाओं वाले क्षेत्र के रूप में है।

बुंदेलखंड क्षेत्र का अत्यंत महत्त्वपूर्ण जिला झाँसी है, जो देश के उत्तर-दक्षिण और पूरब-पश्चिम को जोड़ने वाले जंक्शन के रूप में भी जाना जाता है। इस ज़िले में भी आज

से कुछ वर्ष पहले तक जल संसाधन की उपलब्धता की कमी महसूस करते हुए इस समस्या के कारक और निवारक पर विचार करते हुए समस्या के समाधान का भागीरथी प्रयास प्रारंभ हुआ।

देश के अत्यंत दूरदर्शी प्रधानमंत्री नरेंद्र मोदीजी के समावेशी विकास की अवधारणा को प्रदेश के अत्यंत ऊर्जावान मुख्यमंत्री योगी आदित्यनाथ के कुशल निर्देशन में झाँसी के जिला प्रशासन द्वारा क्षेत्र की भौगोलिक विशेषताओं को ध्यान में रखते हुए विभिन्न विभागीय योजनाओं के बेहतर क्रियान्वयन एवं जन सहयोग द्वारा इस क्षेत्र में अतुलनीय कार्य कराया गया।

झाँसी जनपद एक पठारी क्षेत्र है, जिसमें क्षेत्र की दशा ज्यादातर पथरीली होने के कारण जनपद में औसत वर्षा 900 मि.मी. होने के बावजूद भू-गर्भ जल स्तर में वृद्धि की दर अत्यंत न्यून थी तथा जल संरक्षण के समुचित उपाय न होने के कारण ज्यादातर वर्षा जल का संरक्षण नहीं हो पा रहा था। जनपद के आठ विकासखंडों में से चार विकासखंड सेमी क्रिटिकल अवस्था में थे।

समस्या का एक अन्य कारण भू-गर्भ जल संसाधनों का अत्यधिक दोहन भी था। इन समस्याओं के दृष्टिगत जिलाधिकारी रविंद्र कुमार के प्रशासन द्वारा एक बहुआयामी नीति बनाई गई, जिसमें—

(अ) जल संरक्षण के उपाय

(ब) जन सहयोग एवं जन जागृति द्वारा जल संसाधनों का बेहतर उपभोग

(स) वैज्ञानिक विधि से जल संरक्षण के उपायों के परिणाम का विश्लेषण करते हुए योजनाओं के क्रियान्वयन में सतत सुधार करना तय किया गया।

सुखनई और लखेरी को जीवनदान देने के लिए काम शुरू

डीएम रविंद्र कुमार और मऊरानीपुर की विधायक रश्मि आर्य ने किया भूमि पूजन, नदी के जीर्णोद्धार के साथ होगा क्षेत्र का विकास

विलुप्त हो रही लखेरी नदी के कायाकल्प का काम शुरू

जल संरक्षण के उपाय : नदी पुनरुद्धार

जनपद में प्राचीनकाल में बहने वाली कई स्थानीय नदियाँ, जो अनियंत्रित विकास के कारण लुप्त हो गई थीं, उनके पुनरुद्धार की योजना बनाते हुए पहले कनेरा नदी का जीर्णोद्धार कराया गया तथा उसके बाद वर्तमान में लखेरी एवं सुखनेई नदी के जीर्णोद्धार का कार्य प्रगति पर है। सुखनेई नदी की लंबाई लगभग 40 किलोमीटर और लखेरी नदी की जनपद झाँसी में लंबाई 80 किलोमीटर है, जिनके जीर्णोद्धार का कार्य जिलाधिकारी रविंद्र कुमार द्वारा क्षेत्रीय जनप्रतिनिधियों की उपस्थिति में कराना आरंभ कराया गया। इन नदियों के जीर्णोद्धार का कार्य पूरा होने के बाद नदी की जल संधारण क्षमता में वृद्धि होनी तय है, जिससे सिंचाई, पेयजल आदि सुविधाओं में और सुधार होगा।

चंदेलकालीन तालाब जीर्णोद्धार

बुंदेलखंड क्षेत्र में पूर्ववर्ती चंदेल शासकों द्वारा क्षेत्र में अनेक जलाशय, बावड़ियाँ इत्यादि जलस्रोत बनाए गए थे, जिनमें 44 तालाब थे। इनमें से चार तालाब क्रमशः लहरठकुरपुरा, पुनावली (बबीना), अस्ता (बामौर) तथा हैवतपुरा (गुरसराय) वर्तमान समय में कार्य कराने हेतु चिह्नित किए गए हैं। लहरठकुरपुरा में चंदेलकालीन तालाब जीर्णोद्धार कार्य में मनरेगा योजना के साथ जन सहयोग लेते हुए अत्यंत सराहनीय कार्य कराया गया, जिसका निरीक्षण अप्रैल 2023 में मुख्य सचिव, उत्तर प्रदेश शासन दुर्गा शंकर मिश्र द्वारा भी किया गया।

अमृत सरोवरों में जल संचयन की अनोखी व्यवस्था देख गदगद उपमुख्यमंत्री ने डीएम रवीन्द्र कुमार को सराहा

प्रधानमंत्री नरेन्द्र मोदी के सपनों को साकार करने के लिए माउंट एवरेस्ट पर तिरंगा फहराकर लिया था स्वच्छता और जल संचयन का संकल्प, ग्रामीण अंचलों में शिक्षा की लौ को और तेज करने के लिए स्थापित कर रहे हैं पुस्तकालय

यूथ इण्डिया संवाददाता,

झाँसी। जल संचयन को लेकर बेहद गंभीर रहने वाले जिलाधिकारी रवीन्द्र कुमार के सजग प्रयासों को देख सूबे के उपमुख्यमंत्री केशव प्रसाद मौर्य ने उनकी दिल खोल प्रशंसा की। उन्होंने जनपद के बेमिसाल अमृत सरोवरों को देख आश्चर्य व्यक्त किया और कहा कि यह सरोवर पूरे प्रदेश के लिए मॉडल बनेंगे।

आजादी के अमृत महोत्सव की एक मुहिम की तरह जिले में तेज़ जिलाधिकारी रवीन्द्र कुमार पीएम के इस प्रोजेक्ट को पूरी शिद्दत से पूरा कर रहे हैं। बात उन दिनों की है जब प्रधानमंत्री नरेन्द्र मोदी अपने दूसरे कार्यकाल की दिल्ली में शपथ ले रहे थे तब आईएएस अधिकारी के रूप में रवीन्द्र कुमार विश्व की सबसे बड़ी चोटी माउंट एवरेस्ट पर तिरंगा फहराने के बाद पतित पावनी श्री गंगा के जल को वहां समर्पित कर स्वच्छता और जल संचयन का संकल्प ले रहे थे। प्रधानमंत्री के सपनों को पूरा करने के लिए उन्होंने जल संचयन के लिए अपनी पूरी ताकत झोंकी।

इसके अलावा शिक्षा का माहौल गांव-गांव पहुंचे जिसके लिए उन्होंने बड़े दर्जन पुस्तकालय गांवों में खुलवाने की मुहिम चलाकर प्रदेश सरकार के नेक इरादों को पंख लगाने का काम किया।

उप मुख्यमंत्री केशव प्रसाद मौर्य जब गांव भोजला पहुंचे तो वहां नवनिर्मित पोषाहार उत्पादन इकाई का लोकार्पण कर स्वयं सहायता समूह के बेहतर संचालन को देख गदगद हो गये। उन्होंने समूह की महिलाओं से पीएचआर के संचालन की जानकारी ली। विभिन्न अमृत सरोवरों, हेल्थ एण्ड वेलनेस सेंटर क्रीड़ास्थल एवं बीआईटीआई में नवनिर्मित छात्रावास आदि का लोकार्पण किया। उन्होंने वहां वृक्षारोपण कर राज्य सरकार की संचालित विभिन्न कल्याणकारी योजनाओं की जानकारी भी दी।

बता दें कि छात्र-छात्राओं के आधार पर मॉनिटरिंग कार्य को जिलाधिकारी रवीन्द्र कुमार स्वयं जांचते हैं। लापरवाही होने पर एसडीएम/एसएमओ को दण्डित करने में वहां देर नहीं लगती साथ ही बच्चों की यूनिफॉर्म की धनराशि वहाँ तत्काल निकलती। समय से झाँसी के प्राइमरी विद्यालय न केवल खुलते हैं बल्कि वहां छात्र-छात्राओं की उपस्थिति डीएम स्वयं जांचते। वह समुअल बैठक कर कायाकल्प के बिन्दुओं की चर्चा के साथ-साथ बेहतर स्वास्थ्य व्यवस्था का आकलन भी स्वयं करते हैं।

जनपद भ्रमण पर पहुंचे उप मुख्यमंत्री केशव प्रसाद मौर्य ने प्रदेश स्तर पर लगातार तीन माह झाँसी को प्रथम आने के लिए जिलाधिकारी समेत यहाँ के सभी अधिकारियों को शुभकामनाएं दी और निर्देश दिये कि मुख्यमंत्री की मंशा के अनुरूप जनपद के सभी विकास कार्य प्राथमिकता पर सुनिश्चित कराये जायें साथ ही कानून व्यवस्था भी सुदृढ़ रहे।

अमृत सरोवर

प्रधानमंत्री नरेंद्र मोदी एवं शासन के निर्देशों के क्रम में जनपद में 192 अमृत सरोवर निर्माण/जीर्णोद्धार हेतु चिह्नित किए गए, जिनमें से 131 का जनपद स्तर पर एक ही दिन प्रदेश के उपमुख्यमंत्री केशव प्रसाद मौर्य द्वारा ग्राम पठाकरका, विकासखंड बंगरा में 15 जून, 2022 को लोकार्पण किया गया।

अटल भू-जल-तालाब (मऊरानीपुर, बबीना) एवं रूफटॉप रेनवाटर हार्वेस्टिंग

जनपद के 2 विकासखंड मऊरानीपुर एवं बबीना में अटल भू-जल योजना के तहत 13 नए तालाब एवं 62 रेनवाटर हार्वेस्टिंग संबंधित कार्य कराकर जल संरक्षण की दिशा में एक महत्त्वपूर्ण कार्य किया गया।

खेत तालाब (कृषि विभाग)

भू-जल संरक्षण की दिशा में एक अत्यंत महत्त्वपूर्ण कार्य कृषि विभाग की महत्त्वाकांक्षी खेत तालाब योजना द्वारा कराया गया। इस योजना के तहत जनपद में 389 खेत तालाबों का निर्माण किसानों के खेतों पर कराया गया।

तालाब आधुनिकीकरण एवं चेकडैम निर्माण (लघु सिंचाई विभाग)

एक हेक्टेयर से बड़े 45 तालाबों का आधुनिकीकरण कार्य लघु सिंचाई विभाग के तालाब आधुनिकीकरण कार्यक्रम के तहत कराया गया। साथ ही 38 चेकडैम का निर्माण कराते हुए जल संरक्षण/जल संवर्धन की दिशा में महत्त्वपूर्ण कदम उठाए गए।

जनपद में 48.453 हेक्टेयर अतिक्रमित भूमि को कब्जामुक्त कराते हुए ट्रेंच निर्माण तथा कब्जामुक्त कराई गई भूमि की सुरक्षा हेतु टेंच खुदाई एवं वृक्षारोपण कार्य भी कराए गए, जिससे कानून व्यवस्था का पालन कराने के साथ-साथ जल संरक्षण एवं पर्यावरण संरक्षण का कार्य भी हुआ।

जन सहयोग एवं जन जागृति द्वारा जल संसाधनों का बेहतर उपयोग

रक्सा में पौधारोपण : वृक्ष भी जलवर्धक

वृक्षारोपण

जल संरक्षण के उक्त कार्यों के साथ-साथ जनपद में शासन की अति महत्त्वपूर्ण वृक्षारोपण योजना के लक्ष्यों की पूर्ति भी की गई। वृक्षारोपण कार्यक्रम के तहत जनपद में भू-जल के कम स्तर के दृष्टिगत ऐसे पौधों का वृक्षारोपण कराया गया, जिनकी जल दोहन क्षमता कम होने के साथ सर्वाइवल रेट बेहतर था; यथा—चिरौल, शीशम, सागौन आदि। इसके साथ ही जनपद में यूकेलिप्टस जैसे जल दोहक पौधों के रोपण को हतोत्साहित किया गया। इसके साथ ही जनपद में तुलसी की खेती को बढ़ावा भी दिया गया।

जल जीवन मिशन

जनपद में भू-गर्भ जल के दोहन को कम करने के दृष्टिगत एक अन्य महत्त्वपूर्ण कदम के तहत जनपद के समस्त ग्रामों में हर घर को नल से जल देने की योजना में अनिवार्य रूप से जलस्रोत के रूप में सतही जलस्रोत को ही लिया गया है, जिससे भू-गर्भ जल के दोहन में कमी हो सके। जनपद में विभिन्न व्यावसायिक प्रतिष्ठानों द्वारा भू-गर्भ जल के अनियंत्रित प्रयोग पर एनजीटी के प्रावधानों के तहत भू-गर्भ जल के दोहन पर बेहतर नियंत्रण किया गया।

वैज्ञानिक अनुश्रवण द्वारा सकारात्मक परिणाम

उक्त कदमों का एक अत्यंत वैज्ञानिक तरीके से अनुश्रवण जनपद में किया गया। उत्तर प्रदेश सरकार के भू-गर्भ जल विभाग द्वारा जनपद के विभिन्न विकास खंडों में प्री मानसून एवं पोस्ट मानसून भू-गर्भ जल स्तर का मापन कराया जाता है। प्री मानसून 2022 एवं प्री मानसून 2023 के भू-गर्भ जल स्तर में जनपद में अप्रत्याशित रूप से औसत 1.74 मीटर की वृद्धि दर्ज की गई, जिसमें विकास खंड बामौर में सर्वाधिक 4.31 मीटर की वृद्धि दृष्टिगत हुई। साथ ही जनपद के समस्त आठ विकास खंडों में इस भू-गर्भ जल स्तर में वृद्धि हुई है।

लखेरी नदी पुनर्जीवन कार्य

सतत जल संरक्षण

रविंद्र कुमार के गतिशील शासन के तहत भविष्य के प्रक्षेप पथों के लिए मंच तैयार कर दिया गया है। इस अध्याय में चर्चा की गई पहल, सिद्धांत और परिणाम एक ऐसे शहर को दरशाते हैं, जिसने अपनी जल संबंधी दुविधाओं का डटकर मुकाबला किया है और चुनौतियों को टिकाऊ जल प्रबंधन के लिए अवसरों में बदल दिया है। झाँसी में जल संरक्षण की दुविधाएँ अलग चुनौतियाँ नहीं हैं, बल्कि झाँसी के लोगों के लिए बेहतर और जल-प्रचुर भविष्य के लिए प्रगति, लचीलेपन और प्रतिबद्धता की व्यापक कहानी का अभिन्न अंग हैं।

□

13

झाँसी हवाई अड्डे की घुमावदार कहानी

प्रगति और कनेक्टिविटी की तलाश में, हवाई अड्डों का निर्माण किसी क्षेत्र के आर्थिक और बुनियादी ढाँचे को आकार देने में महत्त्वपूर्ण भूमिका निभाता है।

रणनीतिक रूप से भारत के मध्य में स्थित झाँसी ने हवाई यात्रा के माध्यम से कनेक्टिविटी बढ़ाने का एक प्रमुख अवसर प्रस्तुत किया है, लेकिन क्षेत्र में एक समर्पित हवाई अड्डे की अनुपस्थिति ने आर्थिक विकास, पर्यटन और समग्र पहुँच के लिए अकसर चुनौतियाँ खड़ी की हैं। हवाई कनेक्टिविटी के संभावित प्रभाव को पहचानते हुए रविंद्र कुमार के प्रशासन ने इस अंतर को दूर करने पर ध्यान केंद्रित किया।

पर्यटन की संभावना

अपनी समृद्ध ऐतिहासिक और सांस्कृतिक विरासत के साथ झाँसी एक विख्यात पर्यटन स्थल है। हालाँकि, हवाई पहुँच ने इसकी पर्यटन क्षमता को साकार करने में बाधा उत्पन्न की है। एक हवाई अड्डा न केवल पर्यटकों के लिए आसान यात्रा की सुविधा प्रदान करेगा, बल्कि झाँसी को व्यापक दर्शकों के लिए भी खोलेगा, जो पर्यटन क्षेत्र के विकास में योगदान देगा।

भूमि अधिग्रहण चुनौतियाँ

हवाई अड्डे के निर्माण के लिए भूमि अधिग्रहण अकसर तार्किक और कानूनी चुनौतियाँ पेश करता है। हवाई अड्डे के निर्माण में पर्यावरणीय स्थिरता सुनिश्चित करना भी महत्त्वपूर्ण है। इन्हीं सब चुनौतियों और ईमानदार प्रयास के अभाव के चलते झाँसी हवाई अड्डे के भूमि अधिग्रहण का कार्य दशकों से अटका पड़ा रहा। कभी राज्य सरकार के पास तो कभी केंद्र सरकार के पास।

आखिर जिलाधिकारी रविंद्र कुमार के नेतृत्व में हवाई अड्डे के लिए जमीन अधिग्रहण का कार्य सफलतापूर्वक पूरा हुआ और राज्य सरकार तथा केंद्र सरकार से भी इसे मंजूरी मिलने जा रही है और यह सब हुआ है जिलाधिकारी रविंद्र कुमार के ईमानदार और संकल्पित प्रयास के कारण।

झाँसी में हवाई अड्डे के साकार होने की कहानी वाकई में बड़ी घुमावदार है। यह किसी तिलिस्मी कहानी से कम नहीं है।

कहानी-1 झाँसी स्थित हवाई अड्डे के विस्तारण हेतु संक्षिप्त नोट

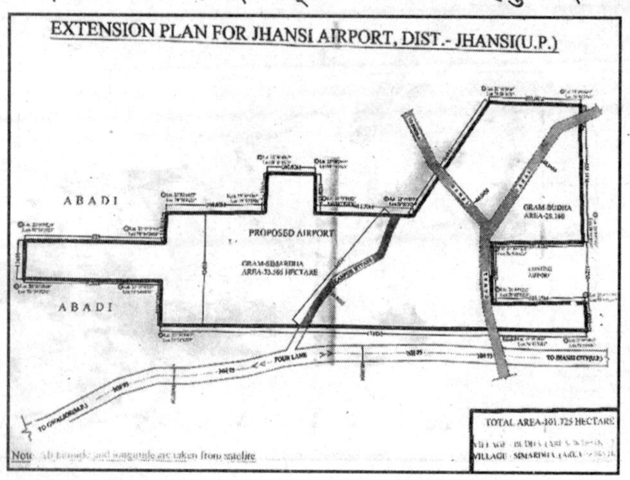

1. वर्तमान में झाँसी हवाई अड्डा भारतीय सेना के नियंत्रण में है, जिसका उपयोग सेना द्वारा आर्मी एविएशन फ्लाइंग के लिए किया जाता है। दिनांक 21-10-2020 को शासन, एयरपोर्ट अथोरिटी आफ इंडिया व जिला प्रशासन की संयुक्त बैठक में निर्धारित किया गया है कि मौजूदा हवाई पट्टी को विकसित किया जाए।

19 सीटर प्लेन हेतु पूर्व से ही 1070 मीटर रनवे हेतु मास्टर प्लान एएआई द्वारा अनुमोदित है। 72 सीटर प्लेन हेतु 2,150 मीटर रनवे की आवश्यकता है। 72 सीटर एयरक्राफ्ट रनवे हेतु 1080 मीटर अतिरिक्त रनवे की आवश्यकता होगी। रनवे को 2,150 मीटर करने पर यह कानपुर-झाँसी तथा ग्वालियर-झाँसी एनएच को जोड़ने वाली सड़क को पार करके जाएगा तथा 700 मीटर लंबी नहर को अपने स्थान से शिफ्ट करना पड़ेगा। राष्ट्रीय राजमार्ग संख्या 27 को भी विस्थापित करने से सिमरधा गाँव की शेष आबादी व कैटल ब्रीडिंग फार्म की भूमि व कृषि विश्वविद्यालय का परिसर एवं भूमि व पहुज नदी के प्रभावित होने की संभावना है।

उक्त प्रस्तावित हवाई अड्डे के विस्तारीकरण हेतु कुल अनुमानित मूल्यांकन मू. 4480003719.00 (कुल लागत शब्दों में चार अरब अड़तालीस करोड़ तीन हजार सात सौ उन्नीस रुपए) होता है। प्रस्तावित हवाई अड्डे का विस्तारीकरण अत्यधिक महँगा होने के कारण विस्तारीकरण संभव नहीं हो पाया।

कहानी-2 (1) झाँसी में प्रस्तावित नया हवाई अड्डा

प्रस्तावित नए हवाई अड्डे के निर्माण में आने वाली भूमि मौजा दिगारा स्थित तहसील व जिला झाँसी का अनुमानित मूल्यांकन ₹69,17,95,200 (उनहत्तर करोड़ सत्रह लाख पंचानबे हजार दो सौ रुपए) होता है।

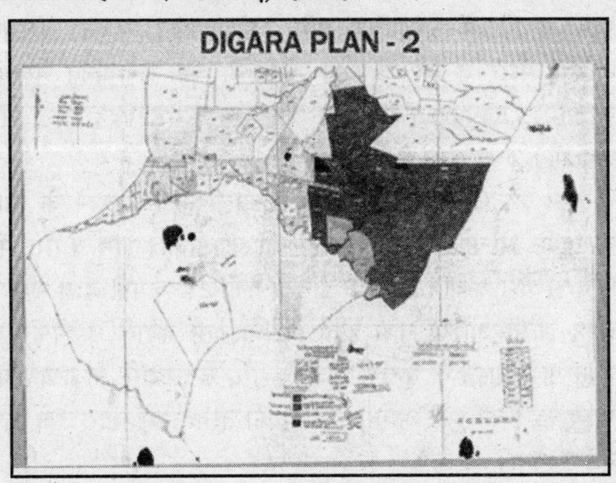

मौजा दिगारा तहसील व जिला झाँसी में श्रेणी 5(3) में खाता संख्या 557 पर कुल किता 63 रकबा 148.160 हेक्टेयर भूमि बंजर जेर इंतजाम फील्ड/फायरिंग रेंज बबीना पुनर्वास के नाम से दर्ज कागजात हैं। उपर्युक्त आराजी नंबरान मौके पर एक जगह स्थापित नहीं है, बल्कि अलग-अलग स्थानों पर है। इन्हीं नंबरानों में से कुल कृषकों का रकबा 38.0987 हेक्टेयर भी दर्ज कागजात हैं। मौके पर उपर्युक्त भूमि खाली पड़ी है एवं एक नंबर से दूसरे नंबर को जोड़ने के लिए कोई लिंक मार्ग या पक्का मार्ग या चकमार्ग नहीं है। उक्त भूमि पर कतिपय कृषकों द्वारा खेती की जा रही है। इसके अतिरिक्त उक्त भूमि पर से 132 केवी की हाईटेंशन बिजली लाइन निकली है। पैचवाले क्षेत्र की पूरब, पश्चिम लंबाई 3,300 फीट यानी 1005.84 मीटर है और उत्तर-दक्षिण लंबाई 5,015 फीट यानी 1528.572 मीटर है, जो हवाई अड्डे के विस्तारीकरण हेतु उपयुक्त नहीं पाई गई।

राजस्व ग्राम कोछाभाँवर में फील्ड फायरिंग रेंज बबीना के नाम से दर्ज भूमियों के संबंध में क्षेत्रीय लेखपाल से अभिलेखीय/स्थलीय आख्या प्राप्त की गई। लेखपाल द्वारा अवगत कराया गया है कि मौजा कोछाभाँवर में फील्ड फायरिंग रेंज के नाम से भूमि दर्ज कागजात नहीं हैं। उक्त के अतिरिक्त मौजा कोछाभाँवर में कुल 39 किता 6.541 हेक्टेयर भूमि बंजर के खाते में दर्ज कागजात हैं, जो एक पैच में स्थित नहीं हैं। छोटे-छोटे भागों में स्थित हैं।

कहानी-2 (2) झाँसी में प्रस्तावित नया हवाई अड्डा

ग्राम करारी, रूंदकरारी, अंबाबाय में प्रारंभ से लेकर वर्तमान तक हवाई अड्डा विस्तारीकरण हेतु कुल 3 प्रस्ताव तैयार किए गए थे—

(1) ग्राम करारी में प्रस्तावित भूमि (पाइपलाइन सहित) जिसकी लंबाई 4,000 मीटर व चौड़ाई 500 मीटर है, का अनुमानित मूल्यांकन मूल्य ₹2,28,15,54,600 (दो अरब अट्ठाईस करोड़ पंद्रह लाख चौवन हजार छह सौ) रुपए होता है।

उक्त प्रस्ताव के मध्य से गैस पाइपलाइन के गुजरने के कारण सुरक्षा की दृष्टि से कोई काररवाई नहीं की जा सकी। ग्राम करारी में प्रस्तावित भूमि से गैस अथॉरिटी ऑफ इंडिया लिमिटेड कंपनी द्वारा गैस पाइपलाइन बीना-झाँसी-औरैया पास होती है, जो ग्राम करारी से होकर गुजरती है। उक्त पाइपलाइन के कारण मौजा करारी, रूंदकरारी, अंबाबाय में प्रस्तावित पाइपलाइन को और आगे अंबाबाय की तरफ ग्राम चंदरा तक विस्तारीकरण करना होगा।

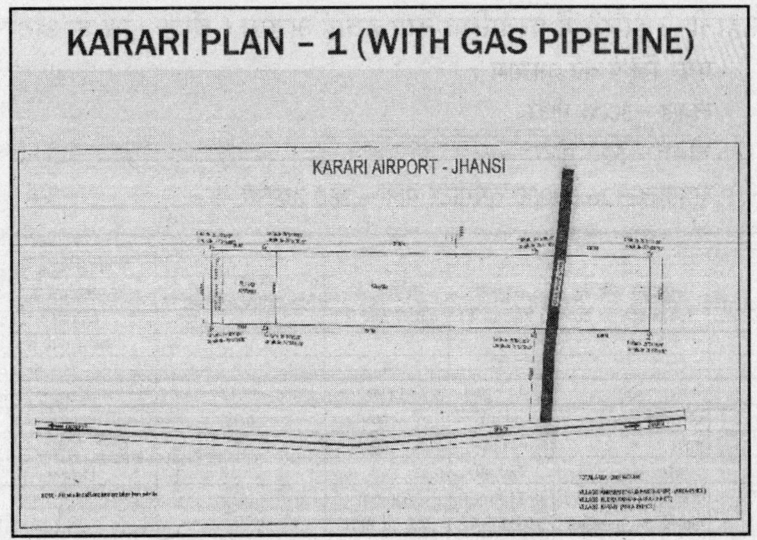

(2) मौजा करारी, रूंदकरारी, अंबाबाय में प्रस्तावित भूमि (पाइपलाइन रहित) जिसकी लंबाई 4,000 मीटर व चौड़ाई 500 मीटर है, का मूल्य ₹ 2,35,41,64,400 (दो अरब पैंतीस करोड़ इकतालीस लाख चौंसठ हजार चार सौ) रुपए होता है। उक्त प्रस्तावित क्षेत्र में ग्राम करारी व अंबाबाय के मजरा हस्तिनापुर की आंशिक आबादी तथा गांधी डिग्री कॉलेज अंबाबाय के प्रभावित होने के कारण विस्थापित कर तीसरा प्रस्ताव तैयार किया गया। विस्तारीकरण से ग्राम अंबाबाय में हस्तिनापुर मजरा में आंशिक आबादी और ड्राइविंग ट्रेनिंग सेंटर एवं गांधी महाविद्यालय तथा प्राइमरी विद्यालय एवं पानी की टंकी को विस्थापित किया जाना होगा।

(3) तीसरा प्रस्ताव, जो मौजा करारी, रूंदकरारी ग्राम अंबाबाय के मजरा हस्तिनापुर ग्राम चंदरा से होकर जाता है, जो राष्ट्रीय राजमार्ग झाँसी–ग्वालियर से 1.2 किलोमीटर दाहिनी ओर स्थित है, जिसके एक किनारे मौजा चंदरा की ओर बिजली की हाइटेंशन लाइन गई है तथा दूसरे किनारे करारी में बिछी गैस पाइपलाइन स्थित है। उपर्युक्त एच.टी. लाइन व गैस पाइपलाइन को छोड़ दिया जाए तो 4.3 किलोमीटर लंबी व 0.530 किलोमीटर चौड़ी पैच प्राप्त हो सकती है, जिसमें एक नहर, एक सरकारी नाला, दो ड़ामरवाले पिच मार्ग एवं ग्राम करारी के 50–60 आवासीय मकान, एक पत्थर की खदान, जिसकी गहराई लगभग 50–60 फीट से अधिक है, शामिल हैं। उक्त प्रस्तावित विस्तारीकरण का कुल क्षेत्रफल 264.08 हेक्टेयर है।

कहानी-3 झाँसी में प्रस्तावित नया हवाई अड्डा (बीडा क्षेत्र के अंदर)

एयर स्ट्रिप का आयाम :

लंबाई—5000 मीटर

चौड़ाई—520 मीटर

क्षेत्रफल—26,00000 वर्गमीटर यानी—260 हेक्टेयर

क्र. सं.	प्रस्तावित भूमि की राजस्व ग्राम का नाम	क्षेत्रफल (हेक्टेयर में)	सर्किल रेट (लाख रुपए में)	सर्किल रेट अनुमानित मूल्यांकन (करोड़ रुपए में)	मूल्यांकन का 4 गुना (परिसंपत्ति को छोड़कर) (करोड़ रुपए में)
1	2	3	4	5	6
1	सिमरा	143.10	12.00	17.17	68.68
2	डोभागोर	91.10	7.00	6.38	25.52
3	गेवरा	25.80	7.00	1.81	7.24
	योग –	260.00		25.36	101.44
4	मौके पर निर्मित मकानों का मूल्यांकन	21 भवन 2100 वर्ग मी0	640 रू0 प्रति वर्ग मीटर	1.34	1.34
5	मौके पर निर्मित मकानों की भूमि का मूल्यांकन	0.210 हे0	18,00,000 रू0 प्रति हेक्टेयर	0.38	1.52
	कुल भूमि का क्षेत्रफल	260.21 हे0	कुल मूल्यांकन (भूमि एवं परिसंपत्तियाँ) – 104.30 हे0 करोड़		

प्रस्तावित हवाई अड्डे की भूमि एवं परिसंपत्तियों का अनुमानित मूल्यांकन

प्रस्तावित हवाई अड्डे की भूमि का क्षेत्रफल—260 हे.

प्रस्तावित हवाई अड्डे की भूमि का सर्किल रेट पर मूल्यांकन—25.36 करोड़

प्रस्तावित हवाई अड्डे की भूमि का सर्किल रेट के चार गुना पर मूल्यांकन—101.44 करोड़

परिसंपत्तियों का मूल्यांकन—1.34 करोड़

भूमि एवं परिसंपत्तियों का कुल योग—104.30 करोड़

प्रस्तावित बाईपास रोड के निर्माण में अनुमानित लागत

प्रस्तावित रोड की लंबाई—4.03 किमी.

प्रस्तावित रोड की चौड़ाई—64 मी.

चिह्नित भूमि का क्षेत्रफल—25.80 हे.

चिह्नित भूमि का सर्किल रेट पर मूल्यांकन—3.68 करोड़

चिह्नित भूमि का सर्किल रेट के चार गुना पर मूल्यांकन—14.72 करोड़

प्रस्तावित रोड निर्माण की अनुमानित लागत—40.3 करोड़

प्रस्तावित रोड की कुल लागत—55.02 करोड़

एयरपोर्ट एवं एप्रोच रोड का कुल मूल्यांकन—159.32 करोड़

- प्रस्तावित स्थल राष्ट्रीय राजमार्ग-27 पर स्थित रक्सा से लगभग छह किलोमीटर पर तथा राष्ट्रीय राजमार्ग-44 पर स्थित अंबाबाय से लगभग आठ किलोमीटर की दूरी पर स्थित है।
- प्रस्तावित भूमि में कलोथरा से सिमरा व डोमागोर को आने वाली लगभग 12 मीटर चौड़ी सड़क का कुछ हिस्सा एवं डोमागोर से कंचनपुर को जाने वाली 5 मीटर चौड़ी सड़क का कुछ हिस्सा पड़ता है। इन दोनों सड़कों के लिए वैकल्पिक व्यवस्था उपलब्ध है।
- प्रस्तावित स्थल के मध्य एक 100 मीटर लंबी व 30 फीट ऊँची मोरंग वाली एक सरकारी टौरिया स्थित है, जिससे निकली मोरंग का उपयोग समतलीकरण में किया जा सकता है।

कहानी-4 झाँसी में प्रस्तावित नया हवाई अड्डा (बीडा एवं डिफेंस कॉरिडोर के बीच में)

ग्रीन फील्ड एयरपोर्ट निर्मित किए जाने के दृष्टिगत जनपद झाँसी में हवाई पट्टी के निर्माण हेतु ग्राम पचार, सिमथरी, बाबरी, मुड़ेई में भूमि प्रस्तावित की गई है, जिसमें प्रस्तावित एयरस्ट्रिप 05 किमी. लंबी तथा 500 मीटर चौड़ी है एवं टर्मिनल हेतु इससे सटी 01 किमी. लंबी और 500 मीटर चौड़ी भूमि प्रस्तावित है। एयरस्ट्रिप एवं टर्मिनल हेतु कुल 300 हेक्टेयर (741 एकड़) प्रस्तावित भूमि का विवरण—

प्रस्तावित हवाई अड्डा से प्रभावित गाँव व रकबा											
क्र. सं.	ग्राम का नाम	सर्किल रेट (लाख प्रति हे.)	प्रभावित निजी भूमि का क्षेत्रफल (हे. में)	भूमि का सर्किल रेट पर अनुमानित मूल्यांकन (करोड़ रु. में)	भूमि का अनुमानित मूल्यांकन सर्किल रेट के चार गुना पर (करोड़ रु. में)	परिसंपत्तियाँ			सरकारी भूमि		मूल्यांकन का चार गुना सर्किल रेट पर (करोड़ में)
						बोरिंग एवं कमरा 10 वर्ग मीटर	कुआँ	मूल्यांकन (करोड़ रुपए में)	चकरोड व नाली, सूखी नहर (अल्पिका क्षे.हे. में)	मूल्यांकन सर्किल रेट पर (करोड़ में)	
1	2	3	4	5	6	7	8	9	10	11.	12
1	पचार	15.40	75.000	11.24	44.96	1	1	0.175	2.000	0.308	1.232
2	सिमथरी	13.40	50.000	6.03	24.12	1	2	0.255	5.000	0.670	2.68
3	बाबरी	12.80	37.500	4.16	16.64	2	-	0.19	5.000	0.640	2.56
4	मुड़ेई	12.80	87.500	10.94	43.76	-	-	-	2.000	0.250	1.024
		योग –	250.000	32.37	129.48	4	3	0.620	14.000	1.874	7.496

टर्मिनल के लिए भूमि का गाँव व रकबा											
क्र. सं.	ग्राम का नाम	सर्किल रेट (लाख प्रति हे.)	प्रभावित निजी भूमि का क्षेत्रफल (हे. में)	भूमि का सर्किल रेट पर अनुमानित मूल्यांकन (करोड़ रु. में)	भूमि का अनुमानित मूल्यांकन सर्किल रेट के चार गुना पर (करोड़ रु. में)	परिसंपत्तियाँ			सरकारी भूमि		मूल्यांकन का चार गुना सर्किल रेट पर (करोड़ में)
						बोरिंग एवं कमरा 10 वर्ग मीटर	कुआँ	मूल्यांकन (करोड़ रुपए में)	चकरोड व नाली, सूखी नहर (अल्पिका) क्षे.हे. में	मूल्यांकन सर्किल रेट पर (करोड़ में)	
1	पचार	15.40	49.000	7.54	29.80	2	-	0.190	1.000	0.154	0.616

एप्रोच रोड					
क्र. सं.	ग्राम का नाम	सर्किल रेट (लाख प्रति हे.)	प्रभावित निजी भूमि का क्षेत्रफल (हे. में)	भूमि का सर्किल रेट पर अनुमानित मूल्यांकन (करोड़ रु. में)	भूमि का अनुमानित मूल्यांकन सर्किल रेट के चार गुना पर (करोड़ रु. में)
1	2	3	4	5	6
1	पारीछा	60.00	8.190	4.91	19.64
2	बझेरा मोठ	12.80	10.540	1.35	5.40
3	रमैयापुरा	13.40	8.620	1.15	4.60
4	धरमपुरा	12.80	6.400	0.82	3.28
5	पचार	15.40	1.440	0.22	0.88
		योग –	35.190	8.45	33.80

हवाई अड्डा हेतु प्रस्तावित कुल भूमि एवं परिसंपत्तियों के मूल्यांकन का योग					
क्र. सं.	भूमि उपयोग	कुल भूमि (हे. में)	भूमि का मूल्यांकन (करोड़ में)	मूल्यांकन का चार गुना (करोड़ में)	परिसंपत्तियाँ + मूल्यांकन का चार गुना (करोड़ में)
1	2	3	4	5	6
1	एयर स्ट्रिप	250.000	32.37	129.48	130.100
2	टर्मिनल	50.000	7.54	29.8	29.990
3	एप्रोच रोड	35.190	8.45	33.8	33.800
	योग –	335.190	48.36	193.08	193.890

1. प्रस्तावित हवाई अड्डा 'बीडा' (बुंदेलखंड औद्योगिक विकास प्राधिकरण) एवं डिफेंस कॉरिडोर के बीच में चिरगाँव के उत्तर-पश्चिम में अवस्थित है, जिसकी दूरी 'बीडा' से 30 किमी. एवं डिफेंस कॉरिडोर से 45 किमी. है।
2. प्रस्तावित हवाई अड्डा झाँसी-कानपुर नेशनल हाईवे संख्या-27 के उत्तरी दिशा में 5.5 किमी. की दूरी पर है, जिसको नेशनल हाईवे से जोड़ने के लिए 5.5 किमी. लंबी 64 मीटर चौड़ी फोरलेन रोड प्रस्तावित की गई है। प्रस्तावित हवाई अड्डा और नेशनल हाईवे संख्या-27 के बीच में से एक रेलवे लाइन भी गुजरती है, जो कि नेशनल हाईवे से लगभग 500 मीटर की दूरी पर स्थित है, जिसको पार करने के लिए फ्लाईओवर की आवश्यकता पड़ेगी।
3. प्रस्तावित एयरस्ट्रिप 05 किमी. लंबी और 500 मीटर चौड़ी है एवं टर्मिनल हेतु इससे सटी हुई 01 किमी. लंबी और 500 मीटर चौड़ी भूमि प्रस्तावित है। एयरस्ट्रिप एवं टर्मिनल हेतु कुल 300 हेक्टेयर (741 एकड़) भूमि

प्रस्तावित की जाती है, जिसका सर्किल रेट का चार गुना मूल्य एवं परिसंपत्ति के मूल्य सहित कुल मूल्यांकन 160 करोड़ रुपए है। इसके अलावा नेशनल हाईवे और हवाई अड्डे को जोड़ने के लिए फोरलेन की कनेक्टिंग रोड हेतु 35.19 हेक्टेयर (87 एकड़) जमीन की आवश्यकता पड़ेगी, जिसके सर्किल रेट के चार गुना रेट एवं परिसंपत्ति के मूल्य सहित मूल्यांकन 33.8 करोड़ रुपए है।

4. इस तरह एयरस्ट्रिप, टर्मिनल एवं कनेक्टिंग रोड हेतु कुल 335.19 हेक्टेयर (828.27 एकड़) भूमि प्रस्तावित है, जिसका सर्किल रेट के चार गुना मूल्य एवं परिसंपत्ति मूल्य सहित कुल मूल्यांकन लगभग 193.89 करोड़ रुपए होगा। इस मूल्यांकन में केवल प्राइवेट भूमि का मूल्य जोड़ा गया है। सरकारी भूमि का मूल्य नहीं जोड़ा गया है।

नोट :

1. एयरस्ट्रिप, टर्मिनल और कनेक्टिंग रोड हेतु प्रस्तावित भूमि नौ ग्रामों में स्थित है तथा मौके पर कृषि कार्य किया जा रहा है। भूमि का औसत सर्किल रेट 13.5 लाख प्रति हेक्टेयर है।
2. प्रस्तावित एयरस्ट्रिप के आसपास प्रस्तावित की जा रही भूमि के अतिरिक्त भी 100 हे. (250 एकड़) से अधिक भूमि उपलब्ध है, जिसे अतिरिक्त आवश्यकता के लिए अधिग्रहण किया जा सकता है।

निष्कर्ष

इस प्रकार, जिलाधिकारी रविंद्र कुमार के मार्गदर्शन में भेजे गए चौथे प्रस्ताव पर अभी भारतीय विमान पत्तन प्राधिकरण और सरकार द्वारा अंतिम मुहर लगनी बाकी है। हवाई अड्डे के निर्माण में बाधाओं को दूर करने के लिए की गई पहल से परिवर्तनकारी परिणाम मिलना तय है, जिससे झाँसी की कनेक्टिविटी और आर्थिक विकास के पथ को आकार मिलेगा।

इस अध्याय में चर्चा की गई पहल, सिद्धांत और परिणाम एक ऐसे शहर को दरशाते हैं, जिसने चुनौतियों पर काबू पाया है, बाधाओं को अवसरों में बदल दिया है और अब विमानन के क्षेत्र में असीमित संभावनाओं वाले भविष्य के लिए तैयार है। झाँसी में हवाई अड्डों का निर्माण केवल हवाई यात्रा को सुविधाजनक बनाने के बारे में नहीं है; यह एक ऐसे भविष्य के प्रवेश द्वार के निर्माण के बारे में है, जहाँ झाँसी के लोगों की आकांक्षाओं और उपलब्धियों के लिए अब कोई सीमा नहीं रह गई है।

□

14

संकट प्रबंधन के लिए डीएम का टूलबॉक्स

प्रगति की यात्रा में संकट अपरिहार्य हैं और इन चुनौतीपूर्ण क्षणों के दौरान ही नेतृत्व की वास्तविक परीक्षा होती है। झाँसी में जिला मजिस्ट्रेट रविंद्र कुमार का कार्यकाल कई संकटों से भरा रहा, जिनमें से प्रत्येक को रणनीतिक और लचीली प्रतिक्रिया मिली।

संकट विभिन्न रूपों में आते हैं—प्राकृतिक आपदाएँ, महामारी, सामाजिक-आर्थिक उथल-पुथल, अग्निकांड—चुनौतियों का एक अनूठा समूह प्रस्तुत करता है, जो त्वरित और प्रभावी प्रतिक्रिया की माँग करता है। ऐसे महत्त्वपूर्ण समय के दौरान रविंद्र कुमार का नेतृत्व उनके कार्यकाल का एक निर्णायक पहलू बन गया, जो दूरदर्शिता, अनुकूलता और गतिशील शासन का मिश्रण प्रदर्शित करता है।

सीपरी बाज़ार में भीषण अग्निकांड : भविष्य के लिए सबक

अग्निकांड

4 जुलाई, 2023 को दोपहर करीब साढ़े तीन बजे सीपरी बाजार इलाके में तीन मंजिला दो इलेक्ट्रॉनिक शोरूम में भीषण आग लग गई। इस अग्निकांड में इंश्योरेंस कंपनी की एक महिला अफसर समेत पाँच की जिंदा जलकर मौत हो गई। आग और धुएँ का गुबार कई किलोमीटर दूर से ही दिखाई पड़ रहा था। पुलिस ने खतरे को देखते हुए शोरूम के आसपास के सभी घरों को खाली करा दिया। पूरे इलाके की लाइट भी काट दी गई थी।

हादसा होते ही मौके पर पहुँचे डीएम रविंद्र कुमार ने विकराल आग की लपटें देख फौरन सेना से मदद माँगी। इसके अलावा मध्य प्रदेश के निवाड़ी से दमकल की गाड़ियाँ मौके पर पहुँच गई। बीएचईएल और पारीछा थर्मल पावर प्लांट से भी दमकल के वाहनों को आग पर काबू पाने के लिए बुला लिया गया था। आसपास के जिलों से भी मदद माँगी गई।

आग बुझाने में करीब दस घंटे का वक्त लगा। आग लगने की इस घटना में 35 से 40 करोड़ रुपए के नुकसान का अनुमान लगाया गया।

झुझानपुर-गरौठा टापू पर फँसे आठ किसानों के लिए बचाव अभियान

टापू पर फँसे लोगों का रेस्क्यू

झाँसी के खडेसर गाँव के रहने वाले चार ग्रामीण अगस्त 2022 में मछली का शिकार करने पारीछा बाँध के निकट बेतवा नदी के बीच स्थित एक टापू पर गए और बाँध के पानी का स्तर अचानक बढ़ जाने के कारण वहीं पर फँस गए।

डीएम रविंद्र कुमार की अगुआई में जिला प्रशासन की ओर से लगातार प्रयास किए गए। एक सप्ताह तक चारों को निकालने में स्थानीय प्रशासन और एसडीआरएफ टीम को सफलता नहीं मिली। एसडीआरएफ की टीम इन ग्रामीणों को निकालने के लिए पहुँची, लेकिन नदी की धारा का बहाव काफी तेज होने के कारण रेस्क्यू अभियान नहीं

चलाया जा सका। इसके बाद सेना से मदद माँगी गई और एनडीआरएफ की टीम भी बुलाई गई। जिला प्रशासन के अफसरों की मौजूदगी में सेना की रेस्क्यू टीम के हेलीकॉप्टर की मदद से चारों ग्रामीणों को सकुशल नदी से बाहर निकाल लिया गया।

डीएम रविंद्र कुमार के अनुसार, 'जिला प्रशासन और सेना ने संयुक्त रूप से अभियान चलाकर चारों ग्रामीणों को सकुशल निकाल लिया है। ये लोग यहाँ पहले भी जाते रहे हैं और वहाँ खेती व मछलीपालन करते थे। ये लोग अकसर यहाँ जाते रहते थे, लेकिन कभी इस तरह की स्थिति नहीं बनी। पहली बार हुआ है कि ये लोग बाढ़ में फँस गए। हम जनपद के सभी लोगों से अनुरोध कर रहे हैं कि जलस्तर कम होने तक नदियों के किनारे न जाएँ। रेस्क्यू कर निकाले गए इन चारों लोगों का मेडिकल परीक्षण कराया जा रहा है।'

पेयजल योजना में देरी

एक दिन डीएम रविंद्र कुमार जल जीवन मिशन के तहत झाँसी के ग्रामीण क्षेत्रों में चल रही परियोजना का जायजा लेने पहुँचे। वे पानी की टंकी के निर्माण में हो रही देरी पर क्रोधित हो गए। उन्होंने मौके पर मौजूद प्रोजेक्ट मैनेजर को पुलिस जीप में बिठाकर जेल भेजने की चेतावनी दे डाली। डीएम ने प्रोजेक्ट मैनेजर से कहा, "मेरी तीसरी-चौथी विजिट है, काम धीमे क्यों चल रहा है, समझ में नहीं आता। यहाँ आसपास के गाँव के लोगों को पानी नहीं मिल रहा है। इसको ले चलिए यहीं से, जेल में डाल देते हैं। मजाक लगता है क्या, इसको ले चलिए। एफआईआर कराइए। जेल में डालिए। पैसा पूरा मिला है कि नहीं। ले चलिए, इसको जेल में डालते हैं। पुलिस की गाड़ी में बिठाइए। मजाक बना दिया है। प्यार की भाषा समझते ही नहीं हैं।"

किसी भी क्षेत्र में नहीं होनी चाहिए पेयजल समस्या: डीएम

पाइप पेयजल परियोजना की धीमी प्रगति होने पर कार्यदाई संस्था को नोटिस जारी

वन डे वन विलेजर को लेकर करें कार्य

अटल भूजल योजना के कार्यों की हुई समीक्षा

विकास भवन का औचक निरीक्षण

मुख्यमंत्री योगी आदित्यनाथ की सर्वोच्च प्राथमिकता है कि समस्त अधिकारी, कर्मचारी समय पर कार्यालय में उपस्थित होकर जन–समस्याओं को सुनें और उनका समय से निस्तारण करना सुनिश्चित करें। इसी का निरीक्षण करने और हकीकत से रूबरू होने के लिए जिलाधिकारी रविंद्र कुमार ने विकास भवन में औचक निरीक्षण किया।

उन्होंने विभिन्न अनुभागों का विस्तृत निरीक्षण किया और साफ–सफाई की स्थिति व अधिकारियों और कर्मचारियों की उपस्थिति आदि की जाँच की। अनुपस्थित पाए गए एवं विलंब से उपस्थित हुए अधिकारियों एवं कर्मचारियों का स्पष्टीकरण प्राप्त कर नियमानुसार काररवाई के निर्देश दिए।

कार्यालयों के निरीक्षण के दौरान उन्होंने निर्देश दिए कि समस्त अधिकारी व कर्मचारी समय से कार्यालय में उपस्थित हों और आगंतुकों की शिकायतों का निस्तारण करना सुनिश्चित करें। उन्होंने कार्यालय में आने वाली जनता को किसी भी तरह से परेशान न किए जाने के भी निर्देश दिए।

जिला अस्पताल का औचक निरीक्षण

अक्तूबर 2021 में औपचारिक रूप से पदभार ग्रहण करने से पहले सुबह ही रविंद्र कुमार जिला अस्पताल जा पहुँचे। नए जिलाधिकारी के यूँ बिना पूर्व सूचना के अस्पताल में आने से अफरा–तफरी मच गई। वहीं मौके पर देखी अव्यवस्थाओं को जल्द–से–जल्द दुरुस्त करने को लेकर रविंद्र कुमार ने संबंधित अधिकारियों को कड़े निर्देश दिए।

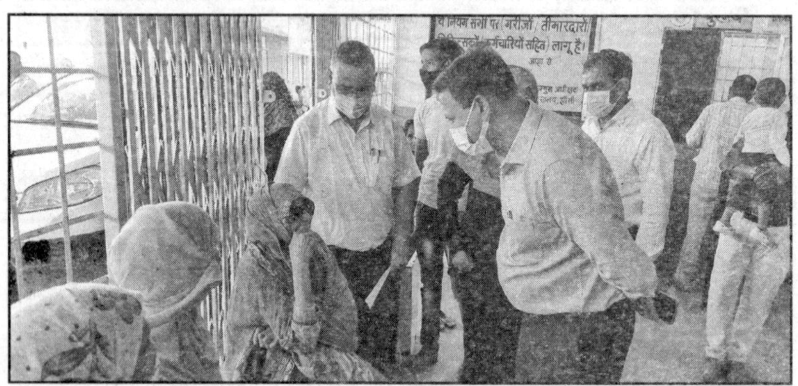

जिला अस्पताल, झाँसी का दौरा और मरीजों से हालात पर बात

सुबह 10 बजे खाली पड़े डॉक्टरों के चेंबर देखकर जिलाधिकारी ने वैकल्पिक व्यवस्था करने और मरीजों को किसी भी तरह की परेशानी न होने देने के निर्देश दिए। उन्होंने सिविल अस्पताल में ओपीडी से लेकर आकस्मिक विभाग तक सभी जगह मुआयना किया और मरीजों से भी बात की। निरीक्षण में मरीजों से बात करते हुए रविंद्र कुमार ने पूछा कि आप कब आए, पर्चा बन गया, डॉक्टर ने देख लिया है और क्या दवाएँ मिल रही हैं? इसके अलावा प्रधानमंत्री जन आरोग्य योजनांतर्गत आयुष्मान भारत पूछताछ एवं पंजीकरण कक्ष का भी निरीक्षण किया तथा आयुष्मान कार्ड बनाए जाने में तेजी लाए जाने के निर्देश दिए।

अचानक तहसील पहुँचे : लेखपाल सस्पेंड

डीएम रविंद्र कुमार के सख्त तेवरों से विभागों में हड़कंप मच गया था। एक ही दिन में दस बीएलओ पर एफआईआर दर्ज कराने के बाद उसी दिन डीएम ने सदर तहसील में भूलेख अनुभाग के एक लेखपाल को सस्पेंड कर दिया। वह कोरोना से मरे युवक के परिजन की फाइल दबाकर बैठा था, जिससे उनको तय समय में सहायता राशि नहीं मिली।

यह सब तब उजागर हुआ, जब रविंद्र कुमार कोविड-19 से मरे व्यक्तियों के परिजनों को सहायता वाली योजना की स्थिति जानने के लिए अचानक तहसील में पहुँच गए और फाइलों को खँगालने लगे। उन्होंने आवेदन-पत्र वाली पंजिका का अवलोकन किया। पंजिका में आवेदन-पत्र प्राप्त करने की तिथि अंकित नहीं थी। (निर्देश दिए कि आवेदन लेते ही तिथि अंकित की जाए।)

पंजिका की जाँच से पता चला कि तब तक तहसील सदर में 235 आवेदन-पत्र प्राप्त हुए थे। डीएम ने एक आवेदन-पत्र की जाँच की। ईसाई टोला की कमल सिंह कॉलोनी निवासी महिला ने आवेदन किया था। उसके पति की कोरोना से मौत हो गई थी। महिला से 16 नवंबर 2022 को आवेदन प्राप्त किया गया था।

आधार कार्ड, मृत्यु प्रमाण-पत्र, कोविड-19 की रिपोर्ट और पासबुक की छायाप्रति भी संलग्न थी, लेकिन अब तक महिला को सहायता प्राप्त नहीं हुई। 15 दिन से अधिक समय बीतने के बाद भी सहायता नहीं मिलने पर डीएम नाराज हो गए। उन्होंने इस काम को कर रहे लेखपाल विकास वर्मा को सस्पेंड कर दिया।

डीएम ने निर्देश दिए कि आवेदन-पत्र तहसील में प्राप्त होने के बाद पात्र आवेदक को सात दिन में सहायता प्रदान की जाए। इस काम में शिथिलता बरतने वाले कर्मचारी व अधिकारी के खिलाफ काररवाई होगी।

महिला उत्पीड़न के खिलाफ कड़ाई

जिलाधिकारी रविंद्र कुमार महिला उत्पीड़न के मामलों में विशेष संवेदनशील रहे हैं। ऐसे मामलों को वे प्राथमिकता के साथ निस्तारण के निर्देश देते रहे हैं।

जन चौपाल के दौरान महिला की शिकायत पर संज्ञान

ऐसी ही एक जन सुनवाई के दौरान उन्होंने अधिकारियों से कहा कि इनमें किसी प्रकार की शिथिलता कदापि न बरती जाए। इसके अलावा कुमार ने समस्त अधिकारियों को निर्देशित करते हुए कहा कि जन सुनवाई के दौरान महिलाओं से संबंधित शिकायतों का गंभीरता से निस्तारण करना सुनिश्चित करें। जनपद के समस्त थानाध्यक्षों को भी निर्देश देते हुए कहा कि क्षेत्र में महिला उत्पीड़न संबंधित शिकायतों का मौके पर परीक्षण करते हुए निस्तारण किया जाए और छोटी-छोटी शिकायतों का मौके पर जाकर निरीक्षण करते हुए उनका समाधान सुनिश्चित किया जाए।

बाहर से लिखी दवाई तो चिकित्सक पर काररवाई

29 सितंबर, 2023 को जिलाधिकारी रविंद्र कुमार एक बार पुन: अचानक जिला अस्पताल जा पहुँचे और वहाँ उन्होंने जाना कि दूर-दराज से बेहतर इलाज की उम्मीद में आने वाले मरीजों को यहाँ कैसे हालातों से गुजरना पड़ता है।

निरीक्षण के दौरान जिलाधिकारी दवाई लेने के लिए कभी परचा लेकर लाइन में लगे तो कभी जमीन पर बैठे बुजुर्ग से जानकारी लेने के लिए वे भी जमीन पर बैठ गए।

इस दौरान ओपीडी में कुछ विभाग विशेष के बाहर लंबी कतारों में मरीजों और उनके साथ आए लोगों की जद्दोजहद को देखा तो कहीं दवाई जन औषधि केंद्र पर न मिलने से परेशान मरीजों को। उन्होंने अस्पताल में काफी अव्यवस्थाएँ भी देखीं।

महिला चिकित्सालय में मरीजों की समस्याओं की जानकारी लेना

निरीक्षण के दौरान उन्होंने चिकित्सकों और सीएमएस को जरूरी दिशा-निर्देश देते हुए कहा कि दिव्यांग, वृद्ध एवं चलने-फिरने में असमर्थ मरीजों का प्राथमिकता के आधार पर इलाज करें। नेत्र विभाग के चिकित्सकों को निर्देश दिए कि ऐसे मरीजों को तत्काल चश्मे दिलाएँ, ताकि उन्हें अस्पताल के बार-बार चक्कर न काटने पड़ें। जिन विभागों में मरीज अधिक आते हैं, उनके कक्षों के बाहर होम गार्ड लगाकर आने वाले पुरुष एवं महिलाओं को दो लाइनों में खड़ा किया जाए।

मेल सर्जिकल वार्ड में भर्ती मरीजों से जाना कि उन्हें दवाएँ एवं खाना नि:शुल्क दिया जा रहा है या नहीं, साथ ही क्या चिकित्सक उन्हें देखने के लिए भी आते हैं ? उन्होंने पाकशाला को देखा और तैयार किए जा रहे भोजन को भी देखा। मरीजों के चिकित्सकों के बाहर से दवाई लिखने और निर्धारित परचे पर दवाई न लिखे जाने पर नाराजगी जताते हुए कहा कि बाहर से दवा लिखने वाले चिकित्सक के खिलाफ काररवाई की जाएगी। दवाई निर्धारित परचे पर ही लिखें और चिकित्सक नीचे हस्ताक्षर करें।

महिला चिकित्सालय का औचक निरीक्षण

24 अगस्त, 2022 को जिलाधिकारी रविंद्र कुमार ने जिला महिला चिकित्सालय का आकस्मिक निरीक्षण किया। मरीजों से वार्त्ता कर इलाज व जाँच होने संबंधी जानकारी लेकर समस्याएँ सुनीं।

अस्पताल में डीएम को प्रसूताओं से पैसे माँगने की शिकायत मिली। साथ ही सादा परचे पर लिखी जा रही दवाओं के मामले में उन्होंने जमकर फटकार लगाई। जिलाधिकारी ने नाराजगी व्यक्त करते हुए निर्देश दिए कि दवाओं के लिए निर्धारित परचे का ही प्रयोग किया जाए। भविष्य में यदि जाँचोपरांत यही पुनरावृत्ति पाई जाती है तो सख्त काररवाई की जाएगी।

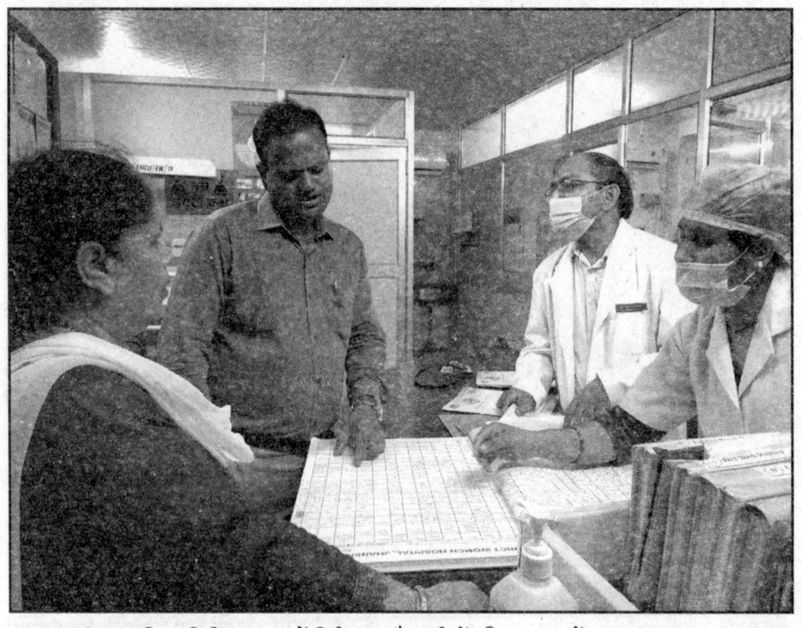

महिला चिकित्सालय में निरीक्षण और मरीजों की समस्याओं का समाधान

मरीजों को अल्ट्रासाउंड के लिए लंबा इंतजार करना पड़ रहा था। इस पर मुख्य चिकित्सा अधीक्षिका ने बताया कि वर्तमान में चिकित्सालय में स्थायी रेडियोलॉजिस्ट की तैनाती नहीं है। जिलाधिकारी ने मुख्य चिकित्साधिकारी को निर्देश दिए कि वह इस संबंध में अपर मुख्य सचिव, चिकित्सा को पत्र भेजना सुनिश्चित करें।

डीएम ने निर्देश दिए कि प्रसव केंद्र में प्रतिदिन कम-से-कम 10 डिलीवरी अवश्य की जाएँ। डिलीवरी कराने आई महिलाओं को विशेष इमरजेंसी की स्थिति को छोड़कर अन्य किसी भी दशा में वापस नहीं लौटाया जाए। यदि बहाना बनाकर मरीज को लौटाया गया तो सख्त काररवाई की जाएगी।

प्रसूता महिलाओं को दिए जाने वाले भोजन की गुणवत्ता असंतोषजनक पाए जाने, आलू की सब्जी बनाए जाने एवं जे.जे.एस.के. रसोईघर के बाहर मेन्यू चस्पाँ न होने पर अपर मुख्य चिकित्साधिकारी को निर्देश दिए कि संबंधित फर्म को नोटिस जारी किया जाए एवं आज के भुगतान में कटौती की जाए। यह भी निर्देश दिए कि मेन्यू निर्धारित करके उसे उनके समक्ष प्रस्तुत करने के उपरांत जे.जे.एस.के. रसोईघर के बाहर अवश्य चस्पाँ किया जाए।

महिलाओं, बच्चों से संबंधित और गैंगस्टर से जुड़े मामले तेजी से निपटाएँ

जिलाधिकारी रविंद्र कुमार द्वारा जनपद में महिलाओं, बच्चों से संबंधित और गैंगस्टर से जुड़े आपराधिक मामलों को जल्द-से-जल्द और प्रभावी तरीके से निपटाने के आदेश जारी किए। 27 जुलाई, 2022 को एक बैठक में जिलाधिकारी ने सरकारी वकील से कहा कि जनपद न्यायालयों या अन्य दूसरे न्यायालयों में लंबित प्रकरणों का अधिक-से-अधिक निस्तारण कराया जाए। जो वाद बहस के योग्य हों, उनमें बहस तथा जिनमें बहस हो चुकी हो, उनमें काररवाई करना सुनिश्चित किया जाए।

आपराधिक मामलों के त्वरित निपटान को प्राथमिकता

कुमार ने मामलों में गवाहों की उपस्थिति पर भी बल दिया। जिलाधिकारी ने अभियोजन अधिकारियों से कहा कि गैंगस्टर, महिलाओं और बच्चों से संबंधित आपराधिक

मामलों का निर्धारित समयावधि के अंतर्गत निस्तारण कराया जाना सुनिश्चित करें। शासन के निर्देशों का शत-प्रतिशत पालन किया जाए। उन्होंने कहा कि मुकदमों में प्रभावी तरीके से पैरवी की जाए। महिलाओं से संबधित हत्या, अपहरण, बलात्कार जैसी घटनाओं का एक अलग से चार्ट बनाया जाए।

उन्होंने पॉक्सो एक्ट में पैरोकार की व्यवस्था करने के निर्देश देते हुए कहा कि लक्ष्य निर्धारित करते हुए अधिक-से-अधिक दोषियों को सजा दिलाया जाना सुनिश्चित किया जाए, जिससे अपराधियों को यह मैसेज जाए कि छोटे-से-छोटे अपराध करने पर भी वह सजा से बच नहीं सकते। उन्होंने कहा कि जनपद के अपराधियों में कानून का भय होना अनिवार्य है। अधिवक्ता गण ऐसी पैरवी करना सुनिश्चित करें।

जिलाधिकारी ने कहा कि छह माह की कार्ययोजना बनाते हुए जनपद के टॉप 10 अपराधियों को सजा दिलाया जाना सुनिश्चित किया जाए। न्यायालय में साक्ष्य के लिए आने वाले गवाहों से शत-प्रतिशत गवाही कराई जाए तथा दोषमुक्त मामलों में नियमानुसार अपील की काररवाई भी सुनिश्चित की जाए। डीएम ने पुलिस विभाग व अभियोजन विभाग से कहा कि समन तामीली समयबद्ध होनी चाहिए। अधिकतम साक्षियों को न्यायालयों के समक्ष परीक्षित कराया जाए। अकारण साक्षियों की वापसी न होने पाए, यह प्रत्येक दशा में सुनिश्चित किया जाए। न्यायालयों में विचाराधीन मामलों में सफल अभियोजन पैरवी कर सजा का प्रतिशत बढ़ाया जाना चाहिए, ताकि न्यायालयों में लंबित पुराने मामलों को जल्द-से-जल्द निपटाया जा सके।

त्योहारों पर उपद्रव तो सख्त काररवाई

डीएम रविंद्र कुमार ने साल 2023 में होली के अवसर से पूर्व शांति समिति की बैठक में भाग लेते हुए कहा कि प्रशासन के साथ-साथ जनपद के सभी धर्मगुरुओं एवं धर्म के माननीय लोगों की भी जिम्मेदारी होती है कि सब साथ मिलकर त्योहार मनाएँ और भाईचारे की मिसाल दें। हिंदू-मुसलिम सभी धर्म के लोगों की भूमिका रहेगी कि दोनों के ही त्योहारों को मनाने में एक-दूसरे का सहयोग करें, किसी भी प्रकार का विवाद न हो, यदि कोई किसी पर रंग डाल देता है तो उसे अन्यथा न लें, होली रंगों का त्योहार है, उसे प्रेमपूर्वक मनाया जाए।

उन्होंने होली और शब-ए-बारात दोनों त्योहारों में साफ-सफाई पर विशेष ध्यान देने के निर्देश दिए। अभियान चलाकर सफाई का कार्य कराने हेतु समस्त अधिशासी अधिकारी, नगर पंचायत, नगर पालिका, समस्त एसडीएम को निर्देश दिए गए।

उनका कहना था कि समस्त उपजिलाधिकारी अपने क्षेत्र की नगर पंचायतों और नगर पालिका में निकलकर स्वयं देखेंगे कि साफ-सफाई का कार्य सुचारु रूप से हो रहा

है या नहीं। यदि कहीं भी साफ-सफाई का कार्य नहीं होता पाया गया तो संबंधित ईओ के खिलाफ कड़ी कारवाई की जाएगी।

त्योहारों से पूर्व शांति समिति की बैठक में सुझाव और निर्देश

पानी की व्यवस्था हेतु उन्होंने कहा कि समस्त संबंधित अधिकारी यह सुनिश्चित कर लें कि होली वाले दिन पानी की व्यवस्था सुचारु रहे। कहीं से भी शिकायत नहीं आनी चाहिए कि पानी की समस्या है। साथ ही बिजली की कोई समस्या नहीं होनी चाहिए। डीएम व एसएसपी ने संयुक्त रूप से कहा, दोनों ही त्योहारों को कानून व्यवस्था को ध्यान में रखते हुए बहुत ही अच्छे ढंग से मनाएँ।

शांति समिति की बैठक की अध्यक्षता करते हुए जिलाधिकारी रविंद्र कुमार ने सीएमओ को निर्देशित किया कि जनपद के समस्त सीएचसी, पीएचसी में चिकित्सकों की उपस्थिति सुनिश्चित हो, जिससे किसी भी अनहोनी घटना को रोका जा सके। जिलाधिकारी ने अधिकारियों को अधिक-से-अधिक दुकानों में जाकर मिठाई, मावा आदि के नमूने लेकर जाँच कराने को कहा और उन्होंने कहा कि जिन स्थानों पर नकली मावा बन रहा है या अन्य स्थानों के लिए सप्लाई हो रहा है, उस पर पैनी नजर रखी जाए और कोई भी मावे में मिलावट पाई जाती है तो उन पर मुकदमा दर्ज किया जाए और गाड़ी को मौके पर सील किया जाए।

183 करोड़ से ज्यादा की भूमि पर अवैध कब्जा : 78 एफआईआर

जनपद में जनवरी 2022 से छह महीने की अवधि के दौरान अवैध अतिक्रमण पर जिलाधिकारी रविंद्र कुमार द्वारा ताबड़तोड़ कारवाई की गई। उन्होंने बताया कि जनपद

में अब तक 1 अरब 83 करोड़ से अधिक मार्केट वैल्यू की 206.973 हेक्टेयर भूमि पर अवैध कब्जा हटाया जा चुका है और यह प्रक्रिया बिना रुके चलती रहेगी।

ग्राम प्रधान गढ़ूका के अवैध कब्जे को जमींदोज करने के निर्देश

प्रधान के खिलाफ दर्ज होगी एफ आई आर, गुणवत्ता विहीन सड़क निर्माण पर होगी रिपोर्ट दर्ज

झाँसी, दैनिक जनहित दर्शन

- पुलिस अलर्ट मोड पर रहे, निर्वाचन दूषित करने वाले को करें चिन्हित
- पेशेवर कब्जाधारियों को बख्शा नहीं जाएगा
- समाधान दिवस में प्राप्त शिकायतों का करें निस्तारण

सरकारी जमीनों एवं काश्तकारों की भूमि को अवैध कब्जे से मुक्त कराने हेतु जनपद में काररवाई गति के साथ जारी रही। अभियान की खास बात यह रही कि सरकार भूमि पर अवैध कब्जा करने वालों के खिलाफ आईपीसी की धारा 447 के साथ-ही-साथ सार्वजनिक परिसर (अनधिकृत कब्जेदारों की बेदखली) अधिनियम 1971 के तहत भी काररवाई की जाती रहे। वहीं, अतिक्रमणी से संपत्ति की क्षति का आकलन कराकर भू-राजस्व की भाँति वसूली की जा रही थी।

उन्होंने तहसील सदर में जनपद में सबसे अधिक ₹31 करोड़ 95 लाख मार्केट वैल्यू की 53.370 हेक्टेयर भूमि पर से अवैध कब्जा हटाए जाने पर संतोष व्यक्त किया और तहसील गरौठा में सबसे अधिक 55.334 हेक्टेयर भूमि, जिसकी मार्केट वैल्यू ₹7 करोड़ 26 लाख से अधिक थी, पर से अवैध कब्जा हटाया जाना शासन की एक बड़ी उपलब्धि माना।

जिलाधिकारी रविंद्र कुमार ने जनपद में अवैध अतिक्रमण हटाए जाने के संबंध में बताया कि झाँसी विकास प्राधिकरण द्वारा 11.223 हेक्टेयर भूमि पर से अवैध कब्जा हटाया गया, जिसकी मार्केट वैल्यू ₹1 अरब 23 करोड़ से अधिक है। इसी प्रकार झाँसी नगर निगम ने भी 8.019 हेक्टेयर भूमि पर से अवैध कब्जा हटाया, जिसकी मार्केट वैल्यू ₹14 करोड़ 31 लाख से अधिक है।

यह प्रक्रिया सतत गति के साथ चलती रहेगी। जिलाधिकारी ने अवैध अतिक्रमण की जानकारी देते हुए बताया कि तहसील मोठ में लगभग 9 करोड़ 88 लाख रुपए से अधिक मार्केट वैल्यू की 21.283 हेक्टेयर भूमि को अवैध कब्जों से मुक्त कराया जा चुका है। तहसील मऊरानीपुर में ₹2 करोड़ 93 लाख मार्केट वैल्यू से अधिक की 32.612 हेक्टेयर

भूमि को अवैध कब्जे से मुक्त कराया गया और तहसील टहरौली में ₹3 करोड़ 1 लाख की मार्केट वैल्यू की 25.132 हेक्टेयर भूमि को अवैध कब्जा धारियों से मुक्त कराया जा चुका है और यह काररवाई लगातार जनपद में चल रही है।

उन्होंने बताया कि समस्त तहसीलों सहित नगर निगम और झाँसी विकास प्राधिकरण में 28 अवैध भूखंडों पर बने लगभग ₹67 लाख से अधिक मार्केट वैल्यू के अवैध भवनों को ध्वस्त किया गया और 78 भवन ध्वस्तीकरण के संबंध में एफआईआर दर्ज कराई जा चुकी हैं। जिलाधिकारी ने निर्देश देते हुए कहा कि प्रत्येक ग्रामीण एवं नगरीय क्षेत्र मे मुनादी करा दी जाए कि अवैध कब्जाधारक प्रत्येक दशा में स्वेच्छा से अवैध कब्जे को छोड़ दें। अन्यथा ऐसे कब्जेधारकों को चिह्नित करते हुए उनके विरुद्ध तत्काल संबंधित थाने में प्राथमिकी दर्ज कराई जाएगी।

धान पारदर्शिता से खरीदें

जिलाधिकारी रविंद्र कुमार ने 27 सितंबर, 2022 को जनपद में धान खरीद एवं डीएपी उर्वरक की उपलब्धता आदि की अद्यतन प्रगति की गहन समीक्षा की। जिलाधिकारी ने कहा कि किसानों को अपना धान बेचने में कोई असुविधा न हो। सभी क्रय केंद्रों में पूरी पारदर्शिता के साथ धान की खरीद तथा अधिकारियों द्वारा धान खरीद प्रक्रिया की नियमित मॉनीटरिंग की जाए।

चिरगाँव धान क्रय केंद्र का औचक निरीक्षण

नोडल अधिकारी नियमित रूप से धान क्रय केंद्रों का निरीक्षण तथा केंद्रों की व्यवस्थाओं के संबंध में किसानों का भी फीडबैक प्राप्त करें। इसके साथ ही नोडल

अधिकारी द्वारा किसानों को समय से भुगतान हो रहा है अथवा नहीं, इसकी भी समीक्षा कर अपनी रिपोर्ट उपलब्ध कराएँ। जाँच में धान क्रय केंद्रों की व्यवस्थाओं में यदि कोई कमी परिलक्षित होती है तो अपनी निरीक्षण रिपोर्ट में इसका स्पष्ट उल्लेख अवश्य करें, ताकि दोषियों के विरुद्ध सख्त काररवाई की जा सके।

उन्होंने कहा कि जनपद में डीएपी एवं यूरिया की कोई कमी नहीं है, संबंधित अधिकारी उर्वरकों की उपलब्धता एवं वितरण पर पैनी नजर रखें। उर्वरकों की ब्लैक मार्केटिंग एवं तस्करी करने वाले व्यक्तियों के विरुद्ध कठोरतम काररवाई की जाए।

सुखनई व लखेरी नदियों के पुनरुद्धार में विलंब पर सख्ती

जिलाधिकारी रविंद्र कुमार ने सुखनई एवं लखेरी नदी के पुनरुद्धार कार्य में देरी होने पर जाँच के निर्देश दिए। उन्होंने सीडीओ को निर्देश देते हुए कहा कि जाँच में दोषी पाए जाने पर संबंधित व्यक्तियों के विरुद्ध सख्त काररवाई की जाएगी। संदर्भवश, 16 जून, 2022 को प्रदेश के उपमुख्यमंत्री केशव प्रसाद मौर्य ने तहसील मऊरानीपुर भ्रमण के दौरान सुखनई नदी एवं लखेरी नदी को पुनर्जीवित किए जाने के निर्देश दिए थे। जिलाधिकारी कई बार संबंधित अधिकारियों से कार्य की प्रगति जानते रहे और काम को निरंतर चलाते रहने का निर्देश भी देते रहे, इसके बावजूद भी काम पूरा नहीं हुआ।

जन चौपाल : जनता से जुड़ाव (15 मई, 2022)

जिले में कहीं भी विकास कार्यों की अनियमितताएँ, पेयजल व विद्युत् समस्याओं को अनसुना करने वाले अधिकारियों पर कड़ी-से-कड़ी काररवाई की जाएगी। यह बात जिलाधिकारी रविंद्र कुमार ने मऊ देहात व पुरवा में जनसमस्याओं को सुनने के दौरान अधिकारियों को सख्त हिदायत देते हुए कही। वह अनियमितताओं को लेकर एक्शन में नजर आए।

उन्होंने विद्युतकर्मियों के वेतन रोकने व जमीन के मामलों में पूर्व लेखपाल को निलंबित करने के आदेश दिए। साथ ही फायर ब्रिगेड की बिल्डिंग में हो रहे गुणवत्ताहीन कार्य पर ठेकेदार को जमकर लताड़ा। उन्होंने महिलाओं की गोद भरी और बच्चों को अन्नप्राशन भी कराया। पंचायत भवन का उद्घाटन करते हुए उन्होंने प्रधान की पीठ थपथपाई।

जिलाधिकारी मढ़ा मंदिर रोड स्थित बन रही फायर ब्रिगेड बिल्डिंग का मुआयना करने पहुँचे। वहाँ उन्होंने बिल्डिंग के बाहर सही इटें व अंदर खराब इटों के प्रयोग पर ठेकेदार की जमकर क्लास ली। खराब मटेरियल इस्तेमाल को लेकर उन्होंने ठेकेदार का दस प्रतिशत भुगतान काटने को कहा।

मऊ देहात जन चौपाल

उन्होंने वहाँ जेई व ठेकेदार से सरिए व विद्युत पाइप का इस्तेमाल करने वाली कंपनी के बारे में पूछा। ठेकेदार ने तीन कंपनियों के पाइप व सरिया इस्तेमाल की बात कही। जिस पर उन्होंने दो कंपनियों के सरियों पर आपत्ति जताते हुए सरियों को देखा तथा बिल्डिंग का कार्य मानक अनुसार व सही समय पर करने की हिदायत दी।

मऊ देहात जन चौपाल में अपनी व्यथा सुनाती एक बुजुर्ग

इसके बाद जिलाधिकारी मऊ देहात में निर्मित पंचायत भवन पहुँचे। उन्होंने पंचायत भवन का उद्घाटन करते हुए प्रधान की तारीफ की। उन्होंने स्वयं सहायता समूह की महिलाओं द्वारा लगाई गई प्रदर्शनी को देखा, एक डलिया भी खरीदी।

यहीं उन्होंने चौपाल लगाकर लोगों की समस्याओं को सुना। मऊ देहात में अधिकतर समस्या बिजली व जमीनों पर कब्जे की आई। जिस पर उन्होंने पूर्व में मऊ देहात के लेखपाल को कार्य में लापरवाही बरतने पर निलंबित कर दिया। विद्युत् अधिकारियों की लापरवाही को लेकर नगर एसडीओ को छोड़ सभी के वेतन रोकने के आदेश देते हुए कहा कि विद्युत् के रोस्टर की जानकारी व्हाट्सएप ग्रुप पर डालें।

अनावश्यक रूप से विद्युत् कटौती रोकने के आदेश देते हुए कहा कि रात्रि में छह घंटे निर्बाध विद्युत् सप्लाई दें, ताकि लोग आराम से सो सकें। मऊ देहात की पेयजल व्यवस्था को लोगों ने सही बताया तथा एक महिला द्वारा मऊ देहात में अपात्र लोगों को आवास दिए जाने की शिकायत पर जिलाधिकारी ने खंड विकास अधिकारी को जाँच कर एक सप्ताह में रिपोर्ट तलब करने को कहा।

एक महिला ने बच्ची की बीमारी के लिए शासन से मदद की गुहार लगाई, जिस पर उन्होंने चिकित्सा प्रभारी को आदेश देकर तत्काल बच्ची का निःशुल्क इलाज कराने के लिए मेडिकल भेजे जाने के लिए कहा।

इसके बाद जिलाधिकारी पेयजल लाइन देखने के लिए इटाइल, पुरवा पहुँचे। वहाँ उन्होंने पेयजल लाइन को देखा और कमियों को दूर कर शीघ्र ही कार्य पूरा करने का निर्देश दिया।

भविष्य के प्रक्षेप पथ : संकट पर तैयार शासन

इस अध्याय में चर्चा की गई मौके पर त्वरित संकट-समाधान पहलें, सिद्धांत और परिणाम एक ऐसे अधिकारी और जिले को दरशाते हैं, जिसने न केवल संकटों का सामना किया है, बल्कि आगे आने वाली चुनौतियों के लिए अधिक लचीला रुख अपनाकर तैयार खड़ा है। रविंद्र कुमार का संकट प्रबंधन के लिए यह टूलबॉक्स केवल अतीत का प्रतिबिंब नहीं है; यह जिले के निरंतर विकास और अप्रत्याशित भविष्य की तैयारियों के लिए एक मार्गदर्शिका भी है।

□

15

झाँसी में अवैध खनन एवं निवारक उपाय

प्रगति और विकास की खोज में क्षेत्र अकसर उन चुनौतियों से जूझते हैं, जो आर्थिक विकास और पर्यावरणीय स्थिरता के बीच नाजुक संतुलन को खतरे में डालती हैं। समृद्ध ऐतिहासिक विरासत और उभरते आधुनिक परिदृश्य वाला शहर, झाँसी, अवैध खनन के खतरे का सामना करता रहा है—एक ऐसा खतरा, जिसने तत्काल ध्यान देने और मजबूत निवारक उपायों की माँग की। 'झाँसी में अवैध खनन और निवारक उपाय' शीर्षकवाला यह अध्याय, प्राकृतिक संसाधनों के अवैध निष्कर्षण की जटिलताओं को उजागर करता है और इस पर्यावरणीय खतरे को रोकने के लिए जिला मजिस्ट्रेट रविंद्र कुमार के नेतृत्व में गतिशील शासन पहल की पड़ताल करता है।

बालू माफियाओं में हड़कम्प

बालू के अवैध परिवहन पर प्रशासन का कड़ा रुख

- संयुक्त टीम ने एक साथ की कार्रवाई, करीब 23 डम्पर पकड़े

झाँसी। अवैध रूप से बिना नम्बर प्लेट लगाकर बालू का परिवहन करने वाले डम्परों के खिलाफ प्रशासन का आज चाबुक चल गया। इसके चलते 23 बिना नम्बर और बिना रॉयल्टी के डम्पर जब्त किए गए। वहीं, कई डम्पर प्रशासन और पुलिस की टीम को देख भाग निकले। सोमवार को जिलाधिकारी रविंद्र कुमार के निर्देशन में अपर जिलाधिकारी वित्त एवं राजस्व व उप जिलाधिकारी सदर के नेतृत्व में खनिज विभाग, संभागीय परिवहन विभाग, वाणिज्यकर विभाग की संयुक्त टीम ने 11 व 12 दिसम्बर को खनिजों के अवैध खनन व परिवहन के खिलाफ अभियान चलाया। यह अभियान की शुरुआत चिरगाँव स्थित रामनगर घाट से शुरू हुई। इस दौरान टीम ने रामनगर घाट से करीब आठ से ज्यादा ऐसे डम्पर जब्त किए, जिनके नंबर मिटे हुए थे तथा रॉयल्टी नहीं थी। इसके बाद काफिला मेडिकल बाई पास पहुँचा, जहाँ टीम को देख बालू से भरे डम्परों में भगदड़ मच गई। आनन-फानन में टीमों ने करीब 18 डम्पर बिना रॉयल्टी की जब्त किए। सभी बालू से भरे डम्परों को थाना लाकर सीज कर दिया गया है। वहीं, ज्वाइंट मजिस्ट्रेट ने बताया कि अभियान के तहत 23 बिना रॉयल्टी और बिना नम्बर के डंपर जब्त किए गये हैं। सभी के खिलाफ कार्यवाही की जा रही है और जो डम्पर भागने में सफल हुए उनके नम्बर की पड़ताल कर उन पर भी कार्यवाही की जाएगी।

इनका कहना.....

पकड़े गये वाहनों के चालकों व मालिकों पर की गई कार्यवाही जिला खान अधिकारी बी.पी. यादव ने बताया कि 9 वाहनों को सीजकर वाहन स्वामियों, वाहन चालकों के विरुद्ध खान एवं खनिज विकास विनियमन अधिनियम धारा 4/21 तथा उत्तर प्रदेश उप खनिज द धारा 379/411 के तहत रिपोर्ट दर्ज कराई गई।

बरामद डम्पर व कार्यवाही करती संयुक्त टीम।

20 वाहन अवैध खनन में पकड़े

संयुक्त आयुक्त वित्त अनुशासन, राज्यकर ने बताया कि अवैध रूप से परिवहित किये जा रहे मौरंग के वाहनों की कार्यवाही की गई। इसमें राज्यकर विभाग ने चिरगाँव थाना व 10 व नवाबाद थाना पुलिस को 10 वाहन अभिरक्षा में दिये गये। वाहनों पर लोड माल के सम्बन्ध में अर्थदण्ड की कार्यवाही नियमानुसार प्रचलित की जाएगी।

11 वाहनों में नहीं थे स्पष्ट नम्बर

सहायक सम्भागीय परिवहन अधिकारी ने बताया कि राजस्व विभाग, वाणिज्य कर विभाग, खनिज विभाग, परिवहन विभाग एवं पुलिस विभाग की संयुक्त टीम द्वारा खनिज का परिवहन करने वाले वाहनों पर प्रवर्तन कार्यवाही करते हुए 23 वाहनों को नवाबाद थाना पुलिस व चिरगाँव थाना पुलिस के सुपुर्द किये गये। उक्त वाहनों में से 11 वाहनों में अस्पष्ट नम्बर प्लेट, कूट रजित रजिस्ट्रेशन, नम्बर प्लेट, बिना हाई सिक्योरिटी नम्बर प्लेट की पायी गई। अन्य अवशेष वाहनों से 3.50 लाख रुपये प्रशमन शुल्क वसूला गया।

सदर विधायक की शिकायत पर हुई कार्रवाई

सदर विधायक रवि शर्मा ने मुख्यमन्त्री से शिकायत की थी कि अमित धालर के नाम से सौ डम्पर व ट्रक बिना रॉयल्टी के चलाये जा रहे हैं। इसकी जानकारी पर जिलाधिकारी को कार्यवाही के निर्देश दिये गये थे। माना जा रहा है कि खनिज विभाग, परिवहन विभाग, पुलिस व जिला प्रशासन के अधिकारियों की संयुक्त टीम द्वारा की गई कार्यवाही रवि शर्मा द्वारा की गई शिकायत को लेकर की गई है, क्योंकि इससे पहले ऐसी कार्यवाही नहीं की गई। इस कार्यवाही से बड़े सवाल खड़े हो गये हैं कि क्या अधिकारियों की साँठगाँठ से अवैध खनन, परिवहन का काम चल रहा था?

मूक खतरा : अवैध खनन

अवैध खनन, मूल्यवान खनिजों और संसाधनों का अनधिकृत निष्कर्षण, किसी क्षेत्र की पारिस्थितिक अखंडता, आर्थिक स्थिरता और सामाजिक ताने-बाने के लिए एक महत्त्वपूर्ण खतरा पैदा करता है। अपने ऐतिहासिक महत्त्व और जीवंत संस्कृति के लिए मशहूर शहर झाँसी में, अवैध खनन की काली छाया ने इसके प्राकृतिक संसाधनों पर बुरा प्रभाव डाला, जिसके बाद जिला प्रशासन को सक्रिय प्रतिक्रिया देनी पड़ी है।

अवैध खनन पारिस्थितिक तंत्र के नाजुक संतुलन को बाधित करता है, जिससे वनों की कटाई, मिट्टी का क्षरण और पानी की गुणवत्ता में गिरावट आती है। दीर्घकालिक पर्यावरणीय परिणाम गंभीर होते हैं, जैव-विविधता को प्रभावित कर सकते हैं और प्राकृतिक आपदाओं के प्रति क्षेत्र की संवेदनशीलता को बढ़ा सकते हैं। पर्यावरणीय नुकसान से परे, अवैध खनन के आर्थिक निहितार्थ भी हैं। यह वैध खनन कार्यों को कमजोर करता है, सरकारी राजस्व को कम करता है तथा टिकाऊ और जिम्मेदार संसाधन निष्कर्षण की क्षमता को बाधित करता है। आर्थिक प्रभाव प्राकृतिक संसाधनों पर निर्भर स्थानीय समुदायों की आजीविका पर भी पड़ता है।

अवैध खनन के माध्यम से प्राकृतिक संसाधनों का दोहन अकसर सामाजिक असमानताओं को जन्म देता है। स्थानीय समुदाय विस्थापन, आवश्यक संसाधनों तक पहुँच की हानि और प्रतिकूल स्वास्थ्य प्रभावों से पीड़ित हो सकते हैं। इसके अतिरिक्त, अवैध खननकर्ताओं की आमद सामाजिक बुनियादी ढाँचे पर दबाव डाल सकती है और जीवन के पारंपरिक तरीके को बाधित कर सकती है।

जिलाधिकारी के प्रयास से अवैध बालू खनन करते पकड़ी गई कई बड़ी मशीनें और दर्जनों डंफर

कार्रवाई पर टिकी जनता की निगाहें

गुरसरांय (झांसी)। बुंदेलखंड की धरा पर बहुत बड़े भूभाग पर पानी का सबसे बड़ा स्रोत बेतवा नदी मानी जाती है लेकिन झांसी जिले के गरौठा तहसील और टहरौली तहसील क्षेत्र में बालू खनन माफियाओं द्वारा बेतवा नदी के प्राकृतिक स्वरूप को जहां पूरी तरह बर्बाद कर दिया है वहीं पानी संग्रह से लेकर बेतवा नदी के प्राकृतिक जलस्रोत को बालू खनन माफिया कहीं ना कहीं सत्ता से जुड़कर और खनन विभाग से लेकर पुलिस विभाग की बड़ी मिलीभगत इन खनन माफिया के आगे कहीं ना कहीं कानून व्यवस्था को ठेंगा दिखा रहे हैं लेकिन जिलाधिकारी झांसी के संज्ञान में जब मामला आया उन्होंने अवैध बालू खनन माफियाओं पर नकेल कसने के

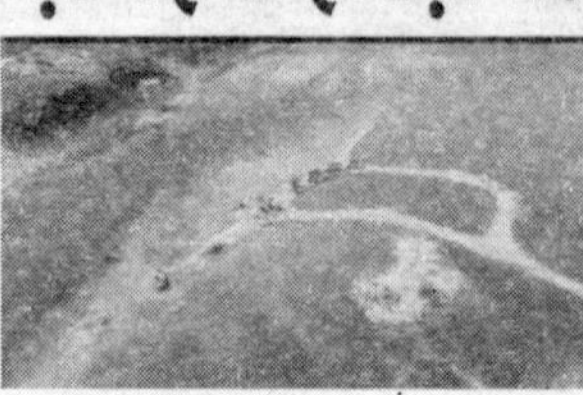

लिए सख्त कार्रवाई के लिए अपने अधीनस्थों को आदेशित किया जिसके फलस्वरूप आज 2 जून को शमशेरपुरा में बेतवा नदी का सीना छलनी करके सत्ता धारी बालू माफिया अवैध खनन करने में जुटे हैं, शमशेरपुरा बालू घाट का पट्टा झांसी जिलाधिकारी रविंद्र कुमार ने निरस्त कर दिया है, इसके बाद भी खनन माफियाओं की हिमाकत तो देखिए वह धड़ल्ले से अवैध खनन करने में लगे हुए हैं, ना तो उन्हें प्रशासन का भय है, और ना ही प्रदेश के ईमानदार मुख्यमंत्री का, शमशेरपुरा में नियमों को ताक पर रखकर प्रतिबंधित एलएनटी मशीन लिफ्टर, पनडुब्बी से अवैध खनन किया जा रहा है, बीच नदी में अवैध खनन करके बेतवा नदी की कोख उजाड़ने का काम किया जा रहा है, अवैध खनन का इससे बड़ा जीता जागता सबूत आपको और कहीं देखने को नहीं मिलेगा, जिस बालू घाट पट्टा ही निरस्त हो गया है उस घाट को अवैध रूप से चलाया जा रहा है यह भी सत्ताधारी दल के नेताओं की शह पर, इसमें सबसे बड़ी भूमिका झांसी के खनन विभाग की है, जिसकी जानकारी में यह बालू माफिया सक्रिय बने हुए हैं, अब इसे सत्ता का दबाव कहिए या पैसा कमाने की चाहत, कुछ चैनलों पर खबर प्रकाशित होने के बाद 10-12 पोकलैंड व पनडुब्बी मशीनें 20 से 30 डंफर को अवैध खनन करते पकड़ा गया है। झांसी जिले के तेजतर्रार जिला अधिकारी रविंद्र कुमार के प्रयास से इस संबंध में बड़ी कार्रवाई की जा सकती है इसको लेकर आम जनमानस में आज पूरे दिन तरह-तरह की चर्चाएं बनी रही है कि क्या वास्तव में जिला प्रशासन से लेकर शासन द्वारा अब अवैध बालू खनन माफियाओं के विरुद्ध बाबा का बुलडोजर चलेगा क्योंकि गरौठा तहसील में इस समय बुंदेलखंड ही नहीं बल्कि उत्तर प्रदेश में टहरौली तहसील क्षेत्र के गरौठा तहसील क्षेत्र बेतवा नदी से अवैध कारोबारियों का काम चालू होता है और गरौठा तहसील क्षेत्र के ककरवई थाना अंतर्गत एरच थाना क्षेत्र गरौठा थाना क्षेत्र में बड़े पैमाने पर सत्ताधारी दल और खनन माफियाओं खनन विभाग के अधिकारियों संबंधित थाना क्षेत्र के पुलिस स्टाफ की मिलीभगत से अवैध कारोबार खूब फल फूल रहा है और प्राकृतिक जल स्रोत से लेकर प्राकृतिक धार्मिक पर्यटन स्थलों को नष्ट किया जा रहा है इस संबंध में अगर शासन के निर्देशों का धरातल पर शत-प्रतिशत पालन किया गया तो बड़े-बड़े सत्ताधारी दल के लोग से लेकर बालू माफिया और खनन विभाग के लोगों के नाम उजागर होने के साथ ही बहुत बड़ी कार्यवाही सामने आ सकती है अब देखना है जिला प्रशासन से लेकर शासन और क्या कार्यवाही करता है।

बालू, मौरंग व गिट्टी की कालाबाजारी पर कड़ी काररवाई

जिलाधिकारी ने कहा कि बालू, मौरंग, गिट्टी जैसे खनिज, जिनका आम आदमी से सीधा जुड़ाव है, इनकी कालाबाजारी करते हुए कीमतों में अनावश्यक बढ़ोतरी न हो व खनिजों के कृत्रिम अभाव पैदा करने वाले कालाबाजारियों के खिलाफ विधिक कारवाई की जाए। जन सामान्य को उचित दर पर खनिज उपलब्ध हो और प्रदेश में खनन का व्यवसाय सुगमतापूर्वक हो सके, इसके लिए प्रशासन संकल्पित है। उन्होंने कहा कि बेहतर प्रबंधन के माध्यम से राजस्व संग्रह में वृद्धि होती है, यह प्रयास आगे भी जारी रहना चाहिए। उन्होंने कहा कि हमारा उद्‌देश्य है कि खनन कार्य से जुड़े सभी हितधारकों के लिए पारदर्शी प्रक्रिया सुनिश्चित हो, मूल्य नियंत्रण में रहे, नए व्यवसायियों को बाजार में स्थापित एकाधिकार एवं बंधन-मुक्त समान अवसर उपलब्ध हो सकें, इस दिशा में सतत प्रयासों के सकारात्मक परिणाम लगातार प्राप्त हो रहे हैं।

गतिशील शासन प्रतिक्रिया

मुद्‌दे की तात्कालिकता और जटिलता को पहचानते हुए, रविंद्र कुमार के प्रशासन ने प्रकृति संरक्षण का एक एकीकृत और गतिशील शासकीय दृष्टिकोण अपनाया, जिसका उद्‌देश्य अवैध खनन पर अंकुश लगाना, पारिस्थितिक संतुलन बहाल करना और स्थायी संसाधन प्रबंधन सुनिश्चित करना था।

अवैध खनन तथा ओवरलोडिंग के विरुद्ध सख्ती

खनन माफियाओं और खनन कारोबारियों को सीधी चेतावनी देते हुए जिलाधिकारी रविंद्र कुमार ने कहा कि आवंटित क्षेत्र की सीमा से बाहर खनन कार्य करने एवं नियम विरुद्ध खनन कार्य करने व नदी की मुख्यधारा में खनन और खनिजों का कृत्रिम अभाव

पैदा कर कालाबाजारी में जुटे माफिया तत्त्वों के खिलाफ जनपद में लगातार कड़ी काररवाई की जाएगी।

टीम गठित

जिलाधिकारी ने नियम विरुद्ध खनन/अवैध खनन तथा ओवरलोडिंग पर प्रभावी काररवाई करने हेतु अपर जिलाधिकारी न्याय के नेतृत्व में एक टीम गठित करते हुए विभिन्न खनन कारोबारियों के यहाँ छापामार काररवाई करने के निर्देश दिए। उन्होंने कहा कि जनपद में कई ऐसे घाट हैं, जहाँ पर कोई भी पट्टा जारी नहीं किया गया है, परंतु वहाँ से अवैध खनन की शिकायतें प्राप्त हो रही हैं। अपर जिलाधिकारी (न्याय) के नेतृत्व में जाँच दल द्वारा सीधे ऐसे खनन क्षेत्र पर छापामार काररवाई के दौरान एक पट्टाधारक के खनन पट्टे को निरस्त करते हुए दंड वसूलने की काररवाई की गई।

पट्टाधारक पर पाँच लाख जुर्माना

जनपद झाँसी के तहसील गरौठा स्थित ग्राम एरच के आराजी संख्या-1 में बेतवा नदी तल स्थित 40.468 हेक्टेयर क्षेत्र पर सत्यम गुप्ता निवासी-944, सिविल लाइन, तहसील व जनपद झाँसी के पक्ष में छह माह की अवधि हेतु बालू एवं मौरंग का खनन अनुज्ञा पत्र पर स्वीकृत था। अभिलेखों के अनुसार 10 जनवरी, 2023 को खनिज प्रवर्तन दल द्वारा किए गए आकस्मिक निरीक्षण के दौरान उक्त खनन क्षेत्र में जलधारा में सक्शन मशीन एवं लिफ्टर के माध्यम से बालू एवं मौरंग का खनन कार्य किए जाने के चिह्न पाए जाने के कारण उक्त अनुज्ञा-पत्रधारक सत्यम गुप्ता के विरुद्ध खान एवं खनिज (विकास एवं विनियमन) अधिनियम-1957 की धारा-4 व 21 तथा भारतीय दंड संहिता की धारा 379 के अधीन थाना एरच जनपद झाँसी में प्रथम सूचना रिपोर्ट दर्ज कराई गई, जिसकी विवेचना जारी है। उक्त प्रथम सूचना रिपोर्ट के क्रम में अनुज्ञा-पत्रधारक द्वारा अपराध को स्वीकार करते हुए उत्तर प्रदेश उपखनिज (परिहार) नियमावली 2021 के नियम—42 (ज) 60 (4) व 77 में उल्लिखित प्रावधानों के अधीन शास्ति के रूप में रुपए पाँच लाख की धनराशि खनिज के निर्धारित लेखा शीर्षक '0853, अलौह खनन तथा धातुकर्म उद्योग' में जमा की गई।

छह माह के लिए पट्टा निरस्त

अपर जिलाधिकारी न्याय के नेतृत्व में गठित टीम के ज्येष्ठ खान अधिकारी, झाँसी द्वारा आकस्मिक निरीक्षण के दौरान उक्त खनन क्षेत्र में बालू एवं मौरंग के खनन कार्य में संबंधित अनुज्ञा-पत्रधारक द्वारा पुनः सक्शन मशीन एवं लिफ्टर का प्रयोग किए जाने के

चिह्न पाए गए, जिसके आधार पर संबंधित अनुज्ञा-पत्रधारक सत्यम गुप्ता के विरुद्ध थाना एरच में ज्येष्ठ खान अधिकारी, झाँसी द्वारा प्रथम सूचना रिपोर्ट दर्ज कराई गई, जिसकी विवेचना जारी है। इस प्रकार खनन अनुज्ञा-पत्रधारक द्वारा अल्पकालीन खनन परिहार की उक्त अवधि में बार-बार अनुज्ञा-पत्र की शर्तों एवं उत्तर प्रदेश उपखनिज (परिहार) नियमावली 2021 में उल्लिखित प्रावधानों का उल्लंघन किया जा रहा था। अतः उत्तर प्रदेश उपखनिज (परिहार) नियमावली 2021 के नियम-61 में उल्लिखित प्रावधानों के अधीन जनपद झाँसी की तहसील गरौठा स्थित ग्राम एरच के आराजी संख्या-01 में बेतवा नदी तल स्थित 40.468 हेक्टेयर क्षेत्र पर सत्यम गुप्ता के पक्ष में छह माह (27 दिसंबर, 2022 से 26 जून, 2023 तक) की अवधि हेतु स्वीकृत बालू एवं मौरंग के उक्त खनन अनुज्ञा-पत्र को निरस्त कर दिया गया।

अवैध खनन : मशीन जब्त

अवैध खनन करती मशीनों की जब्ती में ढिलाई नाबरदाश्त

निरीक्षण के दौरान धसान नदी के इस पार खकौरा घाट उत्तर प्रदेश तथा नदी के उस पार जनपद छतरपुर का अलीपुर घाट मध्य प्रदेश का आता है। खकौरा घाट में वर्तमान में स्वीकृत खनन का पट्टा निरस्त हो गया है। वर्तमान समय में छतरपुर, मध्य प्रदेश के बालू पट्टाधारक मध्य प्रदेश के साइड में बालू का खनन कर रहे हैं। निरीक्षण के समय एक सक्शन मशीन, जो नदी के मध्य भाग से थोड़ा खकौरा साइड में खड़ी थी, जिसकी एक्चुअल लोकेशन लेने के लिए नाव द्वारा नदी के मध्य भाग पर पहुँचकर लेटीट्यूड एवं लॉगीट्यूड के माध्यम से लोकेशन देखी गई तो ज्ञात हुआ कि खड़ी मशीन एक मीटर खकौरा साइड (उत्तर प्रदेश) में स्थित है, जिसे नदी से बाहर लाकर चौकी इंचार्ज देवरी के सुपुर्द कर दिया गया।

अवैध खनन : निगरानी उपाय

- अवैध खनन की घटनाओं की पहचान करने और उन पर नजर रखने के लिए ड्रोन, उपग्रह इमेजरी और भौगोलिक सूचना प्रणाली (जीआईएस) का उपयोग किया गया, जिससे त्वरित और लक्षित हस्तक्षेप के लिए वास्तविक समय डेटा प्रदान किया जा सके।
- पर्यावरण एजेंसियों और कानूनी विशेषज्ञों के सहयोग से खनन परमिट और पर्यावरणीय प्रभाव आकलन के लिए सख्त दिशा-निर्देश तैयार किए गए।
- स्थानीय समुदायों को अपने पर्यावरण का संरक्षक बनने के लिए जागरूकता अभियान, सामुदायिक प्रशिक्षण कार्यक्रम और स्थानीय समितियों की स्थापना ने प्राकृतिक संसाधनों की सुरक्षा और संरक्षण में निवासियों की सक्रिय भागीदारी को सुविधाजनक बनाया।
- कानून प्रवर्तन अधिकारियों, पर्यावरण विशेषज्ञों और सामुदायिक प्रतिनिधियों से युक्त विशेष कार्यबलों को चिह्नित हॉटस्पॉट पर तैनात किया गया। इस सक्रिय दृष्टिकोण का उद्देश्य अवैध गतिविधियों को रोकना और उल्लंघनकर्ताओं के लिए कानूनी परिणाम लागू करना है।
- अवैध खनन की पुनरावृत्ति रोकने के लिए, निरीक्षण और निगरानी तंत्र को मजबूत करने को प्राथमिकता दी गई। खनन स्थलों, परिवहन मार्गों पर चौकियों के नियमित और औचक निरीक्षण तथा प्रौद्योगिकी संचालित निगरानी के उपयोग ने अवैध गतिविधियों को रोकने में महत्त्वपूर्ण भूमिका निभाई।
- विधायी समर्थन की आवश्यकता को पहचानते हुए रविंद्र कुमार के प्रशासन ने अवैध खनन अपराधों के लिए सख्त दंड की सक्रिय रूप से वकालत की। इसमें ऐसे संशोधनों का प्रस्ताव करने के लिए कानून निर्माताओं, पर्यावरण एजेंसियों और कानूनी विशेषज्ञों के साथ जुड़ना शामिल था, जो अवैध खनन के खिलाफ कानूनी रोकथाम को बढ़ाएँ।

प्रकृति की विरासत को कायम रखना

कुल मिलाकर, रविंद्र कुमार के नेतृत्व में झाँसी में अवैध खनन के निवारक उपायों द्वारा प्राप्त परिणाम एक ऐसे शहर को दरशाते हैं, जिसने न केवल पर्यावरणीय खतरों का सामना किया है, बल्कि अपनी प्राकृतिक विरासत के संरक्षक के रूप में भी उभरा है। उभरती चुनौतियों और रविंद्र कुमार के दूरदर्शी नेतृत्व के तहत झाँसी को पर्यावरणीय स्थिरता, जिम्मेदार संसाधन प्रबंधन और प्रकृति की विरासत को संरक्षित करने की प्रतिबद्धता का एक मॉडल बनाने की दिशा में हमेशा याद किया जाएगा।

खनन निधि से जनोपकारी कार्य

साहस, आत्मसम्मान और सांस्कृतिक विरासत का प्रतीक ऐतिहासिक झाँसी जिला खनिजों एवं अन्य प्राकृतिक संसाधनों से हमेशा समृद्ध रहा है। खनिज संसाधन यहाँ की अर्थव्यवस्था में एक महत्त्वपूर्ण योगदान देते हैं और खनन आधारित उद्योग स्थानीय निवासियों के रोजगार का एक प्रमुख स्रोत भी है। राज्य सरकार की नीति है कि इन इलाकों से प्राकृतिक संसाधनों के निष्कर्षण के बदले यहाँ के निवासियों को उचित लाभ दिया जाना चाहिए और इसी के तहत जिला खनिज फाउंडेशन की स्थापना की गई है।

कंपोजिट विद्यालय, ग्राम दिगारा में पुस्तकालय भवन एवं जवाहर नवोदय विद्यालय तथा बरुआसागर में ओपन जिम का निर्माण

जिला खनिज फाउंडेशन का प्राथमिक लक्ष्य उन क्षेत्रों और वहाँ के स्थानीय लोगों के कल्याण के लिए कार्य करना है, जो खनन से प्रभावित हुए हैं। उत्तर प्रदेश के कर्मठ मुख्यमंत्री योगी आदित्यनाथ द्वारा प्रदेश के सुदूर क्षेत्रों के अंतिम पायदान तक सतत विकास पहुँचाने हेतु लगातार मेहनत की जा रही है। सरकार की इसी मंशा को फलीभूत करने हेतु झाँसी के जिलाधिकारी रविंद्र कुमार द्वारा खनन प्रभावित सुदूरवर्ती पिछड़े क्षेत्रों और वहाँ के स्थानीय लोगों के विकास हेतु विस्तृत कार्य योजना बनाते हुए कई महत्त्वपूर्ण कार्य कराए गए।

कंपोजिट विद्यालय ग्राम दिगारा में रानी लक्ष्मीबाई खगोलीय प्रयोगशाला में जिलाधिकारी रविंद्र कुमार एवं स्मार्ट क्लास रूम, जवाहर नवोदय विद्यालय, बरुआसागर में अध्यापन

जिलाधिकारी रविंद्र कुमार के अनुसार, 'पिछले एक-डेढ़ साल में जिला प्रशासन झाँसी द्वारा उन क्षेत्रों के विकास के लिए काफी कदम उठाए गए हैं, जिनमें मूलतः स्वास्थ्य, शिक्षा, जन-कल्याण, खेलकूद और क्लीन एनर्जी को प्रमोट करने के लिए काफी कार्य किए गए हैं। शिक्षा के क्षेत्र में लगभग 50 से अधिक विद्यालयों में लाइब्रेरी, एस्ट्रोनॉमी लैब आदि की व्यवस्था की गई है और ये सभी विद्यालय उन 70 गाँवों में हैं, जोकि शहरी विकास से बहुत दूर हैं और हमारा लक्ष्य है कि जिस क्षेत्र से हम खनिज निकालकर बाहर भेज रहे हैं, उस क्षेत्र का इस फार्मूले को प्रयोग करके ज्यादा-से-ज्यादा विकास करें, ताकि वहाँ के लोग उससे लाभान्वित हों और खुश रहें।'

जनपद झाँसी के लगभग 70 से अधिक गाँवों में से खनिज निकालकर बाहर भेजा जाता है। नदी के तटों से बालू एवं पठारी क्षेत्र की चट्टानों को स्टोन क्रेशर से काटकर गिट्टी बनाकर बाहर भेजा जाता है।

खनन से राज्य सरकार को प्राप्त होने वाली रॉयल्टी का कुछ भाग जिला खनिज फाउंडेशन में जमा कराया जाता है, जिसे खनन से प्रभावित क्षेत्रों के स्थानीय निवासियों के उत्थान हेतु व्यय किया जाता है।

पूर्व में देखा गया है कि इस निधि का प्रयोग सड़क बनाने में किया जाता था, चूँकि एक किलोमीटर सड़क बनाने में ही लगभग तीन करोड़ से अधिक की धनराशि लग जाती थी, इसलिए कुछ किलोमीटर सड़क निर्माण में ही खनन निधि की अधिकतर धनराशि व्यय हो जाती थी।

जवाहर नवोदय विद्यालय, बरुआसागर में आर.ओ. वाटर प्यूरीफायर सिस्टम की स्थापना एवं खगोलीय प्रयोगशाला, गुरसराय में छात्रों को आधुनिक प्रशिक्षण

गौरतलब है कि सड़क बनाने के लिए सरकार द्वारा कई अन्य माध्यम से भी फंड की व्यवस्था की गई है, इसलिए तत्कालीन जिलाधिकारी, झाँसी रविंद्र कुमार ने फैसला किया कि जिला खनन निधि की धनराशि से उन 70 गाँवों में कुछ ऐसा कार्य किया जाए, जिस काम को करने के लिए सरकारी फंड की व्यवस्था नहीं है, परंतु वह कार्य उस क्षेत्र के विकास के लिए बहुत जरूरी हो; जैसे सुदूर गाँवों में, जहाँ से खनिज निकाला

जाता है, वहाँ अगर उन गरीब परिवार के बच्चों को पढ़ने के लिए लाइब्रेरी खोल दी जाएँ और एस्ट्रोनॉमी लैब आदि बनाई जाएँ तो वहाँ के बच्चों का भविष्य अच्छा होगा। इसके साथ-ही-साथ अन्य कार्यों मूलतः स्वास्थ्य, शिक्षा, जन-जागरण, खेल एवं क्लीन एनर्जी को प्रोत्साहन देने वाले कार्यों को कराने से उन सुदूर गाँवों में विकास की रफ्तार बढ़ेगी।

इसलिए ऊर्जावान जिलाधिकारी रविंद्र कुमार द्वारा उन क्षेत्रों की आवश्यकता को पहचानते हुए जिला खनिज फाउंडेशन का प्राथमिक लक्ष्य निर्धारित करते हुए उन खनन प्रभावित क्षेत्रों के निवासियों के लिए शिक्षा के क्षेत्र में लगभग 50 से अधिक विद्यालयों में लाइब्रेरी एवं एस्ट्रोनॉमी लैब की व्यवस्था कराई गई और ये सभी विद्यालय उन 70 गाँवों में हैं, जोकि शहरी विकास से कोसों दूर हैं। लगभग 18 से अधिक कक्षाओं का आधुनिकीकरण कर स्मार्ट क्लास में बदल दिया गया और तीन से अधिक विद्यालय परिसरों में डिजिटल लाइब्रेरी भी स्थापित कराई गई हैं।

साथ ही जिलाधिकारी रविंद्र कुमार द्वारा कस्तूरबा गांधी आवासीय विद्यालय, गुरसराय में बालिकाओं के लिए 50 डबल डेकर बेड की व्यवस्था कराई गई। जवाहर नवोदय विद्यालय, बरुआसागर में खेल मैदान, ओपन जिम, पाँच स्मार्ट क्लास रूम, छात्रावासों में 140 नई अलमारियाँ लगाना, एपेक्स रोड निर्माण आदि अन्य कार्य भी कराए गए हैं। इसके अलावा तीन आर.ओ. वाटर प्यूरीफायर सिस्टम, छह वाटर कूलर तथा तीन सोलर वाटर हीटर भी स्थापित कराए गए, जिससे नवोदय विद्यालय के छात्र-छात्राओं को शुद्ध पेयजल एवं ठंड के मौसम में नहाने हेतु गरम पानी मिल सके।

जवाहर नवोदय विद्यालय, बरुआसागर छात्र हॉस्टल में स्टील की अलमारियों का अधिष्ठापन और खेल के मैदान का निर्माण तथा बनगुवा में डिजिटल लाइब्रेरी का निर्माण

स्वास्थ्य के क्षेत्र में सामुदायिक स्वास्थ्य केंद्र, गुरसराय में एक अल्ट्रासाउंड मशीन लगाई गई। गाँवों में विद्युत् व्यवस्था हेतु विकास खंड बबीना, बड़ागाँव एवं चिरगाँव स्थित 14 ग्रामों में विद्युतीकरण का कार्य पूर्ण कराया गया। अतिरिक्त ऊर्जा स्रोत को प्रोत्साहित करने हेतु विकास खंड चिरगाँव की ग्राम पंचायत गुलारा स्थित गो-आश्रय स्थल, गोबर गैस प्लांट स्थापित कराया गया, जिससे वहाँ रोशनी की उपलब्धता बनी रहती है। गो-संरक्षण हेतु सदर तहसील के ग्राम बचावली बुजुर्ग में पहले से स्थापित

गोशाला में दो अतिरिक्त टीन शेड एवं 800 मीटर में तार फेंसिंग का कार्य भी कराया गया। जलापूर्ति हेतु खनन प्रभावित क्षेत्रों में छह सोलर पंप भी लगाए गए हैं।

लास्ट माइल कनेक्टिविटी को सुनिश्चित करने हेतु कई मार्गों का निर्माण कार्य भी जिला खनिज निधि से कराया गया है। गोरा मछिया क्षेत्र में राष्ट्रीय राजमार्ग 27 पर स्थित सत्यम मोटर से बिहारी स्टोन क्रेशर तक संपर्क मार्ग बनाया गया। सरकार की मंशा अनुसार प्रदेश के सुदूर इलाकों में स्थित खनिज बाहुल्य क्षेत्र के निवासी भी अच्छी शिक्षा, स्वास्थ्य और बेहतर आधारभूत संरचना के साथ प्रगति के पथ पर आगे बढ़ें, इसके लिए सतत प्रयास के साथ निरंतर जनसेवा में कार्यरत है झाँसी जिला प्रशासन।

□

16

झाँसी का सांस्कृतिक पुनर्जागरण : रविंद्र कुमार की एक पहल

जिला मजिस्ट्रेट रविंद्र कुमार के गतिशील शासन के तहत झाँसी के परिवर्तन की जीवंत तसवीर में, 'झाँसी का सांस्कृतिक पुनर्जागरण' एक दूरदर्शी पहल के गहरे प्रभाव को उजागर करता है। उनका कार्यकाल बताता है कि सांस्कृतिक पुनर्जागरण को बढ़ावा देने के लिए रविंद्र कुमार की प्रतिबद्धता कैसे सामाजिक एकजुटता, पहचान संरक्षण और झाँसी की समृद्ध विरासत के पुनरुद्धार के लिए उत्प्रेरक बन गई।

लोकनाट्य पर्व : दीनदयाल उपाध्याय सभागार, झाँसी में आयोजित

सांस्कृतिक पुनर्जागरण का महत्त्व

सांस्कृतिक पुनर्जागरण एक ऐसी घटना है, जो केवल परंपराओं के संरक्षण से परे है; इसमें सांस्कृतिक प्रथाओं, कलात्मक अभिव्यक्तियों और ऐतिहासिक विरासतों का

एक गतिशील और भागीदारीपूर्ण पुनरुद्धार शामिल है। झाँसी के संदर्भ में, सांस्कृतिक पुनर्जागरण न केवल शहर की विरासत को संरक्षित करने के लिए बल्कि इसके निवासियों के बीच गर्व, अपनेपन और सांस्कृतिक पहचान की भावना को बढ़ावा देने के लिए भी एक अनिवार्य घटक बना।

पहचान और सामुदायिक भावना

सांस्कृतिक पहचान किसी समुदाय की एकजुटता और लचीलेपन का आधार बनती है। सांस्कृतिक पुनर्जागरण को बढ़ावा देकर रविंद्र कुमार ने झाँसी की विविध आबादी के बीच पहचान के बंधन को मजबूत करने का प्रयास किया। इस पहल का उद्देश्य शहर की सांस्कृतिक बुनावट में अपनेपन और गर्व की साझा भावना पैदा करना है।

झाँसी एक समृद्ध ऐतिहासिक और सांस्कृतिक विरासत का दावा करता है, जिसमें ऐसे स्थल हैं, जो वीरता, कला और परंपरा की कहानियाँ कहते हैं। सांस्कृतिक प्रथाओं को पुनर्जीवित करने और विरासत को संरक्षित करने की पहल का उद्देश्य न केवल अतीत का जश्न मनाना है, बल्कि यह सुनिश्चित करना भी है कि आने वाली पीढ़ियों को उत्तराधिकार में एक विरासत मिले, जिस पर वे गर्व कर सकें।

जल विहार महोत्सव, मऊरानीपुर

सामाजिक समरसता और समावेशिता

सांस्कृतिक पुनर्जागरण विभिन्न समुदायों को अपनी अनूठी सांस्कृतिक विशेषताओं को व्यक्त करने और जश्न मनाने के लिए एक मंच प्रदान करके सामाजिक सद्भाव को बढ़ावा देता है। रविंद्र कुमार ने झाँसी की कल्पना समावेशिता के एक मॉडल के रूप में

की, जहाँ विविध सांस्कृतिक प्रथाएँ सामंजस्यपूर्ण रूप से सह-अस्तित्व में रह सकती हैं, एक जीवंत और एकजुट समाज में योगदान कर सकती हैं।

झाँसी में सांस्कृतिक पुनर्जागरण के मूल में रविंद्र कुमार का दूरदर्शी नेतृत्व रहा। उनके बहुमुखी दृष्टिकोण में न केवल शहर के ऐतिहासिक महत्त्व को पहचानना शामिल था, बल्कि सांस्कृतिक गौरव की भावना पैदा करने के लिए इसके निवासियों के साथ सक्रिय रूप से जुड़ना भी शामिल था। यह पहल विभिन्न क्षेत्रों में शुरू हुई, जिनमें से प्रत्येक ने जीवंत और सांस्कृतिक रूप से समृद्ध झाँसी के व्यापक लक्ष्य में योगदान दिया।

त्योहार एवं उत्सव

त्योहार किसी समुदाय के सांस्कृतिक ताने-बाने के अभिन्न अंग हैं। रविंद्र कुमार ने विभिन्न समुदायों को एकजुट करने के लिए त्योहारों की क्षमता को पहचानते हुए, झाँसी की सांस्कृतिक समृद्धि को प्रदर्शित करने वाले भव्य समारोहों का समर्थन और आयोजन किया। कला प्रदर्शनियों, संगीत प्रदर्शनों और सांस्कृतिक प्रदर्शनों के साथ पारंपरिक त्योहार, निवासियों के लिए अपनी विरासत की विविधता के साथ जुड़ने और उसकी सराहना करने के मंच बन गए।

कला एवं सांस्कृतिक कार्यक्रम

कलात्मक अभिव्यक्तियों को पोषित करने और सांस्कृतिक विविधता का जश्न मनाने के लिए, रविंद्र कुमार ने कला और सांस्कृतिक कार्यक्रमों की एक श्रृंखला शुरू की। इन आयोजनों में पेंटिंग प्रदर्शनियाँ, थिएटर प्रदर्शन, नृत्य गायन और साहित्यिक उत्सव शामिल थे, जो झाँसी के भीतर की प्रतिभा को प्रदर्शित करते थे। स्थानीय कलाओं और कलाकारों को प्रोत्साहित करके इस पहल का उद्देश्य एक सांस्कृतिक पारिस्थितिकी तंत्र बनाना था, जो रचनात्मकता और अभिव्यक्ति के आधार पर पनपे।

विरासत संरक्षण और पुनरुद्धार

झाँसी के ऐतिहासिक स्थलों को संरक्षित करना सांस्कृतिक पुनर्जागरण पहल की आधारशिला बनी। रविंद्र कुमार ने विरासत संरक्षण विशेषज्ञों के सहयोग से प्रमुख विरासत स्थलों के जीर्णोद्धार और रखरखाव के लिए परियोजनाएँ शुरू कीं। इसमें प्रतिष्ठित झाँसी किला, रानी महल और अन्य सांस्कृतिक रूप से महत्त्वपूर्ण संरचनाएँ शामिल थीं, जिनका ऐतिहासिक और स्थापत्य महत्त्व था।

राजकीय संग्रहालय, झाँसी में कला प्रदर्शनी का आयोजन

सांस्कृतिक शिक्षा और कार्यशालाएँ

युवाओं में सांस्कृतिक जागरूकता और प्रशंसा की भावना पैदा करने के लिए सांस्कृतिक शिक्षा कार्यक्रम और कार्यशालाएँ आयोजित की गईं। इन पहलों का उद्देश्य पीढ़ीगत अंतर को पाटना है, यह सुनिश्चित करना है कि पारंपरिक प्रथाओं को न केवल संरक्षित किया जाए, बल्कि युवा आबादी द्वारा इन्हें सक्रिय रूप से अपनाया जाए। सांस्कृतिक कार्यशालाओं में पारंपरिक कला, भाषा अध्ययन और ऐतिहासिक कहानी कहने जैसे विषयों को शामिल किया गया।

सामाजिक एकता और पहचान पर प्रभाव

रविंद्र कुमार के नेतृत्व में सांस्कृतिक पुनर्जागरण पहल ने झाँसी के सामाजिक ताने-बाने पर एक अमिट छाप छोड़ी। इसका प्रभाव शहर के सौंदर्य संवर्धन से कहीं आगे तक बढ़ा; इसने सामाजिक एकता को बढ़ावा देने, सांस्कृतिक पहचान को संरक्षित करने और साझा विरासत की भावना पैदा करने में महत्त्वपूर्ण भूमिका निभाई।

त्योहार और सांस्कृतिक उत्सव सांप्रदायिक कार्यक्रम बन गए, जो निवासियों को उनकी अलग-अलग सांस्कृतिक या धार्मिक पृष्ठभूमि के बावजूद एक साथ लाते थे। सांस्कृतिक उत्सवों के साझा अनुभव ने सामाजिक बंधनों को मजबूत किया, एकता और सामुदायिक एकजुटता की भावना को बढ़ावा दिया।

सांस्कृतिक प्रथाओं को पुनर्जीवित करने और विरासत को संरक्षित करने की पहल ने झाँसी के निवासियों के बीच सांस्कृतिक गौरव की भावना को बढ़ाने में योगदान

दिया। सांस्कृतिक पहचान गौरव का स्रोत बन गई, जिससे शहर के समृद्ध इतिहास और परंपराओं की सामूहिक समझ को बढ़ावा मिला।

सांस्कृतिक पुनर्जागरण पहल ने विविध सांस्कृतिक अभिव्यक्तियों के लिए एक मंच प्रदान करके सक्रिय रूप से समावेशिता को बढ़ावा दिया। निवासियों को विभिन्न समुदायों की परंपराओं और प्रथाओं की सराहना करने और उनके साथ जुड़ने, स्वीकृति और पारस्परिक सम्मान के माहौल को बढ़ावा देने के लिए प्रोत्साहित किया गया।

□

17

शिकायत निवारण में अभिनवता

(1) सार्वजनिक भूमि—तालाब, खलिहान, श्मशान, खेल के मैदान, आरक्षित भूमि आदि पर अतिक्रमण

सार्वजनिक भूमि, जिसमें तालाब, खलिहान, श्मशान, खेल के मैदान और अन्य आरक्षित क्षेत्र शामिल हैं, एक समुदाय की भलाई और एकजुटता के लिए अपने-अपने आंतरिक मूल्य रखते हैं। ये स्थान सामाजिक, सांस्कृतिक और मनोरंजक गतिविधियों का केंद्र हैं, जो सामूहिक जुड़ाव, आपसी सहयोग और स्थानीय विरासत के संरक्षण के लिए मंच के रूप में कार्य करते हैं। ऐसे क्षेत्रों पर अतिक्रमण और कब्जा न केवल भौतिक परिदृश्य के लिए बल्कि समुदाय के सामाजिक ताने-बाने के लिए भी खतरा पैदा करता है।

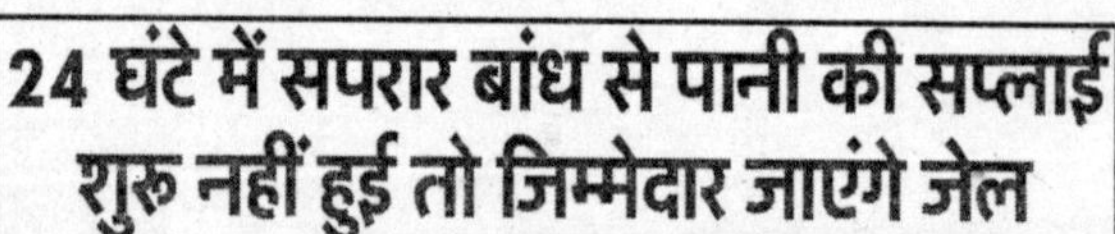

24 घंटे में सपरार बांध से पानी की सप्लाई शुरू नहीं हुई तो जिम्मेदार जाएंगे जेल

जिलाधिकारी ने बांध का निरीक्षण कर दस दिन में भी खराबी दूर न करने पर जल संस्थान के अधिकारियों को फटकार लगाई

अमर उजाला ब्यूरो

सपरार बांध का निरीक्षण करते डीएम और एसडीएम। -अमर उजाला

पानी की सप्लाई के लिए बंद पड़ा पंप हाउस। -अमर उजाला

गरौठा में चिह्नित स्थानों पर टैंकर से पहुंचाया जाए पानी

अमर उजाला ब्यूरो

जलसंस्थान के अधिकारियों के साथ बैठक करते एसडीएम। -अमर उजाला

उप जिलाधिकारी ने जल संस्थान और पंचायत कर्मचारियों के साथ की बैठक

निवारक उपाय : रविंद्र कुमार का दृष्टिकोण

- अतिक्रमित सार्वजनिक भूमि को पुनः प्राप्त करने के लिए कानूनी हस्तक्षेप शुरू किया। इसमें अतिक्रमणों की पहचान करने, सीमाओं का सीमांकन करने और सार्वजनिक स्थानों के स्वामित्व और उपयोग के संबंध में कानूनी स्पष्टता सुनिश्चित करने के लिए व्यापक भूमि सर्वेक्षण करना शामिल था।
- अतिक्रमण के दोषी पाए गए व्यक्तियों या संस्थाओं के खिलाफ कानूनी कारवाई की गई, जिससे सार्वजनिक भूमि को उसके इच्छित उद्देश्य के लिए बहाल करने में मदद मिली।
- शिकायत निवारण प्रक्रिया में सामुदायिक जागरूकता हेतु प्रशासन सक्रिय रूप से समुदाय के साथ जुड़ा, सार्वजनिक स्थानों को संरक्षित करने के महत्त्व के बारे में जागरूकता बढ़ाई गई तथा अतिक्रमणों की रिपोर्ट करने और रोकने में निवासियों का सहयोग माँगा गया।
- शिकायत निवारण प्रक्रिया को सुव्यवस्थित करने में तकनीकी समाधानों को अपनाया गया। रविंद्र कुमार के प्रशासन ने डिजिटल प्लेटफॉर्म द्वारा निवासियों को अतिक्रमण की रिपोर्ट करने, उनकी शिकायतों की स्थिति को ट्रैक करने और समाधान प्रक्रिया पर वास्तविक समय अपडेट प्राप्त करने की सुविधा दी। इस तकनीकी एकीकरण ने शिकायत निवारण तंत्र में पारदर्शिता, दक्षता और सामुदायिक भागीदारी को बढ़ाया।
- भूमि अतिक्रमणों की निगरानी और समाधान के लिए प्रशासन के भीतर समर्पित इकाइयों की स्थापना, अपराधियों के लिए सख्त दंड की शुरुआत और भविष्य के अतिक्रमणों को रोकने के लिए निवारक उपायों का कार्यान्वयन शामिल किया गया।

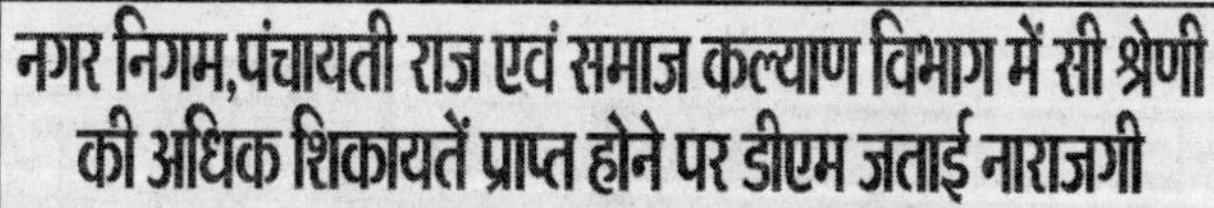

नगर निगम, पंचायती राज एवं समाज कल्याण विभाग में सी श्रेणी की अधिक शिकायतें प्राप्त होने पर डीएम जताई नाराजगी

एक्सल समाचार, झांसी। जिलाधिकारी रविंद्र कुमार ने आईजीआरएस एवं ऑनलाइन शिकायतें, हेल्पलाइन- 1076 माध्यमों से प्राप्त शिकायतों के संबंध में विकास भवन सभागार में बैठक की।

जिलाधिकारी ने कहा कि माह अक्टूबर में जनपद आईजीआरएस निस्तारण में तीसरे पायदान पर रहा है यह स्थिति संतोषजनक है परंतु सभी अधिकारी आपसी सामंजस्य और दृढ़ता से शिकायतों का निस्तारण करना सुनिश्चित करें ताकि जनपद प्रथम श्रेणी प्राप्त कर सके। उन्होंने निर्देश दिये कि जन सामान्य की समस्याओं का गुणवत्तापरक निस्तारण करना शासन की प्राथमिकता का बिन्दु है। इसमें किसी भी प्रकार की लापरवाही क्षम्य नहीं होगी। उन्होंने कहा कि असंतोषजनक/सी श्रेणीकृत की शिकायतों की विभागीय अधिकारी स्वयं समीक्षा करें और प्राप्त फीडबैक वाली असंतोषजनक/सी श्रेणीकृत शिकायतों का भलीभांति प्रकार से परीक्षण करते हुए गुणवत्ता पर निस्तारण करना सुनिश्चित करें। जिलाधिकारी ने समस्त विभाग के अधिकारियों को निर्देश दिये कि वे भी बार-बार प्राप्त हो रहीं शिकायतों/असंतोषजनक/सी श्रेणीकृत शिकायतों के संबंध में सम्बन्धित अधीनस्थ अधिकारीवार समीक्षा करें एवं अधीनस्थ अधिकारी को नोटिस निर्गत करें एवं 07-दिवस के अन्दर जवाब मांगे। शिकायत सही निस्तारण न होने पर अधीनस्थ अधिकारियों की जिम्मेवारी सुनिश्चित कर उनके विरूद्ध कार्यवाही सुनिश्चित करें। बैठक में उन्होंने अधिकारियों से सबसे अधिक गांव/ क्षेत्र से आ रही शिकायतों के संबंध में जानकारी प्राप्त की। उन्होंने नगर निगम, समाज कल्याण विभाग, पंचायत राज विभाग को निर्देश दिए सभी विभाग भ्रमण करते हुए शिकायत का निस्तारण करना सुनिश्चित करें। अपर जिलाधिकारी नमामि गंगे संजय पांडेय बताया कि माह अक्टूबर में सभी विभागों द्वारा शिकायतों के निस्तारण में रुचि ली गई, जिस कारण शिकायतों के निस्तारण की स्थिति बेहतर है।

(2) विभागीय योजनाओं में भ्रष्टाचार, वित्तीय अनियमितता, लापरवाही की जाँच

पारदर्शी और जवाबदेह शासन की निरंतर खोज में झाँसी में जिला मजिस्ट्रेट रविंद्र कुमार के प्रशासन ने भ्रष्टाचार, वित्तीय अनियमितताओं और विभागीय योजनाओं में लापरवाही से संबंधित शिकायतों के समाधान के लिए एक मजबूत शिकायत निवारण तंत्र लागू किया। किसी भी प्रशासनिक ढाँचे में, जवाबदेही वह धुरी है, जो सार्वजनिक विश्वास, राजकोषीय विवेक और विकासात्मक योजनाओं के सफल कार्यान्वयन को सुनिश्चित करती है। सार्वजनिक धन की पवित्रता बनाए रखने, नागरिकों के हितों की रक्षा करने और सरकारी विभागों के भीतर ईमानदारी के माहौल को बढ़ावा देने के लिए भ्रष्टाचार, वित्तीय अनियमितताओं और लापरवाही की जाँच करना महत्त्वपूर्ण है।

24 घंटे में सपरार बांध से पानी की सप्लाई शुरु नहीं हुई तो जिम्मेदार जाएंगे जेल

जिलाधिकारी ने बांध का निरीक्षण कर दस दिन में भी खराबी दूर न करने पर जल संस्थान के अधिकारियों को फटकार लगाई

अमर उजाला ब्यूरो

मऊरानीपुर। जल संस्थान का अमला दस दिन के बाद भी सपरार बांध से जलसंस्थान को जलापूर्ति करने में नाकाम रहा। इससे मऊरानीपुर नगर समेत कई गांवों में पानी का संकट है। बुधवार को जिलाधिकारी ने सपरार बांध पहुंचकर अधिकारियों को जमकर फटकार लगाई।

जिलाधिकारी ने अधिकारियों से कहा कि इतने दिन से जलसंस्थान के अधिकारी जल संयंत्र की खामी को ठीक नहीं कर पाए हैं जबकि उपजिलाधिकारी ने हर तरह की सहायता उपलब्ध कराई, गोताखोर भी उपलब्ध कराए। इसके बावजूद पानी की सप्लाई क्यों नहीं हो पा रही है। जिलाधिकारी रविंद्र कुमार ने मौके पर मौजूद जलसंस्थान के अधिकारियों को चौबीस घंटे के अंदर जलापूर्ति करने का आदेश दिया। उन्होंने कहा कि यदि चौबीस घंटे में पानी की सप्लाई चालू नहीं की गई तो इसके लिए जिम्मेदार अधिकारियों के खिलाफ मुकदमा दर्ज कराकर जेल भेजा जाएगा।

जिलाधिकारी ने संयंत्र ठीक न होने की स्थिति में सपरार बांध में 6 मोटरें लगाकर पानी की सप्लाई करने के आदेश दिए। इस दौरान सपरार बांध पर जलसंस्थान के महाप्रबंधक, अधिशासी अभियंता व अन्य अधिकारी व कर्मचारी उपस्थित रहे। मालूम हो कि सपरार बांध में बने संयंत्र से लिफ्ट से सिस्टम से बांध से पानी की सप्लाई जल संस्थान को की जाती है। इसके बाद जलसंस्थान के वाटर फिल्टर प्लांट से जल को शोधित कर पानी की सप्लाई की जाती है। जलसंस्थान की जलापूर्ति ठप है। जलसंस्थान पर एसडीओ व चार जेई तैनात हैं लेकिन वर्तमान में कई वर्ष से यहां कोई एसडीओ नहीं रहा न ही यहां जेई है। कर्मचारियों का भी भारी टोटा है। जलसंस्थान के काम ठेकेदारों द्वारा दिहाड़ी मजदूरों से कराए जाते हैं। जलसंस्थान की बदइंतजामी का सबसे बड़ा सबूत तो यह है कि जलसंस्थान में स्थित पानी की टंकी से लगभग बीस वर्ष से पानी की सप्लाई नहीं की गई है जिससे नलों में फोर्स नहीं आता जिसके कारण उपभोक्ताओं को अपने घरों में टिल्लू व छोटी मोटरें लगाकर पानी लेना पड़ता है।

जलसंस्थान की बदइंतजामी के कारण पिछले एक दशक में एक भी जल संयोजन नहीं बढ़ा। जिलाधिकारी के साथ वरिष्ठ पुलिस अधीक्षक शिवहरी मीणा, उपजिलाधिकारी अंकुर श्रीवास्तव व जल संस्थान के महाप्रबंधक कुलदीप सिंह, एसडीओ सिंचाई सौरभ श्रीवास्तव एवं अन्य अधिकारीगण उपस्थित रहे।

सपरार बांध का निरीक्षण करते डीएम और एसएसपी। -अमर उजाला

पानी की सप्लाई के लिए बंद पड़ा पंप हाउस। -अमर उजाला

गरौठा में चिह्नित स्थानों पर टैंकर से पहुंचाया जाए पानी

उप जिलाधिकारी ने जल संस्थान और पंचायत कर्मचारियों के साथ की बैठक

अमर उजाला ब्यूरो

गरौठा। पानी की शिकायतों को लेकर उपजिलाधिकारी जितेंद्र सिंह बीरवाल ने जल संस्थान के अधिकारियों व नगर पंचायत के कर्मचारियों के साथ बैठक की। आधा दर्जन वार्डों में पानी की गंभीर समस्या के निदान के लिए टैंकरों से जलापूर्ति केनिर्देश दिए। आधा दर्जन वार्डों में चिन्हित स्थानों पर ही टैंकर से लोगों को पानी मिलेगा। चिन्हित स्थानों के अलावा कहीं भी टैंकर खड़ा पाया गया तो टैंकर के चालक के खिलाफ कार्रवाई की जाएगी।

जलसंस्थान के अधिकारियों के साथ बैठक करते एसडीएम। -अमर उजाला

उपजिलाधिकारी ने जल संस्थान के महा प्रबंधक, अवर अभियंता, कर्मचारियों के साथ कार्यालय में बैठक ली जिसमें उपजिलाधिकारी ने जल संस्थान के महाप्रबंधक से गरौठा कस्बे में गंभीर हो रही पानी की समस्या के निदान के लिए सक्रिय रहने निर्देश दिए। उन्होंने कहा कि गर्मी को देखते हुए कहीं भी पानी की शिकायत नहीं आना चाहिए। उपजिलाधिकारी ने बताया कि कस्बे के आंबेडकर नगर, राजेंद्र नगर, जवाहर नगर, गायत्री नगर, राम नगर, पटेल नगर, गांधी नगर में पानी की भीषण किल्लत है। इस मौके पर बृजकिशोर मिश्रा, गुड्डू सक्सेना, राहुल सिंह, हरिओम रायकवार, गोविन्द सिंह सिसोदिया मौजूद रहे।

निवारक उपाय : रविंद्र कुमार का दृष्टिकोण

रविंद्र कुमार के प्रशासन ने शिकायत निवारण के लिए एक सक्रिय और बहुआयामी दृष्टिकोण अपनाया, विशेष रूप से भ्रष्टाचार, वित्तीय अनियमितताओं और विभागीय योजनाओं में लापरवाही से संबंधित मामलों में इस दृष्टिकोण में नागरिक चिंताओं के लिए व्यापक और प्रभावी प्रतिक्रिया सुनिश्चित करने के लिए कानूनी उपाय, तकनीकी हस्तक्षेप, हितधारक जुड़ाव और प्रणालीगत सुधार शामिल किए।

सरकारी विभागों के भीतर भ्रष्टाचार की जाँच और समाधान के लिए एक मजबूत कानूनी ढाँचा स्थापित किया गया। इसमें भ्रष्टाचार विरोधी उपायों का क्रियान्वयन शामिल था; इसके अलावा मौजूदा कानूनों का सख्ती से पालन करना, जहाँ आवश्यक हो वहाँ नए कानून की शुरुआत करना और अपराधियों पर मुकदमा चलाने के लिए कानून प्रवर्तन एजेंसियों के साथ सहयोग करना भी शामिल था।

जवाबदेही के लिए प्रौद्योगिकी को एक उपकरण के रूप में अपनाते हुए रविंद्र कुमार के प्रशासन ने वित्तीय लेन-देन की निगरानी, धन संवितरण को ट्रैक करने और अनियमितताओं की पहचान करने के लिए डिजिटल प्लेटफॉर्म एवं डेटा एनालिटिक्स को लागू किया। इस प्रौद्योगिकी संचालित दृष्टिकोण ने पारदर्शिता बढ़ाई, वित्तीय कदाचार की गुंजाइश कम की और इससे जाँच प्रक्रिया में तेजी आई।

बंगरा गौशाला में अनियमितता बरतने पर ग्राम प्रधान व सचिव से 374400 रुपये की वसूली

- शासन की योजनाओं में पलीता लगाने वालों को बख्शा नहीं जाएगाः डीएम
- धनराशि की गड़बड़ी करने पर संबंधित के विरुद्ध होगी सख्त कार्यवाही

झाँसी, दैनिक जनहित दर्शन

जिलाधिकारी रविंद्र कुमार ने निर्देश देते हुए कहा कि शासकीय कार्यों में धन के दुरुपयोग को किसी भी दशा में स्वीकार नहीं किया जाएगा। विकासखंड बंगरा की ग्राम पंचायत भिटौरा गोआश्रय स्थल का निरीक्षण के दौरान मिली गड़बड़ियों की जांच कराए जाने गो आश्रय स्थल में धन के दुरुपयोग पर ग्राम प्रधान, सचिव ग्राम पंचायत के विरुद्ध वसूली आदेश देते हुए निर्देश दिए कि उक्त धनराशि रुपये 374400 जमा करना सुनिश्चित करें। उक्त धनराशि संबंधित बैंक खाता में जमा करा दी गई है।जिलाधिकारी रविंद्र कुमार द्वारा 18 मार्च 2023 को ग्राम भिटौरा की उक्त गौशाला में निरीक्षण के दौरान पशु चिकित्साधिकारी बंगरा द्वारा माह सितम्बर 2022 में लगभग 300 गौवंश का होना बताया गया था, परन्तु ग्राम पंचायत भिटौरा की गौशाला के गौशाला की जांच के दौरान नायब तहसीलदार मऊरानीपुर को लगभग 250 गौवंश मिले। शेष 100 गौवंशों के सम्बन्ध मे मौके पर मौजूद स्थानीय की समस्त गो आश्रय स्थलों का गंभीरतापूर्वक निरीक्षण किया जाए ताकि अनियमितता को रोका जा सके। उन्होंने यह भी निर्देश दिए की भविष्य में यदि गो आश्रय स्थल में उपलब्ध धनराशि का दुरुपयोग किया जाता है तो संबंधित के विरुद्ध सख्ततम कार्यवाही अमल में लाई जाएगी।

हितधारकों की सहभागिता को प्रोत्साहित करना रविंद्र कुमार की रणनीति की आधारशिला बनी। प्रशासन ने भ्रष्टाचार और वित्तीय अनियमितताओं के मामलों की रिपोर्ट करने में नागरिकों, नागरिक समाज संगठनों और सरकारी कर्मचारियों से सक्रिय रूप से सहयोग माँगा। जानकारी के साथ आगे आने वाले व्यक्तियों की सुरक्षा के लिए व्हिसलब्लोअर सुरक्षा तंत्र स्थापित किए गए।

विभागीय योजनाओं में लापरवाही को दूर करने के लिए, रविंद्र कुमार ने प्रक्रियाओं को सुव्यवस्थित करने, औचक निरीक्षण, निगरानी तंत्र को बढ़ाने और विभिन्न स्तरों पर जवाबदेही लागू करने के लिए प्रणालीगत सुधार शुरू किए। इनमें योजना क्रियान्वयन की प्रभावकारिता का मूल्यांकन करने के लिए प्रदर्शन ऑडिट, नियमित समीक्षा और प्रमुख प्रदर्शन संकेतक (केपीआई) की शुरुआत शामिल थी।

(3) पट्टे की भूमि एवं तालाब पर कब्जे की शिकायत

किसी समुदाय के दिल की धड़कन अकसर उसके निवासियों के निकटतम मुद्दों से गूँजती है। झाँसी के मामले में एक महत्त्वपूर्ण शिकायत सामने आई—पट्टे की भूमि और तालाब पर कब्जे, जिससे अतिक्रमण, पर्यावरणीय प्रभाव और सांप्रदायिक स्थानों में संभावित व्यवधान के बारे में चिंताएँ बढ़ गईं। यह शिकायत रविंद्र कुमार के प्रशासन के लिए एक केंद्रबिंदु बन गईं, जिससे इन घटनाओं से उत्पन्न विशिष्ट चुनौतियों का समाधान करने के लिए एक व्यापक प्रतिक्रिया शुरू हुई।

माफिया से ब्याज सहित हो रही है वसूली : मुख्यमन्त्री

बुन्देलखण्ड के लिए डकैत पुरानी बात हो गए

मुख्यमन्त्री बनने के बाद बुन्देलखण्ड का किया पहला दौरा

सेफ सिटि बन गई झाँसी

नीति के नैतिक सन्देश की सराहना, प्रेरणा लेने का आह्वान

मंच पर यह रहे उपस्थित

निवारक उपाय : रविंद्र कुमार का दृष्टिकोण

पट्टे की भूमि और एक तालाब पर कब्जे से संबंधित विशिष्ट शिकायत के समाधान के लिए रविंद्र कुमार के प्रशासन ने एक बहुआयामी दृष्टिकोण अपनाया। इसमें

कानूनी उपाय, सामुदायिक भागीदारी, प्रशासनिक हस्तक्षेप और स्थायी समाधान शामिल थे, जिनका उद्देश्य सार्वजनिक स्थानों को संरक्षित करना, कानून के शासन को कायम रखना और समुदाय की समग्र भलाई सुनिश्चित करना था।

पट्टे की भूमि और तालाब पर कब्जे को संबोधित करने के लिए एक मजबूत कानूनी ढाँचा तैयार किया गया। इसमें अतिक्रमण की सीमा का पता लगाने और पट्टा समझौतों को मान्य करने के लिए एक विस्तृत भूमि सर्वेक्षण शामिल था। कानूनी उपायों का उद्देश्य संबंधित भूमि और तालाब का सही स्वामित्व, उपयोग और उद्देश्य स्थापित करना था।

रविंद्र कुमार के प्रशासन ने सार्वजनिक स्थानों के संरक्षण के महत्त्व, अतिक्रमण के कानूनी निहितार्थ और सामुदायिक संसाधनों की सुरक्षा की सामूहिक जिम्मेदारी के बारे में जागरूकता बढ़ाने के लिए स्थानीय निवासियों, सामुदायिक नेताओं और हितधारकों को सक्रिय रूप से शामिल किया।

पट्टे की भूमि और तालाब पर कब्जे से संबंधित शिकायतों के समाधान में तेजी लाने के लिए मौजूदा शिकायत निवारण तंत्र को सुव्यवस्थित किया गया। शिकायतों की रिपोर्टिंग को सुविधाजनक बनाने, वास्तविक समय पर अपडेट प्रदान करने तथा प्रशासन और समुदाय के बीच पारदर्शी संचार सुनिश्चित करने के लिए नागरिक संवाद का डिजिटल प्लेटफॉर्म उपयोग किया गया।

पट्टे की भूमि और तालाब पर कब्जे के मूल कारणों को संबोधित करने के लिए प्रशासनिक सुधार शुरू किए गए। इनमें पट्टा समझौतों की व्यापक समीक्षा, भूमि उपयोग के लिए निगरानी तंत्र और अनधिकृत कब्जे को रोकने के लिए सख्त प्रोटोकॉल का क्रियान्वयन शामिल था। प्रशासनिक सुधारों ने एक सक्रिय प्रणाली बनाने की माँग की, जो संभावित अतिक्रमणों को बढ़ने से पहले ही पहचान ले और उनका समाधान कर दे।

(4) भू-माफियाओं से जमीन छुड़ाना

भूमि, एक बहुमूल्य और सीमित संसाधन है, जो झाँसी में भू-माफियाओं के रूप में कार्य करने वाले बेईमान तत्त्वों के लिए युद्ध का मैदान बन गई। इन माफिया तत्त्वों द्वारा भूमि पर अतिक्रमण और अवैध कब्जे ने न केवल जिले के सामाजिक-आर्थिक परिदृश्य के लिए एक गंभीर खतरा पैदा किया, बल्कि कानून के शासन और सार्वजनिक संसाधनों की सुरक्षा के लिए प्रशासन की क्षमता को भी चुनौती दी। कानूनी अस्पष्टताओं, खामियों और कमजोर प्रवर्तन तंत्रों का फायदा उठाकर भू-माफियाओं की गतिविधियाँ सरकारी स्वामित्व वाली और निजी भूमि दोनों तक फैली हुई थीं। अतिक्रमण की सीमा

कृषि भूमि से लेकर प्रमुख शहरी अचल संपत्ति तक थी, जिससे प्रशासन के लिए चुनौतियों का एक जटिल जाल तैयार हो गया।

ज़मीन पर अवैध क़ब्ज़ा करने वाले 49 लोगों पर मुक़दमा

15 हेक्टेयर ज़मीन कराई मुक्त

सरकारी व निजी भूमि पर कब्जा करने वालों की शामत, प्रशासन ने बनाई कुण्डली

झाँसी : जमीन पर अवैध क़ब्ज़ा करने वालों की कुण्डली प्रशासन ने बना ली है। अब तक 49 कब्जाधारियों के खिलाफ 18 एफआइआर दर्ज कराई जा चुकी है तो उनके कब्जे से 15 हेक्टेयर भूमि भी मुक्त कराई जा चुकी है। उधर, प्रशासन ने अब अपराधियों का रिकॉर्ड खँगालना भी शुरू कर दिया है, जिनके ख़िलाफ़ कभी भी सरकारी बुलडोज़र हमला बोल सकता है। जिलाधिकारी रविन्द्र कुमार ने अभियान को तेज करने के निर्देश दिए हैं।

इन पर की गई कार्यवाही

अपर जिलाधिकारी (प्रशासन) अरुण कुमार सिंह ने बताया कि मिट्टू निवासी नेहरूनगर मोठ, रविन्द्र कुमार निवासी सिमथरी, प्रेमनारायण, घनश्याम, अशोक कुमार लोधी निवासी परगहना तहसील मोठ, नरेन्द्र कुमार निवासी नईबस्ती झाँसी, धर्मेन्द्र व कम्मोद निवासी ग्राम काडौर, अमर सिंह निवासी रौतानपुरा, मम्नू खान निवासी रौतानपुरा, हसन खान, तेज़ खान एवं भूरे खान निवासी रानापुरा तहसील गरौठा, वीरसिंह निवासी एवनी तहसील गरौठा, आशीष कुमार, सुखदेव सिंह, अजीत खान, रामकुमारी व सुलेखा, ब्रजेन्द्र कुमार, करन सिंह, कमलेशू, अजबपाल निवासी पथरेडी, रामस्वरूप, मनीराम निवासी राजापुर थाना रक्सा, रेखा पत्नी राजकुमार, राजकुमार, शशिप्रभा पत्नी राजकुमार एवं रामकुमार निवासी केके पुरी कॉलनि थाना सीपरी बाज़ार, सियाराम, शिशुपाल राजपूत, सुभाष राजपूत निवासी थाना रक्सा, दारा सिंह निवासी ग्राम सिजवाहा थाना रक्सा, चन्नु, उत्तम सिंह, नन्द किशोर, राजकुमार, श्रवण व अंगूरी पत्नी उत्तम निवासी जौरी बुजुर्ग थाना बड़ागाँव, ईदा बेगम, अनीस, नफीस, नशीमो, हसन भाई निवासी मोहल्ला इस्माईल, जगदीश झा, श्यामलाल, नीलेश झा निवासी इन्दीवर नगर बरुआसागर के विरुद्ध कार्यवाही की गयी है।

निवारक उपाय : रविंद्र कुमार का दृष्टिकोण

भू-माफियाओं की विकट चुनौती का सामना करते हुए रविंद्र कुमार के प्रशासन ने अतिक्रमित भूमि से संबंधित शिकायतों के समाधान के लिए कानूनी उपायों, तकनीकी नवाचारों, सामुदायिक भागीदारी और प्रशासनिक सुधारों को मिलाकर एक बहुआयामी दृष्टिकोण अपनाया। रणनीतियों का उद्देश्य न केवल भूमि को पुनः प्राप्त करना था, बल्कि उन संरचनात्मक नींवों को भी नष्ट करना था, जिन्होंने भू-माफियाओं को पनपने की अनुमति दी थी।

भू-माफियाओं के खिलाफ काररवाई शुरू करने के लिए एक मजबूत कानूनी ढाँचा नियोजित किया गया। इसमें अतिक्रमित भूमि की पहचान, कानूनी दस्तावेजीकरण और अपराधियों के खिलाफ मामले दर्ज करना शामिल था। कानूनी उपाय न केवल भूमि को पुनः प्राप्त करने के लिए बल्कि दोषियों को उनके कार्यों के लिए जवाबदेह ठहराने के लिए भी किए गए।

प्रशासन ने अतिक्रमित भूमि की पहचान और मानचित्रण को सुव्यवस्थित करने के लिए तकनीकी नवाचारों का लाभ उठाया। एक व्यापक डेटाबेस बनाने के लिए भौगोलिक सूचना प्रणाली (जीआईएस) तकनीक, उपग्रह इमेजरी और डिजिटल भूमि रिकॉर्ड का उपयोग किया गया, जिससे भूमि उपयोग की एक सटीक और कुशल निगरानी की सुविधा मिली।

भू-माफियाओं से निपटने में सामुदायिक भागीदारी की भूमिका को पहचानते हुए प्रशासन ने सतर्क नागरिकों को अतिक्रमण की घटनाओं की रिपोर्ट करने के लिए प्रोत्साहित किया। बहुमूल्य जानकारी के साथ आगे आने वालों की सुरक्षा और गुमनामी सुनिश्चित करने के लिए व्हिसलब्लोअर जैसे सुरक्षा तंत्र स्थापित किए गए थे।

उन प्रणालीगत मुद्दों को संबोधित करने के लिए प्रशासनिक सुधार शुरू किए गए, जिन्होंने भू-माफियाओं की बेखौफ काम करने की प्रवृत्ति पर रोक लगा दी। इसमें भूमि

आवंटन प्रक्रियाओं की समीक्षा, भूमि लेन-देन में पारदर्शिता बढ़ाना और धोखाधड़ी वाले भूमि सौदों को रोकने के लिए सख्त प्रोटोकॉल का क्रियान्वयन शामिल था।

(5) राजस्व अभिलेखों में त्रुटियाँ, संशोधन और फर्जी प्रविष्टियाँ

भूमि और राजस्व रिकॉर्ड प्रशासनिक कामकाज का आधार बनते हैं, जो भूमि स्वामित्व, संपत्ति के अधिकार और समग्र सामाजिक-आर्थिक परिदृश्य को प्रभावित करते हैं। हालाँकि, त्रुटियों, संशोधनों और राजस्व रिकॉर्ड में फर्जी प्रविष्टियों को शामिल करने से झाँसी में एक महत्त्वपूर्ण चुनौती पेश हुई, जिससे भूमि स्वामित्व की अखंडता, संपत्ति लेन-देन और प्रशासनिक सटीकता में जनता का विश्वास प्रभावित हुआ। राजस्व रिकॉर्ड में भूमि के स्वामित्व, सीमाओं और अन्य महत्त्वपूर्ण विवरणों को दर्ज करने में गलतियों ने न केवल भ्रम पैदा किया, बल्कि वास्तविक दुनिया में इसके परिणाम भी सामने आए। अशुद्धियाँ विवादों, कानूनी लड़ाइयों तथा व्यक्तियों और समुदायों के लिए संपत्ति के अधिकारों की संभावित हानि का कारण बन सकती हैं।

निवारक उपाय : रविंद्र कुमार का दृष्टिकोण

रविंद्र कुमार के प्रशासन ने कानूनी उपायों, तकनीकी हस्तक्षेपों, सामुदायिक सहभागिता और प्रशासनिक सुधारों के संयोजन के साथ एक व्यापक रणनीति के साथ राजस्व रिकॉर्ड विसंगतियों की चुनौती का सामना किया। इसका उद्देश्य न केवल त्रुटियों और फर्जी प्रविष्टियों को सुधारना था, बल्कि भविष्य में ऐसी विसंगतियों की पुनरावृत्ति को रोकना भी था।

विसंगतियों, त्रुटियों और फर्जी प्रविष्टियों की पहचान करने के लिए राजस्व रिकॉर्ड की कानूनी जाँच और ऑडिट शुरू की गई। इसमें मौजूदा प्रविष्टियों की सटीकता का पता लगाने और किसी भी अनधिकृत संशोधन का पता लगाने के लिए भूमि के स्वामित्व, स्वामित्व दस्तावेजों और ऐतिहासिक अभिलेखों की गहन जाँच शामिल थी।

प्रशासन ने रिकॉर्ड प्रबंधन को सुव्यवस्थित करने, मैन्युअल त्रुटियों को कम करने और राजस्व रिकॉर्ड की समग्र सटीकता को बढ़ाने के लिए प्रौद्योगिकी को अपनाया। रिकॉर्ड को बनाए रखने और अद्यतन करने के लिए एक सुरक्षित और पारदर्शी प्रणाली बनाने के लिए डिजिटल प्लेटफॉर्म, डेटा एनालिटिक्स और भौगोलिक सूचना प्रणाली (जीआईएस) तकनीक को नियोजित किया गया।

त्रुटियों और फर्जी प्रविष्टियों में योगदान देने वाले प्रणालीगत मुद्दों के समाधान के लिए प्रशासनिक सुधार शुरू किए गए। रिकॉर्ड अपडेट के लिए सख्त प्रोटोकॉल, रिकॉर्ड

रखने की प्रक्रियाओं में पारदर्शिता बढ़ाना और भ्रष्टाचार विरोधी उपायों का क्रियान्वयन सुधार एजेंडे के महत्त्वपूर्ण घटक थे।

(6) फसल हानि और मुआवजा

झाँसी की अर्थव्यवस्था की रीढ़ होने के नाते, कृषि को कई चुनौतियों का सामना करना पड़ता है, जिनमें मौसम की अप्रत्याशित स्थिति, प्राकृतिक आपदाएँ और कीट संक्रमण प्रमुख हैं। फसल के नुकसान से किसानों पर गंभीर आर्थिक प्रभाव पड़ सकता है, जिससे उनकी आजीविका और क्षेत्र की समग्र कृषि स्थिरता को खतरा हो सकता है। सूखा, बाढ़ या कीट प्रकोप जैसे किसानों के नियंत्रण से परे कारकों के कारण फसल के नुकसान के परिणामस्वरूप अकसर वित्तीय संकट होता है। संभावित आय के नुकसान के साथ-साथ निवेश को पुनर्प्राप्त करने में असमर्थता, किसानों को कर्ज के चक्र में धकेल सकती है और खुद तथा उनके परिवार को बनाए रखने की उनकी क्षमता को खतरे में डाल सकती है।

झाँसी जिले के एक धान क्रय केंद्र में समस्याओं की जानकारी लेते हुए

निवारक उपाय : रविंद्र कुमार का दृष्टिकोण

रविंद्र कुमार के प्रशासन ने समय पर मुआवजे, सुव्यवस्थित प्रक्रियाओं और सामुदायिक भागीदारी पर ध्यान केंद्रित करते हुए एक सक्रिय और सहानुभूतिपूर्ण रणनीति के साथ फसल के नुकसान की चुनौती का सामना किया। लक्ष्य न केवल किसानों की तात्कालिक जरूरतों को पूरा करना था, बल्कि एक ऐसा ढाँचा स्थापित करना भी था, जो भविष्य में फसल के नुकसान के प्रभाव को कम कर सके।

तैयारियों और प्रतिक्रिया तंत्र को बढ़ाने के लिए, प्रशासन ने मौसम की स्थिति, कीटों के प्रकोप और फसलों के लिए अन्य संभावित खतरों के लिए प्रारंभिक चेतावनी प्रणाली लागू की। इससे किसानों को निवारक उपाय करने का विकल्प मिला और जोखिमों के प्रबंधन को करने में अधिक सक्रिय दृष्टिकोण की सुविधा मिली।

फसल के नुकसान का आकलन और दस्तावेजीकरण करने की प्रक्रिया को सुव्यवस्थित करना रणनीति का एक महत्त्वपूर्ण पहलू था। प्रशासन ने नुकसान की सीमा का सटीक आकलन करने के लिए प्रौद्योगिकी और डेटा विश्लेषण के उपयोग सहित कुशल तंत्र लागू किया। इससे न केवल मुआवजे की प्रक्रिया में तेजी आई, बल्कि त्रुटियों या विसंगतियों की संभावना भी कम हो गई।

सामुदायिक सहभागिता ने प्रशासन की रणनीति में महत्त्वपूर्ण भूमिका निभाई। किसानों को जोखिम प्रबंधन, फसल बीमा योजनाओं और फसल नुकसान की तुरंत रिपोर्ट करने के महत्त्व के बारे में शिक्षित करने के लिए जागरूकता कार्यक्रम और प्रशिक्षण सत्र आयोजित किए गए। किसानों को ज्ञान के साथ सशक्त बनाने से चुनौतियों से निपटने और उपलब्ध सहायता तक पहुँचने की उनकी क्षमता में वृद्धि हुई है।

प्रशासन ने पारदर्शी मुआवजा तंत्र बनाने पर ध्यान केंद्रित किया, जिससे वित्तीय सहायता का उचित और समान वितरण सुनिश्चित हो सके। इसमें पात्रता मानदंड, मुआवजा राशि और धन वितरित करने की समय-सीमा का स्पष्ट संचार शामिल था। किसानों के बीच विश्वास पैदा करने और सुरक्षा की भावना को बढ़ावा देने में पारदर्शिता महत्त्वपूर्ण थी।

□

18

झाँसी डीएम से नेतृत्व की सीख

शासन के गतिशील परिदृश्य में नेतृत्व वह धुरी है, जो चुनौतियों को अवसरों में बदल देता है और जटिलताओं के बीच प्रगति की कल्पना करता है। झाँसी के डीएम रविंद्र कुमार का नेतृत्व प्रेरणा की किरण के रूप में कार्य करता है, जो अमूल्य सबक प्रदान करता है। यह प्रशासनिक दायरे से परे है।

रविंद्र कुमार के नेतृत्व के मूल में एक सम्मोहक दृष्टि है, जो सामान्य से आगे बढ़कर जिले को उत्कृष्टता की ओर ले जाती है। विजन विकास, उनके नेतृत्व में पेश किया गया व्यापक रोडमैप, दूरदर्शी नेतृत्व के सार को समाहित करता है। यह जिले के विकासात्मक लक्ष्यों, रणनीतियों एवं समृद्ध, समावेशी और टिकाऊ भविष्य के लिए सामूहिक दृष्टिकोण को रेखांकित करता है।

45.39 करोड़ के सापेक्ष 44.96 करोड़ की वसूली, कार्य सराहनीय

राजस्व वृद्धि के लिए जिले में कार्ययोजना बनाकर करें, प्रवर्तन कार्यः डीएम

अवैध शराब के कारोबार करने वालो को चिन्हित कर जेल भेजे

मई माह में 4544 लीटर पकड़ी गई अवैध शराब

जहरीली व अवैध शराब से संबंधित न हो घटनाएं, न हो जनहानि सख्ती से सुनिश्चित करें

झाँसी। जिलाधिकारी रविंद्र कुमार ने कहा कि आबकारी विभाग का राजस्व संग्रह में प्रदेश में एक बडा स्थान है। उन्होने बताया कि वर्तमान में आबकारी विभाग जो राजस्व संग्रह करता है जिसको बढ़ाते हुए लक्ष्य रखा गया है। उन्होने कहा कि इसके लिए विभागीय अधिकारी कार्य योजना बनाकर ईमानदारी व निष्ठा से कार्य करे। जिलाधिकारी ने कहा कि इस वित्तीय वर्ष में संपूर्ण प्रदेश में 20 प्रतिशत की राजस्व वृद्धि का लक्ष्य

रखा गया है इसलिए जिले में वृद्धि करें व राजस्व बढ़ाये। उन्होने कहा कि उच्चाधिकारी नियमित अपने अधीनस्थ कार्यक्षेत्र की समीक्षा करे। स्वयं धरातल पर जाकर कार्यों को देखे। उन्होने कहा कि प्रवर्तन की कार्यवाही को और प्रभावी बनाया जाये। व्यवस्थापन के लक्ष्यो को पूर्ण किया जाये। दुकान के आवंटन जहां शेष है उनको जल्द पूर्ण कराया जाये।

उन्होंने कहा कि अवैध शराब के कारोबार करने वालो को चिन्हित कर उन्हें पुलिस प्रशासन की मदद से जेल भेजे। उन्होने कहा कि जहरीली शराब से संबंधित घटनाएं न हो इसके लिए सतत निगरानी रखे तथा कोई भी जनहानि इस प्रकार की घटनाओ से न हो इसके लिए सभी जिले के अधिकारी परस्पर समन्वय से कार्य करे।

जिलाधिकारी रविंद्र कुमार जनपद में आबकारी विभाग द्वारा माह मई 2022 के कार्यों पर प्रसन्नता व्यक्त करते हुए कहा कि विभाग द्वारा 45.39 करोड़ के लक्ष्य के सापेक्ष 44.96 करोड़ की वसूली अब तक कर ली गई है, उन्होंने कहा ऐसे ही लगातार प्रयास किए जाएं ताकि विभाग अपने वार्षिक लक्ष्य को भी अचीव कर सके। जनपद में माह मई 2022 में 45 44 लीटर जहां अवैध शराब पकड़ी गई और 57 केस जनपद के विभिन्न थानों में दर्ज किए गए उन्होंने कहा कि प्रवर्तन के कार्यों में और तेजी लाएं ताकि अवैध शराब निर्माण व परिवहन पर सख्ती से रोक लगाई जा सके।

पाठ 1 : एक स्पष्ट दृष्टि डालें

झाँसी के डीएम रविंद्र कुमार के नेतृत्व का पहला पाठ स्पष्ट और सम्मोहक दृष्टि डालना है। एक अच्छी तरह से परिभाषित दृष्टि एक मार्गदर्शक प्रकाश के रूप में कार्य करती है, जो प्रशासन और समुदाय के प्रयासों को सामान्य उद्देश्यों की ओर संरेखित करती है। दृष्टि की स्पष्टता एकता को बढ़ावा देती है, कारवाई को प्रेरित करती है और परिवर्तनकारी बदलाव के लिए पथ निर्धारित करती है।

पाठ 2 : उद्देश्यों का सामुदायिक आकांक्षाओं के साथ संरेखण

एक और महत्त्वपूर्ण सबक सामुदायिक आकांक्षाओं के साथ उद्देश्यों का तालमेल है। रविंद्र कुमार का दृष्टिकोण एक अकेला लक्ष्य नहीं है, बल्कि एक साझा प्रयास है, जो लोगों की जरूरतों, सपनों और आकांक्षाओं को ध्यान में रखता है। समावेशी शासन में निर्णय लेने में हितधारकों को शामिल किया जाता है, जिससे यह सुनिश्चित होता है कि प्रशासनिक एजेंडा समुदाय की नब्ज के अनुरूप हो।

पाठ 3 : निरंतर अनुकूलन और उपयुक्तता

दूरदर्शी नेतृत्व स्थिर नहीं होता; इसके लिए निरंतर अनुकूलन और लचीलेपन की आवश्यकता होती है। रविंद्र कुमार के दृष्टिकोण में समुदाय की उभरती जरूरतों के प्रति सचेत रहना और बदलती परिस्थितियों का जवाब देने में चुस्त रहना शामिल है। यह अनुकूलनशीलता सुनिश्चित करती है कि गतिशील चुनौतियों के सामने भी दृष्टिकोण प्रासंगिक और लचीला बना रहे।

झाँसी के डीएम के नेतृत्व के सबक दृष्टि से परे समावेशी शासन के सिद्धांतों तक फैले हुए हैं। रविंद्र कुमार सहयोग, सामुदायिक भागीदारी और निर्णय लेने की प्रक्रियाओं पर जोर देते हैं, जो जिले के भीतर दृष्टिकोण की विविधता को दरशाते हैं।

पाठ 4 : समावेशी निर्णय लेना

समावेशी शासन विविध दृष्टिकोणों को अपनाने से पनपता है। रविंद्र कुमार नागरिकों, सामुदायिक नेताओं और हितधारकों की आवाज को शामिल करते हुए समावेशी निर्णय लेने की प्रक्रियाओं की वकालत करते हैं। टाउन हॉल बैठकें, नागरिक मंच और भागीदारी पहल ऐसे रास्ते हैं, जो समुदाय को जिले के निर्णय लेने वाले ढाँचे में सक्रिय रूप से योगदान करने के लिए सशक्त बनाते हैं।

ग्राम भिटौरा में अनियमितता बरतने पर ग्राम प्रधान, सचिव से हुई धनराशि की वसूली

जनपद में मनरेगा एवं गौशाला का अधिकारी करें निरीक्षण

उद्योग हकीकत, झाँसी।

जिलाधिकारी रविंद्र कुमार ने निर्देश देते हुए कहा कि शासकीय कार्यों में धन के दुरुपयोग को किसी भी दशा में स्वीकार नहीं किया जाएगा। विकासखंड बंगरा की ग्राम पंचायत भिटौरा गोआश्रय स्थल का निरीक्षण के दौरान मिली गड़बड़ियों की जांच कराए जाने गो आश्रय स्थल में धन के दुरुपयोग पर ग्राम प्रधान, सचिव ग्राम पंचायत के विरुद्ध वसूली के आदेश देते हुए निर्देश दिए कि उक्त धनराशि 374400 जमा करना सुनिश्चित करें। उक्त धनराशि संबंधित बैंक खाता में जमा करा दी गई है। जिलाधिकारी रविंद्र कुमार द्वारा विगत दिनो ग्राम भिटौरा की उक्त गौशाला में निरीक्षण के दौरान पशु चिकित्साधिकारी बंगरा द्वारा

माह सितम्बर में लगभग 300 गौवंश का होना बताया गया था। परन्तु ग्राम पंचायत भिटौरा की गौशाला के रजिस्टर के अनुसार 250 ही गौवंश पाये गये। जिससे स्पष्ट है कि गौशाला में गौवंशों की संख्या में भिन्नता है। प्रथम दृष्ट्या गौशाला प्रबंधन में अनियमितताओं के होने की पुष्टि प्रदर्शित होती है। साथ ही गौवंश द्वारा तार फेंसिंग तोड़कर बाहर जाने के तथ्य में भी संदिग्धता है। जिलाधिकारी ने गौशाला की जांच करने के निर्देश दिए।ग्राम भिटौरा गौशाला का निरीक्षण नायब तहसीलदार मऊरानीपुर द्वारा उपलब्ध रजिस्टर की बिंदुवार जांच करते हुए किया गया। उक्त जाँच आख्या के अनुसार दुरूपयोग हुई 374400 की धनराशि के निम्नानुसार ग्राम प्रधान एवं ग्राम विकास अधिकारी प्रथम दृष्ट्या दोषी है।ग्राम भिटौरा गौशाला की जांच के दौरान नायब तहसीलदार मऊरानीपुर को लगभग 250 गौवंश मिले। शेष 100 गौवंशों के सम्बन्ध मे मौके पर मौजूद स्थानीय ग्रामवासियों से पूछताछ की गई परन्तु ग्रामीणों के द्वारा इस सम्बन्ध में किसी भी प्रकार का स्पष्ट मन्तव्य नहीं बताया गया।

पाठ 5 : सहयोगात्मक साझेदारी को बढ़ावा

समावेशी शासन के लिए सहयोगात्मक भागीदारी आवश्यक है। रविंद्र कुमार का नेतृत्व सरकारी एजेंसियों, गैर-लाभकारी संगठनों, व्यवसायों और सामुदायिक नेताओं सहित विभिन्न हितधारकों के साथ संबंधों को बढ़ावा देने के महत्त्व को रेखांकित करता है। ऐसी साझेदारियाँ पहल के प्रभाव को बढ़ाती हैं और सकारात्मक बदलाव के लिए एक सामूहिक शक्ति तैयार करती हैं।

पाठ 6 : सामुदायिक स्वामित्व को प्राथमिकता

समावेशी शासन केवल भागीदारी के बारे में नहीं है; यह सामुदायिक स्वामित्व के बारे में है। रविंद्र कुमार का नेतृत्व पाठ समुदायों को उनके विकास का स्वामित्व लेने के लिए सशक्त बनाने पर जोर देता है। यह स्वामित्व स्वाभिमान, जिम्मेदारी और प्रतिबद्धता की भावना पैदा करता है, जिससे प्रगति के लिए एक स्थायी आधार तैयार होता है।

मनरेगा अंतर्गत गूल खुदाई एवं सफाई कार्य में गड़बड़ी पर 52398 की होगी वसूली

झाँसी, दैनिक जनहित दर्शन

जिलाधिकारी रविंद्र कुमार ने निर्देश देते हुए कहा कि शासकीय कार्यों में धन के दुरुपयोग को किसी भी दशा में स्वीकार नहीं किया जाएगा। उन्होंने आज विकासखंड बामौर के ग्राम पंचायत गोहना में मनरेगा अंतर्गत गूल खुदाई एवं सफाई कार्य में धन के दुरुपयोग पर ग्राम प्रधान, ग्राम विकास अधिकारी एवं तकनीकी सहायक के विरुद्ध वसूली आदेश देते हुए निर्देश दिए कि उक्त धनराशि एक सप्ताह में राज्य स्तर पर संचालित बैंक एसबीआई में जमा करना सुनिश्चित करें।

जिलाधिकारी

16 मार्च के माध्यम से अवगत कराया कि शिकायतकर्ता जगत सिंह कोमल आदि निवासी ग्राम गोहना विकास खण्ड बामौर के शिकायतीपत्र के क्रम में जाँच समिति यथा-सहायक विकास अधिकारी (एस०टी०) एवं ब्लाक तकनीकी सहायक द्वारा 3 मार्च 2022 को ग्राम पंचायत, गोहना में जाकर अभिलेखनीय एवं स्थलीय जाँच की गयी, जिसमें पाया गया कि मनरेगा अन्तर्गत गूल खुदाई एवं सफाई कार्य (जयराम के खेत से विक्रम के खेत तक) को मनरेगा गाइड लाइन के इतर एवं भौतिक स्थिति के विपरित कराया गया है, जिसकी पुष्टि अवर अभि यन्ता (ल.सि.) बामौर श्री देवेन्द्र पाल के स्थलीय परीक्षणोरान्त भी हुई है। ग्राम पंचायत गोहना द्वारा उक्त कार्य पर कुल रुपये 52398 की धनराशि का भुगतान कराया गया है। इस प्रकार गूल खुदाई एवं सफाई कार्य (जयराम के खेत से विक्रम के खेत तक) पर धनराशि रुपये 52398 का दुरूपयोग किया गया है। कार्यालय आयुक्त (एपेक्स टी०ए०सी०), ग्राम्य विकास, उ०प्र० के पत्रांक 1001 / मु०ग्रा०प०/ एतसप / ग्रा०वि०टी०सी०/ सर्कुलर लखनऊ दिनांक 29 सितम्बर 2008 के प्रस्तर 259 (1) अ में वर्णित व्यवस्थानुसार मनरेगा योजनान्तर्गत कार्यों में पायी गयी दुरूपयोग शासकीय धनराशि की वसूली सचिव ग्राम पंचायत/कार्य- प्रभारी, ग्राम प्रधान एवं कार्य की मापी करने वाले अवर अभियन्ता/ तकनीकी सहायक में से प्रत्येक से 33.33- 33.33 (समभाग) प्रतिशत के अनुपात के अनुसार निम्नानुसार आदेश निर्गत किये जाते हैं। विजय कुमार, ग्राम प्रधान, ग्राम पंचायत गोहना, विकास खण्ड बामौर मु0 17466, किशोर कुमार, ग्राम विकास अधिकारी, ग्राम पंचायत गोहना, विकास खण्ड बामौर मु० 17466 रुपये विनोद कुमार जैन, तकनीकी सहायक, ग्राम पंचायत गोहना, विकास खण्ड बामौर मु० 17466 रुपये, विजय कुमार, ग्राम प्रधान, ग्राम प्रधान, ग्राम पंचायत गोहना द्वारा दुरुप्रयोग की गयी शासकीय / मनरेगा की धनराशि को 07 दिवस में राज्य स्तर पर संचालित बैंक एस०बी०आई० के खाता संख्या-30125947162 में जमा करें।

- ग्राम प्रधान गोहना, ग्राम विकास अधिकारी और तकनीकी सहायक ग्राम पंचायत गोहना से होगी वसूली
- दुरुपयोग की गई मनरेगा धनराशि को एक सप्ताह में जमा करने के निर्देश

पाठ 7 : दक्षता के लिए प्रौद्योगिकी का उपयोग

तकनीकी नवाचार गतिशील शासन की आधारशिला है। रविंद्र कुमार का प्रशासन प्रौद्योगिकी को एक समर्थकारी कारक के रूप में अपनाता है, प्रशासनिक प्रक्रियाओं को सुव्यवस्थित करता है और सेवा वितरण को बढ़ाता है। इ-गवर्नेंस प्लेटफॉर्म, डिजिटल संचार चैनल और डेटा एनालिटिक्स दक्षता, पारदर्शिता और पहुँच में योगदान करते हैं।

पाठ 8 : अनुकूलनशीलता की संस्कृति का विकास

गतिशील शासन नेतृत्व अनुकूलनशीलता की संस्कृति की माँग करता है। रविंद्र कुमार का प्रशासन एक ऐसे वातावरण का निर्माण करता है, जहाँ अनुकूलनशीलता केवल परिवर्तन की प्रतिक्रिया नहीं बल्कि एक अंतर्निहित गुण है। यह अनुकूलनशीलता प्रशासन को जटिल चुनौतियों से निपटने, अवसरों का लाभ उठाने और अनिश्चितता के सामने लचीला बने रहने की अनुमति देती है।

पाठ 9 : डेटा संचालित निर्णय लेना

गतिशील शासन के युग में, निर्णय लेने के लिए डेटा एक शक्तिशाली उपकरण है। रविंद्र कुमार का नेतृत्व पाठ डेटा संचालित निर्णय लेने के महत्त्व को रेखांकित करता है। एनालिटिक्स, वास्तविक समय डेटा और प्रदर्शन मेट्रिक्स का उपयोग प्रशासन को

उचित विकल्प बनाने, परिणामों को मापने और रणनीतियों में लगातार सुधार करने का अधिकार देता है।

विकास कार्यक्रमों में झाँसी फिर अव्वल, मण्डल की पहली रैंक बरकरार

जनपद झाँसी पहले पायदान पर, जिलाधिकारी ने सीडीओ, जनपद स्तरीय अधिकारियों को दी बधाई

- मंडलायुक्त की रणनीति से निरंतर मिल रही कामयाबी
- विकास कार्यक्रमों का प्रभावी क्रियान्वयन हमारी प्राथमिकताः जिलाधिकारी

झाँसी, दैनिक जनहित दर्शन

उत्तर प्रदेश सरकार के विकास एजेंडा कार्यक्रमों के क्रियान्वयन में झांसी जनपद को लगातार दूसरी बार प्रदेश में प्रथम एवं झांसी मंडल को भी प्रथम स्थान प्राप्त हुआ है। यह ना सिर्फ झांसी मण्डल के लिए गौरव की बात है, बल्कि यह दर्शाता है कि सरकार के विकास एजेंडा कार्यक्रमों के क्रियान्वयन के प्रति जनपद झांसी व मण्डल प्रशासन तथा मण्डल में जनपदों के जिलाधिकारी प्रभावी कार्य कर रहे हैं। इसी क्रम में झांसी जनपद ने प्रथम स्थान प्राप्त किया है, जिससे झांसी मण्डल व जनपद झांसी दोनों शीर्ष स्थान पर है। ज्ञातव्य है कि कार्यक्रम क्रियान्वयन विभाग द्वारा प्रदेश के मंडलों की रैंकिंग जारी की गई, जिसमें झांसी मण्डल को सातवी बार प्रथम स्थान पर है। झांसी मण्डल को 95.92 प्रतिशत अंक प्राप्त हुये है तथा जनपद झांसी को 98.72 प्रतिशत अंक प्राप्त हुए हैं। वित्तीय वर्ष 2022-23 में जनपद झांसी ने प्रथम स्थान, जनपद ललितपुर ने तीसरे स्थान व जनपद जालौन चौथे स्थान पर है। इस पर मण्डलायुक्त ने तीनों जनपदों की अच्छी रैंकिंग प्राप्त होने पर झांसी, ललितपुर व जालौन के जिलाधिकारियों को बधाई दी। विशेषकर जनपद झांसी को प्रथम स्थान मिलने पर जिलाधिकारी झांसी रविन्द्र कुमार को विशेष रूप से बधाई दी है। जिलाधिकारी रविंद्र कुमार के मार्ग निर्देशन में मुख्य विकास

जिलाधिकारी।

अधिकारी सहित समस्त जिला स्तरीय अधिकारी जनपद में भ्रमण करते हुए योजनाओं के क्रियान्वयन में सतत प्रयत्नशील रहे और सफलता भी प्राप्त हुई। यह बहुत खुशी की बात है कि जनपद झांसी को पहली रैंक मिली, इसके लिए सभी अधिकारी बधाई के पात्र हैं। उन्होंने बताया कि कार्य मूल्यांकन के लिए एक रणनीति बनाई गई है, जिसमें त्रिस्तरीय समीक्षा की जाती है, जो विभाग बेहतर कार्य कर रहे थे उन्हें उसी गति से कार्य करने के लिए प्रोत्साहित किया और जो विभाग रैंकिंग मे पिछड़े थे उन विभागों के अधिकारियों को सुधार के निर्देश दिए जाते हैं। नतीजतन झांसी जनपद सहित मंडल प्रदेश के अव्वल जनपद/मंडलों में श्रेष्ठ चुना गया है। जिलाधिकारी ने बताया कि भविष्य में इसी तरह सुधार की प्रक्रिया सतत जारी रहेगी। हमारा उद्देश्य है कि प्रदेश सरकार के विकास एजेंडा कार्यक्रमों का प्रभावी क्रियान्वयन हो। उन्होंने कहा कि कार्य संस्कृति में सुधार लाना हमारी प्राथमिकता है, सभी विभाग अपने कर्मचारियों के साथ इस प्रकार कार्य करें ताकि स्वीकृत योजनाओं का जनहित में सफल क्रियान्वयन संभव हो सके।

किसान आय बढ़ोत्तरी के लिए महाभियान योजना का लाभ उठाएं

- पीएम कुसुम कम्पोनेन्ट-ए योजना के अंतर्गत सोलर पावर प्लांट परियोजना का किसान, एफपीओ लाभ उठाएं
- अनुपजाऊ, बंजर भूमि पर 0.6 मेगा वाट से 02 मेगावाट क्षमता तक का प्लांट स्थापित कर लाभ कमाएं

झाँसी, दैनिक जनहित दर्शन

जिलाधिकारी रविंद्र कुमार ने बताया कि यूपी नेडा के अंतर्गत जनपद में पीएम कुसुम कंपोनेंट-ए योजना के अंतर्गत सोलर पावर प्लांट परियोजना की स्थापना की जा रही है। योजना अंतर्गत कृषक, कृषक समूह, कृषक सहकारी समिति, पंचायत, कृषक उत्पादक संगठन (एफपीओ) वाटर यूजर एसोसिएशन आदि यूपीपीसीएल के चिन्हित सब स्टेशन से 05 किलोमीटर की दूरी पर अनुपजाऊ, बंजर भूमि पर पावर प्लांट की स्थापना करते हुए आय का जरिया बनाएं। उन्होंने पीएम कुसुम कम्पोनेन्ट-ए योजना के अन्तर्गत सोलर पावर प्लांट परियोजना की स्थापना की विस्तृत जानकारी का क्षेत्र में व्यापक प्रचार-प्रसार किए जाने के निर्देश दिए। उन्होंने कहा कि भारत सरकार द्वारा कृषकों की आय में बढ़ोत्तरी के उद्देश्य से प्रधानमंत्री किसान ऊर्जा सुरक्षा एवं उत्थान महाभियान (पीएम कुसुम) योजना प्रारम्भ की गयी है।

पीएम कुसुम कम्पोनेन्ट - ए योजनान्तर्गत कृषक, कृषक समूह, कृषक सहकारी समिति, पंचायत, कृषक उत्पादक संगठन (एफपीओ), वाटर यूजर एसोशियेसन (डब्लूयूए) इत्यादि द्वारा यूपीपीसीएल के चिन्हित 33, 11 केवी सबस्टेशन से 05 किलोमीटर के परिधि में अनुपजाऊ, बंजर भूमि पर 0.5 मेगावाट से 02 मेगावाट क्षमता तक के ग्रिड संयोजित सौर पावर प्लाण्ट की स्थापना अपने पूर्ण व्यय पर की जा सकती है। संबंधित डिस्काम द्वारा स्थापित प्लाण्ट से उत्पादित ऊर्जा क्रय हेतु 25 वर्ष के लिये ऊर्जा क्रय अनुबंध (पीपीए) किया जाएगा। वर्तमान में यूपीपीसीएल द्वारा 3.10 प्रति यूनिट सीलिंग टैरिफ निर्धारित किया गया है। सोलर पावर प्लाण्ट की स्थापना हेतु आवश्यक पूंजी की व्यवस्था, कृषक द्वारा ऋण लिये जाने की स्थिति में 30 प्रतिशत इक्विटी धनराशि वहन की जायेगी अथवा नहीं होने की स्थिति में विकासकर्ता फर्म के द्वारा सोलर पावर प्लाण्ट की स्थापना करायी जा सकती है। ऐसी स्थिति में किसान, भूमिधर को पक्षों की परस्पर सहमति के आधार पर नियत किराया लीज रेट आय के रूप में प्राप्त होगा। इस स्थिति में परियोजना विकासकर्ता फर्म द्वारा अपने व्यय पर संयंत्र की स्थापना की जायेगी और डिस्काम के साथ 25 वर्षों हेतु पीपीए निष्पादित किया जायेगा।

उन्होंने बताया कि पीएम कुसुम योजना के कम्पोनेन्ट-ए योजनान्तर्गत एमएनआरई, भारत सरकार से प्राप्त स्वीकृति के क्रम में वर्तमान में प्रदेश के विभिन्न जनपदों के चिन्हित 33 / 11 केवी सबस्टेशन (सूची संलग्न) पर पावर इंजेक्शन हेतु उपलब्ध रिक्त क्षमता के सापेक्ष सोलर पावर जनरेटर के चयन हेतु यूपीनेडा द्वारा ई-निविदा आमंत्रित की गयी है। ई-निविदा राज्य के ई-प्रोक्योरमेंट की वेबसाईट पर आमंत्रित की गयी है। आमंत्रित ई-निविदा की अन्तिम तिथि 07 जुलाई 2022 है। जिलाधिकारी ने जनपद किसानों को किसान संगठनों को एफपीओ सहित अन्य ग्रामीणों का आह्वान करते हुए कहा कि पीएम कुसुम कम्पोनेन्ट ए योजना के अन्तर्गत सोलर पावर प्लांट परियोजना की स्थापना की विस्तृत जानकारी को प्राप्त करते हुए योजना का लाभ उठाएं ताकि आर्थिक स्थिति के साथ ही सामाजिक परिवेश में भी सुधार आ सके।

पाठ 10 : नौकरशाही संस्कृति का पुनराविष्कार

यह पाठ नौकरशाही संस्कृति के पुनराविष्कार के इर्द-गिर्द घूमता है। रविंद्र कुमार का प्रशासन उन प्रशासनिक सुधारों की शुरुआत करता है, जो पारंपरिक मानदंडों को चुनौती देते हैं और जवाबदेही, जिम्मेदारी और नागरिक-केंद्रित सेवा वितरण की संस्कृति विकसित करते हैं।

पाठ 11 : सेवा उत्कृष्टता को प्राथमिकता

प्रशासनिक उत्कृष्टता की खोज सेवा उत्कृष्टता को प्राथमिकता देने पर निर्भर करती है। रविंद्र कुमार का नेतृत्व नौकरशाही तंत्र के भीतर सेवा उत्कृष्टता के प्रति प्रतिबद्धता पैदा करने के महत्त्व को रेखांकित करता है। यह प्रतिबद्धता सरकारी सेवाओं के साथ नागरिक संतुष्टि की उल्लेखनीय वृद्धि में तब्दील हो जाती है।

पाठ 12 : सतत प्रशिक्षण में संलग्नता

नेतृत्व में कार्यबल का निरंतर प्रशिक्षण और विकास शामिल है। रविंद्र कुमार का प्रशासन ऐसे प्रशिक्षण कार्यक्रमों में निवेश करता है, जो सरकारी कर्मचारियों की क्षमताओं को बढ़ाते हैं, यह सुनिश्चित करते हैं कि वे उभरते प्रशासनिक प्रतिमानों से निपटने के लिए वे आवश्यक कौशल से लैस रहें।

नेतृत्व उत्कृष्टता के परिवर्तनकारी प्रभाव

झाँसी डीएम से नेतृत्व के सबक सैद्धांतिक निर्माण नहीं है, बल्कि मूर्त सिद्धांत है, जो मापने योग्य परिणामों में प्रकट होते हैं। ये मेट्रिक्स दूरदर्शी नेतृत्व, समावेशी शासन, गतिशील दृष्टिकोण और एक सशक्त नौकरशाही के परिवर्तनकारी प्रभाव की पुष्टि करते हैं। एक स्पष्ट दृष्टिकोण रखना और सामुदायिक आकांक्षाओं के साथ उद्देश्यों को संरेखित करना उद्देश्य की साझा भावना में योगदान देता है।

समावेशी निर्णय लेने और सहयोगात्मक साझेदारियों को बढ़ावा देने से ठोस परिणाम मिलते हैं। टाउन हॉल बैठकें, नागरिक मंच और भागीदारी पहल समुदाय संचालित निर्णय लेने की प्रक्रिया में योगदान करते हैं। दक्षता के लिए प्रौद्योगिकी का उपयोग करना, अनुकूलन क्षमता की संस्कृति विकसित करना और डेटा संचालित निर्णय-प्रक्रिया को लागू करना मूर्त मेट्रिक्स में परिलक्षित होता है। नौकरशाही संस्कृति को समाप्त करना, सेवा उत्कृष्टता को प्राथमिकता देना और निरंतर प्रशिक्षण में संलग्न रहना मात्रात्मक मेट्रिक्स में तब्दील हो जाता है।

□

19

प्रशासनिक रणनीतियाँ

झाँसी के जिला मजिस्ट्रेट रविंद्र कुमार ने जिले के सामने आने वाली विविध चुनौतियों से निपटने के लिए कई नवीन प्रशासनिक रणनीतियों को लागू किया है। ये रणनीतियाँ समावेशी विकास को बढ़ावा देने, प्रभावी शासन सुनिश्चित करने और सभी निवासियों के लिए जीवन की गुणवत्ता में सुधार लाने के लिए डिजाइन की गई हैं। सार्वजनिक सेवा वितरण को बढ़ाने से लेकर पारदर्शिता और जवाबदेही को बढ़ावा देने तक, रविंद्र कुमार का दृष्टिकोण दक्षता, सहयोग और सामुदायिक जुड़ाव पर जोर देता है। यह अध्याय जिला मजिस्ट्रेट रविंद्र कुमार द्वारा लागू की गई प्रमुख प्रशासनिक रणनीतियों की पड़ताल करता है, जो झाँसी जिले के विकास और प्रगति पर उनके प्रभाव पर प्रकाश डालता है।

1. प्रभावी संचार

जिला मजिस्ट्रेट रविंद्र कुमार झाँसी जिले में कई रणनीतियों को लागू करके प्रभावी संचार लागू करते हैं—

- नियमित बैठकें : वे महत्त्वपूर्ण मुद्दों पर चर्चा करने, अपडेट साझा करने और फीडबैक इकट्ठा करने के लिए सरकारी अधिकारियों, स्थानीय नेताओं और समुदाय के प्रतिनिधियों के साथ नियमित बैठकें आयोजित करते हैं।
- पारदर्शिता : वे सरकारी नीतियों, कार्यक्रमों और पहलों के बारे में सभी हितधारकों को समय पर और सटीक जानकारी प्रदान करके संचार में पारदर्शिता सुनिश्चित करते हैं।
- प्रौद्योगिकी : वे संचार बढ़ाने के लिए प्रौद्योगिकी का लाभ उठाते हैं, सूचना प्रसारित करने और जनता के साथ जुड़ने के लिए सोशल मीडिया, वेबसाइट और मोबाइल एप जैसे उपकरणों का उपयोग करते हैं।

- फीडबैक तंत्र : उन्होंने हितधारकों द्वारा इनपुट प्रदान करने, चिंताओं को उठाने और सुझाव देने के लिए फीडबैक तंत्र स्थापित किया है, जिससे यह सुनिश्चित होता है कि संचार एक दोतरफा प्रक्रिया है।
- प्रशिक्षण और क्षमता निर्माण : वे सरकारी अधिकारियों और कर्मचारियों के संचार कौशल को बढ़ाने के लिए प्रशिक्षण कार्यक्रम आयोजित करते हैं, जिससे वे जनता तक प्रभावी ढंग से जानकारी पहुँचा सकें।
- सामुदायिक जुड़ाव : वे निवासियों को निर्णय लेने की प्रक्रियाओं और सार्वजनिक मंचों में भाग लेने के लिए प्रोत्साहित करके, स्वामित्व और जवाबदेही की भावना को बढ़ावा देकर सामुदायिक जुड़ाव को प्रोत्साहन देते हैं।

इन रणनीतियों को लागू करके जिला मजिस्ट्रेट रविंद्र कुमार झाँसी जिले में प्रभावी शासन और विकास में योगदान करते हुए सभी हितधारकों के साथ स्पष्ट और समय पर संचार सुनिश्चित करते हैं।

2. सामुदायिक सहभागिता

जिला मजिस्ट्रेट रविंद्र कुमार झाँसी जिले में विभिन्न पहलों को लागू करके सामुदायिक सहभागिता को बढ़ावा देते हैं—

- सामुदायिक बैठकें : वे विकास प्राथमिकताओं पर चर्चा करने, फीडबैक इकट्ठा करने और उन्हें निर्णय लेने की प्रक्रियाओं में शामिल करने के लिए स्थानीय समुदायों के साथ नियमित बैठकें आयोजित करते हैं।
- सामुदायिक विकास समितियाँ : वे विकास पहलों की पहचान और क्रियान्वयन में सक्रिय रूप से भाग लेने के लिए स्थानीय निवासियों को शामिल करते हुए सामुदायिक विकास समितियों की स्थापना करते हैं।
- जागरूकता अभियान : वे समुदायों को सरकारी कार्यक्रमों, उनके अधिकारों और वे स्थानीय विकास में कैसे योगदान दे सकते हैं, के बारे में शिक्षित करने के लिए जागरूकता अभियान चलाते हैं।
- क्षमता निर्माण : वे समुदाय के सदस्यों की क्षमता निर्माण करने, उन्हें विकास पहल में नेतृत्व की भूमिका निभाने के लिए सशक्त बनाने हेतु प्रशिक्षण कार्यक्रम आयोजित करते हैं।
- गैर-सरकारी संगठनों के साथ साझेदारी : वे सामुदायिक जुड़ाव को सुविधाजनक बनाने तथा उनकी विशेषज्ञता और संसाधनों का लाभ उठाने के लिए गैर-सरकारी संगठनों और समुदाय आधारित संगठनों के साथ सहयोग करते हैं।

- पारदर्शी शासन : वे समुदायों को सरकारी निर्णयों और बजट के बारे में जानकारी प्रदान करके शासन में पारदर्शिता सुनिश्चित करते हैं, जिससे वे प्रभावी ढंग से भाग ले सकें।
- फीडबैक तंत्र : वे समुदायों को इनपुट प्रदान करने, चिंताओं को प्रकट करने और विकास परियोजनाओं की प्रगति की निगरानी करने की अनुमति देने के लिए फीडबैक तंत्र स्थापित करते हैं।

इन पहलों को लागू करके जिला मजिस्ट्रेट रविंद्र कुमार झाँसी जिले में निर्णय लेने की प्रक्रियाओं और विकास पहलों में स्थानीय समुदायों की सक्रिय भागीदारी को बढ़ावा देते हैं।

3. रणनीतिक योजना

जिला मजिस्ट्रेट रविंद्र कुमार निम्नलिखित चरणों के माध्यम से झाँसी जिले के समग्र विकास के लिए रणनीतिक योजना लागू करते हैं—

- मूल्यांकन की आवश्यकता : वे हितधारकों और विशेषज्ञों से मिले इनपुट को ध्यान में रखते हुए जिले की विकास आवश्यकताओं और प्राथमिकताओं की पहचान करने के लिए गहन मूल्यांकन करते हैं।
- दृष्टि और लक्ष्य निर्धारण : वे जिले के विकास के लिए एक स्पष्ट दृष्टि और विशिष्ट लक्ष्य स्थापित करते हैं, जो व्यापक क्षेत्रीय और राष्ट्रीय विकास उद्देश्यों के साथ संरेखण सुनिश्चित करते हैं।
- हितधारक जुड़ाव : वे इनपुट इकट्ठा करने और विकास प्राथमिकताओं पर आम सहमति बनाने के लिए सरकारी अधिकारियों, सामुदायिक नेताओं, गैर-सरकारी संगठनों और निजी क्षेत्र के प्रतिनिधियों सहित हितधारकों की एक विस्तृत शृंखला के साथ जुड़ते हैं।
- व्यापक योजना : वे व्यापक योजनाएँ विकसित करते हैं, जो बुनियादी ढाँचे, स्वास्थ्य, शिक्षा और आर्थिक विकास जैसे प्रमुख क्षेत्रों को संबोधित करती हैं, यह सुनिश्चित करती हैं कि वे एकीकृत और पारस्परिक रूप से मजबूत हैं।
- संसाधन जुटाना : वे विकास योजनाओं को प्रभावी ढंग से लागू करने के लिए सरकारी धन, अनुदान और निजी निवेश सहित विभिन्न स्रोतों से संसाधनों की पहचान करते हैं और उन्हें जुटाते हैं।
- निगरानी और मूल्यांकन : वे विकास पहलों की प्रगति को ट्रैक करने, उनके प्रभाव का आकलन करने और उनकी सफलता सुनिश्चित करने के लिए

आवश्यक समायोजन करने के लिए निगरानी और मूल्यांकन तंत्र स्थापित करते हैं।

- साझेदारी और सहयोग : वे जिले के विकास के लिए संसाधनों और विशेषज्ञता का लाभ उठाने के लिए अन्य सरकारी एजेंसियों, गैर-सरकारी संगठनों और निजी क्षेत्र के संगठनों के साथ साझेदारी और सहयोग को बढ़ावा देते हैं।

इन कदमों के माध्यम से, जिला मजिस्ट्रेट रविंद्र कुमार बुनियादी ढाँचे, स्वास्थ्य, शिक्षा और आर्थिक विकास जैसे प्रमुख क्षेत्रों पर ध्यान केंद्रित करते हुए झाँसी जिले के समग्र विकास के लिए व्यापक योजनाओं का विकास सुनिश्चित करते हैं।

4. संसाधन प्रबंधन

जिला मजिस्ट्रेट रविंद्र कुमार निम्नलिखित रणनीतियों के माध्यम से झाँसी जिले में कुशल संसाधन प्रबंधन लागू करते हैं—

- बजट आवंटन : वे सुनिश्चित करते हैं कि बजट आवंटन जिले की विकास प्राथमिकताओं के अनुरूप हो, जिसमें बुनियादी ढाँचे, स्वास्थ्य, शिक्षा और आर्थिक विकास जैसे प्रमुख क्षेत्रों पर ध्यान केंद्रित किया जाए।
- वित्तीय योजना : वे व्यापक वित्तीय योजनाएँ विकसित करते हैं, जो जिले की ज़रूरतों और उपलब्ध संसाधनों के आधार पर खर्च को प्राथमिकता देती हैं, जिससे धन का इष्टतम उपयोग सुनिश्चित होता है।
- निगरानी और नियंत्रण : वे व्यय पर नजर रखने और यह सुनिश्चित करने के लिए निगरानी और नियंत्रण तंत्र स्थापित करते हैं कि विकास परियोजनाओं पर धन कुशलतापूर्वक और प्रभावी ढंग से खर्च किया जाए।
- मानव संसाधन विकास : वे जिले के कार्यबल के कौशल और क्षमता को विकसित करने पर ध्यान केंद्रित करते हैं, ताकि यह सुनिश्चित किया जा सके कि विकास परियोजनाओं के लिए मानव संसाधनों का इष्टतम उपयोग किया जाए।
- साझेदारी और सहयोग : वे विकास परियोजनाओं के लिए अतिरिक्त संसाधनों और विशेषज्ञता का लाभ उठाने के लिए अन्य सरकारी एजेंसियों, गैर-सरकारी संगठनों और निजी क्षेत्र के संगठनों के साथ सहयोग करते हैं।
- पारदर्शिता और जवाबदेही : वे विस्तृत रिकॉर्ड बनाए रखने, नियमित ऑडिट करने और निर्णय लेने की प्रक्रियाओं में हितधारकों को शामिल करके वित्तीय प्रबंधन में पारदर्शिता और जवाबदेही सुनिश्चित करते हैं।

- नवाचार और दक्षता : वे संसाधन प्रबंधन में नवाचार और दक्षता को प्रोत्साहित करते हैं, प्रौद्योगिकी और सर्वोत्तम प्रथाओं के उपयोग के माध्यम से सीमित संसाधनों के साथ अधिक हासिल करने के तरीकों की तलाश करते हैं।

इन रणनीतियों के माध्यम से, जिला मजिस्ट्रेट रविंद्र कुमार झाँसी जिले में वित्तीय और मानव संसाधनों का कुशल प्रबंधन सुनिश्चित करते हैं, जिससे विकास परियोजनाओं के लिए इष्टतम कार्य होता है।

5. पारदर्शिता और जवाबदेही

जिला मजिस्ट्रेट रविंद्र कुमार निम्नलिखित उपायों के माध्यम से झाँसी जिले में पारदर्शिता और जवाबदेही लागू करते हैं—

- खुला संचार : वे हितधारकों के साथ खुला और ईमानदार संचार बनाए रखते हैं, उन्हें सरकारी नीतियों, निर्णयों और कार्यों के बारे में सूचित करते हैं।
- सुलभ जानकारी : वे सुनिश्चित करते हैं कि सरकारी कार्यक्रमों, बजट और व्यय के बारे में जानकारी विभिन्न चैनलों, जैसे वेबसाइटों, सार्वजनिक नोटिस और बैठकों के माध्यम से जनता के लिए आसानी से उपलब्ध हो।
- सार्वजनिक भागीदारी : वे निर्णय लेने की प्रक्रियाओं में जनता की भागीदारी को प्रोत्साहित करते हैं, जिले को प्रभावित करने वाले प्रमुख मुद्दों पर निवासियों से इनपुट और फीडबैक माँगते हैं।
- व्हिसलब्लोअर संरक्षण : वे भ्रष्टाचार या कदाचार की रिपोर्ट करने वाले व्हिसलब्लोअर की सुरक्षा के लिए तंत्र स्थापित करते हैं, यह सुनिश्चित करते हैं कि वे प्रतिशोध के डर के बिना आगे आ सकें।
- जवाबदेही के उपाय : वे सरकारी अधिकारियों को उनके कार्यों के लिए जवाबदेह ठहराते हैं, यह सुनिश्चित करते हैं कि वे नैतिक मानकों का पालन करें और अपने कर्तव्यों को जिम्मेदारी से पूरा करें।
- खरीद में पारदर्शिता : वे खरीद प्रक्रिया में पारदर्शिता सुनिश्चित करते हैं, यह सुनिश्चित करते हैं कि अनुबंध निष्पक्ष और प्रतिस्पर्धी प्रक्रियाओं के माध्यम से प्रदान किए जाते हैं।
- ऑडिट और समीक्षा : वे सुधार के क्षेत्रों की पहचान करने और नियमों का अनुपालन सुनिश्चित करने के लिए सरकारी कार्यों का नियमित ऑडिट और समीक्षा करते हैं।

इन उपायों के माध्यम से जिला मजिस्ट्रेट रविंद्र कुमार प्रशासन में पारदर्शिता सुनिश्चित करते हैं और झाँसी जिले में सभी कार्यों और निर्णयों में उच्च स्तर की जवाबदेही बनाए रखते हैं।

6. कानून एवं व्यवस्था

जिला मजिस्ट्रेट रविंद्र कुमार निम्नलिखित रणनीतियों के माध्यम से झाँसी जिले में कानून और व्यवस्था लागू करते हैं—

- पुलिस के साथ समन्वय : वे कानून प्रवर्तन गतिविधियों के प्रभावी प्रबंधन को सुनिश्चित करने के लिए पुलिस बल और अन्य सुरक्षा एजेंसियों के साथ घनिष्ठ समन्वय बनाए रखते हैं।
- नियमित बैठकें : वे जिले में कानून और व्यवस्था की स्थिति की समीक्षा करने और किसी भी चुनौती से निपटने के तरीकों पर रणनीति बनाने के लिए पुलिस अधिकारियों के साथ नियमित बैठकें करते हैं।
- सामुदायिक पुलिसिंग : वे पुलिस बल और समुदाय के बीच विश्वास बढ़ाने के लिए सामुदायिक पुलिसिंग पहल को बढ़ावा देते हैं, जिससे कानून और व्यवस्था बनाए रखने में बेहतर सहयोग मिलता है।
- प्रशिक्षण और क्षमता निर्माण : वे अपराध की रोकथाम, जाँच और सामुदायिक जुड़ाव में अपने कौशल को बढ़ाने के लिए पुलिसकर्मियों के प्रशिक्षण और क्षमता निर्माण पर ध्यान केंद्रित करते हैं।
- प्रौद्योगिकी का उपयोग : वे कानून प्रवर्तन गतिविधियों की प्रभावशीलता बढ़ाने और प्रतिक्रिया समय में सुधार करने के लिए सीसीटीवी कैमरे और अपराध मानचित्रण सॉफ्टवेयर जैसी प्रौद्योगिकी का लाभ उठाते हैं।
- सार्वजनिक जागरूकता : वे निवासियों को कानून और व्यवस्था बनाए रखने में योगदान देकर सशक्त बनाने के लिए अपराध की रोकथाम और सुरक्षा उपायों पर सार्वजनिक जागरूकता अभियान चलाते हैं।
- आपातकालीन प्रतिक्रिया : वे सुनिश्चित करते हैं कि आपातकालीन प्रतिक्रिया तंत्र मौजूद हैं और उत्पन्न होने वाली किसी भी कानून और व्यवस्था की स्थिति को सँभालने के लिए प्रभावी ढंग से कार्य कर रहे हैं।

इन रणनीतियों के माध्यम से जिला मजिस्ट्रेट रविंद्र कुमार झाँसी जिले में कानून और व्यवस्था के रख-रखाव को सुनिश्चित करते हैं और अपने निवासियों की सुरक्षा में योगदान देते हैं।

7. आपदा प्रबंधन

जिला मजिस्ट्रेट रविंद्र कुमार निम्नलिखित उपायों के माध्यम से झाँसी जिले में प्रभावी आपदा प्रबंधन लागू करते हैं—

- जोखिम मूल्यांकन : वे बाढ़, भूकंप और अन्य प्राकृतिक आपदाओं सहित

जिले में संभावित खतरों और कमजोरियों की पहचान करने के लिए नियमित जोखिम मूल्यांकन करते हैं।

- आपातकालीन प्रतिक्रिया योजनाएँ : वे निकासी प्रक्रियाओं, आश्रय प्रबंधन और चिकित्सा सहायता सहित आपदाओं के लिए त्वरित और समन्वित प्रतिक्रिया सुनिश्चित करने के लिए व्यापक आपातकालीन प्रतिक्रिया योजनाओं को विकसित और क्रियान्वित करते हैं।
- प्रशिक्षण और क्षमता निर्माण : वे सरकारी अधिकारियों, आपातकालीन उत्तरदाताओं और समुदाय के सदस्यों के लिए आपदा तैयारी, प्रतिक्रिया और पुनर्प्राप्ति में अपने कौशल को बढ़ाने के लिए प्रशिक्षण कार्यक्रम आयोजित करते हैं।
- सार्वजनिक जागरूकता : वे निवासियों को प्राकृतिक आपदाओं के जोखिमों एवं प्रारंभिक चेतावनी प्रणाली और निकासी अभ्यास जैसे तैयारी उपायों के महत्त्व के बारे में शिक्षित करने के लिए सार्वजनिक जागरूकता अभियान चलाते हैं।
- बुनियादी ढाँचे का विकास : वे लचीले बुनियादी ढाँचे के विकास को प्राथमिकता देते हैं, जो बाढ़ बाधाओं, भूकंप प्रतिरोधी इमारतों और जल निकासी प्रणालियों जैसी प्राकृतिक आपदाओं का सामना कर सके।
- हितधारकों के साथ सहयोग : वे आपदा प्रबंधन प्रयासों के समन्वय और संसाधनों तथा विशेषज्ञता को साझा करने के लिए अन्य सरकारी एजेंसियों, गैर-सरकारी संगठनों और निजी क्षेत्र के संगठनों के साथ सहयोग करते हैं।
- आपदा के बाद पुनर्प्राप्ति : वे सुनिश्चित करते हैं कि आपदा के बाद पुनर्प्राप्ति प्रयास पिछली आपदाओं से सीखे गए सबक को ध्यान में रखते हुए, स्थायी और लचीले तरीके से समुदायों के पुनर्निर्माण पर ध्यान केंद्रित करें।

इन उपायों के माध्यम से जिला मजिस्ट्रेट रविंद्र कुमार झाँसी जिले में प्रभावी आपदा प्रबंधन सुनिश्चित करते हैं, प्राकृतिक आपदाओं के प्रभाव को कम करते हैं और अपने समुदायों की अनुकूलता बढ़ाते हैं।

8. समाज कल्याण

जिला मजिस्ट्रेट रविंद्र कुमार निम्नलिखित रणनीतियों के माध्यम से झाँसी जिले में सामाजिक कल्याण योजनाओं और कार्यक्रमों को लागू करते हैं—

- आवश्यकताओं की पहचान : वे जिले में हाशिए पर रहने वाले समुदायों और कमजोर समूहों की जरूरतों की पहचान करने के लिए सर्वेक्षण और मूल्यांकन करते हैं।
- कार्यक्रम क्रियान्वयन : वे स्वास्थ्य देखभाल, शिक्षा, आवास और आजीविका

सहायता से संबंधित सामाजिक कल्याण योजनाओं और कार्यक्रमों के प्रभावी क्रियान्वयन को सुनिश्चित करते हैं।

- लक्षित हस्तक्षेप : वे हाशिए पर रहने वाले समुदायों और कमजोर समूहों के सामने आने वाली विशिष्ट चुनौतियों, जैसे स्वास्थ्य देखभाल, शिक्षा और रोजगार के अवसरों तक पहुँच के समाधान के लिए लक्षित हस्तक्षेप डिजाइन करते हैं।
- गैर-सरकारी संगठनों के साथ सहयोग : वे हाशिए पर मौजूद समुदायों और कमजोर समूहों तक पहुँचने तथा कल्याण कार्यक्रमों को प्रभावी ढंग से लागू करने के लिए गैर-सरकारी संगठनों (एनजीओ) और समुदाय आधारित संगठनों के साथ सहयोग करते हैं।
- क्षमता निर्माण : वे हाशिए पर रहने वाले समुदायों और कमजोर समूहों की बेहतर सेवा करने के लिए स्थानीय सरकारी अधिकारियों और अग्रिम पंक्ति के कार्यकर्ताओं की क्षमता निर्माण पर ध्यान केंद्रित करते हैं।
- निगरानी और मूल्यांकन : वे सामाजिक कल्याण कार्यक्रमों की प्रगति पर नजर रखने और यह सुनिश्चित करने के लिए निगरानी और मूल्यांकन तंत्र स्थापित करते हैं कि वे इच्छित लाभार्थियों तक पहुँच रहे हैं।
- सशक्तीकरण पहल : वे हाशिए पर रहने वाले समुदायों और कमजोर समूहों को आत्मनिर्भर बनने एवं विकास प्रक्रिया में पूरी तरह से भाग लेने में सक्षम बनाने के लिए सशक्तीकरण पहल लागू करते हैं।

इन रणनीतियों के माध्यम से जिला मजिस्ट्रेट रविंद्र कुमार झाँसी जिले में हाशिए पर रहने वाले समुदायों और कमजोर समूहों के लाभ के लिए सामाजिक कल्याण योजनाओं और कार्यक्रमों का प्रभावी क्रियान्वयन सुनिश्चित करते हैं।

9. स्वास्थ्य सेवा

जिला मजिस्ट्रेट रविंद्र कुमार निम्नलिखित उपायों के माध्यम से झाँसी जिले में स्वास्थ्य सुविधाओं और सेवाओं में सुधार लागू करते हैं—

- बुनियादी ढाँचे का उन्नयन : वे बढ़ती आबादी की जरूरतों को पूरा करने के लिए अस्पतालों, क्लीनिकों और औषधालयों सहित मौजूदा स्वास्थ्य देखभाल, बुनियादी ढाँचे को उन्नत करने पर ध्यान केंद्रित करते हैं।
- स्टाफिंग और प्रशिक्षण : वे पर्याप्त स्टाफिंग स्तर सुनिश्चित करते हैं और जिले में स्वास्थ्य सेवाओं की गुणवत्ता बढ़ाने के लिए स्वास्थ्य पेशेवरों को प्रशिक्षण प्रदान कराते हैं।

- स्वास्थ्य कार्यक्रम : वे जिले में स्वास्थ्य परिणामों में सुधार के लिए निवारक स्वास्थ्य देखभाल, मातृ एवं शिशु स्वास्थ्य, टीकाकरण और रोग नियंत्रण पर ध्यान केंद्रित करने वाले स्वास्थ्य कार्यक्रमों को लागू करते हैं।
- प्रौद्योगिकी का उपयोग : वे स्वास्थ्य सेवाओं तक पहुँच में सुधार और सेवा वितरण में दक्षता बढ़ाने के लिए टेलीमेडिसिन और स्वास्थ्य सूचना प्रणाली जैसी प्रौद्योगिकी का लाभ उठाते हैं।
- सामुदायिक स्वास्थ्य पहल : वे निवासियों को अपने स्वास्थ्य पर नियंत्रण रखने के लिए सशक्त बनाने हेतु जागरूकता अभियान और स्वास्थ्य शिक्षा कार्यक्रमों सहित सामुदायिक स्वास्थ्य पहल को बढ़ावा देते हैं।
- साझेदारी और सहयोग : वे जिले में स्वास्थ्य सेवाओं में सुधार के लिए संसाधनों और विशेषज्ञता का लाभ उठाने के लिए अन्य सरकारी एजेंसियों, गैर-सरकारी संगठनों और निजी क्षेत्र के संगठनों के साथ सहयोग करते हैं।
- निगरानी और मूल्यांकन : वे स्वास्थ्य देखभाल कार्यक्रमों की प्रगति पर नजर रखने और यह सुनिश्चित करने के लिए निगरानी और मूल्यांकन तंत्र स्थापित करते हैं कि वे अपने उद्देश्यों को प्राप्त कर रहे हैं।

इन उपायों के माध्यम से जिला मजिस्ट्रेट रविंद्र कुमार झाँसी जिले में स्वास्थ्य सुविधाओं और सेवाओं में सुधार सुनिश्चित करते हैं, जिससे अंततः इसके निवासियों के लिए बेहतर स्वास्थ्य परिणाम सामने आते हैं।

10. शिक्षा

जिला मजिस्ट्रेट रविंद्र कुमार निम्नलिखित रणनीतियों के माध्यम से झाँसी जिले में शैक्षिक सुधार लागू करते हैं—

- बुनियादी ढाँचे का विकास : वे छात्रों के लिए सीखने का अनुकूल माहौल बनाने हेतु कक्षाओं, पुस्तकालयों और प्रयोगशालाओं सहित स्कूल के बुनियादी ढाँचे को उन्नत करने पर ध्यान केंद्रित करते हैं।
- शिक्षक प्रशिक्षण : वे शिक्षकों को उनके शिक्षण कौशल को बढ़ाने और नवीन शिक्षण विधियों को बढ़ावा देने के लिए नियमित प्रशिक्षण और व्यावसायिक विकास के अवसर प्रदान करते हैं।
- पाठ्यक्रम में वृद्धि : वे नवीन शिक्षण तकनीकों और वास्तविक दुनिया के अनुप्रयोगों को शामिल करते हुए छात्रों के लिए इसे अधिक प्रासंगिक और आकर्षक बनाने के उद्देश्य से पाठ्यक्रम को बढ़ाने पर काम करते हैं।
- प्रौद्योगिकी एकीकरण : वे सीखने के परिणामों को बढ़ाने के लिए कंप्यूटर,

टैबलेट और शैक्षिक सॉफ्टवेयर के उपयोग सहित शिक्षा में प्रौद्योगिकी के एकीकरण को बढ़ावा देते हैं।

- सामुदायिक जुड़ाव : वे शिक्षा पहल के लिए समर्थन जुटाने और स्कूलों में सामुदायिक भागीदारी को प्रोत्साहित करने के लिए माता-पिता, सामुदायिक नेताओं और अन्य हितधारकों के साथ जुड़ते हैं।
- विशेष शिक्षा कार्यक्रम : वे दिव्यांग छात्रों के लिए विशेष शिक्षा कार्यक्रम लागू करते हैं, ताकि यह सुनिश्चित किया जा सके कि उनकी गुणवत्तापूर्ण शिक्षा और सहायता सेवाओं तक पहुँच हो।
- निगरानी और मूल्यांकन : वे शिक्षा पहल की प्रगति को ट्रैक करने और छात्रों के सीखने के परिणामों पर उनके प्रभाव का आकलन करने के लिए निगरानी और मूल्यांकन तंत्र स्थापित करते हैं।

इन रणनीतियों के माध्यम से जिला मजिस्ट्रेट रविंद्र कुमार झाँसी जिले में शिक्षा में सुधार सुनिश्चित करते हैं तथा शिक्षा की गुणवत्ता बढ़ाने और नवीन शिक्षण विधियों को बढ़ावा देने पर ध्यान केंद्रित करते हैं।

11. आर्थिक विकास

जिला मजिस्ट्रेट रविंद्र कुमार निम्नलिखित रणनीतियों के माध्यम से झाँसी जिले में आर्थिक विकास लागू करते हैं—

- निवेश प्रोत्साहन : वे झाँसी को निवेश के लिए एक आकर्षक गंतव्य के रूप में प्रचारित करते हैं, विनिर्माण, पर्यटन और कृषि जैसे क्षेत्रों में जिले की ताकत और निवेश के अवसरों पर प्रकाश डालते हैं।
- कौशल विकास: वे जिले में उद्योगों की जरूरतों के अनुरूप स्थानीय कार्यबल की रोजगार क्षमता बढ़ाने के लिए कौशल विकास कार्यक्रमों पर ध्यान केंद्रित करते हैं।
- रोजगार सृजन : वे झाँसी में रोजगार के अवसर पैदा करने के लिए कार्यक्रमों और पहलों को लागू करते हैं, जिनमें स्थानीय व्यवसायों और उद्योगों का समर्थन करना और उद्यमशीलता को बढ़ावा देना शामिल है।
- बुनियादी ढाँचा विकास : वे उन बुनियादी ढाँचा विकास परियोजनाओं को प्राथमिकता देते हैं, जो आर्थिक विकास का समर्थन करती हैं, जैसे सड़क, बिजली, जल आपूर्ति और दूरसंचार।
- उद्योग सहयोग : वे उद्योगों और व्यापार संघों की जरूरतों को समझने और उनके विकास तथा विस्तार के लिए आवश्यक सहायता प्रदान करने के लिए

उनके साथ सहयोग करते हैं।

- वित्तीय समावेशन : वे समाज के सभी वर्गों, विशेषकर ग्रामीण और दूर-दराज के क्षेत्रों तक बैंकिंग और वित्तीय सेवाओं की पहुँच की सुविधा प्रदान करके वित्तीय समावेशन को बढ़ावा देते हैं।
- निगरानी और मूल्यांकन : वे आर्थिक विकास पहलों के प्रभाव को ट्रैक करने और उनकी सफलता सुनिश्चित करने के लिए आवश्यक समायोजन कर निगरानी और मूल्यांकन तंत्र स्थापित करते हैं।

इन रणनीतियों के माध्यम से जिला मजिस्ट्रेट रविंद्र कुमार झाँसी जिले में आर्थिक विकास को बढ़ावा देते हैं, जिसका लक्ष्य व्यवसायों को फलने-फूलने, रोजगार के अवसर पैदा करने और अपने निवासियों की समग्र आर्थिक भलाई में सुधार करने के लिए अनुकूल वातावरण बनाना है।

12. पर्यावरण संरक्षण

जिला मजिस्ट्रेट रविंद्र कुमार निम्नलिखित उपायों के माध्यम से झाँसी जिले में पर्यावरण संरक्षण और सतत विकास को लागू करते हैं—

- पर्यावरण जागरूकता : वे पर्यावरण संरक्षण और टिकाऊ प्रथाओं के महत्त्व के बारे में जनता को शिक्षित करने के लिए जागरूकता अभियान चलाते हैं।
- अपशिष्ट प्रबंधन : वे पर्यावरण पर कचरे के प्रभाव को कम करने के लिए अपशिष्ट प्रबंधन कार्यक्रमों को लागू करते हैं, जिनमें पृथक्करण, पुनर्चक्रण और कचरे का उचित निपटान शामिल है।
- वनरोपण : वे हरित आवरण को बढ़ाने तथा वनों की कटाई और जलवायु परिवर्तन के प्रभावों को कम करने के लिए वनीकरण और वृक्षारोपण कार्यक्रमों को बढ़ावा देते हैं।
- जल संरक्षण : वे जल संसाधनों के सतत उपयोग को सुनिश्चित करने के लिए वर्षा जल संचयन और जल पुनर्चक्रण जैसे जल संरक्षण उपायों को लागू करते हैं।
- प्रदूषण नियंत्रण : वे वायु और जल प्रदूषण को कम करने के लिए औद्योगिक उत्सर्जन की निगरानी और स्वच्छ प्रौद्योगिकियों को बढ़ावा देने सहित प्रदूषण नियंत्रण उपायों को लागू करते हैं।
- जैव-विविधता संरक्षण : वे प्राकृतिक आवासों की रक्षा और टिकाऊ कृषि और वानिकी प्रथाओं को बढ़ावा देकर जैव-विविधता के संरक्षण पर ध्यान केंद्रित करते हैं।

- अनुपालन निगरानी : वे पर्यावरण नियमों के अनुपालन की निगरानी करते हैं और पर्यावरण संरक्षण सुनिश्चित करने के लिए उल्लंघनकर्ताओं के खिलाफ काररवाई करते हैं।

इन उपायों के माध्यम से जिला मजिस्ट्रेट रविंद्र कुमार झाँसी जिले में पर्यावरण संरक्षण और सतत विकास सुनिश्चित करते हैं, जिसका लक्ष्य भावी पीढ़ियों के लिए पर्यावरण की रक्षा करना है।

13. बुनियादी ढाँचे का विकास

जिला मजिस्ट्रेट रविंद्र कुमार निम्नलिखित रणनीतियों के माध्यम से झाँसी जिले में बुनियादी ढाँचे के विकास को लागू करते हैं—

- सड़कें और पुल : वे जिले के भीतर और पड़ोसी क्षेत्रों के साथ कनेक्टिविटी में सुधार के लिए सड़कों और पुलों के निर्माण एवं रख-रखाव को प्राथमिकता देते हैं।
- उपयोगिताएँ : वे आबादी की बढ़ती जरूरतों को पूरा करने के लिए जल आपूर्ति, बिजली और दूरसंचार जैसी उपयोगिताओं को बढ़ाने पर ध्यान केंद्रित करते हैं।
- सार्वजनिक परिवहन : वे निवासियों के लिए पहुँच में सुधार के लिए बस सेवाओं और रेलवे कनेक्टिविटी सहित सार्वजनिक परिवहन जैसे बुनियादी ढाँचे के विकास को बढ़ावा देते हैं।
- ग्रामीण बुनियादी ढाँचा : वे ग्रामीण निवासियों के जीवन की गुणवत्ता में सुधार के लिए ग्रामीण क्षेत्रों में सड़कों, स्कूलों और स्वास्थ्य सुविधाओं सहित बुनियादी ढाँचे के विकास को सुनिश्चित करते हैं।
- शहरी विकास : वे शहरी विकास परियोजनाओं पर ध्यान केंद्रित करते हैं, जिसमें शहरी क्षेत्रों में रहने के स्तर को बढ़ाने के लिए बहुस्तरीय पार्किंग सुविधाओं, सार्वजनिक पार्कों और अन्य सुविधाओं का निर्माण शामिल है।
- सार्वजनिक-निजी भागीदारी : वे बुनियादी ढाँचे के विकास में तेजी लाने और निजी क्षेत्र की विशेषज्ञता और संसाधनों का लाभ उठाने के लिए सार्वजनिक-निजी भागीदारी को बढ़ावा देते हैं।
- स्मार्ट इंफ्रास्ट्रक्चर : वे दक्षता और स्थिरता में सुधार के लिए बुनियादी ढाँचे के विकास में स्मार्ट प्रौद्योगिकियों के उपयोग को बढ़ावा देते हैं।

इन रणनीतियों के माध्यम से जिला मजिस्ट्रेट रविंद्र कुमार झाँसी जिले में बुनियादी ढाँचे के विकास को सुनिश्चित करते हैं, जिससे इसके निवासियों के लिए कनेक्टिविटी, पहुँच और जीवन की गुणवत्ता में वृद्धि होती है।

14. शहरी नियोजन

जिला मजिस्ट्रेट रविंद्र कुमार निम्नलिखित रणनीतियों के माध्यम से झाँसी जिले में शहरी नियोजन लागू करते हैं—

- मास्टर प्लानिंग : वे झाँसी जिले में शहरों और कस्बों के लिए मास्टर प्लान के विकास और क्रियान्वयन की देखरेख करते हैं, यह सुनिश्चित करते हुए कि वे टिकाऊ शहरी विकास सिद्धांतों के साथ संरेखित हों।
- जोनिंग विनियम : वे भूमि के उपयोग को निर्देशित करने तथा आवासीय, वाणिज्यिक और औद्योगिक आवश्यकताओं को संतुलित करते हुए शहरी क्षेत्रों में व्यवस्थित विकास सुनिश्चित करने के लिए जोनिंग नियमों को लागू करते हैं।
- बुनियादी ढाँचे का विकास : वे जनसंख्या वृद्धि का समर्थन करने और जीवन की गुणवत्ता में सुधार करने के लिए शहरी क्षेत्रों में सड़कों, जल आपूर्ति, सीवेज और अपशिष्ट प्रबंधन प्रणालियों सहित बुनियादी ढाँचे के विकास पर ध्यान केंद्रित करते हैं।
- हरित स्थान : वे पर्यावरण और निवासियों की भलाई को बढ़ाने के लिए शहरी क्षेत्रों में हरित स्थानों, पार्कों और मनोरंजक क्षेत्रों के निर्माण और संरक्षण को बढ़ावा देते हैं।
- किफायती आवास : वे आवास की कमी को दूर करने और रहने की स्थिति में सुधार करने के लिए कम आय वाले परिवारों सहित शहरी निवासियों के लिए किफायती आवास विकल्प प्रदान करने हेतु काम करते हैं।
- परिवहन योजना : वे सार्वजनिक परिवहन प्रणालियों और पैदल यात्री अनुकूल बुनियादी ढाँचे सहित शहरी क्षेत्रों में कनेक्टिविटी में सुधार और भीड़भाड़ को कम करने के लिए परिवहन योजनाएँ विकसित करते हैं।
- सामुदायिक भागीदारी : वे शहरी नियोजन प्रक्रियाओं में सामुदायिक भागीदारी को प्रोत्साहित करते हैं, ताकि यह सुनिश्चित किया जा सके कि योजनाएँ निवासियों की जरूरतों और आकांक्षाओं को प्रतिबिंबित करती हैं।

इन रणनीतियों के माध्यम से जिला मजिस्ट्रेट रविंद्र कुमार झाँसी जिले में शहरी विकास के प्रभावी प्रबंधन तथा शहरों और कस्बों में जीवन की गुणवत्ता में सुधार सुनिश्चित करते हैं।

15. ग्रामीण विकास

जिला मजिस्ट्रेट रविंद्र कुमार निम्नलिखित रणनीतियों के माध्यम से झाँसी जिले में ग्रामीण विकास को लागू करते हैं—

- कृषि विकास : वे कृषि उत्पादकता को बढ़ावा देने के लिए योजनाओं को लागू करते हैं, जिनमें किसानों को गुणवत्तापूर्ण बीज, उर्वरक और सिंचाई सुविधाएँ प्रदान करना शामिल है।
- आजीविका कार्यक्रम : वे ग्रामीण निवासियों के लिए आय के वैकल्पिक स्रोत बनाने के लिए पशुपालन, मुरगीपालन और हस्तशिल्प जैसे आजीविका कार्यक्रमों को बढ़ावा देते हैं।
- ग्रामीण बुनियादी ढाँचा : वे ग्रामीण समुदायों के लिए कनेक्टिविटी और पहुँच में सुधार के लिए सड़कों, पुलों और विद्युतीकरण सहित ग्रामीण बुनियादी ढाँचे के विकास पर ध्यान केंद्रित करते हैं।
- जल संरक्षण : वे ग्रामीण क्षेत्रों में जल संसाधनों के सतत उपयोग को सुनिश्चित करने के लिए जल संरक्षण उपायों, जैसे वाटरशेड प्रबंधन और वर्षा जल संचयन को लागू करते हैं।
- कौशल विकास : वे ग्रामीण युवाओं को उनकी रोजगार क्षमता बढ़ाने और ग्रामीण क्षेत्रों में उद्यमिता को बढ़ावा देने के लिए कौशल विकास प्रशिक्षण प्रदान करते हैं।
- सामाजिक कल्याण योजनाएँ : वे ग्रामीण क्षेत्रों में हाशिए पर रहने वाले समुदायों के लिए स्वास्थ्य देखभाल, शिक्षा और आवास तक पहुँच सहित सामाजिक कल्याण योजनाओं को लागू करते हैं।
- सामुदायिक भागीदारी : वे ग्रामीण विकास कार्यक्रमों में सामुदायिक भागीदारी को प्रोत्साहित करते हैं, ताकि यह सुनिश्चित किया जा सके कि योजनाएँ स्थानीय समुदायों की विशिष्ट आवश्यकताओं को पूरा करती हैं।

इन रणनीतियों के माध्यम से जिला मजिस्ट्रेट रविंद्र कुमार झाँसी जिले में ग्रामीण क्षेत्रों का समग्र विकास सुनिश्चित करते हैं, ग्रामीण क्षेत्र के निवासियों के जीवन की गुणवत्ता में सुधार करते हैं और समावेशी विकास को बढ़ावा देते हैं।

16. प्रौद्योगिकी अपनाना

जिला मजिस्ट्रेट रविंद्र कुमार निम्नलिखित रणनीतियों के माध्यम से झाँसी जिले में प्रौद्योगिकीकरण को लागू करते हैं—

- डिजिटल गवर्नेंस : वे प्रशासन में दक्षता और पारदर्शिता में सुधार के लिए इ-गवर्नेंस पोर्टल, ऑनलाइन सेवाओं और डिजिटल संचार चैनलों सहित शासन के लिए डिजिटल प्लेटफॉर्मों के उपयोग को बढ़ावा देते हैं।
- सेवा वितरण : वे प्रक्रियाओं को सुव्यवस्थित करने और निवासियों के लिए

सेवाओं को अधिक सुलभ बनाने के लिए सेवा वितरण में प्रौद्योगिकी के एकीकरण को सुनिश्चित करते हैं, जैसे सरकारी योजनाओं के लिए ऑनलाइन आवेदन प्रणाली।

- सार्वजनिक जुड़ाव : वे निवासियों से फीडबैक इकट्ठा करने और उन्हें निर्णय लेने की प्रक्रियाओं में शामिल करने के लिए सोशल मीडिया, ऑनलाइन सर्वेक्षण और वर्चुअल टाउन हॉल बैठकों सहित सार्वजनिक जुड़ाव के लिए प्रौद्योगिकी का उपयोग करते हैं।
- क्षमता निर्माण : वे प्रशिक्षण कार्यक्रमों और कार्यशालाओं के माध्यम से प्रौद्योगिकी का प्रभावी ढंग से उपयोग करने के लिए सरकारी अधिकारियों और कर्मचारियों की क्षमता निर्माण पर ध्यान केंद्रित करते हैं।
- बुनियादी ढाँचे का विकास : वे प्रौद्योगिकी तक व्यापक पहुँच सुनिश्चित करने के लिए ब्रॉडबैंड कनेक्टिविटी और डिजिटल साक्षरता कार्यक्रमों सहित डिजिटल बुनियादी ढाँचे के विकास को प्राथमिकता देते हैं।
- डेटा संचालित निर्णय लेना : वे निर्णय लेने के लिए डेटा एनालिटिक्स और डिजिटल टूल के उपयोग को बढ़ावा देते हैं, रुझानों की पहचान करने, जरूरतों का आकलन करने और संसाधनों को अधिक प्रभावी ढंग से आवंटित करने में मदद करते हैं।
- साझेदारी और सहयोग : वे प्रौद्योगिकी संचालित समाधानों को लागू करने के लिए उनकी विशेषज्ञता और संसाधनों का लाभ उठाने के लिए प्रौद्योगिकी कंपनियों, अनुसंधान संस्थानों और अन्य हितधारकों के साथ सहयोग करते हैं।

इन रणनीतियों के माध्यम से जिला मजिस्ट्रेट रविंद्र कुमार झाँसी जिले में कुशल शासन, सेवा वितरण और सार्वजनिक जुड़ाव के लिए प्रौद्योगिकी का प्रभावी उपयोग सुनिश्चित करते हैं।

17. लोक सेवा वितरण

जिला मजिस्ट्रेट रविंद्र कुमार निम्नलिखित रणनीतियों के माध्यम से झाँसी जिले में कुशल सार्वजनिक सेवा वितरण लागू करते हैं—

- पहुँच : वे सेवा वितरण बिंदुओं और मोबाइल सेवा इकाइयों की स्थापना करके यह सुनिश्चित करते हैं कि सार्वजनिक सेवाएँ दूर-दराज और हाशिए पर आने वाले क्षेत्रों सहित सभी निवासियों के लिए आसानी से पहुँच योग्य हों।
- गुणवत्ता में सुधार : वे मानकों और दिशा-निर्देशों को लागू करके तथा उनके क्रियान्वयन की निगरानी करके स्वास्थ्य देखभाल, शिक्षा और कल्याण

योजनाओं सहित सार्वजनिक सेवाओं की गुणवत्ता में सुधार करने पर ध्यान केंद्रित करते हैं।

- प्रौद्योगिकी एकीकरण : वे दक्षता और पहुँच में सुधार के लिए सेवा वितरण में प्रौद्योगिकी के एकीकरण को बढ़ावा देते हैं, जैसे स्वास्थ्य देखभाल के लिए ऑनलाइन नियुक्ति प्रणाली और शिक्षा के लिए डिजिटल प्लेटफॉर्म।
- क्षमता निर्माण : वे प्रशिक्षण और कौशल विकास कार्यक्रमों के माध्यम से सार्वजनिक सेवाओं को प्रभावी ढंग से वितरित करने के लिए सरकारी अधिकारियों और फ्रंटलाइन कार्यकर्ताओं की क्षमता का निर्माण करते हैं।
- फीडबैक तंत्र : वे निवासियों से फीडबैक इकट्ठा करने और उनके इनपुट के आधार पर सेवा वितरण में सुधार करने के लिए टोल-फ्री हेल्पलाइन और सुझाव बॉक्स जैसे फीडबैक तंत्र स्थापित करते हैं।
- पारदर्शिता : वे जनता को सेवाओं, पात्रता मानदंड और आवेदन प्रक्रियाओं के बारे में जानकारी आसानी से उपलब्ध कराकर सार्वजनिक सेवाओं के वितरण में पारदर्शिता सुनिश्चित करते हैं।
- साझेदारी : वे नवीन दृष्टिकोण और सामुदायिक भागीदारी के माध्यम से सार्वजनिक सेवाओं की डिलीवरी में सुधार करने के लिए गैर-सरकारी संगठनों, समुदाय आधारित संगठनों और अन्य हितधारकों के साथ सहयोग करते हैं।

इन रणनीतियों के माध्यम से जिला मजिस्ट्रेट रविंद्र कुमार झाँसी जिले में सार्वजनिक सेवाओं की कुशल डिलीवरी सुनिश्चित करते हैं, जिससे इसके निवासियों के जीवन की गुणवत्ता में वृद्धि होती है।

18. विवाद समाधान

जिला मजिस्ट्रेट रविंद्र कुमार निम्नलिखित रणनीतियों के माध्यम से झाँसी जिले में विवाद समाधान और संघर्ष प्रबंधन लागू करते हैं—

- स्थानीय विवाद समाधान तंत्र : वे जमीनी स्तर पर विवादों को सुलझाने के लिए ग्राम पंचायत या सामुदायिक मध्यस्थता केंद्र जैसे स्थानीय विवाद समाधान तंत्र की स्थापना और प्रचार करते हैं।
- कानूनी सहायता : वे उन निवासियों के लिए कानूनी सहायता सेवाओं तक पहुँच प्रदान करते हैं, जिन्हें विवादों को सुलझाने में सहायता की आवश्यकता होती है, विशेष रूप से हाशिए पर रहने वाले और कमजोर समूहों के लिए।

- सामुदायिक जुड़ाव : वे विवादों को सुलझाने, परस्पर विरोधी पक्षों के बीच बातचीत और समझ को बढ़ावा देने में सामुदायिक जुड़ाव को प्रोत्साहित करते हैं।
- जागरूकता अभियान : वे संघर्ष प्रबंधन और विवाद समाधान पर जागरूकता अभियान चलाते हैं, निवासियों को संघर्षों को हल करने के शांतिपूर्ण तरीकों के बारे में शिक्षित करते हैं।
- प्रशिक्षण कार्यक्रम : वे स्थानीय नेताओं, मध्यस्थों और अधिकारियों के लिए संघर्ष समाधान तकनीकों और मध्यस्थता कौशल पर प्रशिक्षण कार्यक्रम आयोजित करते हैं।
- गैर-सरकारी संगठनों के साथ सहयोग : वे विवादों से निपटने में स्थानीय क्षमता बढ़ाने के लिए गैर-सरकारी संगठनों और नागरिक समाज संगठनों के साथ सहयोग करते हैं, जो संघर्ष समाधान और शांति निर्माण में विशेषज्ञ हैं।
- निगरानी और मूल्यांकन : वे विवाद समाधान तंत्र की प्रभावशीलता की निगरानी और मूल्यांकन करने के लिए तंत्र स्थापित करते हैं, जिससे उसकी दक्षता में सुधार के लिए आवश्यक समायोजन होता है।

इन रणनीतियों के माध्यम से जिला मजिस्ट्रेट रविंद्र कुमार झाँसी जिले में प्रभावी विवाद समाधान और संघर्ष प्रबंधन सुनिश्चित करते हैं, जिससे समुदायों में शांति और सद्भाव में योगदान होता है।

19. संस्कृति एवं विरासत को बढ़ावा देना

जिला मजिस्ट्रेट रविंद्र कुमार निम्नलिखित रणनीतियों के माध्यम से झाँसी जिले में संस्कृति और विरासत को बढ़ावा देते हैं—

- सांस्कृतिक कार्यक्रम : वे स्थानीय प्रतिभाओं को प्रदर्शित करने और पारंपरिक कला रूपों को संरक्षित करने के लिए संगीत, नृत्य, थिएटर और कला प्रदर्शनियों सहित सांस्कृतिक कार्यक्रमों का आयोजन और प्रचार करते हैं।
- विरासत संरक्षण : वह जिले में ऐतिहासिक स्मारकों, इमारतों और सांस्कृतिक महत्त्व के स्थलों की सुरक्षा और पुनर्स्थापन के लिए विरासत संरक्षण परियोजनाएँ शुरू करते हैं।
- सांस्कृतिक त्योहार : वे झाँसी जिले की समृद्ध सांस्कृतिक विरासत को उजागर करने वाले सांस्कृतिक त्योहारों और कार्यक्रमों के उत्सव का समर्थन और प्रोत्साहन करते हैं।

- सांस्कृतिक आदान-प्रदान कार्यक्रम : वे सांस्कृतिक समझ और प्रशंसा को बढ़ावा देने के लिए अन्य ज़िलों, राज्यों और देशों के साथ सांस्कृतिक आदान-प्रदान कार्यक्रमों की सुविधा प्रदान करते हैं।
- शिक्षा और जागरूकता : वे स्थानीय संस्कृति और विरासत के संरक्षण और प्रचार के महत्त्व के बारे में निवासियों, विशेषकर युवाओं को शिक्षित करने के लिए शैक्षिक कार्यक्रम और जागरूकता अभियान चलाते हैं।
- सामुदायिक भागीदारी : वे सांस्कृतिक संरक्षण प्रयासों में सामुदायिक भागीदारी को प्रोत्साहित करते हैं, जिसमें स्थानीय निवासियों, कलाकारों और इतिहासकारों को विरासत संरक्षण परियोजनाओं में शामिल किया जाता है।
- सांस्कृतिक संस्थानों के साथ सहयोग : वे स्थानीय संस्कृति और विरासत संरक्षण पहल को बढ़ावा देने के लिए सांस्कृतिक संस्थानों, संग्रहालयों और विरासत संगठनों के साथ सहयोग करते हैं।

इन रणनीतियों के माध्यम से जिला मजिस्ट्रेट रविंद्र कुमार झाँसी जिले में स्थानीय संस्कृति और विरासत के संरक्षण एवं प्रचार को सुनिश्चित करते हैं, जिससे समुदायों का सांस्कृतिक ताना-बाना समृद्ध होता है।

20. क्षमता निर्माण

जिला मजिस्ट्रेट रविंद्र कुमार निम्नलिखित रणनीतियों के माध्यम से झाँसी जिले में क्षमता निर्माण को लागू करते हैं—

- प्रशिक्षण कार्यक्रम : वे प्रशासनिक अधिकारियों, पुलिसकर्मियों और अन्य कर्मचारियों सहित सरकारी अधिकारियों के कौशल और क्षमताओं को बढ़ाने के लिए नियमित प्रशिक्षण कार्यक्रम आयोजित करते हैं।
- कौशल विकास : वे स्थानीय नेताओं, जैसे निर्वाचित प्रतिनिधियों और सामुदायिक नेताओं के लिए कौशल विकास कार्यक्रमों पर ध्यान केंद्रित करते हैं, ताकि उन्हें अपने समुदायों की बेहतर सेवा करने के लिए सशक्त बनाया जा सके।
- नेतृत्व प्रशिक्षण : वे सरकारी अधिकारियों और स्थानीय नेताओं के बीच नेतृत्व गुण विकसित करने के लिए नेतृत्व प्रशिक्षण कार्यक्रम आयोजित करते हैं, जिनसे वे अपनी टीमों को प्रभावी ढंग से प्रबंधित और उनका नेतृत्व कर सकें।
- तकनीकी प्रशिक्षण : वे सेवा वितरण की गुणवत्ता में सुधार के लिए शासन और प्रशासन से संबंधित क्षेत्रों, जैसे सार्वजनिक नीति, वित्त प्रबंधन और परियोजना क्रियान्वयन में तकनीकी प्रशिक्षण प्रदान करते हैं।

- प्रशिक्षण संस्थानों के साथ सहयोग : वे सरकारी अधिकारियों और स्थानीय नेताओं की विशिष्ट आवश्यकताओं के अनुरूप प्रशिक्षण कार्यक्रमों को डिजाइन और क्रियान्वित करने के लिए प्रशिक्षण संस्थानों और शैक्षिक संगठनों के साथ सहयोग करते हैं।
- प्रदर्शन मूल्यांकन : वे प्रशिक्षण कार्यक्रमों की प्रभावशीलता का आकलन करने और सुधार के क्षेत्रों की पहचान करने के लिए नियमित रूप से उनके प्रदर्शन का मूल्यांकन करते हैं।

इन रणनीतियों के माध्यम से जिला मजिस्ट्रेट रविंद्र कुमार यह सुनिश्चित करते हैं कि झाँसी जिले में सरकारी अधिकारी और स्थानीय नेता अपनी भूमिकाओं को प्रभावी ढंग से और कुशलता से पूरा करने के लिए आवश्यक कौशल और क्षमताओं से लैस हैं।

21. निगरानी और मूल्यांकन

जिला मजिस्ट्रेट रविंद्र कुमार निम्नलिखित रणनीतियों के माध्यम से झाँसी जिले में निगरानी और मूल्यांकन लागू करते हैं—

- परियोजना निगरानी : वे विकास परियोजनाओं की प्रगति की निगरानी के लिए तंत्र स्थापित करते हैं, जिसमें परियोजना टीमों की स्थापना और नियमित साइट दौरे आयोजित करना शामिल है।
- डेटा संग्रह : वे सुनिश्चित करते हैं कि परियोजना क्रियान्वयन से संबंधित डेटा नियमित और सटीक रूप से एकत्र किया जाए, इसका उपयोग प्रगति को ट्रैक करने और सुधार के लिए क्षेत्रों की पहचान करने के लिए किया जाए।
- प्रदर्शन संकेतक : वे प्रत्येक परियोजना और योजना के लिए स्पष्ट प्रदर्शन संकेतक परिभाषित करते हैं, जिससे उनकी प्रभावशीलता के वस्तुनिष्ठ मूल्यांकन का अवसर मिलता है।
- हितधारक जुड़ाव : वे परियोजना की प्रगति पर प्रतिक्रिया इकट्ठा करने और उत्पन्न होने वाले किसी भी मुद्दे का समाधान करने के लिए सरकारी अधिकारियों, स्थानीय नेताओं और जनता सहित हितधारकों के साथ जुड़ते हैं।
- मूल्यांकन मानदंड : वे जिले के समग्र विकास पर परियोजनाओं और योजनाओं के प्रभाव का आकलन करने के लिए मूल्यांकन मानदंड विकसित करते हैं, वे इस जानकारी का उपयोग करके उचित निर्णय लेते हैं।
- रिपोर्टिंग : वे विकास परियोजनाओं और योजनाओं की प्रगति पर नियमित रिपोर्ट तैयार करते हैं, जिसमें प्रमुख उपलब्धियों और सामने आने वाली चुनौतियों पर प्रकाश डाला जाता है।

इन रणनीतियों के माध्यम से जिला मजिस्ट्रेट रविंद्र कुमार यह सुनिश्चित करते हैं कि झाँसी जिले में विकास परियोजनाओं और योजनाओं की प्रभावी ढंग से निगरानी और मूल्यांकन किया जाता है, जिससे बेहतर परिणाम और संसाधनों का बेहतर उपयोग होता है।

22. सहयोग और नेटवर्किंग

जिला मजिस्ट्रेट रविंद्र कुमार निम्नलिखित रणनीतियों के माध्यम से झाँसी जिले में सहयोग और नेटवर्किंग लागू करते हैं—

- साझेदारी विकास : वे विकास पहलों के प्रभावी क्रियान्वयन के लिए उनकी विशेषज्ञता, संसाधनों और नेटवर्क का लाभ उठाने के लिए अन्य सरकारी एजेंसियों, गैर-सरकारी संगठनों और निजी क्षेत्र के संगठनों के साथ सक्रिय रूप से साझेदारी करते हैं।
- नेटवर्किंग : वे अन्य हितधारकों के साथ नेटवर्क बनाने और ऐसे संबंध बनाने के लिए मंचों, सम्मेलनों और बैठकों में भाग लेते हैं, जो जिले के विकास लक्ष्यों का समर्थन कर सकते हैं।
- समन्वय तंत्र : वे सुचारु सहयोग और प्रभावी संचार सुनिश्चित करने के लिए भागीदार संगठनों के साथ समन्वय तंत्र स्थापित करते हैं।
- संसाधन साझा करना : वे प्रभाव को अधिकतम करने और प्रयासों के दोहराव को कम करने के लिए भागीदारों के बीच ज्ञान, प्रौद्योगिकी और फंडिंग सहित संसाधनों के बँटवारे को प्रोत्साहित करते हैं।
- संयुक्त योजना और क्रियान्वयन : वे विकास पहलों की योजना और क्रियान्वयन में भागीदारों के साथ सहयोग करते हैं, यह सुनिश्चित करते हैं कि गतिविधियाँ जिले की प्राथमिकताओं और उद्देश्यों के साथ संरेखित हों।
- निगरानी और मूल्यांकन : वे संयुक्त पहल की प्रगति की निगरानी और मूल्यांकन करने के लिए भागीदारों के साथ मिलकर काम करते हैं, इस जानकारी का उपयोग करके उचित निर्णय लेते हैं और परिणामों में सुधार करते हैं।

इन रणनीतियों के माध्यम से जिला मजिस्ट्रेट रविंद्र कुमार यह सुनिश्चित करते हैं कि अन्य हितधारकों के साथ सहयोग और नेटवर्किंग झाँसी जिले में विकास रणनीति के प्रमुख घटक हैं, जिससे अधिक प्रभावी और टिकाऊ विकास परिणाम प्राप्त होंगे।

23. नवाचार

जिला मजिस्ट्रेट रविंद्र कुमार निम्नलिखित रणनीतियों के माध्यम से झाँसी जिले में नवाचार लागू करते हैं—

- नवाचार चुनौतियाँ : वे व्यक्तियों और संगठनों को स्थानीय चुनौतियों के रचनात्मक समाधान के लिए प्रोत्साहित करने के लिए नवाचार चुनौतियों की पहचान और प्रतियोगिताओं का आयोजन करते हैं।
- इन्क्यूबेशन केंद्र : वे नवप्रवर्तकों और उद्यमियों को उनके विचारों को विकसित करने और परीक्षण करने में सहायता करने के लिए इन्क्यूबेशन केंद्र और नवाचार केंद्र स्थापित करते हैं।
- विश्वविद्यालयों और अनुसंधान संस्थानों के साथ साझेदारी : वे जिले के विकास से संबंधित क्षेत्रों में अनुसंधान और नवाचार को बढ़ावा देने के लिए विश्वविद्यालयों और अनुसंधान संस्थानों के साथ सहयोग करते हैं।
- मान्यता और पुरस्कार : वे जिले में नवाचार में महत्त्वपूर्ण योगदान देने वाले व्यक्तियों और संगठनों को मान्यता देते हैं और पुरस्कृत करते हैं।
- प्रौद्योगिकी अपनाना : वे सेवा वितरण में सुधार और स्थानीय चुनौतियों का समाधान करने के लिए प्रौद्योगिकी और डिजिटल समाधान अपनाने को बढ़ावा देते हैं।

इन रणनीतियों के माध्यम से जिला मजिस्ट्रेट रविंद्र कुमार झाँसी जिले में नवाचार की संस्कृति को बढ़ावा देते हैं, जिससे स्थानीय चुनौतियों के लिए स्थायी समाधान विकसित होते हैं।

24. वित्तीय प्रबंधन

जिला मजिस्ट्रेट रविंद्र कुमार निम्नलिखित रणनीतियों के माध्यम से झाँसी जिले में वित्तीय प्रबंधन प्रथाओं को लागू करते हैं—

- बजट योजना : वे एक वार्षिक बजट तैयार और क्रियान्वित करते हैं, जो जिले की विकास प्राथमिकताओं और उद्देश्यों के अनुरूप होता है।
- वित्तीय निगरानी : वे बजट के क्रियान्वयन की निगरानी करते हैं और यह सुनिश्चित करने के लिए नियमित रूप से वित्तीय रिपोर्टों की समीक्षा करते हैं कि व्यय बजटीय आवंटन के अनुरूप हैं।
- संसाधन जुटाना : वे संसाधन जुटाने के नवीन तरीकों की खोज करते हैं, जिनमें सरकारी योजनाओं, अनुदान और निजी क्षेत्र के साथ साझेदारी से धन की माँग करना शामिल है।

- पारदर्शिता और जवाबदेही : वे वित्तीय लेन-देन में पारदर्शिता सुनिश्चित करते हैं और सार्वजनिक धन के उपयोग में उच्च स्तर की जवाबदेही बनाए रखते हैं।
- ऑडिट और मूल्यांकन : वे सुधार के क्षेत्रों की पहचान करने और नियमों का अनुपालन सुनिश्चित करने के लिए वित्तीय प्रबंधन प्रथाओं का नियमित ऑडिट और मूल्यांकन करते हैं।
- क्षमता निर्माण : वे वित्तीय प्रबंधन में शामिल सरकारी अधिकारियों को उनके कौशल और ज्ञान को बढ़ाने के लिए प्रशिक्षण और क्षमता निर्माण कार्यक्रम प्रदान करते हैं।

इन रणनीतियों के माध्यम से जिला मजिस्ट्रेट रविंद्र कुमार झाँसी जिले में विवेकपूर्ण वित्तीय प्रबंधन प्रथाओं को सुनिश्चित करते हैं, सार्वजनिक धन के उपयोग में वित्तीय अनुशासन और जवाबदेही बनाए रखते हैं।

25. जनसंपर्क

जिलाधिकारी रविंद्र कुमार निम्नलिखित रणनीतियों के माध्यम से झाँसी जिले में सकारात्मक जनसंपर्क लागू करते हैं—

- मीडिया से जुड़ाव : वे सरकारी पहलों, नीतियों और कार्यक्रमों के बारे में सटीक और समय पर जानकारी प्रदान करने के लिए नियमित रूप से मीडिया से जुड़े रहते हैं।
- प्रेस विज्ञप्तियाँ और वक्तव्य : वे मीडिया और जनता को जिले के महत्त्वपूर्ण विकासों के बारे में सूचित करने के लिए प्रेस विज्ञप्तियाँ और वक्तव्य जारी करते हैं।
- सोशल मीडिया उपस्थिति : वे जनता से सीधे जुड़ने और जिला प्रशासन के काम के बारे में अपडेट साझा करने के लिए सोशल मीडिया प्लेटफॉर्मों पर सक्रिय उपस्थिति बनाए रखते हैं।
- सार्वजनिक बैठकें और कार्यक्रम : वे समुदाय के साथ बातचीत करने, उनकी चिंताओं को सुनने और मुद्दों को पारदर्शी तरीके से संबोधित करने के लिए सार्वजनिक बैठकें और कार्यक्रम आयोजित करते हैं।
- संचार में पारदर्शिता : वे सूचना तक पहुँच प्रदान करके तथा मीडिया और जनता के प्रश्नों का तुरंत उत्तर देकर संचार में पारदर्शिता सुनिश्चित करते हैं।
- सामुदायिक आउटरीच कार्यक्रम : वे प्रशासन और जनता के बीच विश्वास

बनाने और संवाद को बढ़ावा देने के लिए सामुदायिक आउटरीच कार्यक्रम आयोजित करते हैं।

इन रणनीतियों के माध्यम से जिला मजिस्ट्रेट रविंद्र कुमार झाँसी जिले में प्रशासन में पारदर्शिता और विश्वास को बढ़ावा देते हुए मीडिया और जनता के साथ सकारात्मक संबंधों को बढ़ावा देते हैं।

□

20

सार-संक्षेप : रविंद्र कुमार की स्थायी विरासत

जैसे ही हम जिला मजिस्ट्रेट रविंद्र कुमार के नेतृत्व में झाँसी के गतिशील शासन के परिवर्तनकारी युग के माध्यम से इस यात्रा की परिणति तक पहुँचते हैं, यह सार-संक्षेप उनके दूरदर्शी कार्यकाल की स्थायी विरासत और दूरगामी प्रभाव को समझने के लिए एक चिंतनशील सुविधाजनक बिंदु के रूप में कार्य करता है।

रविंद्र कुमार की विरासत एक दूरदर्शी शासन का पर्याय है, जो पारंपरिक प्रतिमानों से परे है। उनके कार्यकाल में पारंपरिक प्रशासनिक दृष्टिकोण से हटकर नवाचार, अनुकूलनशीलता और समावेशिता के प्रति प्रतिबद्धता को अपनाया गया। उनके शासन की स्थायी पहचान ऐसी रूपरेखाओं की स्थापना में निहित है, जो अल्पकालिक लाभ से आगे बढ़कर टिकाऊ और लचीली प्रगति की नींव रखती हैं।

पीएम मोदी द्वारा झाँसी, (सिटी ऑफ वैलोर) अर्थात् वीरता का शहर का विमोचन

प्रशासनिक प्रक्रियाओं में नवाचार

प्रशासनिक प्रक्रियाओं में नवाचार के समावेश ने रविंद्र कुमार की विरासत को

परिभाषित किया। प्रौद्योगिकी, डेटा संचालित निर्णय लेने और सहयोगी प्लेटफॉर्मों का लाभ उठाते हुए उनके प्रशासन ने नौकरशाही प्रक्रियाओं को सुव्यवस्थित किया, लालफीताशाही को कम किया और सार्वजनिक सेवा वितरण की दक्षता को बढ़ाया। नवप्रवर्तन की यह विरासत भविष्य की प्रशासनिक प्रथाओं के लिए एक बेंचमार्क के रूप में काम करती रहेगी।

अनुकूल शासन संरचनाएँ

रविंद्र कुमार ने अनुकूल शासन संरचनाओं की शुरुआत की, जिन्होंने बदलती परिस्थितियों में गतिशील रूप से प्रतिक्रिया की। प्रशासनिक ढाँचे में अंतर्निहित लचीलेपन ने उभरती चुनौतियों के प्रति त्वरित प्रतिक्रिया की अनुमति दी, जिससे यह सुनिश्चित हुआ कि जिला अनिश्चितताओं के सामने लचीला बना रहा। अनुकूलनशीलता की यह विरासत भविष्य के नेताओं के लिए शासन की जटिलताओं से निपटने के लिए एक ब्लूप्रिंट के रूप में कार्य करेगी।

मनरेगा अंतर्गत गूल खुदाई एवं सफाई कार्य में गड़बड़ी पर 52398 की होगी वसूली

झाँसी, दैनिक जनहित दर्शन

जिलाधिकारी रविंद्र कुमार ने निर्देश देते हुए कहा कि शासकीय कार्यों में धन के दुरुपयोग को किसी भी दशा में स्वीकार नहीं किया जाएगा। उन्होंने आज विकासखंड बामौर के ग्राम पंचायत गोहना में मनरेगा अंतर्गत गूल खुदाई एवं सफाई कार्य में धन के दुरुपयोग पर ग्राम प्रधान, ग्राम विकास अधिकारी एवं तकनीकी सहायक के विरुद्ध वसूली आदेश देते हुए निर्देश दिए कि उक्त धनराशि एक सप्ताह में राज्य स्तर पर संचालित बैंक एसबीआई में जमा करना सुनिश्चित करें।

जिलाधिकारी

- ग्राम प्रधान गोहना, ग्राम विकास अधिकारी और तकनीकी सहायक ग्राम पंचायत गोहना से होगी वसूली
- दुरुपयोग की गई मनरेगा धनराशि को एक सप्ताह में जमा करने के निर्देश

16 मार्च के माध्यम से अवगत कराया कि शिकायतकर्ता जगत सिंह कोमल आदि निवासी ग्राम गोहना विकास खण्ड बामौर के शिकायतीपत्र के क्रम में जाँच समिति यथा-सहायक विकास अधिकारी (एस०टी०) एवं ब्लाक तकनीकी सहायक द्वारा 3 मार्च 2022 को ग्राम पंचायत, गोहना में जाकर अभिलेखनीय एवं स्थलीय जाँच की गयी, जिसमे पाया गया कि मनरेगा अन्तर्गत गूल खुदाई एवं सफाई कार्य (जयराम के खेत से विक्रम के खेत तक) को मनरेगा गाइड लाइन के इतर एवं भौतिक स्थिति के विपरित कराया गया है, जिसकी पुष्टि अवर अभि यन्ता (ल.सि.) बामौर श्री देवेन्द्र पाल के स्थलीय परीक्षणोरान्त भी हुई है। ग्राम पंचायत गोहना द्वारा उक्त कार्य पर कुल रुपये 52398 की धनराशि का भुगतान कराया गया है। इस प्रकार गूल खुदाई एवं सफाई कार्य (जयराम के खेत से विक्रम के खेत तक) पर धनराशि रुपये 52398 का दुरूपयोग किया गया है। कार्यालय आयुक्त (एपेक्स टी०ए०सी०), ग्राम्य विकास, उ०प्र० के पत्रांक 1001 / मु०ग्रा०प०/ एतसप / ग्रा०वि०टी०सी०/ सर्कुलर लखनऊ दिनांक 29 सितम्बर 2008 के प्रस्तर 259 (1) अ में वर्णित व्यवस्थानुसार मनरेगा योजनान्तर्गत कार्यों में पायी गयी दुरूपयोग शासकीय धनराशि की वसूली सचिव ग्राम पंचायत/कार्य- प्रभारी, ग्राम प्रधान एवं कार्य की मापी करने वाले अवर अभियन्ता/ तकनीकी सहायक में से प्रत्येक से 33.33- 33.33 (समभाग) प्रतिशत के अनुपात के अनुसार निम्नानुसार आदेश निर्गत किये जाते हैं। विजय कुमार, ग्राम प्रधान, ग्राम पंचायत गोहना, विकास खण्ड बामौर मु0 17466, किशोर कुमार, ग्राम विकास अधिकारी, ग्राम पंचायत गोहना, विकास खण्ड बामौर मु० 17466 रुपये विनोद कुमार जैन, तकनीकी सहायक, ग्राम पंचायत गोहना, विकास खण्ड बामौर मु० 17466 रुपये, विजय कुमार, ग्राम प्रधान, ग्राम प्रधान, ग्राम पंचायत गोहना द्वारा दुरुप्रयोग की गयी शासकीय / मनरेगा की धनराशि को 07 दिवस में राज्य स्तर पर संचालित बैंक एस०बी०आई० के खाता संख्या-30125947162 में जमा करें।

समावेशी निर्णय लेना

समावेशिता रविंद्र कुमार के शासन दर्शन की आधारशिला रही है। उनके प्रशासन ने सक्रिय रूप से हितधारकों को शामिल किया, सामुदायिक इनपुट माँगा और निर्णय लेने में सहभागी दृष्टिकोण अपनाया। समावेशी शासन की इस विरासत ने न केवल

समुदाय को सशक्त बनाया, बल्कि प्रशासन और निवासियों के बीच संबंध को भी मजबूत किया।

आर्थिक प्रगति : विकास के लिए उत्प्रेरक

रविंद्र कुमार के कार्यकाल में झाँसी के आर्थिक परिदृश्य में एक आदर्श बदलाव देखा गया, जिसने जिले को सतत विकास के लिए एक जीवंत केंद्र के रूप में स्थापित किया। उनके नेतृत्व में हासिल किया गया आर्थिक निवेश और आर्थिक प्रगति रणनीतिक योजना, बुनियादी ढाँचे के विकास और व्यापार-अनुकूल वातावरण के सृजन के परिवर्तनकारी प्रभाव के प्रमाण के रूप में कार्य करेगी।

औद्योगिक विकास और रोजगार के अवसर

उद्योगों को आकर्षित करने और आर्थिक गलियारों को बढ़ावा देने के लिए रणनीतिक हस्तक्षेप से औद्योगिक विकास में पर्याप्त वृद्धि हुई। सड़क परिवहन और कनेक्टिविटी सहित बुनियादी ढाँचा परियोजनाओं में निवेश ने आर्थिक विकास को उत्प्रेरित किया। प्रमुख बुनियादी ढाँचा पहलों के पूरा होने से कनेक्टिविटी, व्यापार, पर्यटन को बढ़ावा देने तथा वस्तुओं और सेवाओं की निर्बाध आवाजाही में सुधार देखा गया।

निवेश प्रवाह और आर्थिक विविधीकरण

निवेश आकर्षित करने में रविंद्र कुमार के सक्रिय दृष्टिकोण के परिणामस्वरूप झाँसी में पूँजी का महत्त्वपूर्ण प्रवाह हुआ। जिले ने प्रत्यक्ष निवेश और आर्थिक विविधीकरण में वृद्धि का अनुभव किया, जिससे झाँसी राज्य और राष्ट्रीय आर्थिक मंच पर एक प्रतिस्पर्धी खिलाड़ी के रूप में स्थापित हुआ।

खेलकूद पहलों को प्रोत्साहन

खेल, सांस्कृतिक पुनरुद्धार

झाँसी की समृद्ध सांस्कृतिक विरासत को संरक्षित और बढ़ावा देने के लिए रविंद्र कुमार की प्रतिबद्धता ने इसके निवासियों के बीच गर्व और पहचान की भावना को फिर से जगाया। सांस्कृतिक पुनरुत्थान की विरासत जीवंत त्योहारों, खेलकूद, कलात्मक पहलों और ऐतिहासिक स्थलों के संरक्षण में प्रकट होती है, जो जिले की अनूठी सांस्कृतिक बुनावट में योगदान करते हैं।

त्योहार और सांस्कृतिक उत्सव

रविंद्र कुमार के प्रशासन में सांस्कृतिक उत्सव महज आयोजनों से कहीं अधिक बन गए; वे सामुदायिक पहचान की अभिव्यक्ति बन गए। पारंपरिक त्योहारों के पुनरुद्धार और नए सांस्कृतिक समारोहों की शुरुआत से सामुदायिक भागीदारी में वृद्धि देखी गई, जिससे अपनेपन की साझा भावना को बढ़ावा मिला।

कलात्मक पहल और सार्वजनिक स्थान

कलात्मक पहल में निवेश और सांस्कृतिक गतिविधियों के लिए समर्पित सार्वजनिक स्थानों के निर्माण ने झाँसी के कलात्मक समुदाय में नई जान फूँक दी। कला दीर्घाओं, सांस्कृतिक केंद्रों और प्रदर्शन स्थलों की स्थापना के परिणामस्वरूप कलात्मक जुड़ाव में वृद्धि हुई, रचनात्मकता और सांस्कृतिक आदान-प्रदान को बढ़ावा मिला।

ऐतिहासिक संरक्षण और पर्यटन

ऐतिहासिक रानी महल, झाँसी संरक्षण हेतु सतत पहल

ऐतिहासिक स्थलों का संरक्षण और पर्यटन को बढ़ावा देना झाँसी के सांस्कृतिक पुनरुद्धार का अभिन्न अंग बन गया। विरासत स्थलों की बहाली और विरासत पर्यटन पहल के क्रियान्वयन ने पर्यटकों की संख्या में वृद्धि में योगदान दिया। इसने न केवल स्थानीय अर्थव्यवस्था को बढ़ावा दिया, बल्कि झाँसी की समृद्ध ऐतिहासिक कथा को भी प्रदर्शित किया।

सामुदायिक सहभागिता : लोगों को सशक्त बनाना

रविंद्र कुमार की विरासत सक्रिय जुड़ाव और भागीदारी शासन के माध्यम से समुदाय के सशक्तीकरण तक फैली। लोगों की आवाज सुनने, उनकी शिकायतों को दूर करने और निर्णय लेने की प्रक्रियाओं में उन्हें शामिल करने की प्रशासन की प्रतिबद्धता ने अधिक सशक्त और सम्मिलित नागरिक वर्ग के लिए आधार तैयार किया।

जन चौपाल और टाउन हॉल बैठकें

जन चौपाल और टाउन हॉल बैठकें प्रशासन और निवासियों के बीच खुली बातचीत के लिए मंच बन गए। पारदर्शिता और समावेशिता के प्रति इस प्रतिबद्धता के परिणामस्वरूप सामुदायिक उपस्थिति और निर्णय लेने की प्रक्रियाओं में सक्रिय भागीदारी में वृद्धि हुई।

नागरिक प्रतिक्रिया तंत्र

रविंद्र कुमार के प्रशासन ने प्रौद्योगिकी और सामुदायिक आउटरीच कार्यक्रमों का लाभ उठाते हुए मजबूत नागरिक प्रतिक्रिया तंत्र लागू किया। फीडबैक और शिकायत निवारण के लिए अनुकूल प्लेटफॉर्मों की शुरुआत ने नागरिक चिंताओं के प्रति प्रतिक्रिया में सुधार में योगदान दिया।

हाशिया समुदायों का सशक्तीकरण

समावेशी नीतियों और लक्षित पहलों ने झाँसी में हाशिए पर रहने वाले समुदायों को सशक्त बनाया। 2022 के अंत तक सामाजिक-आर्थिक असमानताओं में कमी आई, जो शिक्षा, स्वास्थ्य देखभाल और आर्थिक अवसरों तक समान पहुँच सुनिश्चित करने के उद्देश्य से उपायों के प्रभाव को दरशाता है।

अशक्तों का यथेष्ट सहयोग : राजधर्म का निर्वहन

एक स्थायी प्रभाव : झाँसी के भविष्य को आकार

जैसे कि उपसंहार समाप्त होता है, रविंद्र कुमार की व्यापक विरासत परिवर्तनकारी नेतृत्व में से एक है, जिसने झाँसी के ताने-बाने पर एक अमिट छाप छोड़ी। दूरदर्शी शासन, आर्थिक प्रगति, सांस्कृतिक पुनरुद्धार और सामुदायिक जुड़ाव का स्थायी प्रभाव झाँसी को गतिशील और सतत विकास के मॉडल के रूप में अपनी यात्रा जारी रखने के लिए मंच प्रदान करता है।

रविंद्र कुमार के कार्यकाल की स्थायी विरासत उनके द्वारा निर्धारित दृष्टिकोण के प्रति निरंतर प्रतिबद्धता पर निर्भर करती है। भविष्य के नेताओं और प्रशासनों को नवाचार, समावेशिता और अनुकूलनशीलता के सिद्धांतों को कायम रखना चाहिए, ताकि यह सुनिश्चित किया जा सके कि झाँसी की प्रगति निरंतर आगे बढ़ती रहे।

नेतृत्व और शासन का पोषण

गतिशील शासन की विरासत को संरक्षित करने के लिए अगली पीढ़ी में नेतृत्व और शासन कौशल का विकास महत्त्वपूर्ण है। प्रशिक्षण कार्यक्रम, परामर्श पहल और ज्ञान हस्तांतरण तंत्र उन सिद्धांतों के प्रति प्रतिबद्ध नेताओं के एक कैडर को विकसित करने में

योगदान दे सकते हैं, जिन्होंने झाँसी की सफलता को परिभाषित किया है।

विरासत को बनाए रखने के लिए हितधारकों, व्यवसायों और समुदाय के साथ निरंतर सहयोग की आवश्यकता होती है। निरंतर जुड़ाव, फीडबैक तंत्र और सहयोगात्मक पहल के लिए मंच यह सुनिश्चित करते हैं कि प्रशासन झाँसी के निवासियों की बढ़ती जरूरतों और आकांक्षाओं के प्रति उत्तरदायी बना रहे।

झाँसी से विदाई की पूर्वसंध्या पर संगीतमय संभाषण

भविष्य की चुनौतियों के लिए अनुकूल शासन

भविष्य की चुनौतियों से निपटने के लिए अनुकूल शासन संरचनाओं की विरासत को एक उपकरण के रूप में अपनाया जाना चाहिए। बदलती परिस्थितियों में गतिशील रूप से प्रतिक्रिया करने, नवाचार और प्रौद्योगिकी का उपयोग करने की झाँसी की क्षमता सामाजिक-आर्थिक और वैश्विक परिदृश्य में उभरती जटिलताओं पर काबू पाने के लिए आवश्यक होगी।

जैसे कि हम इस रचना के पन्नों को अलविदा कह रहे हैं, झाँसी के डीएम रविंद्र कुमार की विरासत दूरदर्शी नेतृत्व, नवीन शासन और समुदाय केंद्रित विकास की परिवर्तनकारी शक्ति के प्रमाण के रूप में खड़ी है। झाँसी की गतिशील प्रगति की कहानी एक सतत गाथा है, जिसका प्रत्येक अध्याय एक ऐसी कहानी में योगदान देता है, जो जिले के लिए एक गतिशील और टिकाऊ कल को आकार देती है।

रविंद्र कुमार द्वारा रखे गए सिद्धांतों और नींव से प्रेरित होकर झाँसी की यात्रा के अगले अध्याय खुलते रहेंगे। जिले का भविष्य निरंतर प्रगति, लचीलेपन और लगातार विकसित होने वाली चुनौतियों और अवसरों के प्रति गतिशील प्रतिक्रिया के लिए तैयार है। रविंद्र कुमार की विरासत सिर्फ एक ऐतिहासिक फुटनोट नहीं है, बल्कि एक समुदाय की नियति को आकार देने तथा इसे एक गतिशील और टिकाऊ भविष्य में आगे बढ़ाने के लिए शासन की क्षमता का एक जीवित प्रमाण है।

झाँसी से भावुक विदाई

झाँसी के जिलाधिकारी रविंद्र कुमार के स्थानांतरण के पश्चात् 2 अक्तूबर, 2023 को विकास भवन सभागार में आयोजित कार्यक्रम में भावपूर्ण विदाई दी गई। इस अवसर पर जिलाधिकारी रविंद्र कुमार ने कहा, 'मैं पूर्ण संतुष्टि का भाव लेकर जनपद से जा रहा हूँ।'

अक्तूबर 2023 में झाँसी से विदाई : एसएसपी राजेश एस., वीसी बुंदेलखंड विश्वविद्यालय, अधिकारीगण झाँसी विकास प्राधिकरण, प्रिंसिपल झाँसी मेडिकल कॉलेज, एडीएम प्रशासन आदि व अन्य 150 से ऊपर अधिकारीगण उपस्थित

इस अवसर पर उन्होंने जनपद झाँसी के जिलाधिकारी के पद पर किए गए कार्यों का अनुभव साझा करते हुए कहा कि इस जनपद का कार्यकाल उनके लिए हमेशा यादगार रहेगा। उन्होंने जनपद की टीम को अपनी सफलता का श्रेय दिया और कहा कि हमारा काम सामंजस्य स्थापित करते हुए कार्य का क्रियान्वयन कराना है और दिए गए कार्यों को सफलतापूर्वक आप सभी ने पूर्ण किया।

उन्होंने कहा कि जनपद झाँसी के कार्यकाल में बहुत-कुछ सीखने को मिला। उन्होंने यहाँ के अधिकारियों एवं कर्मचारियों द्वारा दिए गए सहयोग के प्रति आभार व्यक्त करते हुए उनकी प्रशंसा की। इस अवसर पर अधिकारियों द्वारा उनके साथ बिताए गए अपने कार्यकाल के अनुभव को साझा करते हुए कहा गया कि उनके मार्गदर्शन एवं मार्ग-निर्देशन में कार्य करते हुए बहुत-कुछ सीखने को मिला, जोकि उनके आगे के सेवाकाल में बहुत उपयोगी सिद्ध होगा।

बुंदेलखंड विश्वविद्यालय के कुलपति प्रोफेसर मुकेश पांडे ने इस अवसर पर अपने वक्तव्य में जिला प्रशासन एवं व्यक्तिगत स्तर पर रविंद्र कुमार का धन्यवाद प्रस्तुत किया और कहा कि उनके रहने से विश्वविद्यालय को सदैव एक संबल मिला है एवं प्रशासन स्तर पर बहुत सहयोग सदैव प्राप्त होता रहा। उन्होंने रविंद्र कुमार के विभिन्न गुणों पर विस्तृत चर्चा की, विदाई वक्तव्य के समय कुलपति भावुक हो उठे।

जिलाधिकारी रविंद्र कुमार ने अपने वक्तव्य में कहा कि वे बुंदेलखंड विश्वविद्यालय से सम्मान और अपनत्व को प्राप्त कर अभिभूत हैं एवं उन्होंने विद्यार्थियों एवं शिक्षकों से अपनी जीवन-यात्रा में सीखी गई कई बातों पर चर्चा की।

□

परिशिष्ट

झाँसी—इतिहास के झरोखे से वर्तमान आधुनिक शहर तक

भारत के हृदय में स्थित झाँसी इतिहास और संस्कृति से परिपूर्ण शहर है। उत्तर प्रदेश राज्य में स्थित झाँसी अपनी समृद्ध विरासत, बहादुर योद्धाओं और स्थापत्य चमत्कारों के लिए जाना जाता है। शहर का इतिहास प्राचीनकाल से चला आ रहा है, जिसका उल्लेख महाकाव्य 'महाभारत' और गुप्त काल के विभिन्न शिलालेखों में मिलता है।

झाँसी के इतिहास की सबसे प्रमुख शख्सियतों में से एक हैं रानी लक्ष्मीबाई, एक योद्धा रानी, जिन्होंने 1857 के स्वतंत्रता संग्राम में महत्त्वपूर्ण भूमिका निभाई थी। उनके निडर नेतृत्व और अटूट संकल्प ने उन्हें भारत में साहस और देशभक्ति का प्रतीक बना दिया है।

झाँसी अपने किले के लिए भी प्रसिद्ध है, जो शहर के गौरवशाली अतीत का प्रमाण है। यह शहर अपनी जीवंत संस्कृति के लिए भी जाना जाता है। झाँसी की अर्थव्यवस्था मुख्य रूप से कृषि और लघु उद्योगों पर आधारित है। यह शहर गेहूँ, दालों और तिलहन के उत्पादन के लिए जाना जाता है, जो क्षेत्र की अर्थव्यवस्था में प्रमुख योगदानकर्ता हैं। झाँसी शेष भारत से सड़क, रेल और हवाई मार्ग द्वारा अच्छी तरह से जुड़ा हुआ है।

प्राचीन और मध्यकालीन इतिहास

झाँसी का इतिहास जितना प्राचीन है, उतना ही समृद्ध भी है। यह क्षेत्र प्राचीनकाल से बसा हुआ है। पुरातात्त्विक साक्ष्यों से पता चलता है कि यह 'महाभारत' में वर्णित चेदि साम्राज्य का हिस्सा था। सदियों से झाँसी ने विभिन्न राजवंशों के उत्थान और पतन को देखा है, जिनमें से प्रत्येक ने क्षेत्र के इतिहास और संस्कृति पर अपनी छाप छोड़ी है।

मध्ययुगीनकाल के दौरान, झाँसी पर चंदेल वंश का शासन था, जो कला और वास्तुकला के संरक्षण के लिए जाने जाते थे। चंदेल शासकों ने इस क्षेत्र में कई मंदिरों

का निर्माण कराया, जिनमें पास के ओरछा में प्रसिद्ध केशव देव मंदिर भी शामिल है। यह क्षेत्र उनके शासन के तहत फला-फूला, उत्तर भारत और मध्य भारत के बीच व्यापार मार्गों पर अपनी रणनीतिक स्थिति के कारण व्यापार और वाणिज्य फल-फूल रहा था।

11वीं शताब्दी में झाँसी गहड़वाल वंश के शासन के अधीन आ गई, जो कन्नौज के प्रमुख शासक थे। उन्होंने इस क्षेत्र को मंदिरों और किलों से अलंकृत किया, जिससे इसकी स्थापत्य भव्यता और बढ़ गई। हालाँकि, उनका शासन अल्पकालिक था, क्योंकि 12वीं शताब्दी में झाँसी जल्द ही दिल्ली सल्तनत के नियंत्रण में आ गई।

दिल्ली सल्तनत के तहत, सल्तनत के क्षेत्र की सीमा के निकट अपनी रणनीतिक स्थिति के कारण, झाँसी एक महत्त्वपूर्ण सैन्य चौकी बन गई। इस क्षेत्र में सल्तनत और स्थानीय सरदारों के बीच कई लड़ाइयाँ देखी गईं, जिनमें झाँसी का नियंत्रण अकसर हाथ से जाता रहा।

17वीं शताब्दी में झाँसी बुंदेला राजपूतों के शासन में आ गई, जिन्होंने पास के ओरछा में अपनी राजधानी स्थापित की। बुंदेलों ने झाँसी को और मजबूत किया और इसे एक दुर्जेय किले वाले शहर में बदल दिया। इसी समय के दौरान प्रसिद्ध झाँसी किले का निर्माण किया गया था, जो क्षेत्र की सैन्य शक्ति के प्रमाण के रूप में खड़ा है।

झाँसी दुर्ग की एक दुर्लभ प्राचीन छवि

झाँसी के मध्ययुगीन इतिहास का सबसे महत्त्वपूर्ण अध्याय राजा गंगाधर राव के शासनकाल के दौरान सामने आया, जिन्होंने 1838 से 1853 तक झाँसी राज्य पर शासन किया। यह उनके शासनकाल के दौरान था कि झाँसी काफी महत्त्व की रियासत बन गई थी। राजा गंगाधर राव का विवाह रानी लक्ष्मीबाई से हुआ, जो बाद में भारतीय इतिहास की सबसे प्रतिष्ठित शख्सियतों में से एक बन गई।

रानी लक्ष्मीबाई, जिन्हें झाँसी की रानी के नाम से भी जाना जाता है, ने ब्रिटिश शासन के खिलाफ 1857 के भारतीय विद्रोह में महत्त्वपूर्ण भूमिका निभाई थी। उन्होंने अंग्रेजों के खिलाफ लड़ाई में बहादुरी से अपनी सेना का नेतृत्व किया और अपने राज्य की स्वतंत्रता के लिए जमकर संघर्ष किया।

रानी लक्ष्मीबाई और 1857 का स्वतंत्रता संग्राम

1857 का स्वतंत्रता संग्राम, जिसे अंग्रेज भारतीय विद्रोह कहते थे, ब्रिटिश औपनिवेशिक शासन के खिलाफ भारत के संघर्ष में एक महत्त्वपूर्ण मोड़ था। इस ऐतिहासिक विद्रोह में सबसे आगे थी झाँसी की रानी लक्ष्मीबाई, एक साहसी और प्रतिष्ठित शख्सियत, जिनकी वीरता और दृढ़ संकल्प ने भारतीयों की पीढ़ियों को स्वतंत्रता की लड़ाई में प्रेरित किया।

रानी लक्ष्मीबाई का जन्म 1828 में वाराणसी में हुआ और उनका मूल नाम 'मणिकर्णिका' था। 14 साल की उम्र में उनका विवाह झाँसी के महाराजा राजा गंगाधर राव से हुआ और वे झाँसी की रानी बनीं। उनकी शादी के बाद उन्हें हिंदू देवी लक्ष्मी के सम्मान में लक्ष्मीबाई नाम दिया गया।

रानी लक्ष्मीबाई का जीवन 1853 में नाटकीय रूप से बदल गया, जब उनके पति का निधन हो गया। ब्रिटिश ईस्ट इंडिया कंपनी ने, चूक के सिद्धांत के तहत, उनके दत्तक पुत्र को झाँसी के सिंहासन के उत्तराधिकारी के रूप में मान्यता देने से इनकार कर दिया और राज्य पर कब्जा कर लिया। इस अन्यायपूर्ण कब्जे ने रानी लक्ष्मीबाई के दिल में विद्रोह की ज्वाला भड़का दी और वह अपने राज्य और अपने लोगों की स्वतंत्रता के लिए लड़ने के लिए दृढ़ हो गई।

मई 1857 में देश के विभिन्न हिस्सों में भारतीय विद्रोह भड़क उठा, जो कई कारकों से शुरू हुआ, जिसमें नए एनफील्ड राइफल कारतूसों के इस्तेमाल की अफवाह भी शामिल थी, जिसमें गाय और सूअर की चर्बी लगी हुई थी, जिससे हिंदू और मुसलिम दोनों सैनिकों की धार्मिक भावनाएँ आहत हुईं। विद्रोह तेजी से झाँसी तक फैल गया, जहाँ रानी लक्ष्मीबाई एक निडर नेता के रूप में उभरीं और अपने लोगों को ब्रिटिश उत्पीड़न के खिलाफ लड़ाई में शामिल होने के लिए एकजुट किया।

रानी लक्ष्मीबाई की सैन्य शक्ति और नेतृत्व कौशल अनुकरणीय थे। उन्होंने महिलाओं के एक समूह को पुरुषों के साथ लड़ने के लिए प्रशिक्षित किया, जिससे उन्हें 'योद्धा रानी' की उपाधि मिली। उन्होंने अद्वितीय साहस और दृढ़ संकल्प के साथ युद्ध में अपनी सेना का नेतृत्व किया और ब्रिटिश सेना के दिलों में डर पैदा कर दिया।

रानी लक्ष्मीबाई की बहादुरी की सबसे यादगार घटनाओं में से एक मार्च 1858 में झाँसी की घेराबंदी के दौरान घटी। सर ह्यूरोज के नेतृत्व में ब्रिटिश सेना ने शहर को घेर लिया, लेकिन रानी लक्ष्मीबाई ने आत्मसमर्पण करने से इनकार कर दिया। उन्होंने बहादुरी से लड़ाई लड़ी और अपने सैनिकों को आखिरी साँस तक झाँसी की रक्षा करने के लिए प्रेरित किया। संख्या में कम और बंदूकों की संख्या कम होने के बावजूद, वे दो सप्ताह तक डटी रहीं और अंततः पीछे हटने के लिए मजबूर हो गईं।

झाँसी के पतन के बाद रानी लक्ष्मीबाई ने तात्या टोपे और राव साहब जैसे अन्य विद्रोही नेताओं के साथ सेना में शामिल होकर अपना प्रतिरोध जारी रखा। उन्होंने उल्लेखनीय रणनीतिक कौशल और बहादुरी का प्रदर्शन करते हुए अंग्रेजों के खिलाफ कई लड़ाइयाँ लड़ीं। हालाँकि, अंततः 18 जून, 1858 को वे शहीद हो गईं।

रानी लक्ष्मीबाई की विरासत साहस, देशभक्ति और प्रतिरोध के प्रतीक के रूप में जीवित है। वे भारतीय राष्ट्रवादी आंदोलन का प्रतीक बन गईं, जिससे अनगिनत स्वतंत्रता सेनानियों को ब्रिटिश शासन के खिलाफ संघर्ष में प्रेरणा मिली। उनकी कहानी भारतीयों के दिलों में बहादुरी और बलिदान की कहानी के रूप में अमर है, जो उन्हें भारत की आजादी के लिए चुकाई गई कीमत की याद दिलाती है।

विद्रोह के बाद झाँसी को सीधे ब्रिटिश शासन के अधीन लाया गया और झाँसी की रियासत को समाप्त कर दिया गया। यह क्षेत्र भारत में ब्रिटिश प्रशासित प्रांत, आगरा और अवध के संयुक्त प्रांत का हिस्सा बन गया। 1947 में भारत को आजादी मिलने तक झाँसी ब्रिटिश नियंत्रण में रही।

ब्रिटिश शासन और स्वतंत्रता के बाद का युग

भारत में ब्रिटिश शासन, जो लगभग 200 वर्षों तक चला, का झाँसी के इतिहास और विकास पर गहरा प्रभाव पड़ा। 1853 में राज्य के विलय से लेकर 1947 में स्वतंत्रता तक, झाँसी ने महत्त्वपूर्ण परिवर्तन देखे, जिसने इसकी पहचान और नियति को आकार दिया।

ब्रिटिश शासन के दौरान झाँसी पर शुरू में भारत के गवर्नर-जनरल द्वारा नियुक्त एक ब्रिटिश राजनीतिक एजेंट द्वारा शासन किया जाता था। इस क्षेत्र को ब्रिटिश औपनिवेशिक

प्रशासन में एकीकृत किया गया, जिससे एक नए प्रशासनिक ढाँचे की स्थापना हुई और ब्रिटिश कानूनों और विनियमों को लागू किया गया।

ब्रिटिश काल में झाँसी की अर्थव्यवस्था, समाज और संस्कृति में महत्त्वपूर्ण परिवर्तन आए। रेलवे और टेलीग्राफ लाइनों जैसे आधुनिक बुनियादी ढाँचे की शुरुआत ने झाँसी को भारत के अन्य हिस्सों से जोड़ा, जिससे व्यापार और संचार की सुविधा हुई। ब्रिटिशों ने नई कृषि पद्धतियाँ और उद्योग भी शुरू किए, जिससे क्षेत्र की अर्थव्यवस्था बदल गई।

इन विकासों के बावजूद, ब्रिटिश शासन शोषण, भेदभाव और उत्पीड़न से चिह्नित था। स्थानीय आबादी को आर्थिक कठिनाइयों का सामना करना पड़ा, क्योंकि ब्रिटिश नीतियाँ औपनिवेशिक शक्तियों के हितों का पक्ष लेती थीं और अकसर लोगों के कल्याण की उपेक्षा करती थीं।

स्वतंत्रता के बाद के युग में झाँसी के शासन, अर्थव्यवस्था और समाज में महत्त्वपूर्ण परिवर्तन देखे गए। स्वतंत्रता के बाद झाँसी नवनिर्मित राज्य उत्तर प्रदेश का हिस्सा बन गया। भारत सरकार ने आर्थिक विकास को बढ़ावा देने और झाँसी के लोगों के जीवन स्तर में सुधार के लिए विभिन्न नीतियों और कार्यक्रमों को लागू किया।

आधुनिक झाँसी

समृद्ध ऐतिहासिक विरासत वाला शहर झाँसी अपनी सांस्कृतिक विरासत को बरकरार रखते हुए एक आधुनिक महानगर के रूप में विकसित हुआ है। आज झाँसी अपनी जीवंत संस्कृति, ऐतिहासिक स्मारकों और रणनीतिक महत्त्व के लिए जाना जाता है। इन वर्षों में झाँसी में महत्त्वपूर्ण विकास हुआ है, जो बढ़ती अर्थव्यवस्था और आधुनिक सुविधाओं के साथ एक हलचल भरे शहर में बदल गया है।

आधुनिक झाँसी का एक प्रमुख पहलू इसका बुनियादी ढाँचा विकास है। नई सड़कों, फ्लाईओवरों और पुलों के निर्माण के साथ शहर ने अपने परिवहन नेटवर्क में पर्याप्त सुधार देखा है। झाँसी बाईपास, एक चार-लेन राजमार्ग, ने क्षेत्र के अन्य प्रमुख शहरों से कनेक्टिविटी में सुधार किया है, जिससे व्यापार और वाणिज्य की सुविधा हुई है। इसके अतिरिक्त, शहर का रेलवे स्टेशन उत्तर मध्य रेलवे का एक प्रमुख जंक्शन है, जो इसे दिल्ली, मुंबई और कोलकाता जैसे प्रमुख शहरों से जोड़ता है।

आधुनिक झाँसी में एक और महत्त्वपूर्ण विकास इसके औद्योगिक क्षेत्र का विकास है। यह शहर विनिर्माण, कपड़ा और हस्तशिल्प सहित कई उद्योगों का घर है। शहर के बाहरी इलाके में स्थित झाँसी औद्योगिक क्षेत्र में कई कारखाने और औद्योगिक इकाइयाँ हैं, जो शहर की आर्थिक समृद्धि में योगदान देती हैं। सरकार ने झाँसी में औद्योगिक

विकास को बढ़ावा देने, निवेश आकर्षित करने के लिए प्रोत्साहन देने और बुनियादी ढाँचा सहायता प्रदान करने के लिए भी कदम उठाए हैं।

रानी महल, झाँसी

हाल के वर्षों में झाँसी में रियल एस्टेट क्षेत्र में भी तेजी देखी गई है। शहर का क्षितिज ऊँची इमारतों, वाणिज्यिक परिसरों और आवासीय अपार्टमेंटों से भरा हुआ है। रियल एस्टेट क्षेत्र की वृद्धि शहर की बढ़ती आबादी तथा आवास और वाणिज्यिक स्थान की बढ़ती माँग से प्रेरित है।

शिक्षा और स्वास्थ्य सेवा ऐसे अन्य क्षेत्र हैं, जहाँ झाँसी ने महत्त्वपूर्ण प्रगति की है। यह शहर स्कूलों, कॉलेजों और विश्वविद्यालयों सहित कई शैक्षणिक संस्थानों का घर है, जो कई प्रकार के पाठ्यक्रम और कार्यक्रम पेश करते हैं। सरकार ने नए अस्पतालों और चिकित्सा सुविधाओं की स्थापना के साथ शहर के निवासियों के लिए गुणवत्तापूर्ण स्वास्थ्य देखभाल की पहुँच में सुधार के साथ, स्वास्थ्य देखभाल के बुनियादी ढाँचे में भी निवेश किया है।

अपने आधुनिकीकरण के बावजूद, झाँसी अपनी सांस्कृतिक विरासत को संरक्षित करने में कामयाब रही है। यह शहर कई ऐतिहासिक स्मारकों का घर है, जिनमें प्रतिष्ठित झाँसी किला भी शामिल है, जो इसके गौरवशाली अतीत का प्रमाण है। रानी लक्ष्मीबाई के निवास स्थान, रानी महल को एक संग्रहालय में बदल दिया गया है, जिसमें झाँसी के इतिहास से संबंधित कलाकृतियाँ और अन्य विरासत की वस्तुएँ प्रदर्शित की गई हैं।

झाँसी अपनी जीवंत संस्कृति और त्योहारों के लिए भी जाना जाता है। यह शहर अपनी समृद्ध सांस्कृतिक विरासत का प्रदर्शन करते हुए दशहरा, दीवाली और होली जैसे त्योहारों को बड़े उत्साह से मनाता है। झाँसी के लोग अपने गरमजोशी भरे आतिथ्य और पारंपरिक मूल्यों के लिए जाने जाते हैं, जो इसे दुनिया भर के पर्यटकों के लिए एक स्वागत योग्य गंतव्य बनाता है।

पर्यटक आकर्षण

इतिहास और संस्कृति से भरपूर शहर, झाँसी, पर्यटकों के लिए ढेर सारे आकर्षण प्रदान करता है, जो इसकी समृद्ध विरासत को प्रदर्शित करते हैं। झाँसी अपने ऐतिहासिक स्मारकों, संग्रहालयों और जीवंत संस्कृति के लिए प्रसिद्ध है। प्रतिष्ठित झाँसी किले से लेकर रानी महल तक, शहर के आकर्षण आगंतुकों को इसके शानदार अतीत और जीवंत वर्तमान की झलक दिखाते हैं।

झाँसी किले में लाइट एंड साउंड शो

झाँसी में सबसे प्रतिष्ठित स्थलों में से एक झाँसी किला है, एक विशाल किला, जो शहर के सैन्य इतिहास के प्रमाण के रूप में खड़ा है। शहर के सामने एक पहाड़ी की चोटी पर बना यह किला झाँसी और उसके आसपास का मनोरम दृश्य प्रस्तुत करता है। किले की वास्तुकला हिंदू और इसलामी शैलियों का मिश्रण है, जो सदियों से झाँसी को आकार देने वाले विविध सांस्कृतिक प्रभावों को दरशाती है। पर्यटक किले की विभिन्न संरचनाओं को देख सकते हैं, जिनमें रानी महल, शिव मंदिर और खंडेराव गेट शामिल हैं, जिनमें से प्रत्येक शहर के समृद्ध इतिहास की जानकारी प्रदान करता है।

झाँसी में एक और अवश्य देखने योग्य आकर्षण रानी महल है, जो झाँसी की प्रसिद्ध रानी, रानी लक्ष्मीबाई का पूर्व निवास स्थान था। महल को एक संग्रहालय में बदल दिया गया है, जिसमें रानी के जीवन और झाँसी के इतिहास से संबंधित कलाकृतियाँ और प्रदर्शनियाँ प्रदर्शित की गई हैं। पर्यटक महल की जटिल वास्तुकला की प्रशंसा कर सकते हैं और 1857 के भारतीय विद्रोह में रानी की भूमिका के बारे में जान सकते हैं, जिससे यह झाँसी के अतीत की एक आकर्षक झलक बन जाएगी।

इतिहास में रुचि रखने वालों के लिए झाँसी का सरकारी संग्रहालय शहर के इतिहास और संस्कृति से संबंधित कलाकृतियों और प्रदर्शनियों का खजाना है। संग्रहालय में मूर्तियों, चित्रों, सिक्कों और पांडुलिपियों का संग्रह है, जो झाँसी की समृद्ध सांस्कृतिक विरासत में एक अंतर्दृष्टि प्रदान करता है। पर्यटक इस क्षेत्र के प्राचीन इतिहास, इसके शासकों और भारत के स्वतंत्रता संग्राम में इसके योगदान के बारे में जान सकते हैं, जिससे झाँसी के अतीत में रुचि रखने वाले किसी भी व्यक्ति को इसे अवश्य देखना चाहिए।

झाँसी कई मंदिरों और धार्मिक स्थलों का भी घर है, जो तीर्थयात्रियों और पर्यटकों को समान रूप से आकर्षित करते हैं। काली देवी मंदिर, देवी काली को समर्पित, एक लोकप्रिय तीर्थस्थल है, जो नवरात्रि के दौरान आयोजित होने वाले वार्षिक मेले के लिए जाना जाता है। सेंट जूड्स श्राइन, सेंट जूड्स को समर्पित एक कैथोलिक चर्च, एक और धार्मिक स्थल है, जो दूर-दूर से पर्यटकों को आकर्षित करता है।

प्रकृति प्रेमियों के लिए झाँसी में कई पार्क और उद्यान हैं, जहाँ हर कोई आराम कर सकता है। 25 एकड़ में फैला हुआ झाँसी बॉटनिकल गार्डन विभिन्न प्रकार की पौधों की प्रजातियों का घर है और प्रकृति प्रेमियों के लिए एक शांत वातावरण प्रदान करता है। किले के पास स्थित रानी लक्ष्मीबाई पार्क एक लोकप्रिय पिकनिक स्थल है, जो अपनी हरी-भरी हरियाली और प्राकृतिक सुंदरता के लिए जाना जाता है।

अपने ऐतिहासिक और सांस्कृतिक आकर्षणों के अलावा झाँसी अपने जीवंत बाजारों और खरीदारी स्थलों के लिए भी जाना जाता है। शहर के मध्य में स्थित सदर बाजार एक हलचल भरा बाजार है, जो अपने हस्तशिल्प, वस्त्र और पारंपरिक वस्तुओं के लिए जाना जाता है। यह बाजार झाँसी की जीवंत संस्कृति की झलक पेश करता है और स्मृति चिह्न और उपहारों की खरीदारी के लिए एक शानदार जगह है।

निष्कर्षतः झाँसी एक ऐसे शहर के रूप में खड़ा है, जिसका अपनी प्राचीन उत्पत्ति से लेकर आधुनिक जीवंतता तक, एक गौरवशाली अतीत है, जो इसकी पहचान को आकार देता है और दुनिया भर से आने वाले पर्यटकों को आकर्षित करता है। यह सिर्फ एक शहर से कहीं अधिक है; यह भारत के समृद्ध इतिहास,

सांस्कृतिक विविधता और अनुकूलता की भावना का जीवंत प्रमाण है। चाहे आप इतिहास प्रेमी हों, प्रकृति प्रेमी हों या बस बीते युग के आकर्षण का अनुभव करना चाहते हों, झाँसी निश्चित रूप से आपके दिल को मोहित कर लेगी और आपको अपनी स्थायी यादों के साथ जोड़ लेगी।

□□□

रविंद्र कुमार : एक संक्षिप्त परिचय

राष्ट्रकवि दिनकर की पावन धरती बिहार में गंगा के मैदान में बसे जिला बेगूसराय के एक छोटे से गाँव 'बसही' में जनमे रविंद्र कुमार बचपन से ही कुशाग्र बुद्धि के थे। उन्होंने अपनी प्रारंभिक शिक्षा गाँव में ही प्राप्त की, तत्पश्चात् नवोदय विद्यालय, बेगूसराय में प्रवेश लिया। वहाँ से दसवीं पास करने के बाद आगे की शिक्षा के लिए राँची चले गए व आई.आई.टी. प्रवेश परीक्षा में चयनित हुए। उन्होंने मर्चेंट नेवी में प्रशिक्षण प्राप्त किया और कुछ वर्ष शिपिंग क्षेत्र में सेवाएँ दीं।

इसी सेवा के दौरान उनकी राष्ट्र-सेवा की पुरानी इच्छा जगी और यह नौकरी छोड़कर कड़ी मेहनत से आईएएस अधिकारी बने। रविंद्र कुमार भारत के प्रथम व एकमात्र आईएएस अधिकारी हैं, जिन्होंने नेपाल व चीन के अलग-अलग रास्तों से दो बार माउंट एवरेस्ट की चोटी फतह की। उनका जीवन संघर्ष, प्रेरणा व उपलब्धियों का एक अनूठा प्रतिमान है। आईएएस अधिकारी के रूप में रविंद्र कुमार ने सिक्किम, उत्तर प्रदेश तथा केंद्र सरकार में विभिन्न पदों पर सेवाएँ दीं एवं वर्तमान में जिलाधिकारी बरेली, उत्तर प्रदेश पद पर कार्यरत हैं।

पर्वतारोही व कुशल प्रशासक होने के साथ-साथ ये एक आशुकवि व लेखक भी हैं। अब तक उनकी दस कृतियाँ प्रकाशित हो चुकी हैं। उनकी कृति 'एवरेस्ट : सपनों की उड़ान—सिफर से शिखर तक' के लिए उन्हें वर्ष 2020 में 'अमृतलाल नागर पुरस्कार' से भी सम्मानित किया गया है।

इसके अलावा उनके जीवन व कार्यों पर आधारित दो प्रेरक उपन्यास 'सपनों का सारथी' व 'स्वप्न रथ' तथा एक सत्यकथा संग्रह 'देवदूत' भी प्रकाशित हो चुके हैं।

बरेली से पहले श्री रविंद्र कुमार ने जिलाधिकारी झाँसी के रूप में अपनी सेवाएँ दीं। प्रस्तुत पुस्तक 'चेंजमेकर DM झाँसी सक्सेस मॉडल की प्रेरक कहानियाँ' उनके द्वारा उनके झाँसी कार्यकाल के दौरान किए गए कार्यों में से कुछ महत्त्वपूर्ण जनहित के कार्यों पर प्रकाश डालती है।